JN415688

이세벨의 딸

William Wilkie Collins

Jezebel's Daughter

이세벨의 딸

윌키 콜린스 지음 | 박재영 옮김

전북대학교출판문화원

일러두기

1. 이 번역서의 기준 판본은 Wilkie Collins, *Jezebel's Daughter* (London: Chatto & Windus, 1880)이다.
2. [원문 주석]은 원문에 있는 주석이고, 나머지 주석은 옮긴이가 덧붙인 것이다.

목
차

이세벨의 딸

알버토 카차에게,

먼저 이 소설은 내가 최근에 출간한 『낙엽』[◆]의 속편이 아님을 밝히겠네.

『낙엽』의 1부는 이제껏 출간된 출판물의 다양한 양식과 연관되어 있어서 영국에서는 독자층이 대체로 넓지 않았네. 이 소설이 저렴한 책으로 다시 출판되면 그때서야 비로소 많은 영국인들이 관심을 가질 거네. 한편 『낙엽』의 2부를 집필해서 내가 처음에 그렸던 밑그림을 완성하고 싶지만, 나는 적절한 시간이 오길 기다리고 있다네.

왜냐고?

자네는 영문학에 조예가 깊어서—참, 내 소설을 이탈리아어로 정확하고 이지적으로 번역해 줘서 고맙네—예전에 나한테

◆ 콜린스가 1879에 출간한 소설로서 원제는 *The Fallen Leaves* 이다.

이런 말을 했지. 몇몇 편협한 독자들과 편견에 빠져 우쭐한 비평가들 때문에 영국 소설가들이 (아무리 사회적 이슈를 진중하고 예민하게 다뤄도) 놓쳐 버리는 중요한 이슈가 있다고. 게다가 자네는 내가 내 책을 읽을 수 있는 영예를 만들어 주었으니, 내가 얼마나 예술을 중요하게 여기고 터무니없는 제약 따위는 허용하지 않다는 걸 잘 알 걸세. 지구상의 어떤 문명국가도 그런 제약을 강요하지는 않지. 순수한 목적으로 작품 활동을 하면서 나는 신문에 글을 쓰는 기자나 설교단에 선 성직자와 똑같은 자유를 원한다네. 과거 경험에 비춰 보건대, 내가 가치 있는 글을 쓰기만 하면 독자 수는 늘어나고 시간이 지나면서 자연스럽게 합당한 대우를 받게 되더군.

앞서 언급한 일부 편협한 무리들은 『낙엽』에 등장하는 인물 하나가 타르튀프♦의 감수성을 깎아내렸다고 나를 비난하지. 타르튀프가 손수건을 꺼내 도린에게 가슴을 덮으라고 요청했을 때 보여 주었던 것 같은 감수성 말이야. 이런 상황에서 핑계를 대고 싶은 마음은 없네만 이렇게만 말하지. 나는 이 소설에서 모욕을 당한 순결한 희생양을 묘사했는데, 그가 타락한 거리에서 구출되어 정화되는 모습을 보였고, 그렇게 함으로써 일찍이

♦ 프랑스 작가 몰리에르가 지은 희극 『타르튀프』의 주인공으로 '위선자'를 뜻하기도 한다.

이보다 더 진실로 그리스도인 독자들의 숭고한 연민에 호소한 적이 없었다고 말이네. 이 나라, 타르튀프의 추잡한 후손들이 『바질』이나 『아머대일』, 『뉴 맥덜린』[◆]에 대해 말한 것도 나는 잊지 않고 있지. 반면에 건전한 독자들은 대개 너그럽게 평가한다는 것도 알고 있고. 이런 연유로 『낙엽』의 1부가 사람들 사이에서 자리를 잡을 때까지 2부의 집필은 미룰 생각이라네.

잠깐 이번 소설로 화두를 돌려 볼까. (바라건대) 이 소설에서는 인간성에 대한 두 가지 흥미로운 탐색을 보게 될 걸세.

'잭 스트로'라는 인물을 통해, 밖으로 보이는 밝고 행복한 모습 속에 살갑게 그려진 나약한 지성을 만날 걸세. 이 스토리 속 공포와 서스펜스의 암울한 장면에서 그는 안도감을 주는 역할을 하지. '마담 퐁텐'을 통해서는 다시 한번 흥미로운 윤리의 문제를 담론하려고 했네. 가장 강한 여성 본능인 모성애를 기본으로 하여 이 선한 본능이 잔인하고 그릇되고 부패한 기질을 어떻게 다스리는지, 어떻게 통제하고 순화시키는지를 보여 주지.

두 주요 인물이 연관된 사건들을 아주 조심스럽게 엮었고 그 동기가 자연스럽고 단순하게 전개되도록 최선을 다했다네. 소

◆ 콜린스가 앞서 출간한 소설로서 원제는 *Basil, Armadale, The New Magdalen* 이다.

설가는 사실에 근거해 소설을 쓰지만 몇몇 독자들은 그걸 의심하기 마련이지. 그런 측면에서 말하자면, 프랑크푸르트의 데드하우스 장면에 나오는 부수적인 것들은 내가 직접 현장을 방문해서 얻은 정보임을 (이 글을 마치기 전에) 밝히는 것도 나쁘지 않을 것 같네. 그 기이한 영안실의 입실 절차와 평면도는 이미 출간된 자료로서 여기 내 책상 위에 놓여 있다네. 소설의 마지막 부분을 쓰는 동안 그걸 보면서 기억을 되살렸지.

이것으로 문학 세계의—이탈리아 독자들에게 이 작품 또한 소개할—나의 좋은 벗이자 형제에게 『이세벨의 딸』을 추천하네.

윌키 콜린스
런던 글로체스터 플레이스
1880년 2월 9일

제 1 부

—

데이빗 글레니 씨가
기억을 되살려 이야기를 시작하다

1장

이세벨의 딸에 대한 이야기라면, 내 기억은 같은 해, 같은 날, 다른 두 나라에서 세상을 등진 기이한 두 신사로부터 시작된다.

그들은 서로를 알지 못했지만 각기 나름의 방식으로 중요한 사람들이었다.

이프레임 바그너 씨는 일찍이 프랑크푸르트에서 주로 활동했던 무역상으로 1828년 9월 3일 런던에서 생을 마쳤다.

퐁텐 박사는 당대 실험 화학 분야에서 이름을 날렸는데, 1828년 9월 3일 뷔르츠부르크에서 눈을 감았다.

무역상과 박사는 미망인을 남겼다. 무역상의 미망인(영국 여성)은 자식이 없었다. 박사의 미망인(남독일 가문)은 딸이 하나 있어 위안이 되었다.

오래전에—나는 지금 반세기를 돌아보며 1878년에 이 글을 쓰고 있다—나는 바그너 씨의 사무실에 고용된 청년이었다.

내가 당신 아내의 조카여서 바그너 씨는 나를 다정하게 가족의 일원으로 받아 주었다. 내가 지금 하려는 이야기는 내가 직접 눈으로 보고 귀로 들은 것으로, 기억이 나는 대로 얘기하려고 한다. 흔히 늙은이들이 그렇듯, 나 또한 직장 일을 시작하고 바로 생긴 사건들을 최근 2, 3년 전에 일어난 사건들보다 훨씬 더 또렷하게 기억한다.

가여운 바그너 씨는 몇 개월째 아팠다. 하지만 의사는 당장 생명에 지장은 없다고 했다. 바그너 씨는 의사가 틀렸음을 증명했다. 의사가 회복의 가능성이 높다고 말했던 순간 그는 자기 마음대로 죽어 버렸다. 고모는 엄청난 충격을 받았다. 그때 나는 런던 사무실을 떠나 바그너 씨 파트너가 관리하는 프랑크푸르트-암-마인 지점에 출장 중이었다. 내가 돌아온 날은 장례식이 끝난 다음 날이었다. 그날은 유언장을 공개하기로 한 날이었다. 바그너 씨는 영국에 귀화한 시민권자여서 영국 변호사가 그의 유언장을 작성했었다.

유언장은 넷째, 다섯째, 여섯째 조목만 여기에 언급할 필요가 있겠다.

넷째 조목에서 유언자는 모든 재산을, 땅과 돈 모두, 미망인에게 남겼다. 다섯째 조목에서는 미망인에 대한 암묵적 신뢰를 추가로 보여 주었다. 그의 유일한 유언 집행자로 그녀를 지목했다.

마지막 여섯째 조목은 다음과 같이 시작했다.

"내가 오랫동안 병상에 있을 때 사랑스런 아내는 비서이자 대변인 역할을 해 주었다. 아내는 내가 운영해 온 사업의 체계를 누구보다 잘 알기 때문에 나의 후계자로 가장 적합하다. 나는 전적으로 그녀를 신뢰하며 진심으로 고맙게 생각한다. 뿐만 아니라 내가 대표로 있는 회사의 이익을 최대한 고려하여, 나의 미망인을 사업의 유일한 후계자로 지정하고 그에 따른 권위와 특권을 양도한다."

변호사와 나는 고모를 보았다. 고모는 의자에 깊숙이 앉아 있었다. 얼굴은 손수건에 가려 보이지 않았다. 고모가 원하는 바를 얘기할 수 있을 때까지 우리는 정중히 기다렸다. 유언의 말미에 나타난 남편의 사랑과 존경의 표현에 그녀는 감정이 북받쳐 올랐다. 눈물로 감정을 터트리고 나서야 고모는 우리가 옆에 있음을 의식하고, 마음을 가라앉히고 입을 열었다.

"나는 며칠 지나면 차분해질 거예요." 고모가 말했다. "주말에 다시 오세요. 그때 두 분에게 긴히 할 말이 있어요."

변호사는 어렵사리 질문을 했다. "유언과 관련된 것입니까?"

고모는 고개를 저었다. "아뇨, 남편의 마지막 소원에 관한 거예요."

고모는 우리에게 머리 숙여 인사하고 고모 방으로 갔다.

변호사는 수심에 찬 얼굴로 고모가 나가는 것을 보았다. "이 직종에 오래 몸담고 있으면서," 그가 나에게 얼굴을 돌리며 말했다. "나는 많은 것을 배웠네. 자네 고모는 그중 하나를 떠오르게 하는군."

"그게 뭔지 여쭤봐도 될까요, 변호사님?"

"물론이네." 그는 내 팔을 잡고 집 밖으로 나와서야 말을 이었다. "변호사와 협의해서 유언장에 넣은 게 아니라면 임종 침상에서의 마지막 소원은 절대 믿지 마라."

당시에는 변호사가 이렇게 말하는 것이 편협한 판단이라고 나는 생각했다. 내가 어찌 고모의 미래를 내다보고 변호사가 옳았다는 것을 알았겠는가? 고모가 고모부의 계획과 사업을 임종 당시 그대로 유지했다면, 그리고 프랑크푸르트 지점으로 성급히 떠나지 않았다면 어떻게 되었을까……, 하나 이렇게 어떤 일이 일어나고 일어나지 않았을 거라고 추측하는 게 무슨 의미가 있을까? 여기서 내가 할 일은 일어난 대로 묘사하는 것이다. 그럼 내 본업으로 돌아가 보겠다.

2장

우리는 주말에 고모를 찾아갔다. 그녀는 우리를 기다리고 있었다.

외모로 보자면 고모는 깨끗한 하얀 피부와 머리카락이 낮게 드리운 넓은 이마, 차분하고 지적으로 반짝이는 큰 회색빛 눈, 그리고 남다르게 예쁜 체형을 가진 가련한 여인이었다. 자신보다 많이 연상인 남자와 결혼했었기에 (수년의 결혼 생활에도) 변함없이 눈에 띄게 매력적인 여성이었다. 고모는 의심의 여지없이 출중한 능력을 가지고 있었다. 하지만 그것을 우쭐대거나 사익을 위해 쓰려고 하지는 않았다. 일상에서 그녀는 분명 인자하고 겸손한 사람이었다. 하나 어떤 상황이 닥치면 잠재된 해결 능력이 곧바로 드러났다. 나는 평생 고모처럼 강인한 여성을 본 적이 없었다.

고모는 본론에 앞서 나누는 담소 따위로 시간을 허비하지 않고 곧장 우리와 해야 할 일로 들어갔다. 얼굴에는 밤새 깨어 울었던 흔적이 역력했다. 가여운 영혼. 하지만 그 부분에 대해 그녀는 한 치의 빈틈도 보이지 않았다. 작고한 남편에 대해 이야기할 때—목소리가 살짝 떨린 것 빼고는—담대히 자신을 통제했다. 그 담대함이 한편 안쓰럽고 존경스러워 보였다.

“두 분도 알겠지만,” 고모가 말문을 열었다. “남편은 생각이 많은 분이었어요. 우리보다 세상을 더 잘 아는 가난하고 고통받는 동료 인간에 대한 책임감이 있었지요. 나는 그분의 생각을 사모하고 우러러 봅니다. 그래서 (오 하느님) 그의 생각을 실천으로 옮겨 볼 작정입니다.”

변호사는 불편해 보였다. “부인께서는 지금 바그너 씨의 정치적 견해를 말씀하시는 건가요?” 그가 물었다.

50년 전 고모부의 정치적 견해는 가히 혁명적이었다. 그의 견해가 대중의 합의를 거쳐 의회 조례로 제정된 요즘 시대에는 그를 ‘온건한 자유주의자’라 부르며 현대적 진보의 흐름을 따르는 신중한 사람으로 분류했을 것이다.

“정치에 관한 얘기가 아닙니다.” 고모가 대답했다. “처음으로 여성 고용에 대한 남편의 견해를 말하려고 합니다.”

여기 다시, 1828년에 고모부가 가졌던 이단아적 주장은 반세기가 지난 1878년에는 공인된 방침이 되었다. 홀로 이 문제를 고심했던 고모부는 단지 남자들에게만 허용된 직업이 많은

데 그런 기회를 능력을 갖춘 여자들에게도 주는 것이 옳다는 결론에 이르렀다. 타당성을 확인하기 위해 고모부는 성격상 지체 없이 곧바로 그 확신을 실행으로 옮겨야만 했다. 당시 런던 사업을 확장하면서 그는 뜻한 바대로 남자와 여자 들에게 똑같이 일자리를 나누어 주었다. 이 일이 얼마나 혁신적이었던지 커다란 사회적 반향을 일으켰고, 나 같은 늙은이들은 지금도 그것을 기억할 것이다. 여러 비방에도 불구하고 고모부의 도도한 실험은 성공적이었다.

"남편이 살아 있다면," 고모가 말을 이었다. "프랑크푸르트의 우리 집과 런던에서 이미 경험한 선례를 따랐을 겁니다. 또한 사업이 번창하고 있어 더 많은 직원이 필요하고요. 내가 기운을 되찾는 대로 직접 프랑크푸르트로 가서 남편이 런던에서 영국 여성들에게 기회를 주었던 것처럼 독일 여성들에게도 똑같이 기회를 줄 겁니다. 이 혁신을 어떻게 실행해야 하는지 설명하는 노트를 가지고 있어요. 남편이 나를 도우려고 노트를 남겼죠. 데이빗, 프랑크푸르트의 파트너인 켈러 씨와 엥걸먼 씨에게 너를 보낼 생각이다." 고모가 덧붙였다. "조만간 내가 갈 때까지 사무실에 일자리 몇 개를 열어 놓으라는 지시도 하고." 고모는 말을 멈추고 변호사를 보았다. "제가 계획하는 것에 다른 의견이 있나요?"

"약간 위험해 보입니다." 변호사가 주의 깊게 대답했다.

"무슨 위험이요?"

"부인, 바그너 씨는 런던 사무실에 여성들을 고용할 때 그들의 성향을 파악하기 위해 특별한 방법을 썼습니다. 프랑크푸르트처럼 낯선 곳에서는 그 위험을 감수하기가 쉽지 않을 겁니다. 그 위험이란 게……." 그는 잠깐 주저했다. 있는 그대로 솔직하고 적확하게 표현하기 위해 뜸을 들였다.

고모는 그가 당혹해하는 것을 지나치지 않았다.

"변호사님, 편하게 말씀하세요." 약간 냉정하게 고모가 말했다. "변호사님이 우려하는 위험이 무엇인가요?"

"부인, 부인은 인자한 성품을 가졌습니다. 인자한 성품은 쉽게 흔들립니다. 제가 걱정하는 것은 성질 나쁜 여자들, 아니 더 험악한, 다른 여자들이……."

문에서 노크 소리가 났다. 어쩔 수 없이 변호사는 말을 멈췄다.

들어오라는 소리를 듣고 모습을 드러낸 사람은 회사 사무장이었다. 고모가 손을 올렸다. "잠깐만요, 하트리 씨. 조금만 기다려 주세요." 고모는 변호사를 향했다. "어떤 다른 여자들이 나를 흔들 수 있다는 거죠?"

"그들은 부인의 친절이 필요한 여자들이고," 변호사가 답했다. "제가 아는 바로는 부인은 동정심이 많아서 애태우며 도와주려고 하실 텐데, 그 여자들은 못된 사람들과 엮이고 집에서 악한 영향을 받아 끊임없이 근심과 걱정을 야기할 수도 있습니다."

고모는 아무런 응대도 하지 않았다. 변호사의 반론에 고모는 순간 거북한 듯했다. 고모는 돌연 하트리 씨에게 말을 걸며 무슨 말을 하려고 하는지 물었다.

사무장은 위아래를 아는 보수적인 신사였다. 그는 방해해서 죄송하다고 겸연쩍어하며 말을 시작했다. 그리고 말을 맺으며 편지를 내놓았다.

"부인께서 업무를 보실 수 있을 때 이 편지를 읽어 주시면 감사하겠습니다. 그리고 그때까지는 제가 사무실에서 임의대로 일을 처리해도 양해해 주시겠습니까? 존경하는 사장님이 갑자기 돌아가시고 부인이 애도하시는 것을 방해하고 싶지 않습니다." 격식을 갖춘 표현이었지만 남자의 목소리에서는 진솔한 감정이 묻어났다. 고모는 그에게 손을 내밀었다. 그는 눈에 눈물을 머금고 그 손에 입 맞추었다.

"사무장이 어떻게 하시든지 잘 하실 것으로 나는 확신합니다." 고모가 다정하게 답했다. "이 편지는 누가 보낸 건가요?"

"프랑크푸르트에서 켈러 씨가 보낸 겁니다, 부인."

고모는 바로 편지를 건네받고 자세히 읽었다. 편지에는 앞으로 전개될 이 이야기에 의미심장한 부분이 있었다. 그래서 여기에 옮겨 놓는다.

비공개 사적 서신

친애하는 하트리 씨께,

바그너 부인이 요즘 힘든 일을 겪고 있는 터라 직접 말씀드리기가 쉽지 않군요. 하지만 걱정을 놓을 수가 없어 런던 사무실을 책임지고 계시는 사무장께 감히 몇 자 적습니다.

저에게는 아들이 하나 있는데, 이름이 프리츠입니다. 뷔르츠부르크 대학에서 공부를 마쳐 가고 있습니다. 외람된 말이지만, 프리츠는 어린 여자애와 정분이 났습니다. 뷔르츠부르크에 거주하는 의사의 딸인데, 제가 알기로는 평판이 좋은 정숙한 숙녀입니다. 그런데 최근에 그 의사가 죽었답니다. 그 아버지는 딸을 가난에 빠뜨렸을 뿐 아니라 더 큰 어려움을 남겼지요. 빚을 남기고 세상을 떠난 겁니다. 게다가 이 지역에서는 그 애 모친에 대한 평판도 좋지 않습니다. 여러 말이 있는데 그중에서도 남편이 빚을 지게 된 것이 그녀의 과소비 때문이라는 말이 있답니다. 상황이 이렇다 보니, 최근에 의사가 죽어 여자애가 프리츠와 잠시 떨어져 있는 동안 저는 아예 그들의 관계를 끊으려고 합니다. 프리츠는 의료계에 종사하겠다는 마음을 접고 내 일을 승계하라는 제안을 받아들였습니다. 우리 사업 말입니다. 그래서 아들을 런던으로 보낼 결단을 내렸습니다. 본사인 당신 사무실에서 상거래 일을 배웠으면 합니다.

아들은 마지못해 제 말을 따릅니다만 그래도 책임감 있고 착한 녀석입니다. 이 아비가 바라는 것에 순종하지요. 이 편지를 받고 하루 이틀 후면 아들이 도착할 겁니다. 거기 사무실에 조그만 자리를 하나 만들어 주시고, 제가 직접 바그너 부인과 소통할 때까지 사무장이 아들놈을 돌봐 주면 고맙겠습니다. 바그너 부인께는 심심한 위로의 말씀을 전합니다.

고모는 편지를 돌려주었다. "이 젊은이는 이미 도착했나요?" 그녀가 물었다.

"어제 도착했습니다."

"자리는 만들었나요?"

"일단 통신 부서에 배치했습니다." 사무장이 대답했다. "현재로서는 우편물 복사를 보조할 겁니다. 업무 시간이 끝나고는 (다음 지시가 있을 때까지는) 저희 집 방을 하나 쓰도록 했습니다. 제가 잘 처리했는지 모르겠습니다만."

"잘 하셨어요, 하트리 씨. 더불어 사무장님 일을 조금 덜도록 하지요. 내가 애도하는 것과 남편 파트너에게 책무를 다하는 건 별개의 문제니까요. 젊은이는 내가 직접 얘기하겠습니다. 일이 끝나면 저녁에 이곳으로 데려오세요. 잠깐, 아직 가지 마세요. 남편 일과 연관해 묻고 싶은 게 있어요. 나도 깊은 관심을 가지고 있는 일입니다." 하트리 씨는 의자로 돌아왔다. 잠시 주저하다가 고모는 질문을 했고, 우리는 모두 깜짝 놀랐다.

3장

"남편은 많은 자선 기관에 관여했지요." 미망인 고모가 시작했다. "베들레헴 병원의 이사직을 맡기도 했고요. 맞나요?"

런던 사람들에게는 흔히 '베들럼'이라고 알려진 유명한 정신병자 감호 시설이 언급되자 변호사는 흠칫 놀라며 사무장과 시선을 교환했다. 하트리 씨는 눈에 띄게 망설이며 대답했다. "맞습니다, 부인." 그러고는 더는 말하지 않았다. 하트리 씨보다 담찬 변호사는 고모에게 노골적으로 한마디 주의를 주었다.

"감히 드리는 말씀인데," 그가 말했다. "병원에는 바그너 씨의 직책과 연관된 상황들이 있습니다. 그래서 그 문제는 더 이상 관심 두지 않는 게 좋겠습니다. 제 말에 하트리 씨도 동의할 겁니다. 환자의 치료 방식을 혁신적으로 바꾸자는 바그너 씨의 제안은……."

"정이 많은 남자가 한 제안이었지요." 고모가 끼어들었다.

"남편은 어떤 형태든 잔학한 폭력을 혐오했고, 불쌍한 정신 이상 환자들을 매와 족쇄로 고문하는 것은 인간성을 유린하는 것으로 보았어요. 나는 전적으로 그와 동감합니다. 내가 비록 여자이긴 하나 그 문제를 모른 체하지는 않을 겁니다. 다음 주 월요일 오전에 병원을 방문할 생각입니다. 오늘 제가 협의할 용무는 변호사님이 나와 동행해 주십사 하는 겁니다."

"어떤 식으로 제가 부인을 수행하면 되겠습니까?" 변호사는 냉담한 태도를 취하며 물었다.

"변호사님의 전문 분야에서요." 고모가 대답했다. "병원 이사들에게 제안할 게 하나 있는데, 그걸 적절한 형식에 맞게 제시할 수 있도록 변호사님의 경험을 빌렸으면 합니다."

변호사는 여전히 불편해했다. "죄송하지만 하나 더 묻겠습니다." 그가 계속해서 질의했다. "바그너 씨가 밝힌 소원 때문에 정신 병원에 방문하겠다고 하시는 겁니까?"

"물론 그것 때문은 아닙니다. 남편은 나에게 그 침울한 주제에 대해 말하는 것을 꺼려했어요. 변호사님도 들었듯이, 그는 자기가 감호 시설 이사회의 일원이라는 사실조차도 내게 알리지 않았죠. 내가 충격을 받거나 힘들어할 상황이라면 그는 어떤 암시도 절대 입 밖에 내지 않았으니까요." 남편과의 추억을 기리며 고모는 목소리가 떨렸다. 다시 진정될 때까지 그녀는 가만히 있었다. "하지만 임종을 앞둔 날 밤," 다시 말을 이었다.

“비몽사몽인 상태에서 남편이 회복된다면 꼭 하고 싶은 무언가가 있다고 중얼거리는 것을 들었어요. 그리고 나중에 그의 일기를 보게 되었지요. 내가 침상에서 알아듣지 못했던 것이 무엇인지 설명하는 글이 거기 있더군요. 동료들의 완강한 적대감 때문에 남편은 홀로 위험과 비용을 감수하며 미친 사람들을 인내와 친절로 치료하려고 했어요. 지금 베들레헴 병원에는 한 비참한 남자가 있어요. 친구 하나 없이 거리에서 발견된 부랑자죠. 숭고한 남편은 인도적 실험의 첫 대상으로 그를 정했어요. 왕실의 권력가를 통해 그를 고통의 삶에서 해방시키길 원했답니다. 남편의 계획과 바람이 나에게는 성스러운 기억으로 남았다는 걸 여러분도 아실 겁니다. 나는 쇠사슬에 묶인 이 불쌍한 사람을 만날 작정입니다. 남편이 살아 있다면 그 사람을 구해 주었을 테니까요. 내 양심은 여자가 그것을 해야 한다고 말하니, 나는 필연코 남편의 선한 일을 완수할 겁니다.”

이 대담한 예고를 듣고—요즘처럼 개화된 시대에 나는 이렇게 고백하기가 부끄러울 지경이지만—우리 셋은 모두 반대했다. 점잖은 하트리 씨는 변호사만큼이나 열을 내며 설득했고 나는 하트리 씨와 그리 멀리 있지 않았다. 굳이 변명을 하자면, 19세기 초반의 상류층은 우리처럼 생각이 치우치고 무지했을 거라고 핑계를 댈 수 있을 것이다. 하지만 무슨 말을 해도 고모는 우리의 충언에 꼼짝하지 않았다. 그저 완고한 고모의 성격이 도드라지게 할 뿐이었다.

“더 이상 변호사님을 잡아 두지 않겠어요.” 고모가 말했다. “돌아가서 쉬면서 어떻게 하실 건지 결정해 주세요. 변호사님이 같이 가지 않는다면, 혼자 가겠어요. 제 제안을 받아들이시면 저녁까지 몇 자 적어 보내 주세요.”

이렇게 협의는 끝이 났다.

이른 저녁에는 켈러 씨 아들이 모습을 드러냈고, 나는 고모와 함께 그를 만났다. 우리는 처음부터 그가 마음에 들었다. 연한 색 머리와 불그레한 피부, 호감을 주는 진솔한 태도—사랑하는 연인을 뷔르츠부르크에 두고 억지로 떠나 왔기에 살짝 슬프고 차분한, 그는 잘생긴 청년이었다. 고모는 늘 그렇듯 친절과 배려로 그가 하트리 씨 집에서 나와 내 옆방에 머물게 했다. “내 조카인 데이빗은 독일어를 할 수 있지. 자네가 적응하는 데 도움을 줄 거야.” 이렇게 말하고 고모는 나갔다.

프리츠는 독일 학생이 가질 법한 느긋한 자신감으로 대화를 시작했다.

“당신이 독일어를 한다니 우리 사이에는 연결 고리가 있군요. 저는 영어를 읽고 쓸 줄 압니다. 잘 하죠. 그러나 말하는 건 꽝이에요. 우리에게 또 다른 공감대가 있을까요? 담배 피우나요?”

나는 고인이 된 고모부에게서 담배를 배웠다. 새 친구에게 담배를 권하는 것으로 나는 대답을 대신했다.

"오, 또 다른 연결 고리가 있었군." 프리츠가 큰소리로 말했다. "이 순간부터 우리 친구하지. 자, 손 내밀어." 우리는 악수를 했다. 그는 담배에 불을 붙이고 물끄러미 나를 보다가 시선을 돌렸다. 그리고 깊이 숨을 들이쉬며 빵빵해진 첫 담배 연기를 훅 불어 냈다.

"세 번째 연결 고리가 있는지 모르겠네?" 그가 생각에 잠겨 말했다. "너는 뻣뻣한 영국인은 아니지? 어이, 데이빗 친구, 내가 얼마나 비참한지 편하게 말해도 될까?"

"편하실 대로." 내가 대답했다. 그래도 그는 망설였다.

"난 격려가 필요하지." 그가 말했다. "나랑 친해지자고. 프리츠라고 불러."

나는 그를 '프리츠'라 불렀다. 그는 의자를 가까이 끌어당기더니 내 어깨에 다정히 손을 얹었다. 나는 그를 너무 편하게 부추긴 게 아닐까 하는 생각이 들었다.

"애인 있어, 데이빗?" 마치 몇 시냐고 물어보는 것처럼 심드렁하게 그는 질문을 던졌다.

나는 아직 어린 마음에 얼굴이 붉어졌다. 프리츠는 그걸로 충분한 답을 얻었다. "네 세계에 발을 들여놓을수록," 그가 흥분하며 말했다. "네가 점점 더 좋아지는데. 정말 마음이 척척 맞는 것 같아. 그래 너는 사랑에 빠져 있고. 하나 더…… 네 사랑에 방해물이 있어?"

방해물이 있었다. 그녀는 나이가 많았고 너무 가난했다. 그래서 시간이 지나면서 모든 게 수포로 돌아갔다. 영국인의 소심함으로 자세한 얘기를 피하면서 나는 방해물에 대해 인정했다. 프리츠에게 나의 대답은 충분했다. 아니 그 이상이었다. "아, 저런!" 그가 탄식했다. "우리는 똑같은 운명이구나! 우리는 하나같이 비참해. 데이빗, 나는 더 이상 참을 수가 없다. 너를 꼭 껴안아야만 되겠어!"

나는 할 수 있는 한 저항해 보았지만 그는 나보다 힘이 셌다. 그가 긴 팔로 나를 옥죄는 바람에 나는 죽을 것 같았다. 그의 꺼칠한 콧수염에 볼이 긁히고 역겨움에 충격을 받아 나도 모르게 주먹을 불끈 쥐었다. 내 주먹과 그의 머리가 얼마나 가까이서, 격하게 직통으로 마주칠 뻔했는지 젊은 프리츠 켈러는 꿈도 꾸지 못했을 거다. (영국인 형제만이 이해했을 것이다.) 나라가 다르고, 문화가 달랐으니까. 글을 쓰고 있는 지금은 절로 웃음이 나온다.

프리츠는 다시 자리에 앉았다. "마음이 놓이는데. 편하게 말을 할 수 있겠어." 그가 말했다. "내 연애 스토리처럼 흥미진진한 스토리는 없다네, 친구. 그녀는 세상에서 가장 귀여운 숙녀지. 거무스레하고, 늘씬하고, 우아하고, 명랑하고, 갖고 싶고, 그리고 이제 열여덟 살. 아마 미망인이 된 그녀의 어머니도 그

나이 때는 그랬을 거야. 이름은 미나. 마담 퐁텐의 외동딸이지. 마담 퐁텐은 실로 기품 있는 여성이야. 로마의 여인이자, 질투와 추문의 희생양이지. 믿겠어? 뷔르츠부르크에는 천박한 놈들이 많아. (그녀의 남편은 의사이자 화학 전공의 대학 교수였어.) 미나의 어머니를 '이세벨'이라고 부르고, 미나를 '이세벨의 딸'이라 부르는 비열한 놈들이 있지. 나는 그 모욕을 되갚아주려고 학교 애들이랑 세 번이나 싸웠지 뭐야. 아, 데이빗, 중상모략에 영향을 받은 사람이 한 사람 더 있다네! 나에게는 거룩한 분인데, 나를 만드신, 존경하는 분. 끔찍하지 않은가? 선량한 아버지는 이 일에 관해선 폭군이 되어 버렸어. '이세벨의 딸'과 결혼할 생각은 꿈도 꾸지 말라고. 아버지는 권위를 써서 나를 해외로 추방시켰지. 높은 스툴에 앉아서 편지나 복사하라고 말이야. 아! 내 마음을 너무나 모르셔. 나는 미나의 남자이고, 미나는 나의 여자인데. 육체와 영혼, 시간과 영원 속에 우리는 하나인데. 내 눈물이 보이나? 눈물이 나를 대변해 줄까? 마음껏 울면 마음에 평온이 오지. 이런 내용의 독일 노래가 있어. 내가 진정이 되면 노래해 줄게. 음악은 많은 위로를 주거든. 음악은 사랑의 벗이야. 이런 내용을 지닌 또 다른 독일 노래가 있어." 프리츠는 돌연 눈물을 닦고 일어섰다. 어떤 새로운 생각이 떠오른 듯했다. "여기는 미치도록 지루하군. 나는 집에서 저녁을 보내는 것에 익숙지 않아. 런던에는 음악이 없는가? 한두 시간 미나를 잊도록 도와주게. 음악이 있는 곳으로 나를 데려가 줘."

이때까지 그의 황홀한 이야기는 충분히 들었기 때문에 나도 변화를 주고 싶었다. 나는 그를 박스홀 콘서트에 데려가 미나를 잊도록 도왔다. 프리츠는 우리 영국 오케스트라에는 섬세함과 기풍이 부족하다고 생각했다. 반면 나중에 우리 영국 맥주에는 합당한 평가를 내렸다. 그 거리를 벗어나면서 그는 뜨거운 감성을 담아 그 독일 노래를 불렀다. "마음껏 울면 마음에 평온이 오지." 선잠에 들었던 근처 이웃 사람들은 눈을 떴을 것이다.

내가 침실에 들어오니 화장대 위에는 개봉된 편지 한 통이 있었다. 변호사가 고모에게 쓴 것이었다. 정신 병원에 동행하겠다는 내용이었다. 그 이상 뭘 하겠다는 약속은 없었다. 고모는 나에게 편지를 읽으라고 두면서 연필로 한 줄 덧붙였다. "데이빗, 괜찮다면 너도 같이 가자."

나는 호기심이 발동했다. 두말없이 베들럼에 동행하기로 마음먹었다.

4장

약속된 월요일에 우리는 고모를 모시고 정신 병원으로 갈 준비를 했다.

고모가 혼자 내린 판단에 확신이 없어서인지, 아니면 지금 당신이 하려는 성급한 행동에 될 수 있는 대로 많은 증인을 두려고 하는 것인지, 나는 뭐라 말할 수 없었다. 어찌 되었든 고모는 첫 번째 조처로 이미 변호사와 내가 동행하기로 한 방문에 하트리 씨와 프리츠 켈러까지 초대했다.

하트리 씨와 프리츠 둘 다 거절했다. 사무장은 사무실에 일이 있다는 핑계를 댔다. 외국 우편 업무를 보는 날이라 자리를 비울 수 없다고. 프리츠는 따로 변명하지 않았다. 거리낌 없는 태도로 사실을 말했다. "저는 미친 사람들이 무서워요. 그 사람들을 보면 심장이 벌렁거리고 스트레스를 받아서 나도 반쯤 미쳐 버릴 것 같아요. 같이 가자고 하지 말아 주세요. 오, 부인,

부인도 가지 마세요."

고모는 서글프게 미소 지었다. 그러고는 길을 나섰다.

우리는 병원에서 특별 방문 허가를 받았고, 병원장이 에스코트하기로 했다. 병원장은 극히 정중하게 고모를 맞으며 병원 전체를 안내하겠다고 제안했다. 그 후에는 사택에서 점심이 준비되었다며 초대했다.

"점심은 다음에 하지요, 원장님. 원장님이 베푸신 대접을 받는 건 기쁠 겁니다." 고모가 말했다. "이번에 제가 방문한 것은 이 시설의 불운한 사람들 중 오직 한 사람을 만나 보려고 온 겁니다."

"오직 한 사람이요?" 원장이 따라 말했다. "그럼 고위층 환자들 중 한 분이겠군요?"

"아니 그 반대예요. 저는 친구 하나 없이 거리에서 발견된 측은한 사람을 보고 싶습니다. 제가 알기로는, 잭 스트로라는 이름으로 통한다던데요."

원장은 의아해하며 멍하니 고모를 보았다.

"맙소사, 부인!" 그가 탄식했다. "잭 스트로는 이곳에서 가장 위험한 미치광이라는 걸 아시는가요?"

"원장님이 말씀하신 그런 성격을 가졌다고는 들었습니다." 고모는 차분히 인정했다.

"그런데도 부인은 그 사람을 만나고 싶다고요?"

"그럴 목적으로 여기에 왔습니다. 다른 이유는 없고요."

원장은 시선을 돌려 변호사를 보고, 나를 보았다. 잭 스트로를 보겠다는 이 이해할 수 없는 요구를 어떻게든 설명해 달라고 그는 말없이 우리한테 호소했다. 우리 둘을 대표해서 변호사가 말을 했다. 변호사는 고故 바그너 씨가 정신병자의 치료 방식에 대한 독특한 견해를 가지고 있었고 또 이 특별한 케이스에 관심이 있었음을 원장에게 상기시켰다. 거기에 고모가 더했다. "바그너 씨의 미망인도 똑같은 관심을 가지고 있고 남편의 의견을 승계합니다." 이 말을 들은 원장은 품위 있게 고개를 숙이고 그 상황을 받아들였다. "1, 2분 걸릴 텐데 양해 부탁드립니다." 그는 그렇게 말하고 종을 울렸다.

남자 하인이 문에 나타났다.

"야콤과 포스가 남쪽 병동에서 업무 중인가?"

"네, 원장님."

"둘 중 하나를 이리로 바로 보내게."

우리는 몇 분 기다렸다. 그러고는 문 반대편에서 둔탁한 목소리가 으르렁거렸다. "여기 왔습니다, 원장님."

원장은 공손하게 팔을 들어 고모가 의지하도록 했다. "제가 잭 스트로에게 에스코트하겠습니다." 그는 얼핏 우스꽝스러운 반어적 어투로 말했다.

우리는 방을 나섰다. 변호사와 나는 고모와 안내인의 뒤를 따랐다. 문 매트에 서 있던 남자는 맨 뒤에 섰다. 그가 야콤인지 포스인지는 상관없었다. 누구든지 간에 그는 소름 돋게 험악하고 덩치가 큰 추악한 모습의 야만인이었다. "우리 보조원들 중 하나를," 원장이 설명했다. "아니, 잭 스트로를 편하게 만나시려면, 부인, 둘을 데려가셔도 좋습니다."

우리는 계단을 올라갔다. 계단에는 자물쇠가 달린 거대한 문이 있어 아래층으로 가는 것을 막고 있었다. 그리고 더 많은 문으로 막혀 있는 음산한 석조 통로들을 지나갔다. 분노와 고통의 울부짖음이 아련히 들리기도 하고, 각양각색의 괴상한 웃음소리가 우리 양 옆 가까이서 나기도 했다. 웃음소리는 울부짖음보다 더 섬뜩했다. 가장 단단해 보이는 마지막 문은 그 끔찍한 소리들을 차단하고 있었다. 그 마지막 문을 통과하자 조그만 원형 공간이 나왔다. 원장은 여기서 멈춰 서서 잠시 귀를 기울였다. 쥐죽은 듯 조용했다. 그는 수행원에게 신호를 보내고, 빽빽이 못이 박힌 떡갈나무 문을 가리켰다.

"들여다보게." 그가 말했다.

수행원 남자는 문에 있는 조그만 쪽문을 옆으로 밀고, 입구를 막고 있는 창살을 통해 안을 들여다보았다.

"일어나 있는가, 자고 있는가?" 원장이 물었다.

"일어나 있습니다, 원장님."

"일을 하나?"

"네, 그렇습니다."

원장은 고모를 보았다.

"운이 좋으시군요, 부인. 그가 잠잠한 시간에 만날 수 있으니 말입니다. 스트로[짚]로 모자를 만들기도 하고, 바구니나 받침 만드는 것도 좋아합니다. 아주 잘 만듭니다. 유머 감각이 있는 방문 의사 한 분이 그의 작품을 보고 스트로라고 이름을 지어 준 겁니다. 이제 문을 열어 볼까요?"

고모는 파리하게 창백해졌다. 그녀가 흥분해 쿵쾅거리는 것을 진정시키려고 애쓰는 것을 나는 볼 수 있었다. "잠깐만 시간을 주세요." 고모가 말했다. "그를 보기 전에 마음을 가다듬고 싶군요."

고모는 문 밖의 돌 벤치에 앉았다. "이 측은한 사람에 대해 아는 게 있으면 알려 주세요. 한가하게 궁금해서 묻는 게 아닙니다. 그보다 더 나은 이유가 있어요. 어린가요, 나이가 들었나요?"

"치아 상태로 보건대," 마치 말에 대해 이야기하는 것처럼 원장이 대답했다. "그는 분명 어립니다. 하지만 피부는 윤기가 없고 머리는 허옇습니다. (그가 자신에 대해 말하는 것을 듣고) 우리가 추정하는 바로는, 외모에 이런 특이점이 있는 것은 사고로 독극물을 먹었다가 힘들게 살아났기 때문일 겁니다. 어떻게 사고가 났는지, 어디서 그랬는지, 그가 모르거나 아니면 우리에게 말을 하지 않습니다. 그를 아는 사람이 없다는 거 말고는, 우리가 그에 대해 딱히 아는 게 없습니다. 영어로 말을 하지만 억양이 약간 이상합니다. 그가 외국인인지 아닌지도 모르고요. 그가 여기에 있는 것이 일종의 혜택이란 걸 부인은 아셔야 합니다. 이곳은 상류층 시설입니다. 대체로 우리는 지식층의 광인만 받습니다. 하지만 잭 스트로는 억세게 운이 좋았지요. 정신 이상으로 주체할 수 없이 떠돌아다니다가 이 근처 거리에서 고위층 인사가 끄는 마차에 치었답니다. 제가 그분의 존함을 언급하는 것조차 경망스런 일이 될 수 있을 겁니다. 그 인사는 (굳이 말하자면, 이름이 꽤 알려진 숙녀입니다만) 이 사고로 무척 걱정을 했지요. 이 친구가 심각하게 다친 게 아니라서 그럴 필요까지는 없었는데, 그분은 그를 마차에 태워 이곳으로 데려오셨답니다. 그리고 그를 받으라고 우리에게 명령했지요. 음, 바그너 부인, 그 높은 분의 마음은 가히 상류층다웠답니다. 그분은 당신의 말발굽에 깔렸던 이 운 좋은 미치광이에 대해 종종 문의하시곤 했습니다. 그가 어떤 문제를 일으키고 우리에게 얼마나 많은 빚을 지고 있는지는 말하지 않겠습니다만, 우리는 그를 통제하기 위해 특별한 족쇄를 만들었답니다. 그리고 제가 맞는다면," 원장은 보조원을 보며 말했다. "채찍을 써야만 했던 게 바로 지난주였고요."

보조원 남자는 외투의 큰 주머니에 손을 넣어 가닥이 많은 끔찍한 채찍을 꺼냈다. 그는 싱글벙글하며 고문 도구를 자랑스럽게 내보여 주었다. "이것으로 저 놈을 고분고분하게 만듭지요, 부인." 야만인이 신이 나서 말했다. "한번 만져 보실랍니까."

고모가 벌떡 일어났다. 원장이 인정사정없이 그를 뒤로 밀쳐내지 않았다면 고모는 너무 분개한 나머지 채찍으로 그의 어깨를 내려쳤을 것이다. "열정이 넘치는 부하인지라." 원장이 기분 좋게 웃으며 말했다. "이해해 주십시오."

고모는 독방 문을 가리켰다.

"여세요." 고모가 말했다. "저 괴물을 다시 보느니 차라리 다른 걸 보죠!"

원장은 고모의 단호한 어투에 놀란 게 분명했다. 단지 채찍을 보는 것만으로 고모가 자신의 결단을 다시 불러냈고 물러설 여지가 없음을, 그는 깨달았다. 고모는 더 이상 창백하지 않았다. 바들거리지도 않았다. 회색 눈동자는 흔들림 없이 반짝거렸다. "저 야만인이 부인을 정신 차리게 했군." 변호사가 뒤에 있는 보조 요원을 쳐다보며 나에게 속삭였다. "어떤 것도 부인을 제지하지 못할 걸세, 데이빗. 이제부터는 당신 뜻대로 할 거야."

5장

원장은 직접 제 손으로 독방 문을 열었다.

우리는 요새의 방처럼 좁고 천장이 높은 감방에 들어섰다. 한쪽으로 높이 솟은 우락부락한 돌벽에는 빛과 공기가 통하도록 쇠창살 구멍이 뚫려 있었다. 원장이 말한 '운 좋은 미치광이'는 두 벽이 만나는 구석 바닥에 앉아 양편에 짚을 어지럽게 쌓아 놓고 일을 하고 있었다. 높이 있는 창을 통해 들어온 햇빛이 희끗희끗한 머리로 비스듬히 흘러내렸다. 얼굴은 누리끼리하고, 양손은 발랄하게 조화를 이루며 민첩하게 집중하고 있었다. 그는 벽에 박힌 육중한 쇠사슬에 묶여 있었는데, 쇠사슬은 허리뿐 아니라 무릎과 발목 사이에도 채워져 있었다. 어림잡아 보기에, 쇠사슬은 그가 직경 1미터 반 정도를 어기적어기적 움직일 수 있을 만큼 길었다. 머리 위로는, 필요하면 당장 사용할 수 있도록 손목에 채우는 작은 사슬이 걸려 있었다. 그는 구

부정한 자세로 있었고, 내가 잘못 본 게 아니라면 그는 체구가 작았다. 너덜너덜한 옷은 삐쩍 마른 몸을 겨우 가리고 있었다. 환경이 이보다 나았던 시절에 그는 분명 키가 작은 잘생긴 남자였을 것이다. 발과 발목은 손처럼 섬세하고 우아해 보였다. 그는 너무 골몰히 일을 하고 있어서 감방 밖에서 말하는 소리를 듣지 못한 게 분명했다. (원장의 지시를 받아 우리 뒤를 따라오던) 보조원이 문을 쾅 닫았을 때 비로소 그는 고개를 들었다. 우리는 이제 퀭한 큰 갈색 눈과 초췌한 얼굴, 불안하게 달싹거리는 입술을 보았다. 그는 어린아이처럼 호기심에 싸여 방문자 한 사람 한 사람을 훑어보았다. 그러다가 방황하던 시선이 아직 채찍을 손에 들고 우리 뒤에 서 있던 보조원과 맞닥뜨렸다.

순간 광인의 얼굴 표정이 싹 바뀌었다. 사나운 증오가 눈에서 뿜어져 나오고, 입술에는 힘이 들어가며 야생 동물처럼 이빨을 드러냈다. 고모는 그가 보는 방향을 의식하며, 채찍을 들고 있는 증오의 대상이 보이지 않도록 자리를 옮겨 그녀에게 집중하도록 했다. 놀라우리만큼 갑자기 불쌍한 남자의 표정이 다시 한번 바뀌었다. 눈빛이 부드러워지고 가련한 미소가 어렴풋이 입술에서 떨었다. 그는 땋고 있던 지푸라기를 놓고 경외의 몸짓으로 손을 들어 올렸다. “오, 아름다운 부인!” 그가 중얼거렸다. “아름다운 부인!”

광인은 사슬이 되는 곳까지 벽에서 멀리 기어 나오려고 하다가 원장이 눈치를 주자 멈추었다. 광인은 씁쓸히 한숨을 쉬었다. "무슨 일이 있어도 부인을 해하지는 않을 거구먼요. 지가 놀라게 했다면, 마님, 용서해 주십시오."

그의 음성은 부드러웠다. 하지만 억양이 약간 이상했다. 고모를 '마님'이라고 부르는 것에는 이국적인 격식이 있었다. 영국인들은 보통 '부인'이라고 불렀을 것이다.

우리는 사슬이 닿지 않는 안전한 곳에 그대로 서 있었다. 고모는 동정심이 강하게 일 때면 당면한 위험을 무시해 버리는 여인처럼 그에게 다가갔다. 원장은 고모의 팔을 잡고 주의를 주었다. "조심하십시오." 그가 말했다. "우리는 그를 잘 압니다만 부인은 그렇지 않습니다."

잭은 서서히 눈을 크게 뜨며 원장을 보았다. 그의 입술이 다시 벌어지기 시작했다. 나는 또다시 사나운 얼굴을 보게 될까 걱정되었다. 내가 틀렸다. 다시 분노가 터질 듯한 순간에 이 비참한 남자는 아직 자신을 통제하며 억누를 수 있음을 증명했다. 그는 자신을 벽에 묶고 있는 사슬을 두 손으로 잡아 경련을 일으키듯 힘껏 비틀었다. 나는 그의 손가락뼈들이 살을 뚫고 튀어 나오는 줄 알았다. 그는 머리를 가슴으로 푹 숙였다. 축 늘어진 그의 몸은 바들거렸다. 그건 단지 한순간이었다. 그는 다시 고개를 들었고, 눈물로 흐릿한, 가련하고 퀭한 갈색 눈으로 고모를 보았다. 고모는 즉각 원장이 잡았던 손을 물리쳤다. 누가 말리기도 전에 고모는 잭 스트로를 향해 허리를 숙이고, 고운 하얀 손으로 그의 머리를 다정하게 만졌다.

"가여운 잭, 머리가 많이 뜨겁구나!" 고모는 꾸밈없이 말했다. "내 손이 시원하지?"

아직 맥없이 사슬에 묶여 있는 그는 쑥스러운 아이처럼 대답했다. "네, 마님. 손이 시원합니다요. 감사합니다."

고모는 문이 열렸을 때 광인이 만들고 있던 작은 밀짚모자를 집어 들었다. "잘 만들었구나, 잭." 그녀가 계속했다. "지푸라기로 어떻게 이렇게 예쁜 것을 만들 생각을 했을까?"

광인은 돌연 자신감이 부풀어 올라 고모를 올려다보았다. 그녀가 모자에 관심을 보이자 그는 우쭐해했다.

"한때는," 그가 말했다. "지 손이 지한테 미친 짓을 할 때가 있었습니다요. 지 말을 듣지 않고 머리와 살을 물어뜯었습죠. 근데 꿈에 천사가 나타나 어떻게 진정시키는지 알려 줬습니다. 천사가 말하기를, '니가 가진 지푸라기를 가지고 손으로 일을 해라.' 그래서 하루 종일 지푸라기를 엮었습니다. 밤에도 빛이 있었다면 아마 밤새 했을 거구먼요. 지는 밤이 싫습니다요. 밤이 무섭습니다. 으스스한 공기는 지를 갉아먹고, 시커먼 어둠은 두렵습니다. 지가 세상에서 받은 가장 큰 축복이 뭔지 말씀드릴까요? 햇빛입니다요! 햇빛!! 햇빛!!!"

햇빛이라는 말을 반복할 때마다 그의 목소리는 커졌다. 사슬이 팽팽히 뻗히자 그는 돌연 조용해졌다. 울분을 터트릴 것 같았다. "지는 얌전합니다요, 원장님." 원장이 꾸짖으려던 차에 그가 먼저 말했다.

고모는 그를 위해 거들었다. "잭은 나를 놀래지 않겠다고 약속했어요. 나는 그가 약속을 지키리라 믿어요. 불쌍한 것, 너는 다정한 부모나 친구가 없니?" 고모가 다시 그를 보며 물었다.

그가 고모를 올려다보았다. "네, 아무도 없습니다요. 마님이 처음이시구먼요." 그는 말을 하면서 두 눈에 밝은 고마움이 어렸고 지성의 섬광이 번득였다. "무엇이든 물어보세요." 그가 호소했다. "지가 얼마나 차분히 대답할 수 있는지 보여 드릴 테니까요."

"잭, 네가 사고로 중독되어 거의 죽을 뻔했다는 게 사실이야?"

"예, 그렇습니다요."

"어디에서 그랬지?"

"멀리 다른 나라에서입니다. 큰 병실에서. 그때 지는 의사의 조수였습지요."

"어떤 의사였어?"

광인은 손으로 머리를 짚었다. "잠깐만요. 지가 억지로 기억을 되살리려고 하면 머리가 아파서요. 먼저 모자를 마치게 해주십시오. 다 되면 모자를 드리고 싶습니다요. 지가 손가락을 얼마나 영리하게 쓰는지 모르실 겁니다. 자, 잘 보세요!"

그는 모자를 엮기 시작했고 고모가 보고 있으니 무척 행복해했다. 변호사는 공교롭게도 상황을 악화시키는 불운한 사람이 되었다. 여태껏 수동적으로 있던 이 신사는 이 과정에서 자신의 존재감을 드러낼 때가 되었다고 생각한 모양이었다. "나의 전문 지식이 필요할 때가 되었군요." 그가 말했다. "나는 이 사람을 비우호적인 증인으로 대할 작정입니다. 이런 식으로 좀 더 캐 낼 수 있을 겁니다. 잭!"

비우호적인 증인은 꼼짝하지 않고 일에 열심이었다. 변호사는 (사슬이 미치지 않는 곳에 머물면서) 목소리를 높였다. "야, 여기 봐 봐!" 그가 부르짖었다. "너 귀머거리 아니지, 그렇지?"

잭은 짓궂은 개구쟁이 눈빛을 띠며 고개를 들었다. 정상적인 사고를 가진 사람이라면 경계하며 더 이상 말하지 않았을 것이다. 하나 변호사는 고집을 피웠다.

"어이, 친구! 잠깐 얘기해 볼까. 네 이름이 '잭 스토로'일 리가 없지. 진짜 이름이 뭐냐?"

"편하실 대로 부르쇼." 잭이 말했다. "당신 이름은 뭐요?"

"아니, 그거 아니잖아! 너도 애비 에미가 있을 거 아니야."

"없는데요."

"어디서 태어났어?"

"시궁창에서."

"어떻게 자란 거야?"

"때때로 목에 사슬을 매달고."

"다른 때는?"

"다른 때는 발로 채이고. 조용히 좀 하쇼, 모자 좀 끝내게."

뻘쭘해진 변호사는 최후 수단으로 뇌물을 시도했다. 그는 동전 하나를 집어 들었다. "이거 보이느냐?"

"아니, 모자 말고는 아무것도 안 보이오."

이 대답으로 심문은 끝이 났다. 변호사는 원장을 보며 말했다. "답이 없는 사람이군요."

원장은 변호사를 보며 대답했다. "완전히 답이 없죠."

잭은 모자를 완성했다. 그리고 고모에게 주었다. "다 했는데, 마음에 드신가요?" 그가 물었다.

"정말 마음에 드네." 고모가 대답했다. "나중에 내가 리본으로 장식하고, 너를 생각하며 쓸게."

고모는 원장에게 모자를 내보이며 호소했다.

"보세요." 고모가 말했다. "촘촘히 엮어서 한 군데도 흐트러진 데가 없어요. 가여운 잭은 정신을 모아 이렇게 난해한 작품을 완성할 만큼 충분히 제정신이군요. 이런 일을 할 수 있는데, 원장님은 치료가 불가능하다고 포기하시나요?"

고모의 질문에 원장은 손을 내저었다. "단순히 기계적인 겁니다. 아무런 뜻도 없어요."

잭은 고모를 만졌다. "조용히 말씀드리고 싶습니다요." 그가 말했다. 고모는 몸을 숙여 귀 기울였다.

나는 고모가 웃는 것을 보았다. 나중에 시설을 나왔을 때 고모에게 그가 뭐라 했는지 물었다. 잭은 베들레헴 병원장에 대한 그의 견해를 이렇게 말했단다. "마님, 저 사람 말 듣지 마십시오. 덜떨어진 불쌍한 놈입니다. 그리고 키가 너무 작아요. 지보다 겨우 15센티 밖에 안 커요!"

고모는 아직 잭의 원수와 할 일이 남아 있었다.

"원장님, 귀찮게 해서 죄송합니다만," 고모가 말을 이었다. "가기 전에 할 말이 조금 더 있습니다. 따로 말씀드렸으면 하는데, 잠깐 시간을 내주실 수 있나요?"

붙임성 좋은 원장은 기꺼이 그렇게 하겠노라고 선언했다. 고모는 작별 인사를 하려고 잭을 향해 돌아섰다. 고모가 떠날 참이라는 사실에 그는 참을 수 없는 충격을 받고 자제력을 잃어버렸다.

"가지 마세요!" 참담한 남자는 고모를 두 손으로 잡으며 소리를 질렀다. "오, 자비를 베푸시어, 지와 같이 있어 주세요!"

고모는 마음의 평정을 유지했다. 그녀를 보호하기 위해 누군가가 끼어드는 것은 용납하지 않았을 것이다. 고모는 놀라 뒤로 물러나거나 벗어나려고 애쓰지도 않고 차분히 말했다.

"오늘은 악수를 하도록 하자. 네가 약속을 잘 지켰으니까. 조용히 고분고분했잖아. 우리는 잠시 헤어져야만 한단다. 잭, 놓아 줄래."

그는 여전히 고모를 붙잡고 머리를 흔들며 억지를 부렸다.

"나를 봐, 잭." 고모는 두려움을 보이지 않고 단호히 말했다. "할 말이 있어. 너는 더 이상 친구 하나 없는 사람이 아니란다. 내 안에는 너의 친구가 있어. 나를 봐."

그는 고모의 확고한 어투에 영향을 받아 고개를 들었다. 그들은 서로 시선이 마주쳤다.

"내가 말했듯이, 이제 나를 놓아주렴."

잭은 손을 내려놓았다. 그러고는 구석으로 움츠러들어 흐느꼈다.

"다시는 못 볼 거예요." 그가 흐느꼈다. "절대, 절대, 절대, 다시 못 봐!"

"내일 다시 오마." 고모가 말했다.

잭은 눈물을 글썽이며 고모를 보다가 믿을 수 없다는 듯 돌연 시선을 돌렸다. "진짜 그런 게 아니야." 그는 여전히 혼자 투덜거렸다. "그냥 기분 좋으라고 하는 말이야."

"내일 다시 올게." 고모가 다시 말했다. "약속하지."

그는 안정을 찾았지만 확신을 얻은 건 아니었다. 사슬이 쭉 뻗힐 때까지 기어가 고모의 발 앞에 개처럼 엎드렸다. 고모는 잠깐 고심하다 마침내 그에게 확신을 줄 수 있는 방법을 찾아

냈다.

“내일 다시 볼 때까지 내 대신 네가 가지고 있을 물건을 하나 줄까?”

그는 그 제안을 신의 계시처럼 받아들였다. 머리를 들고 관심을 보이며 조마조마 고모를 보았다. 고모는 손수건과 지갑, 향수병을 넣고 다니던 조그만 장식 핸드백을 그에게 주었다.

“잭, 너한테 이것을 전부 맡기마. 내일 만나면 다시 돌려주렴.”

이 간단한 몇 마디로 그는 흔연히 고모를 놓아주었다. 이 말로 그의 자존감은 신비하게 되살아났다.

“내일이면 부인의 가방은 갈가리 찢겨 있을 겁니다.” 그들이 나가도록 문이 열리자 원장이 조용히 말했다.

“실례지만, 원장님,” 고모가 응대했다. “아무런 일도 없을 겁니다.”

문이 닫히기 전 우리가 마지막으로 잭을 보았을 때 그는 그 백을 품에 안고 입 맞추고 있었다.

6장

집에 돌아오니, 프리츠 켈러는 벽이 둘러진 뒷마당 정원에서 담배를 피우고 있었다.

옛날 그 당시에는 상인들이 시내에 있는 그들의 회계 사무실에서 먹고 자고 했다는 걸 밝히는 게 좋겠다. 고 바그너 씨의 사업장은 나란히 서 있는 널찍한 저택 두 채로, 실내를 통해 왕래가 가능했다. 이 중 하나는 사무실과 창고로 썼고 (뒤에 정원이 있는) 다른 하나는 주거지였다.

프리츠는 나를 보고 다가오다 갑자기 태도를 바꾸며 멈춰 섰다. "무슨 일 있었지?" 그가 말했다. "네 얼굴에 쓰여 있다! 그 미친놈과 관계된 거야?"

"그래. 무슨 일이 있었는지 알려 줄까, 프리츠?"

"아니, 별로. 끔찍하고 심각한 얘기는 듣고 싶지 않아. 미치광이는 그냥 내가 상상해 볼게. 다른 얘기하자."

"조만간 너도 보게 될 거야, 몇 주 안에."

"그가 우리 집에 온다는 말이야?"

"유감스럽게도 그럴 것 같아, 아무래도."

프리츠는 벼락 맞은 사람처럼 나를 보았다. "그거 엄청난 발표인데." 그는 특이한 방식으로 말했다. "두 다리로 뻣뻣이 서서 듣고 있기에는 너무나 압도적이야. 어디에 좀 앉자."

그는 정원 끝에 있는 정자로 나아갔다. 나무 테이블에는 이 친구가 꽤나 좋아하는 영국 맥주가 한 병 있고 양쪽에 잔이 있었다.

"우리가 위로받을 수 있는 게 필요할 거라는 예감을 받았지." 프리츠가 말했다. "잔을 채워, 데이빗. 병을 비우기 전에 기분 나빴던 것을 완전히 날려 버리자구."

나는 그에게 명장면 부분을 먼저 말했다. 그러니까, 내가 앞서 묘사했던 것들. 프리츠는 꽤나 관심을 보였다. 그는 잭 스트로에게 깊은 동정심을 보였으나, 그렇다고 잭에 대한 고모의 확신까지 동조하지는 않았다.

"잭이 정말 불쌍한데." 그가 말했다. "한데 잭은 끓고 있는 화산 같아. 자연의 법칙이 밀어붙이면 끓고 있는 화산은 폭발하기 마련이지. 나는 병원장님만 믿을 뿐이야. 설마 네 고모한테 사슬을 맡기고 그 미친놈을 풀어 주지는 않겠지? 잭을 만나고 접견실에서 고모랑 따로 얘기를 할 때 뭐라 하시던? 대답하기 전에, 잠깐만," 프리츠는 우리가 앉아 있던 벤치 아래를 손으로 더듬으며 말했다. "내가 두 번째 예감이 받았는데, 음, 두 번째 병이 필요할 거라는…… 여겼다! 잔을 채워, 그리고 각자 자리를 잡아 보는 거야. 너는 도덕관념에 강한 충격을 주고, 나는 그것을 감수하고. 첫 번째 병보다 이게 더 맛있고 짜릿한데. 자, 고모가 뭐라 했지?"

고모는 내가 말할 수 있는 것보다 훨씬 더 많은 말을 했다.

요약하자면 이랬다. 채찍과 쇠사슬과 그 보조원을 보고, 고모는 남편이 살아 있다면 시도했을 법한 위험한 실험을 직접 해보기로 작정했다. 잭 스트로를 퇴원시켜 자유를 주는 것은, 규정을 무시하고 잭을 억지로 그 기관에 두게 한 권력자가 할 수 있을 것이다. 그 공직자는 바그너 씨가 생의 마지막에 일깨운 그 문제에 관심을 갖고 개입할 수 있을 것이다. 이렇게 계획을 세운 고모는 감호 시설 이사들에게 미리 보낼 요량으로 변호사에게 그녀가 바라는 것과 의도하는 것을 공식 문서로 작성하도록 요청했다.

"변호사는 뭐래?" 내가 지금까지 고모가 진행한 일을 설명하자 프리츠가 물었다.

"변호사는 고모가 요청한 것을 못하겠대. '설령 남자라도 그런 위험을 무릅쓰는 것은 용납할 수 없을 겁니다. 영국 전체를 통틀어 봐도 그런 생각을 하는 여자는 없을 겁니다.'라고 하더군. 이게 정확히 그가 한 말이야."

"고모가 그 말을 들었어?"

"한마디도 안 들었지. 변호사에게 귀중한 시간을 허비하게 해서 미안하다고 사과하고는 좋은 아침 되시라고 하더군. '아무도 도와주지 않는다면,' 고모가 조용히 말했어. '스스로 돕는 수밖에.' 그러고는 나를 보았지. '잭이 얼마나 신중하고 꼼꼼하게 일하는 거 너도 봤지. 탈출하고 싶어 했지만 내 앞에서는 참을 수 있었어. 그보다도, 한 번은 자제력을 잃기도 했지만, 차분히 진심을 담아 설득을 하니까 금세 정신을 차렸잖아. 그런 사람을 평생 사슬과 채찍에 맡겨 두고 너는 마음이 편하겠니?' 내가 뭐라 할 수 있겠어? 고모는 사려 깊어 나를 강요하지는 않았지만 단지 생각을 해 보라고 했지. 그 후 나는 줄곧 생각을 하고 있어. 근데 생각을 하면 할수록 그 미친놈을 집에 들이면 무슨 일이 벌어질까 두렵다."

프리츠는 그걸 상상하자 오싹했다.

"잭이 집으로 오는 날에는 나는 나갈 거다." 그가 말했다. 그리 말하면서 프리츠는 고모가 고려하고 있는 실험이 사회적으로 어떤 파장을 가져올지 불현듯 궁금해졌다. "고모 친구들은 어떻게 생각할까?" 그가 측은히 물었다. "고모를 만나러 오지 않겠지. 그 사람들은 고모도 미쳤다고 떠들 거야."

"그것 때문에 너무 괴로워하지는 마시구려, 신사 분들. 나는 친구들이 뭐라 해도 상관없으니까."

우리는 깜짝 놀라 어리둥절하며 벌떡 일어났다. 정자 입구에 고모가 손에 편지를 들고 서 있었다.

"독일에서 온 소식인데, 프리츠, 너에게 왔다."

고모는 이렇게 말하며 편지를 건네주고 떠났다.

솔직히 말하자면 우리는 엄청 겸연쩍어하며 서로를 보았다. 프리츠는 초조한 눈빛으로 편지를 보고 주소의 손 글씨체를 알아보았다. "아버지가 보내셨군!" 그가 말했다. 그 편지 봉투를 개봉하니 그 안에 있던 두 번째 편지가 바닥으로 떨어졌다. 프리츠는 그것을 집어 들며 얼굴색이 변했다. 봉인은 되어 있었고, 뷔르츠부르크 소인이 찍혀 있었다.

7장

프리츠는 뷔르츠부르크에서 온 편지를 열지 않았다.

"미나가 보낸 게 아니야." 그가 말했다. "글씨체가 생소한데. 아버지는 이에 대해 뭔가 아시려나." 프리츠는 아버지의 편지를 펼쳐 읽고는 아무 말 없이 나에게 건네주었다.

켈러 씨는 다음과 같이 간략히 썼다.

"동봉한 편지는 우편으로 나에게 왔구나. 보다시피 너에게 전해 주라는 요청이 쓰여 있었다. 다른 신사들을 대하듯 아들도 똑같이 대해야 한다는 게 내 명예 법칙이다. 그래서 내가 받은 그대로 너에게 편지를 전달하마. 하지만 소인을 보니 미망인 퐁텐과 딸이 아직 살고 있는 도시라는 걸 놓칠 수가 없다. 만약 미나나 걔 어머니가 쓴 거라면, 분명히 말하지만, 너는 답장을 해서는 안 된다. 내가 살아 있는 한, 두 가족이 결혼으로 엮이는 일은 절대 없을 게다. 사랑하는 아들아, 이게 다 너를 위해서 하는 소리란다. 한마디로 너를 아끼는 아비의 마음에서 나오는 소리지."

내가 이 글을 읽고 있을 때 프리츠는 뷔르츠부르크에서 온 편지를 개봉했다. "어쨌든 되게 긴대." 끝에 있는 서명을 보려고 빽빽이 채워진 종이를 뒤집으며 그가 말했다.

"누구야?"

"누구냐고?" 프리츠가 되풀이해 말했다. "이름이 없는 편지야. '당신의 이름 모를 친구'라고 서명을 했네."

"미나 양이나 그녀 어머니에 대한 것일 수도." 내가 추정했다. 프리츠는 편지지를 첫 쪽으로 뒤집더니 벌겋게 달아올라 나를 보았다. "징그러운 비방꾼들! 미나 어머니에 대해 또 거짓말이야!" 그가 소리를 질렀다. "데이빗, 이리 와서 여기 봐 봐. 누가 쓴 것 같아? 남자야, 여자야?"

글씨체는 면밀하게 조작되어 있어서 나는 질문에 답을 할 수 없었다. (이 글과 연관된 다른 서신들과 같이) 나는 이 편지를 복사해서 가지고 있었다. 아무것도 바꾸지 않고, 야비하게 친한 척하는 문장 형식까지 여기에 옮긴다. 그 이유는 곧 저절로 알게 될 것이다.

선한 친구에게,

오래전에 당신은 나에게 친절을 베푼 적이 있지요. 그게 무엇이었는지, 내가 누구인지는 신경 쓰지 마세요. 그래서 나는 당신에게 친절로 보답하려고 합니다. 그거면 충분한 이유가 되겠지요.

당신은 '이세벨의 딸'과 사랑에 빠졌어요. 자, 화내지 말아요! 당신은 이세벨이 깊이 상처받은 여인이라고 생각한다는 걸 알아요. 그리고 뷔르츠부르크에서 그녀를 대변해 싸움질을 할 만큼 어리석었다는 것도 알고요.

그녀가 다정다감한 어머니이고, 순진한 딸이 그녀를 성심껏 사랑하는 것만으로도 당신에게는 충분하겠죠. 나도 그녀가 다정다감한 어머니라는 사실은 부정하지 않겠어요. 하지만 모성애만으로 여자를 충분히 변호할 수 있을까요? 그러니까 프리츠, 고양이를 생각해 봐요. 고양이도 어미는 다정다감해요. 그럼에도 모든 것을 할퀴고 사납게 울어 대죠. 가엽고 순진한 어린 미나는 다른 사람에게서 악을 보지 못해요. 사악함이 그녀의 얼굴을 똑바로 쳐다봐도 그 음흉함을 알아보지 못해요. 과연 그런 미나가 그 과부의 성격을 알려 줄 수 있는 믿을 만한 증인이 될까요? 흥! 어림없죠.

화가 나더라도 이 편지를 찢지 말아요. 이 문제에 대해서는 더 이상 당신하고 논쟁하지 않을 테니. 나는 이 여자와 직접적으로 연관된 어떤 범죄 상황을 알게 되었어요. 당신을 위해 진심을 담아 이 상황을 사실대로 설명해 볼게요. 당신이 눈을 떠서 진실을 볼 수 있기를 간절히 바라면서 말이죠.

의사이자 교수였던 퐁텐이 죽은 날로 돌아가 봅시다. 1828년 9월 3일, 뷔르츠부르크 대학의 아파트에서였죠.

아시다시피, 그 가여운 분은 장티푸스로 세상을 떠납니다. 역시 아시겠지만, 그가 과소비를 한 것은 아니지만 빚을 남기고 죽습니다. 그는 자기 친척들보다 오래 살았으니 다른 사람에게서 금전적 혜택을 바라거나 기대할 수도 없었죠. 이 상황에서 그는 마지막 바람을 공증된 유언장 대신 글로 써 놓습니다.

이 글에서 그는 처가 가족들에게 아내와 딸을 돌봐 달라고 간절히 요청합니다. 다음은 자신에 관한 것인데, 대학에 부담이 가지 않도록 장례를 최대한 검소하게 치러 달라고 하지요. 세 번째이자 마지막으로 그는 동료 교수 중 한 명을 지목하고 임종 시 자기 실험실의 내용물을 처리하도록 합니다.

유언 집행인에게 지시한 글은 매우 중대하니 한 단어도 빠짐없이 여기에 옮겨야 한다는 의무감이 드는군요.

이렇게 시작합니다.

이로써 나는 내가 죽은 후 실험실의 내용물을 처리할 수 있는 유일한 대리자로 오랜 친구이자 동료인 스타인 교수를 지정한다. 현재 그는 학교 일로 한동안 뮌헨에 가 있다. 내 개인 소유인, 화학 실험에 사용된 여러 물건들은 두 창 사이에 있는 기다란 소나무 테이블 위에 정리되어 있을 것이다. 내 후계자에게 그것들을 먼저 구입할 수 있는 권한을 준다. 그가 원치 않으면, 여건에 따라 각 생산자가 팔 수 있도록 뮌헨으로 보낼 수 있다. 실험실 가구는, 붙박이든 이동용이든, 모두 대학에 귀속한다. 단 서쪽 벽에 만들어진 철제 금고의 내용물은 예외로 한다. 이것들은 전적으로 나의 소유이다. 나는 내 집행인이자 대리자가 다음 지시에 철저히 따르도록 엄중하게 요구한다.

(1) 스타인 교수는 벽의 금고를 열 때 합법적인 입회인 한 명을 동반한다.

(2) 입회인은 스타인 교수가 말하는 대로 받아 적어 금고 내용물의 정확한 목록을 만든다. 내용물은 이렇다—약 성분이 든 병들, 파우더를 담은 주석 용기들, 작은 약상자 하나, 이 약상자는 여섯 칸으로 나뉘어져 있고, 각 칸에 레이블이 붙은 병이 하나씩 있는데, 그 병에는 조제된 액체가 들어 있다.

(3) 목록이 완성되면 나는 스타인 교수가 손수, 약상자의 병들을 포함해 모든 약병과 용기 들을 실험실 싱크대에서 비우기를 바란다. 특히 약상자 병들에 붙어 있던 레이블 또한 파기하는 것에 유의하도록 한다. 이 일을 마치면 스타인 교수는 파기한 내용을 쓰고 목록에 서명한다. 이렇게 입증된 문서는 대학의 서기관이 보관한다.

내가 이렇게 지시 글을 쓰는 까닭은 단순히 내가 죽은 후, 조제된 화학 물질을 함부로 취급하여 생길 수 있는 위험한 상황을 막기 위함이다.

대부분의 경우 이렇게 조제된 화학 물질은 독성이 있다. 말이 나온 김에 변명 삼아 덧붙이자면 나는 오직 동료 인간들에게 선한 일을 하기 위해 이 실험을 했었다. 그것이 유일한 실험 동기였다.

처음에는 독성분을 포함한 치료 약품을 더 많이 개발하는 데 마음을 졸였다. 다음으로는 이 치명적인 독약들의 해독제 개발에 힘썼다. (범죄나 사고의 경우) 생명을 구할 수 있기 때문이다.

몇 년 만 더 살 수 있다면 나는 내 후계자가 의료계에 그것들을 소개할 수 있도록 위험을 무릅쓰고 준비를 마쳐 놓았을 것이다. 지금 상태로는—내가 위험을 감수했던 한 가지 경우를 제외하고는, 이 경우는 중독된 사람의 생명을 구할 수 있다—실험을 통해 내 이론들을 철저히 검증하고, 인류를 위한 발견을 과학계에 당당하게 공개하기에는 시간이 부족하다.

이런 정황에서 나는 단념하고 야망을 접기로 했다. 오직 해가 되지 않기를 바랄 뿐이다. 조제 물질들이, 특히 약상자에 있는 것들이 무지한 자나 사악한 자의 손에 들어간다면, 그 결과는 생각만 해도 등골이 오싹하다. 한 가지 유감스러운 점은,

내가 손수 그것들을 파괴하여 옳은 일을 해야 하지만 침대에서 일어날 힘이 없다는 것이다. 나의 친구이자 집행인이 대신해 줄 것이다.

실험실 열쇠와 금고 열쇠는 오늘 간병인이 보는 앞에서 작은 나무 상자에 보관한다. 상자는 (같은 입회인 앞에서) 내 도장으로 봉인하고, 베개 밑에 두었다가 내가 죽기 전에 스타인 교수가 뮌헨에서 돌아오면 직접 줄 것이다. 그때까지 이 집행인이 돌아오지 않는다면 사랑하는 아내에게 맡길 것이다. 그녀는 내가 봉인한 상자를 전적으로 맡길 수 있는 유일한 사람이다. 아내는 스타인 교수가 뷔르츠부르크에서 돌아오면 곧바로 그 상자를 내어 줄 것이다. 상자에는 이 지시 글과 더불어 열쇠들이 놓여 있을 것이다.

프리츠 친구, 상자에는 그 지시 글이 있었어요! 그리고 이제는 비밀이 아니죠. 퐁텐 박사가 죽은 후 일어난 사건 때문에 스타인 교수는 법정에서 그것을 공개하는 것이 옳다고 느꼈답니다. 무슨 일이 있었는지 궁금하시죠. 이 서신이 끝나기 전에 알게 될 겁니다.

스타인 교수가 뮌헨에서 너무 늦게 돌아오는 바람에 친구나 동료들은 그 상자를 전해 주지 못했지요. 남편의 원에 따라 미망인 퐁텐이 그에게 주었답니다.

스타인 교수가 봉인을 찢었습니다. 지시 글을 읽은 후 그날 바로 편지에 쓰인 대로 따랐어요.

스타인 교수는 실험실 문을 열었어요. 대학 서기관이 입회인으로 동행했고요. 스타인 교수는 나중에 팔 물건들은 테이블 위에 두고, 파괴할 내용물이 든 병과 용기 들의 목록을 곧바로 만들기 시작했죠. 금고를 열자 지시 글에 쓰여 있던 것처럼 물건들이 있었어요. 그것들 위에는 먼지가 쌓여 있었고 아무도 만지지 않았다는 것을 증명하고 있었죠. 교수는 목록을 다 만들고 직접 병과 용기 들의 내용물을 쏟아 버렸답니다.

하지만 다음으로 약상자를 찾으니 금고에는 그런 게 없었어요. 우연히 실수를 했을지도 몰라 실험실을 샅샅이 뒤졌답니다. 그래도 약상자 같은 것은 찾을 수 없었죠.

그래서 미망인 퐁텐은 조사를 받게 됩니다. 그녀는 약상자가 어떻게 되었는지 알았을까요? 그녀는 그런 게 있었는지조차 몰랐어요. 다른 사람이 가져갈 수 없도록 그녀가 그 봉인된 상자를 신중하게 보관했을까요? 당연히 그랬죠! 서랍에 넣고, 잠그고, 열쇠는 그녀 호주머니에 넣어 두었지요.

서랍 자물쇠와 실험실, 금고 자물쇠를 조사했어요. 억지로 열려 했던 흔적은 없었답니다. 알 만한 대학 관계자들에게 복제된 열쇠가 있느냐고 물었지만 하나같이 없다고 대답했고요. 간병인에게 물었더니 퐁텐 박사가 지시 글을 쓰고 죽음을 맞이

하기 전까지 침대에서 일어나 실험실로 가는 건 물리적으로 불가능했다고 증언했어요.

조사가 계속되는 동안 퐁텐 박사의 선임 조수는 허락을 받고 열쇠가 있던 상자에 남아 있는 봉랍을 현미경으로 들여다보았어요.

검사하고 화학적 분석을 한 결과, 상자의 봉인에 (표면상으로는 똑같은 빨간색인데) 두 종류의 봉랍이 쓰인 것으로 판명되었어요. 밑에 깔린 것과 그 위에 있는 것이 달랐답니다. 위의 것은 특정 부분에서만 밑의 것과 섞여 있었죠. 상자를 열기 위해 박사의 봉랍에 열을 가해 녹였다가 집행인이 의심하지 않도록 후에 새 봉랍을 더하고 그 위에 박사의 도장으로 눌렀다고 의례 추정했지요. 여기서 (당시 입회했던) 간병인은 퐁텐 박사가 상자를 봉인할 때 봉랍을 단 한 자루만 사용했다고 증언했고요. 도장은 미망인이 가지고 있었는데, 밤에 반지를 빼서 두는 자기 쟁반에 아무렇게나 놓여 있었어요.

이 사건은 아직 법원이 조사 중입니다. 앞으로의 진행 상황을 자세히 보고하지는 않겠습니다.

당연히 미망인 퐁텐은 결백을 확신하는 사람처럼 태연히 조사 결과를 기다립니다. 당연히 그녀는 자기 집을 조사하라고 허락했고, 그렇게 해야 한다고 우기기도 했어요. 당연히 빨간색 봉랍이나 약상자는 발견되지 않았고요. 당연히 우리가 모르는 도둑이 우리가 알 수 없는 목적으로, 박사가 죽고 스타인 교수가 뮌헨에서 돌아오기 전에 상자와 도장을 가져가, 지시글을 읽고 그 끔찍한 약상자를 훔쳐 갔죠. 이게 피고 측이 인용한 이론입니다. 당신이 이걸 믿는다면 내가 쓸데없이 편지를 쓴 게 되겠죠. 반면에 내가 믿는 것처럼 당신이 지각 있는 청년이라면, 내 충고를 들어요. 가엽고 왜소한 미나를 마음껏 불쌍히 여기세요. 그리고 선량한 어머니를 둔 다른 숙녀를 찾아봐요. 당신 아버지와 '당신의 이름 모를 친구'와 같은 두 명의 조언자를 둔 것을 행운이라 믿으면서 말이죠.

8장

"이걸 쓴 비열한 사람이 여자라는 것에," 편지를 다 읽고는 프리츠가 말했다. "네가 원하는 대로 돈을 걸지."

"왜 그렇게 생각하는대?"

"내가 뷔르츠부르크에 있을 때 가련한 마담 퐁텐에 대한 가짜 뉴스의 출처를 더듬어 올라가 보면 하나같이 여자였거든. 그들은 미나의 어머니를 질투하고 증오하지. 모든 면에서 그들보다 월등하니까. 잘생겼지, 눈에 확 띄지, 완벽하게 몸단장을 하고 모든 교양을 갖추었잖아. 스타였어. 틀에 박힌 추레한 안주인들 사이에서 반짝이는 별. 그들은 증거라고는 눈곱만큼도 없으면서 그녀를 유죄로 단정하는 게 부끄럽지 않을까? 남편이 그녀를 신뢰한 것이 잘못이다, 봉인을 뜯었다, 독약을 훔쳤다…… 나약한 여인에게 얼마나 잔인한 비난인가! 오, 가여운 미나! 그걸 어떻게 받아들였을까. 미나는 어머니처럼 정신력이 강하지 않은데. 당장 뷔르츠부르크로 날아가 그녀를 위로해야겠어. 아버지가 뭐라 하든 상관없어. 핍박당하는 두 여인을 친구도 하나 없이 내버려 둘 수는 없어. 미망인에게 불리한 법적 판단을 내린다고 가정해 볼까? 이미 재판 결과가 공지되었는지도 몰라. 불안감에 참을 수가 없다. 아버지의 행동이 공정하지도 이성적이지도 않은데 내가 계속 아버지를 따라야만 하는 건가?"

"진정해, 프리츠. 진정!"

"분명히 말하지만, 데이빗, 나는 내가 말한 것을 증명할 수 있어. 잘 들어 봐. 아버지는 미나의 어머니를 본 적도 없어. 그녀에 관해 떠도는 가십을 무작정 믿는 거라고. 아버지는 보통 어떤 여자도 이유 없이 주변 사람들에게 반감을 사거나 불신을 받는 경우는 없다고 하시지. 내 명예를 걸고 말하는데, 아버지가 결혼을 반대하는 데는 이것 말고 다른 이유는 없어. 여자에게 스스로를 변호할 기회도 주지 않고 막무가내로 비난하는 게 공정한가, 정당해? 아, 진짜, 돌아가신 어머니가 그립다! 어머니가 살아계셨다면 영향력을 발휘하셨을 거야. 아버지는 편협한 선입견에 사로잡힌 것에 겸연쩍어하셨겠지. 나는 돌아버릴 지경이다. 그걸 생각하니 머리가 핑핑 돈다. 내가 뷔르츠부르크로 가면 아버지는 나랑 말도 섞지 않을 거야. 계속 여기 있어야 한다면, 아, 내 목이라도 치고 싶다."

두 번째 병에는 아직 맥주가 조금 남아 있었다. 프리츠는 그걸 잔에 따라 마지막 한 방울까지 마셔 버릴 암울한 결단으로 벌컥 들이켰다.

나는 그 사이 조용한 순간을 틈타 친구에게 인내의 미덕을 가지라고 조언했다. 그리고 근처 이국적 커피숍에 쌓여 있는 독일 매거진을 들춰 보면 손쉽게 뷔르츠부르크의 소식을 알 수 있다고도 귀띔해 주었다. 나는 조만간 고모가 켈러 씨에게 전하는 사업 내용을 가지고 프랑크푸르트에 갈 거라고 말하며 프리츠가 내 조언에 더욱 귀 기울이게 했다. 내가 조용히 알아봐 줄 수도 있고, 또 (가능하다면) 뷔르츠부르크에 소식을 전하겠노라고 제안했다. 단, 머지않아 저절로 드러날 더 밝은 미래를 진득하니 기다리겠다고 약속한다면.

간신히 프리츠를 진정시켰을 때 나는 잭 스트로의 해방이라는 더 심각하고 절박한 화제에 관심을 가져야만 했다. 고모가 나를 찾는다는 전갈을 받았기 때문이다.

고모는 책상에 앉아 있고 반대편에는 사무장이 서 있었다.

하트리 씨는 고모가 미친 사람들을 치료하는 일에 관여하는 것을 변호사만큼이나 강하게 반대했다. 하지만 어떤 조건에서도 그는 고용주에 대한 의무를 우선시했다. 정중히 반대하면서도 그에게 요구되는 것은 수행했다. 지금 그는 고모의 지시를 받으며 필요한 기록과 진술을 끄집어내는 일을 하고 있었다. 고모가 나를 찾은 이유는 이렇게 만들어진 초안을 깨끗하게 필사할 수 있느냐고 묻기 위해서였다. 고모는 현재 상태에서 직원에게 이 내밀한 일을 시키고 싶지 않았다. 두말할 것 없이 나는 하트리 씨의 선례를 따랐고, 고모의 편의에 맞추어 적절히 내 신념을 조율했다.

다음 날 고모는 약속했듯이 불쌍한 잭을 방문했다.

그에게 맡겨 두었던 가방은 흠집 하나 없이 무사히 돌아왔다. 고모는 이 상황을 환영하며 자신이 만든 계획의 새로운 가능성을 보았다. 미친 잭은 책임감을 이해할 뿐 아니라 스스로 그렇게 할 수 있다는 것을 보여 주었다. 원장은 웃으며 얼핏 반어적으로 말했다. "잭이 교활하다는 걸 저는 절대 부정하지 않았습니다, 부인."

그날 이후 고모의 무모한 계획은 우리가 놀랄 속도로 완성을 향해 내달렸다.

첫 단계로, 왕실에 자리를 잡고 있는 남편의 친구에게 부탁했지만 역시 부득이한 반대에 부딪혔다. 고모는 잭의 안타까운 사례를 가지고 조심히 실험하는 게 목적이라고, 남편의 인도적 프로젝트가 더욱 약진하도록 잭을 자기보다 위험과 난관을 더 많이 겪은 능력 있는 사람들에게 기꺼이 맡길 거라고 호소했지만 소용없었다. 겨우 얻어 낸 양보라고는, 한 신사 앞에서 두 번째 미팅을 갖자는 약속이었다. 그 신사의 의견을 들어 보는 것이 중요할 거라고. 그는 왕실과 연관된 의사 중 한 명으로 자신의 전문 분야에서 진보적 견해를 가진 것으로 알려져 있었다. 신사의 객관적인 조언을 잘 들으면 고모의 관심사에 유용할 것이라고 했다.

두 번째 약속에서 고모는 특별한 방식을 써서 설득할 요량으로 남편의 일기를 가져갔다. 일기에는 정신병을 윤리적으로 치료하는 것에 대한 메모가 있었는데, 완성된 것은 아니었다.

예상했던 대로, 조언을 주기로 한 의사는 그 목적에 대한 고모의 어설픈 설명을 듣는 것보다 메모 읽는 것을 선호했다. 의사는 바그너 씨가 주장하는 생각의 신선함과 분별력에 감동을 받았고 그것을 공개적으로 인정할 만큼 솔직했다. 하지만 설령 아주 소소한 일일지라도 여자가 여기 제안된 혁신을 이끌어 가는 것에는 반대했다. 고모는 이런 충고에 짜증이 나 인내심을 잃어버렸고, 의사의 충고를 거절하며 그 질문에 대해 자신의 입장에서 강하게 논쟁했다. 논쟁이 극에 달했을 때 갑자기 누군가가 밖에서 방문을 열었다. 가벼운 옷차림의 숙녀가 모습을 드러냈다. 그녀는 두 여자의 시중을 받고 있었다. 두 신사는 깜짝 놀라 일어서며 고모에게 슬쩍 말했다. “공주님이십니다!”

이분이 바로 베들레헴 병원장이 입에 담기조차 조심스럽다고 했던 고위 인사였다. 조지 3세의 딸. 공주는 궁전 정원으로 가는 길에 문 앞을 지나가다 소란스런 소리와 여자가 책의 이름을 또렷하게 말하는 것을 들었다. 존엄한 아버지로부터 유별나게 활발한 호기심을 물려받은 공주는 문을 열고 허물없이 합류했다.

"무엇 때문에 싸우고 있지요?" 공주가 물었다. "여기 이 부인은 누구시지요?"

바그너 부인은 직접 답을 했다. 고모는 손에 잡은 이 황금 기회를 최대한 활용했다. 공주는 처음에는 아연실색하다가, 관심을 갖게 되고, 마침내 고모의 견해에 공감했다. 궁정의 지루한 일상 속에 심지어 왕의 딸도 약간 맛볼 수 있는 낭만적인 모험이 여기 있었다. 공주는 각자 처한 위치에서 남자들과 대등했던 여자들로 보아디케아, 엘리자베스 여왕, 잔 다르크를 예로 들며 바그너 부인도 같은 유의 영웅이라고 칭송했다.

"당신은 멋진 분이시군요." 공주가 말했다. "나를 믿어도 될 거예요. 내가 전심으로 돕겠어요. 내일 이맘때쯤에 내 궁실로 오세요. 그리고 잭에게 내가 잊지 않았다고 말씀해 주시고요."

왕실이 나서자, 변호사와 의사와 이사들이 잭의 퇴원에 반대하며 내세웠던 모든 기술적 장애물들은 규정에 대한 기발한 항소에 무너졌다. 공주가 직접 제안한 것에 근거한 항소였다.

"간단히 말하자면," 공주가 고모에게 말했다. "내가 잭을 그 병원에 넣어야 한다고 요구했을 때 그들은 내가 규정을 깼다고 했어요. 당신 남편은 이사 중 한 명이었고, 지금 당신은 그의 유일한 집행인이죠. 아주 좋아요. 남편의 대리인으로서 규정 위반에 대해 불만을 제기하며 잭을 퇴원시키라고 요구하세요. 잭은 지금 상류층 환자가 갈 수 있는 고상한 자리를 차지하고 있는 셈이니까요. 오, 나를 신경 쓸 필요는 없어요! 규정을 무시한 것에 대해 나는 유감을 표명할 거예요. 진정성을 보이기 위해 그 불쌍한 사람을 풀어 주는 것에 동의할 겁니다. 그리고 내가 친히, 그를 돌보는 데 전적으로 책임을 지겠어요. 이렇게 하면 어려운 점이 해결되죠. 이 방법을 써요. 당신이 원한다면 언제든지 잭을 데려갈 수 있을 테니까."

3주가 지나고 (우리의 친구 변호사의 말을 빌자면) 이 "위험한 미치광이"는 "바그너 부인을 살해하고 집에 불 지르기 위해" 석방되었다.

당시 나는 거기 없었기 때문에 고모의 위태로운 실험이 어떻게 진행되었는지—어떤 점에서 성공하고 어떤 점에서 실패했는지—목격자로서 진술할 수 없다. 이 사건의 흥미로운 부분은 이 이야기가 진행되면서 잭이 직접 얘기해 줄 것이다. 그동안 여러 일들이 일어나 나는 곧 런던을 떠나야만 하는 처지에 이르게 된다.

바그너 부인이 아직 궁전에 있을 때 켈러 씨로부터 편지가 한 통 왔다. 프랑크푸르트 지점 사업장에 직원 수를 늘릴 필요가 있다는 내용이었다. 고모는 그때 바빴기 때문에 독일 파트너들에게 건넬 지시 사항을 나에게 주었다. 유언장이 공개된 후 내가 변호사와 같이 고모를 만났을 때 고모가 처음 예고했듯이, 사무실에 여성을 고용할 수 있도록 준비하라는 거였다.

"내가 지금 불쌍한 잭의 일에 집중한다고 해서," 고모가 말했다. "여성의 일이 소홀히 돼서는 안 되지. 데이빗, 바로 프랑크푸르트로 가거라. 거기 파트너들에게 사무실 행정에 변화를 줄 준비를 하고 직원 증원은 보류하라고 내가 충분히 글은 썼다. 나머지는 내가 숙고 중인 계획을 네가 직접 말로 설명할 수 있을 게다. 서둘러 떠나려무나. 그리고 프리츠가 같이 가겠다고 하면 너는 당연히 안 된다고 말할 거고. 걔는 아버지의 허락 없이 런던을 떠나서는 안 돼."

프리츠는 내 여행 계획을 듣자마자 물론 나랑 같이 가겠다고 했다. 고백하건대 나는 그가 충분히 그럴 만한 사정이 있다고 생각했다.

그 전날 저녁 우리는 커피숍에서 독일 신문을 들척이다 이 다혈질 친구를 당황케 하는 뷔르츠부르크 소식을 보았다.

봉랍 훼손과 분실된 약상자를 조사하던 사법 당국은 최종 판단을 내리라는 요구를 받았는데, 어떤 합의된 의견을 도출해 내지 못하고 상당히 어설프게 조사를 마무리했다. 이 과정에서 치안 판사들 사이에 분열이 나고 미망인 퐁텐에 대한 비방이 난무했다. 그녀가 유죄 선고를 받은 것은 아니었지만 그렇다고 무죄라고 선포된 것도 아니었다. 그녀는 말할 것도 없이 더 이상 이웃들과 어울릴 수 없다고 느끼며 딸과 함께 뷔르츠부르크를 떠났다. 신문 기사는 그들이 비밀리에 떠났다고 덧붙였다. 그들이 어디로 갔는지는 알 수 없었다.

다만 이 마지막 정황 때문에 프리츠가 나랑 같이 가겠다고 고집을 피웠을 것이라 나는 짐작했다. 결국 프리츠는 미나와 어머니를 찾아 어디로 가야할지 모르기에 독일에서 그들의 행적을 찾는 일은 나에게 맡기기로 하고, 자신은 여기 남아서 그들이 안식처로 쓸 만한 런던의 다른 외국인 호텔들을 탐문해 보기로 했다.

이튿날 아침 나는 프랑크푸르트를 향해 출발했다.

영국 해안을 떠나면서 나는 기분이 좋았다. 변화를 맞이하는 청년의 자연스런 심쿵한 흥분이 일었다. 게다가 고모의 사업 대리인이 되었다는 사실에 자존감이 부풀어 올랐고, 또 프리츠의 비밀 친구가 되었다는 것 역시 뿌듯했다. 하나 그 어떤 미련한 인간도 이 숙명적인 여행에 대해 나보다 무지한 장난감이 되지는 않았으리라. 운명의 손에 놓인 장난감. 피곤한 구식 여행 방식으로 내가 비로소 프랑크푸르트에 닿았을 때는 날이 어두웠다. 우편물 운송 마차에서 나왔을 때는 더욱 컴컴해져 앞이 보이지 않았다.

9장

나는 짐꾼에게 대형 가방을 켈러 씨 댁으로 가져가라고 지시했다. 그때 포스트 레스탄트—대략 영어로 표현하자면, 찾아갈 때까지 우편물을 보관해 주는 사무소—로 가는 길을 묻는 여성의 목소리가 들렸다.

목소리는 기분 좋게 산뜻하고 달콤했다. 서글픔이 밑에 깔려 있는 듯해 더욱 관심이 갔다. 나는 다른 젊은이들이 내 위치에서 할 법한 일을 했다. 당장 뒤를 돌아보았다.

그렇다! 이 여성은 목소리가 예고했던 것을 넉넉히 가지고 있었다. 얌전하고 정숙한 어린 아가씨였다. 벌써 인생의 슬픈 면을 맛본 것처럼 살짝 창백하고 고생으로 찌든 가련한 여인. 얼굴은 감미로운 감각적 눈동자로 생기를 더했다. 유연하고 가냘픈 체형, 평범한 재질의 드레스, 하지만 너무 깔끔히 만들어졌고 완벽하게 닳아 있어서 앞선 질문에서 남독일 억양을 듣지 않았다면 그녀가 독일 소녀라는 데 의구심이 들 정도였다. 내가 타고 왔던 우편물 마차의 차장은 간략하고 정중하게 그녀에게 답했다. 하지만 그 시간 우편 취급소 안뜰은 도착하거나 출발하는 사람들로 혹은 친구를 만나거나 편지를 부치는 사람들로 붐볐다. 숙녀는 북적거림에 익숙하지 않은 게 분명했다. 그녀는 초조해하며 어찌할 줄 몰라 했다. 그녀는 알려 준 방향으로 한두 걸음 가다가 바삐 가는 사람들에 이리저리 밀리는 것에 당황해하며 멈춰 섰다. 다음에는 어느 쪽으로 틀어야 하는지 이미 잊어버린 듯했다.

임무를 엄격히 수행했다면 나는 켈러 씨 댁 방향으로 발걸음을 틀었어야 했을 것이다. 대신 나는 본능을 따랐다. 그리고 이 어린 숙녀에게 내가 도와주겠다고 제안했다. 자연의 법칙과 이성 간의 매력을 비난하고, 나를 비난하지는 마시라.

"당신이 우편 취급소에 관해 묻는 걸 들었습니다." 나는 말했다. "제가 길을 안내해도 될까요?"

숙녀는 나를 보고 망설였다. 내게는 두 가지 마이너스 요인이 있었다. 젊은 남자라는 것과 어쩌면 너무 열의를 보였다는 것.

"갑자기 당신에게 말을 붙여 미안합니다." 나는 설명했다. "이처럼 사람이 많은 곳에서 어린 아가씨가 혼자 길을 찾는 건 즐거운 일이 아니지요. 제가 약간이라도 도움이 될까 봐 허락을 구하는 것뿐입니다."

숙녀는 나를 다시 보고 첫 생각을 바꾸었다.

"대단히 친절하시군요. 그럼 당신께 도움을 청하겠습니다."

"제 팔을 잡으셔도 됩니다."

숙녀는 내 제안을 거절했다. 하지만 완벽한 상냥함으로 그렇게 했다. "감사합니다. 괜찮으시다면 그냥 따라가겠습니다."

나는 무리의 사람들을 가로지르며 길을 만들었다. 내 뒤로는 이 매혹적인 이방인이 따라왔다. 우편 취급소에 도착해서 나는 옆으로 비켜나 그녀가 일을 보도록 했다. 그녀가 이름을 언급할까? 아니다. 그녀는 신분증을 건네주고 신분증의 이름으로 보관 중인 편지가 있는지 물었다. 편지가 있었다. 하지만 바로 가져다주지 않았다. 내가 이해한 바로는 우표 요금이 부족했고, 통상적인 이중 운임을 내야만 했다. 숙녀는 드레스의 호주머니를 뒤적이다 외마디 비명을 터트렸다. "어머나!" 그녀가 한탄했다. "지갑을 잃어버렸네. 꼭 편지를 찾아가야 하는데!"

나는 그녀가 많은 사람들을 지나오면서 소매치기를 당한 것이라 생각했다. 점원도 그렇게 생각했다. 점원은 시계를 보았다. "편지를 가지러 다시 오시려면 서둘러야 합니다." 그가 말했다. "10분 후에 사무실을 닫습니다."

숙녀는 낙담하며 손을 마주 잡았다. "걸으면 집에 도착하기까지," 그녀가 말했다. "10분 이상 걸리는데."

나는 지체 없이 돈을 빌려주겠다고 제안했다. "액수가 아주 작아서," 나는 그녀가 달리 생각하게 했다. "나에게 신세를 졌다고 생각하는 건 터무니없는 일일 겁니다."

편지를 찾고 싶은 간절한 마음과 내 제안을 허락하는 것이 예의에 합당한지를 놓고 그녀는 서글프게 당혹스러워 보였다. 가여운 영혼.

"당신은 매우 선하시군요." 숙녀가 난처해하며 말했다. "처음 보는 분께 돈을 빌리는 게 옳은 일 같지 않아요, 아무리 적은 액수라도. 그리고 감히 그렇게 한다손 치더라도 제가 어떻게……?" 그녀는 쑥스러이 나를 보며 문장을 마무리하지 못했다.

"어떻게 갚겠느냐고요?" 내가 물었다.

"네."

"오, 갚아야 할 만큼 많은 금액이 아니에요. 내일 불쌍한 사람을 만나거든 첫 사람에게 주세요." 그녀가 돈을 빌리는 것에 편한 마음이 들도록 나는 이렇게 말했다. 각별히 세심하고 신중한 이 소녀에게 이 말은 역효과를 가져왔다. 그녀는 이내 한 걸음 뒤로 물러났다.

"아니에요. 그렇게 할 수는 없어요." 숙녀가 말했다. "다만 만약에……." 그녀가 다시 멈췄다.

점원은 다시 시계를 쳐다보았다. "아가씨, 너무 늦기 전에 어서 마음을 정하세요."

그날 편지를 찾지 못할 수도 있겠다는 생각에 오들거리며 그녀는 마침내 똑똑히 말했다. "제가 집에 가서 어디로 돈을 보내야 할지 주소를 알려 주시겠어요?"

나는 먼저 우편료를 지불하고 질문에 대답했다.

"당신이 선행을 베풀어 켈러 씨 댁으로 보낼 수 있으면……."

내가 거리의 이름을 대기 전에 그녀의 창백한 얼굴이 돌연 붉어졌다. "오!" 그녀가 감정에 북받쳐 탄식했다. "켈러 씨를 아세요?"

처음으로 진실을 알 것 같은 야릇한 예감이 나의 마음에 스며들었다.

"예. 아들인 프리츠도 압니다."

숙녀는 몸을 떨었다. 얼굴을 달구었던 색깔은 이내 사라졌다. 그녀는 고통스러운, 굴욕을 당한 표정을 지으며 시선을 돌렸다. 더 이상 의심할 여지가 없었다. 눈길을 끄는 이 낯선 여인은 프리츠의 애인이었다. '이세벨의 딸.'

어린 숙녀를 존중하는 마음에 나는 내가 깨달은 것을 숨기려 하지 않고 곧바로 말했다. "내가 지금 미나 퐁텐 양과 대화하는 영광을 누리는 것 같군요?"

그녀는 미심쩍이 어리둥절하며 나를 보았다.

"내가 누군지 어떻게 아세요?"

"그거야 쉽죠, 미나 양. 저는 데이빗 글래니입니다. 런던에 계시는 바그너 부인의 조카죠. 프리츠가 우리 집에 머물고 있답니다. 프리츠와 당신 얘기를 수도 없이 했어요."

가여운 숙녀의 쓸쓸하고 핼쑥한 얼굴은 순간 행복으로 빛났다. "오!" 그녀는 천진하게 소리쳤다. "프리츠가 나를 잊지 않았나요?"

오래전의 일이지만 나는 또렷이 기억한다. 내가 그녀에게 프리츠의 사랑과 헌신에 대해 이야기했을 때, 낮에는 생각 속에 밤에는 꿈속에서 프리츠에게는 오직 그녀만이 하나의 사랑스런 형상이었다고 말했을 때, 그녀는 숨 막히는 흥분에 휩싸여 사랑스런 검은 눈을 내 얼굴에서 떼지 못했다. 그녀는 충동적으로 나에게 손을 내밀었다. "우리 둘을 함께 묶어 준 선한 천사 분에게 내가 어떻게 감사해야 할까요!" 그녀가 탄복했다. "우리가 거리에 있는 게 아니라면, 데이빗 씨, 저는 고마워 무릎이라도 꿇었을 겁니다! 당신은 소녀를 정말 행복하게 만드셨어요." 그녀는 불현듯 말을 잇지 못하고 베일을 풀어 내렸다. "신경 쓰지 마세요. 너무 좋아 눈물을 멈출 수가 없네요."

내가 어떻게 느꼈는지 고백해야 할까? 그 순간 나는 내가 런던에서 했던 소소한 연애 따위는 잊었다. 마음속 깊숙이 프리츠가 부러울 따름이었다.

우연히 거리를 지나던 사람들은 멈춰 서서 우리를 흘긋거렸다. 나는 미나에게 팔을 내밀었고 집에까지 바래다주겠다고 제안했다.

"그러면 좋겠네요." 그녀가 대답했다. 그녀의 다정한 솔직함에 나는 매료되었다. "하지만 켈러 씨가 기다리고 있잖아요. 그곳으로 먼저 가셔야죠."

"내일 잠깐 들러 당신을 볼 수 있을까요?" 나는 고집을 피웠다. "그러면 당신이 켈러 씨 댁에 돈을 보낼 필요도 없고."

숙녀는 베일을 들고 눈물을 글썽이며 나를 다정하게 보며 웃었다. "그럼요." 그녀가 말했다. "내일 오세요. 어머니를 인사시켜 드릴게요. 아, 내가 겪은 일을 이야기하고 어머니가 당신을 보면 얼마나 기뻐하실까요! 저는 이기적인 애예요. 제가 마땅히 책임져야 할 슬픔과 걱정을 짊어지지 않았답니다. 제가 프리츠 때문에 비참하니 어머니도 비참해졌어요. 이제 다 끝났어요. 고맙고, 고맙습니다. 이 카드에 우리 집 주소가 있어요. 음, 내일 다시 뵙도록 하지요. 어머니가 편지를 기다리고 계셔서……. 아마 켈러 씨도 당신에게 무슨 일이 생겼는지 의아해하실 거고요." 그녀는 내 손을 따스하게 꼭 잡은 후 떠나갔다.

혼자 켈러 씨 댁으로 가는 길에 나는 기분이 찜찜했다. 그녀에게 프리츠에 대해 너무 편하게 얘기하는 바람에 실현될 수 없는 희망을 갖게 한 건 아닐까 염려가 되었다. 불확실한 미래에 대한 생각이 나의 마음을 짓누르기 시작했다. 미나는 나를 만난 걸 후회할 수도 있을 것이다.

켈러 씨는 진정 독일인의 다정함으로 나를 환대했다. 그는 파트너인 엥걸먼 씨와—한 명은 홀아비로, 다른 한 명은 늙은 독신 남으로—강 근처 메인가街 오래된 건물에서 함께 살았다. 그 건물은 거주지이자 사업장이었다.

성향으로 보자면 두 신사는 극명한 대조를 이루었다. 켈러 씨는 홀쭉하고 키가 크고 뻣뻣했다. 그는 사업 밖의 일에도 조예가 깊어서 그에게 흥미로운 화제라면 어떤 것도 (급한 성미가 발동하지 않는다면) 똑 부러지게 말할 수 있었다. 엥걸먼 씨는 키가 작고 똥똥했다. 업무 시간에는 일에 집중했고, 평생 책을 한 권도 읽지 않았으며, 정원과 담배 파이프를 떠나서는 어떤 열망도 없었다. "여유로운 시간이면," 그는 이렇게 말하곤 했다. "나에게 꽃과 파이프와 평온함을 주시오. 그럼 나는 그것으로 족하오." 성격 차이만큼이나 폭넓게 두 파트너는 진정으로 서로를 존중했다. 엥걸먼 씨는 켈러 씨가 독일에서 가장 성공하고 가장 훌륭한 사람이라 믿었고, 켈러 씨는 엥걸먼 씨가 온화한 마음씨의 천사요 겸손하고 나서지 않는 선한 성품의 본보기라고 믿어 의심치 않았다. 엥걸먼 씨는 켈러 씨가 박식하게 이야기하는 것을 감탄하며 귀담아 들었고, 자신이 무지하다 느끼며 켈러 씨를 끝없이 칭찬했다. 켈러 씨는 모든 종류의 담배를 싫어했고 원예에는 눈곱만큼도 관심이 없었지만, 엥걸먼 씨가 뿜어내는 담배 연기는 감내했고, 엥걸먼 씨의 정원에서 자라는 꽃의 열에 아홉은 이름도 몰랐지만 오랜 시간 그곳에 머물렀다. 독일과 영국에는 아직도 이런 남자들이 있다. 하나, 아! 이런, 내가 나이가 들수록 이런 남자들은 점점 찾기가 어렵다.

오랜 친구이자 파트너인 두 분은 이른 독일식 저녁 식사에 내가 동참하길 기다리고 있었다. 나의 도착을 축하하는 의미로 엥걸먼 씨의 꽃들 중 일부가 테이블을 장식하고 있었다. 내가 방에 들어서자 엥걸먼 씨는 꽃다발에서 장미 한 송이를 뽑아 나에게 주었다.

"그래, 친애하는 바그너 부인은 어찌 지내시는가?" 엥걸먼 씨가 물었다.

"그리고 내 아들 프리츠는 어떤가?" 켈러 씨가 물었다.

나는 두 신사가 흡족할 정도로 대답을 했고, 저녁 식사는 쾌활하게 진행되었다. 하지만 테이블을 치우고, 엥걸먼 씨가 파이프에 불을 붙이고 나도 벗 삼아 시가를 피울 때, 켈러 씨가 피할 수 없는 질문을 던졌다. "자, 데이빗, 이제 말해 보게나, 자네는 사업상 온 건가 아니면 휴양 차 온 건가?"

내가 지시받은 바를 털어놓는 것 말고는, 즉 선발된 여자 직원 군대가 사무실을 침입할 것이라고 공표하는 것 말고는 달리 할 말이 없었다. 성격 차가 심한 두 파트너는 이 공표에 각기 다른 반응을 보였다.

온건한 엥걸먼 씨는 파이프를 내려놓고 아무 말 없이 난감히 켈러 씨를 보았다.

성마른 켈러 씨는 주먹으로 테이블을 쾅 내리치고 분노를 보이며 엥걸먼 씨에게 호소했다.

"바그너 부인이 회사의 대표 파트너로 지목되었다고 처음 들었을 때," 켈러 씨가 말했다. "내가 뭐라 했는가? 여자들이 어떻게 윤리적으로나 신체적으로 무능한지 내가 수많은 철학자들을 인용하지 않았나? 고대 이집트인으로 시작해서 길 건너 이웃에 사는 버나스트러키어스 박사까지 인용했지, 안 그런가?"

가여운 엥걸먼 씨는 겁을 먹은 듯 보였다.

"화 내지 말게나, 친구." 그가 부드럽게 말했다.

"화라고?" 켈러 씨가 더욱 성을 내며 따라 말했다. "참 착하기도 하이. 자네는 평생 이보다 더 어이없게 오판한 적이 없네! 나는 차라리 기분이 좋네. 내가 기대했던 대로야. 예언했던 대로 그대로 일어났잖나. 젠장, 그 파이프 좀 내려놓게! 내가 참을성이 강하지만 이 같은 위기 상황에서 더 이상 담배 연기는 못 참겠네. 한 번이라도 체질상 나태함을 극복해 볼 수는 없겠나. 기억해 보게나. 대표 파트너가 여자란 소식을 처음 들었을 때 내가 했던 말을 기억해 보라고."

"처음 봤을 때 보니 대단히 미인이던데." 엥걸먼 씨가 소견을 피력했다.

"헛!" 켈러 씨가 한탄했다.

"내가 자네 기분을 상하게 하려고 이러는 게 아니야." 엥걸먼 씨가 말했다. "평화의 제스처로 자네에게 내 장미 한 송이를 바치겠네."

"내가 말을 하게 조용히 좀 할 수 없겠나?"

"켈러 친구, 나는 자네가 하는 말을 듣는 게 늘 즐겁네! 자네는 내 허접한 머릿속에 좋은 생각을 주거든. 내 허접한 머리는 좋은 생각을 흘려보내 버리는데 자네는 다시 넣어 주지. 얼마나 고귀한 버팀목인가! 내가 더 오래 산다면 분명 자네는 나를 더욱 영리하게 만들 걸세. 자네를 위해 자네 단춧구멍에 이 장미를 꽂지. 그리고 부탁건대 내가 파이프를 계속 물고 있게 해 주게나."

켈러 씨는 체념의 몸짓을 지으며 그의 파트너에 절망하고 포기했다. "데이빗, 자네에게 부탁하네." 불운한 내 귀에 그의 학식과 의분을 쏟아부으며 그가 말했다.

엥걸먼 씨는 구름 같은 담배 연기에 둘러싸여 파이프가 주는 안식을 조용히 즐겼다. 나는 켈러 씨가 열변을 터트리는 중간 중간에 "예, 그렇습니다." 혹은 "아니, 아닙니다."라고 적절히 답했다. 오랜 시간이 지난 이 시점에서 내가 희생양이 되어 들어야만 했던 그 장황한 이야기를 다 기억하는 것처럼 쓸 수는 없다. 요약하자면, 켈러 씨는 여자에게는 기질적으로 치유할 수 없는 두 가지 해악이 있다고 믿었다. 윤리적인 측면에서 보자면 여자들에게는 원숭이의 모방성과 아이의 부산함이 엉망으로 혼합된 성벽이 있었다. 권위자들의 다양한 의견을 통해 이것을 증명한 켈러 씨는 고모도 여자이고 그러므로 "가만히 있지" 못 할뿐 더러 자연스럽게 남편 성격의 가장 천박하고 불완전한 부분을 흉내 낼 것이라고 논리적으로 주장했다. "데이빗, 안정적인 우리 사업이 치명적인 타격을 받는 것은 그저 시간문제라고 나는 예언했었네. 말도 안 되는 바그너 부인의 지시 사항을 보게나. 내 예언이 완전히 맞아 떨어지지 않았나!"

그날 밤 우리가 잠자리에 들기 전에 두 파트너는 각기 다른 결단을 내렸다. 켈러 씨는 고모에게 항의서를 써서 보낼 작정이었고, 엥걸먼 씨는 내일 아침에 일어나자마자 나에게 정원을 보여 주기로 마음먹었다.

10장

다음 날 오후, 두 친구 분들이 업무로 바쁘신 동안, 나는 은밀히 나가 약속한 대로 미나와 그녀 어머니를 방문했다.

그들이 곤란한 처지에 있다는 결론은 어렵지 않게 도출할 수 있었다. 그들은 강둑 왼편 프랑크푸르트의 싸구려 변두리 지역에 거처를 잡고 있었다. 모든 것이 빈틈없이 깔끔했고 낡은 가구는 우아하게 배치되어 있었다. 집 안은 무척 꼼꼼하게 정리되어 있었지만 그래도 나의 시야에 들어온 응접실의 추레한 누추함을 숨길 수는 없었다. 매혹적인 미나가 그녀와는 전혀 걸맞지 않는 장소에서 사는 것을 본다면 프리츠가 얼마나 고통스러워할까 하는 생각을 나는 떨칠 수 없었다.

뻑뻑한 문이 열리고, 익명의 편지에 등장했던 '이세벨'이 (딸을 데리고) 들어왔다.

어느 나라에나 범상치 않은 여자들이 있게 마련이다. 그들은 마치 위대한 배우가 무대를 가득 채우듯 그 공간을, 그게 어떤 공간이든 간에, 가득 채운다. 미망인 퐁텐은 이런 주목할 만한 사람 중 하나였다. 그녀가 사뿐히 미끄러지듯 들어오자 그 작은 방의 추레함은 사라졌다. 어머니 앞에서는 어여쁜 미나마저도 존재감이 흐려졌다. 그럼에도 마담 퐁텐의 태도에는 티끌만한 오만함도 없었다. 외모가 눈에 띄는 것도 아니었다. 키는 겨우 중간치에 이를 정도였고, 몸매는 나이 40에 가까운 여자의 풍만한 몸매였다. 한편으로는 모든 행동에서 풍겨 나는 자연스런 우아함으로, 또 다른 편으로는 표정에 드러난 느긋한 당돌함과 태도에서 묻어나는 묘한 매력으로 그녀는 영향력을 행사했다. 그녀의 검은 눈은 무겁게 내려앉은 눈꺼풀 아래로 나를 보았다. 내 기억에 그녀는 한 번도 눈을 크게 뜨지 않았다. 그녀의 적들은 야릇한 눈 표정에서 관능적인 무엇을 보았다. 그녀가 딸을 볼 때는 달랐지만 내 마음에 그것은 오히려 교활하게 잔인한 무엇이었다. 관능성은 지나치게 발달된 얼굴 아랫부분에서 확연히 드러났다. 그녀의 입술은 얇고 턱도 너무 작았다. 숱이 많은 검은 머리는 이제 막 희끗희끗해지고 있었다. 피부에는 색상이 필요했다. 이런 약점에도 불구하고 내가 처음 대면했을 때 그녀는 여전히 매혹적인, 거의 놀라울 정도의 미인이었다. 그저 흔해 빠진 평범한 상복을 입고 있었지만, 그녀는 내가 본 여자들 중에 가장 완벽하게 차려입은 여인이었다고 나는 주저 없이 말할 수 있다.

미나는 머뭇머뭇 정식으로 나에게 다가오려고 했다. 하지만 그녀의 어머니는 장난스럽게 미나를 밀치고 우리가 오랫동안 서로 알았던 것처럼 친근하게 두 손을 내밀며 다가왔다. 길고 하얀, 강인한 손이었다.

"다른 사람이라면 친구로 인정하기 전에 나는 확실해질 때까지 기다립니다." 그녀가 말했다. "데이빗 씨, 당신은 우리 딸에게 친절 이상을 베푸셨어요. 그래서 우리가 처음 만나는 거지만 당신은 우리의 친구랍니다."

이게 정확히 그녀가 한 말일 것이다. 이 말을 했을 때의 목소리와 어투에서 풍기는 절묘한 매력을 흡족히 묘사할 수 있다면 좋으련만.

그럼에도 나는 미망인이 편하지 않았다. 그녀의 딸에게 거부할 수 없게 끌렸던 것처럼 그렇게 끌리지는 않았다. 눈꺼풀이 무겁게 내려앉은 흔들림 없는 그녀의 검은 눈동자는 나의 중심을 꿰뚫어 보며 내가 가진 비밀을 들춰 보는 듯했다. 그래도 내가 진정 그녀를 불신하거나 싫어한다고 말하기에는 사실과 거리가 있을 것이다. 나는 그녀의 영향력을 느꼈고, 불신과 반감은 어느 정도 그것으로부터 나를 보호했었을 것이다. 그녀가 어떻게 영향력을 발휘했을까—시선으로, 태도로, 요즘 흔히 하는 말로 하자면, 암암리에 나를 압도한 어떤 '자력의 발산'으로—이건 내가 답할 수 있는 거 이상이었다. 내가 단지 할 수 있는 말은, 그녀는 내가 그녀의 뜻을 점점 더 완벽히 따르도록 아주 서서히 유도했다. 결국 나는 마치 그녀가 전적으로 믿는 절친한 친구라도 되는 양 그녀의 음험한 질문에 숨김없이 대답하고 있었다.

"프랑크푸르트는 처음인가요, 데이빗 씨?" 미망인이 시작했다.

"아니, 아닙니다, 마담! 전에 두 번 왔었습니다."

"오, 그래요? 항상 켈러 씨 댁에 머물렀던가요?"

"예, 그렇습니다."

짧은 대답이었지만 그 대답을 들으며 그녀는 묘하게 관심을 보였다.

"그럼 당연히 그분을 잘 아시겠네요. 어쩌면 부탁을 하거나 친구를 인사시킬 만큼 잘 아시겠지요?"

나는 이 질문에 신중히 답하려고 했지만 허사였다.

"젊은 직원이 동료들과 친밀한 것처럼 잘 압니다."

"직원이라고요?" 미망인이 따라 말했다. "고모랑 런던에 산다고 아는데."

이때 미나가 처음으로 끼어들었다.

"마마, 이 회사는 대표가 세 분이라는 걸 잊으셨어요. 메인가 현관에는 바그너, 켈러, 엥걸먼 이름이 새겨져 있어요. 언젠가 프리츠가 알려 줬는데 여기 프랑크푸르트 사업장은 작은 거래요. 주요 사업장은 런던에 있는 바그너 씨 사업장이랍니다. 맞지요, 데이빗 씨?"

"맞습니다, 미나 양. 하지만 런던에는 여기 엥걸먼 씨의 정원처럼 웅장한 정원 따위는 없답니다. 이 꽃다발을 받으시겠어요? 엥걸먼 씨의 허락을 받고 만든 겁니다."

나는 꽃다발이 보다 흥미로운 주제로 대화를 트는 매개체가 되길 바랐다. 하지만 미나가 꽃을 감상하고 있는 동안 미망인은 다시 질문을 시작했다.

"그렇다면 당신은 바그너 씨의 직원인가요?" 그녀가 집요하게 물었다.

"예전에는 그랬습니다. 근데 바그너 씨가 돌아가셨어요."

"정말로요! 그럼 누가 그 큰 사업장을 관리하죠?"

왜 그런지는 모르겠지만 나는 고모와 고모의 일에 대해 말하는 게 탐탁지 않았다. 그러나 미망인 퐁텐은 단단히 기대하며 시선을 나에게 고정시켰다. 나는 그 기대감을 충족시켜야만 할 것 같았다. 이제는 미망인인 바그너 부인이 회사의 대표라는 걸 알았을 때 그녀는 내가 고모에 대해 말할 수 있는 모든 것을 듣고 싶어 안달이 났다. 그 화제에 대한 미나의 관심 또한 마담 퐁텐의 관심만큼이나 생생했는데, 다른 이유가 있었다. 엄격한 켈러 씨가 그녀의 연인을 내쫓은 곳이 바로 우리 고모의 집이었기 때문이다. 어머니와 딸의 질문이 속사포처럼 연달아 이어졌다. 하지만 나는 지금 그걸 다 기억하는 체 할 수는 없다. 단지 마지막 질문만이 기억 속에 또렷이 남아 있다. 나의 대답이 예상 밖의 반응을 도출했기 때문이다. 미망인 퐁텐은 이렇게 말했다.

"당신 고모는 당연히 이곳 파트너들의 직무에 관심이 있겠군요. 데이빗 씨, 고모가 언제나 프랑크푸르트에 오실까요?"

"그럴 확률이 높지요, 마담. 올해가 가기 전에 사업차 프랑크푸르트에 오실 겁니다."

내가 이렇게 답하자 미망인은 서서히 고개를 돌려 딸을 보았다. 내가 의아해하는 것처럼 미나 또한 그 모습을 어떻게 이해해야 할지 당혹해했다. 마담 퐁텐은 다시 나를 보더니 사과했다.

"미안합니다, 데이빗 씨. 해야 할 집안일이 있었는데 깜빡했네요." 그녀는 방을 가로질러 작은 책상으로 갔다. 책상에는 쓸 것이 놓여 있었는데, 거기에서 몇 줄을 써서 입봉하지 않고 미나에게 그 종이를 건네주었다. "딸아, 아래층에 있는 우리 친구에게 주렴. 음, 부엌에 간 김에 차를 만들어 오너라. 데이빗 씨, 우리랑 차를 드시고 가실 거죠? 유일하게 우리가 부리는 사치랍니다. 항상 손수 차를 만들어 마시지요."

내 머릿속에 처음 든 생각은 초대에 거절할 핑계를 찾는 거였다. 마담 퐁텐이 집안일을 처리하는 것에는 미묘한 기운이 있었고 나는 그게 전혀 마음에 들지 않았다. 하지만 미나는 나에게 그렇게 해 달라고 간청했다. "제발 우리랑 조금만 더 있다 가세요." 순수하고 진솔하게 그녀가 말했다. "이곳에는 즐거운 일이 별로 없어요." 아마 나는 미나의 간청까지도 거절했을지 모른다. 하지만 그녀의 어머니가 문자 그대로 나를 붙잡았다. 마담은 구석에 있는 작은 누더기 소파에 황후처럼 앉더니 나에게 옆에 앉으라는 손짓을 했다. 그녀는 단단한 차가운 손으로 호소하듯 내 손을 잡았다. 그녀의 손이 닿자 나의 감각은 이상하게 들썩거렸다. 반쯤은 기분이 좋았고 반쯤은 고통스러웠다. 그걸 어떻게 묘사할 수 있을까? 나는 굴복했고, 미나는 마담과 나만 남겨 두고 나갔다고만 말해 두자.

"당신에게 진실을 말하겠어요." 나와 홀로 남게 되자 마담 퐁텐이 말했다. "딸이 없어야 그렇게 할 수 있어요. 당신은 우리가 매우 가난하단 걸 눈으로 직접 보았죠?"

마담은 내 손을 지긋이 움켜쥐었다. 나는 할 수 있는 한 조심스럽게 대답했다. 놀라지는 않았지만 그런 말을 듣게 되어 유감이라고 말했다.

"어제 미나가 편지를 찾을 수 있도록 당신이 호의를 베풀었을 때," 마담이 계속했다. "당신은 당신도 모르게 나에게 실망을 안겨 주었어요. 앞서 당했던 실망에 하나를 더한 거였죠. 나는 이 도시에 사는 부유한 친척들에게 우리 사정을 얘기해 보려고 이곳에 왔어요. 하지만 그들은 도와주지 않았어요. 그래서 브뤼셀에 사는 다른 친척에게 편지를 썼어요. 어제 편지가 그 답장이었죠. 역시나 우리를 거절했답니다! 여기 집주인도 불쌍한 사람입니다. 그 사람을 생각하면 나도 마음이 아파요. 그녀 또한 가난과 싸우고 있으니까요. 내가 집세를 못 내는 건 정말 잔인한 일일 겁니다. 어제는 일주일 안에 나가겠다고 통지하는 것이 오직 내가 할 수 있는 일이라고 느꼈는데 방금 그 통지를 취소했답니다. 미래에서 한 줄기 희망을 보기 때문이지요. 그리고 당신이, 데이빗 씨가 그걸 나에게 보여 준 친구랍니다."

이에 나는 무척 당황했다. "내가 어떻게 그렇게 했는지 여쭈어도 될까요?" 내가 물었다.

마담은 짓궂게 기분이 상한 척하며 내 손을 토닥거렸다.

"곧 듣게 될 테니," 그녀가 대꾸했다. "인내심을 가져요. 나만 생각한다면 내가 지금 괴로워하는 걱정 따위는 하지 않아도 될 겁니다. 나는 내일이라도 당장 가정부가 될 수도 있어요. 정말로! 난 호사롭고 고풍 있는 환경에서 자랐지요. 결혼을 하면서 급이 낮아졌어요. 그럼에도 내 일에 불평하지 않고 자존감을 잃지 않으며 집안일을 다 했어요. 역경이란 훌륭한 교훈을 주는 깐깐한 선생이에요, 데이빗. 데이빗이라 불러도 되죠? 혹시 누가 가정부가 필요하다는 소리를 들으면 나한테 알려 줄래요?"

나는 그녀의 말이 진심인지 농담인지 분간할 수 없었다. 그녀는 내 대답을 기다리지 않고 말을 이었다.

"그렇지만 나는 생각해야 할 딸이 있어요. 걱정스럽게도 딸은 켈러 씨 아들에게 마음을 주었지요. 우리가 우리 자신만 생각한다면 함께 일용할 양식을 벌 수 있을 겁니다. 용기를 가지고 미래를 대면할 수 있었을 거예요. 하지만 우리가 일찍이 조용히 지낼 수 있었던 삶이 지금—딸의 사랑에 반대하며 나와 맞서는—제삼자에 의해, 그리고 설상가상으로 그 결혼을 금지시킨 남자 분 덕분에 고난당하고 있어요. 내가 좌절하고, 낙심하고, 무력하게 느끼는 것이 좋은 건가요? 아, 과장하는 게 아니에요! 난 내 아이의 성품을 잘 알아요. 걔가 살고 있는 이 험한 세상에 비하자면, 너무나 곱고 감수성이 예민하지요. 그 애는 사랑을 할 때면 몸과 영혼을 모두 바쳐 사랑을 한답니다. 나는 걔가 프리츠와 떨어져 있으면서 날마다 애통해하고 시들어 가는 것을 보았어요. 당신은 잠시 그 애에게 희망을 되살려 주었지요. 하지만 그 애 앞에 놓인 가능성은 여전히 변함이 없어요. 프리츠를 잃으면 딸은 상심해서 죽을 겁니다. 오, 신이시여! 내가 사랑하는 딸을, 그 애를 어떻게 돕고 구해야 할지 모르겠나이다!"

나는 처음으로 마담의 목소리에서 진심이 담긴 간절함을 들었다. 마담은 나에게서 돌아서서 정말 보기 민망할 정도로 대단히 상심한 몸짓으로 얼굴을 숨겼다. 나는 그녀를 위로하려고, 진심으로 위로하려고 애썼다.

"나는 딸의 선택을 의심하지 않아요." 마담이 서글프게 화답했다. "그 선택에 반대해 어떤 말도 하고 싶지 않아요. 프리츠는 착합니다. 당신도 말했지만 프리츠는 진실한 사람이에요. 하지만 당신은 그의 아버지를 잊어버렸어요. 유감이지만 나는 개인적으로 켈러 씨를 경멸합니다." 그녀는 나를 돌아보았다. 눈물을 글썽이는 눈은 지독한 경멸로 번득였다. "그 남자는 보잘것없는 여자의 품성을 헐뜯는 소문에, 거짓말에 귀를 기울이죠. 그녀에게 변론할 기회조차 주지 않아요. (내가 편지를 보냈지만 답이 없었어요.) 자기 아들은 내 딸과 절대 결혼할 수 없다고 선언했죠. (물론 우리가 가난하기 때문이에요.) 이 잔인한 결정을 변명하며 내 평판에 돌을 던집니다. 한 번도 제대로 알아본 적도 없으면서요. 어느 누가 이런 남자를 존경할 수 있을까요? 하지만 이 비열한 사람의 손에 내 아이의 행복과 인생이 달려 있어요! 내 감정이 어떻든 간에 딸을 위해 나는 고개를 숙여야만 합니다. 그 사람의 치졸한 편견과 싸워 호의적인 평가를 받을 수 있는 기회를 만들어야 해요. 어떻게 그 사람이 내 말을 듣게 할까요? 어떻게 다가가죠? 당신이 나를 도울 위치에 있지 않다는 걸 알아요. 하지만 그럼에도 당신은 이미 나를 위해 놀라운 일을 했어요. 신께서 축복하시길!"

마담은 내 손을 자기 입술로 가져갔다. 나는 다음에 무슨 일이 일어날지 감이 왔다. 나는 말을 하려고 했지만 그녀는 나에게 기회를 주지 않았다. 그녀의 설득력 있는 열정은 새로이 흘러나오는 말의 흐름에 올라탔다.

“그래요, 당신은 최고의 친구이자 가장 지혜로운 조언자예요.” 마담이 말을 이었다. “당신은 높은 권위를 가진 분의 불가항력적 개입을 제안했어요. 당신의 훌륭한 고모는 회사의 대표이시고 켈러 씨는 매혹적인 상사의 말을 들어야 하죠. 여기 한 줄기 희망이 있어요. 그 가능성에 마지막 남은 귀중품 몇 개를 팔고 바그너 부인이 프랑크푸르트에 도착할 때까지 기다리겠어요. 데이빗, 당신은 흠칫하는군요! 당신을 오싹하게 하는 뭔가가 있나요? 내가 당신 고모의 자비에 기댈 수 있다고 보나요? 그분께 허락하기 쉽지 않은 부탁을 해도 될까요? 바그너 부인은 프리츠에게 들어서 이미 우리 처지를 알겠죠. 그냥 미나를 만나게 해 줘요. 내가 직접 끼어들지는 않겠어요. 딸이 나를 위해 호소할 거예요. 내가 원하는 것을—켈러 씨를 만나 변론의 기회를 갖게 해 달라고—모두 부탁할 거예요. 솔직히 말해 보세요, 프리츠의 부친이 나를 만나도록 당신 고모가 설득해 주면 좋겠는데, 내가 너무 많은 걸 바라는 걸까요?”

말로 듣기에는 꽤나 조심성 있게 들렸지만 나는 나름대로 의구심이 들었다.

내가 집을 나올 때 켈러 씨는 그날 우편으로 여성 고용에 항의하는 서신을 고모에게 부치려고 열심을 내고 있었다. 내가 두 분을 아는 바로는, 서신을 통한 논쟁으로 의견 일치를 보기는 쉽지 않을 듯했다. 켈러 씨가 완고하다면 바그너 부인 또한 그녀에게 고집이 있다는 것을 곧 보여 줄 것이다. 이런 상황에서는 어떤 부탁을 할 수도 없고, 들어줄 수도 없었다. 가여운 미나의 앞날은 어느 때보다 어두웠다.

이것은 이 사건의 한 단면이었다. 그러나 고백건대 나는 다른 인상을 받았다. 마담 퐁텐의 태도 어딘가에서 나는 그녀가 프랑크푸르트에서 고모를 만나면 지금 말하는 것처럼 고분고분하게 요청하지 않을 거라는 느낌을 받았다. 나는 너무 대책 없이 떠든 것에 내심 짜증이 났다. 내가 부탁받은 것에 대한 답변에는 별로 선택이 없었다. 난처하던 찰나에 문 밖에서 미나의 목소리가 들렸고 나는 이렇게 방해받는 것에 반가워하며 안도했다. "두 손을 다 쓰고 있어요." 미나가 말했다. "문 좀 열어 주세요."

나는 문으로 돌진했다. 미망인은 손가락을 자기 입술에 가져다 댔다. "미나에게는 제발 아무 말 하지 마세요!" 마담이 속삭였다. "우리는 서로를 이해하죠, 그렇죠?"

"물론입니다." 내가 말했다. 그리고 그날 저녁 우리는 더 이상 이에 관해 이야기하지 않았다.

어여쁜 소녀는 차 쟁반을 들고 들어왔다. 나는 그날 그녀가 직접 만들었다는 케이크에 특별히 관심이 갔다. "저는 요리를 할 수 있어요." 그녀가 말했다. "내 옷도 만들 수 있고, 프리츠랑 결혼하고 우리가 가난하다면 나는 하인을 쓰지 않고 그 비용을 아낄 거예요."

감히 말하건대 차를 마시면서 나누었던 이야기는 너무 사소해 기록해 둘 만한 내용이 없었다. 다만 그 시간이 즐거웠던 것만 기억난다. 나중에 미나는 나에게 노래를 불러 주었다. 최근에 나는 그때 그녀가 불렀던 그 단순한 독일 발라드를 다시 들었는데, 눈에 눈물이 고였다.

그날 밤은 달이 일찍 떴다. 시계를 보니 가야 할 시간이었다. 미나는 창가에서 달빛에 빠져 있었다. "이렇게 아름다운 밤에," 그녀가 말했다. "방 안에만 있어야 하다니 안타깝군요. 마마, 데이빗 씨가 돌아가는 길을 조금 같이 걸어요! 다리까지만 가요. 강 위에 뜬 달을 볼 수 있을 거예요."

그녀의 어머니는 동의했고, 우리 셋은 함께 집을 나섰다.

우리는 다리에 이르러 멈춰 서서 정경을 감상했다. 하지만 어느 새 구름이 몰려와 달빛은 그 사이로만 보였다. 마담 퐁텐은 공기에서 비 냄새가 난다며 딸의 팔을 잡고 집으로 향하려 했다. 내가 집 현관까지 같이 걷겠노라고 제안했지만 그들은 내가 돌아가는 걸 방해하지 않겠다고 단호히 거절했다. 내일이나 모레에 내가 다시 방문하는 것으로 마무리를 했다.

밤 인사를 하던 순간에 변덕스런 달이 다시 구름 사이로 휜히 얼굴을 내밀었다. 그때 파이프로 담배를 피우는 똥똥한 노신사가 느긋느긋 우리 옆을 지나가다 나를 알아보고 곧바로 멈춰 섰다. 엥걸먼 씨였다.

"잘 가요, 데이빗 씨." 미망인 퐁텐이 말했다. 그녀가 손을 내밀었을 때는 달빛이 그녀를 환히 비추고 있었다. 미나는 그녀 뒤 그림자에 서 있었다. 그리고 곧 두 여인은 떠났다.

엥걸먼 씨의 시선은 미끄러지듯 멀어져 가는 미망인의 형체가 다리 끝에서 사라질 때까지 따라갔다. 엥걸먼 씨가 내 팔을 강하게 잡았다. "데이빗!" 그가 말했다. "저 우아한 여인은 누구신가?"

"두 분 중 어느 분을 말씀하시는 건가요?" 내가 장난스럽게 물었다.

"당연히 미망인 모자를 쓰고 있는 분이지!"

"미망인에 감탄하셨나 보군요, 어르신?"

"감탄하다마다! 이거 보게, 데이빗!" 그는 파이프의 긴 담배통을 보여 주었다. "평생 여태껏 나를 이렇게 만든 여자는 없었네. 허, 내 담뱃불이 꺼져 버리지 않았나!"

11장

담배가 꺼진 것을 마담 퐁텐의 매력과 연관 짓는 것이 너무 황당해서 나는 웃음을 터트렸다. 지긋한 나이의 순진한 이 분은 침통히 놀라며 나를 보았다.

"담뱃불을 죽인 게 뭐가 그리 웃긴가?" 엥걸먼 씨가 물었다. "저 근사한 여인을 본 순간 나는 정신이 나가 버렸네, 데이빗. 지금도 그녀의 모습이 눈앞에 훤하이. 달빛에 비친 천사의 모습…… 난생 처음으로 시적인 표현을 쓴 건가? 물어볼 필요도 없지. 내가 뭐가 잘못되었나 보네. 자네는 젊으니까 혹시 알지도 모르지. 내가, 흔히 말하는 사랑에 빠진 건가?" 내가 이 어려운 문제에 답을 하기 전에 엥걸먼 씨는 친근하게 팔을 잡았다. "켈러 친구에게는 말하지 말게나!" 그가 불현듯 경계하며 말했다. "켈러는 훌륭한 친구지만 죄를 지은 사람은 절대 용서하지 않는다네. 데이빗, 나에게 그녀를 소개시켜 줄 수 없겠나?"

미망인과 대화하면서 너무 거리낌 없이 터놓은 것을 여전히 염려하며 나는 마음을 다잡고 엥걸먼 씨와 교류에 있어서는 극히 신중했다.

"유감이지만 소개시켜 드리기 어렵겠습니다. 부인이 여기 굉장히 외진 곳에 살고 있어서요."

"그럼 이름이라도 알려 주게." 엥걸먼 씨가 간청했다. "혹시 켈러에게 이미 말한 건 아니겠지?"

"아니, 그런 것 때문이 아니에요. 켈러 어르신에게는 그 부인에 대해 말 못 할 이유가 있습니다."

"음, 나한테는 비밀을 털어놓아도 되네, 데이빗. 어서 말해 보게! 난 그저 그녀에게 정원의 꽃을 좀 보낼 생각이야. 싫어할 수가 없지. 어디로 꽃다발을 보내면 되겠나? 우리가 친하지 않은가."

내가 잘못했다고 고백한다. 후에 일어난 일을 근거로 판단하자면, 내가 잘못했음이 분명하다. 하지만 당시 나는 꽃다발 문제로 엥걸먼 씨를 계속 곤란하게 할 만큼 그게 그렇게 중대하다고는 생각지 않았다. 내가 미망인의 이름을 말했을 때 엥걸먼 씨는 움찔했다.

"프리츠가 결혼하려고 하는 아가씨의 어머니는 아니지?" 그가 큰소리로 물었다.

"아니, 그분이에요. 프리츠의 취향에 감탄이 나오지 않으세요? 미나 양이 매력적이지 않나요?"

"나는 모르겠네, 데이빗. 나는 마법에 홀렸어. 그 애 어머니 말고는 아무도 보이지 않으니 말이야. 마담 퐁텐이 나를 알아보았을까?"

"아, 그럼요. 마담이 어르신을 보는 걸 제가 보았습니다."

"이쪽으로 돌게, 데이빗. 자네에게 달빛이 비치니 젊어 보이네 그려. 나도 그런가? 오늘 밤에는 내가 몇 살로 보이는가? 오십, 육십?"

"그 사이로 보입니다."

(그는 칠순에 가까웠다. 하지만 그 순간 누가 잔인하게 그렇게 말할 수 있겠는가?)

내 대답에 용기를 얻은 노신사는 감히 마담 퐁텐의 남편에 대해 물었다. "마담이 남편을 좋아했을까, 데이빗? 남편은 어떤 사람이었나?"

나는 퐁텐 박사를 뵌 적이 없다고 말했다. 그러고는 화제를 돌릴 요량으로 내가 메인가에서 저녁을 먹기에는 시간이 너무 늦은 건지 물었다.

"젊은 친구, 식탁은 이미 30분 전에 치웠다네. 그렇지만 그 까칠한 늙은 가정부한테 자네를 위해 따뜻한 뭔가를 남겨 놓으라고 내가 구슬려 놓았지. 오늘 밤에는 켈러의 기분이 별로야, 데이빗. 자네 고모에게 항의서를 쓰면서 짜증이 났지. 그게 시작이야. 그리고 저녁에 자네가 안 들어온 것에도 화가 났다네. '이건 우리 집을 호텔로 아는 거야. 우리랑 있으면서 이렇게 마음대로 드나드는 것은 용납하지 않을 걸세.' 그래! 켈러가 자네에 대해 꼭 이렇게 말했네. 가여운 친구, 꼬일 대로 꼬여서…… 나는 그를 내버려 두고, 나와서 다리까지 어기적어기적 걸어왔네. 그리고 나의 운명을 만났지." 비통한 엥걸먼 씨는 내가 그의 입술에서 들어 본 것 중 가장 서글픈 어투로 마무리했다.

내가 집에 들어가니 찬 기운이 쌩 돌았다.

"자네 고모에게 내 의사를 분명히 전달했네." 켈러 씨가 말했다. "회신이 오면 아마 자네는 런던으로 돌아가야 할 걸세. 그 동안에 자네가 저녁을 밖에서 보낼 경우가 생기면 꼭 하인에게 미리 일러두게나."

다음으로는 (집안에서는 바바라 아주머니라 부르는) 심술 난 늙은 가정부가 나를 메어쳤다. 그녀는 나에게 주려고 따뜻하게 보관했던 음식을 내놓았는데 자기 접시가 세게 부딪히며 쨍그랑 소리가 났다. "내가 이번에는 했는데," 그녀가 말했다. "다음에 또 늦으면 개랑 같이 먹을 줄 아슈."

다음 날 나는 고모에게 편지를 쓰고, 프리츠에게도 썼다. 프리츠는 노심초사 내 편지를 기다리고 있었을 것이다.

내가 모든 사실을 말했다면 어쩌면 그는 항해선과 말을 타고 전속력으로 프랑크푸르트로 달려왔을지도 모른다. 내가 그에게 전할 수 있는 것은, 잃어버렸던 미나와 미나 어머니의 행방을 찾았다는 것과 당장 그들을 걱정해야 할 필요는 없을 듯하다는 거였다. 그가 연인에게 편지를 써야 마음이 놓인다면 아무도 모르게 그것을 전달해 주겠노라고 덧붙였다.

이렇게 제안함으로써 분명 나는 친구가 자기 아버지의 근엄한 명령을 어기도록 부추기고 있었다.

그러나 이 상황에서 나는 다른 선택이 없었다. 프리츠의 성질이라면 내가 없는 동안 어떤 식으로든 실질적인 혜택을 주지 않고는 그가 그저 잠자코 런던에 있도록 구슬릴 수 없었을 것이다. 나는 평화를 위해서—어여쁘고 흥미로운 미나의 관심 또한 고려해야만 했다—순전히, 목적은 수단을 정당화한다는 예수교 교리에 근거해, 서신 교환의 중개인이 되겠다고 동의한 것이었다. 미나에게는 내가 프리츠에게 편지를 쓰게 되면 미리 언질을 주겠노라고 약속했다. 여성 고용이라는 곤란한 화두가 켈러 씨와 고모 사이에 끼어들기 전이라 나는 시간이 여유로웠다. 덕분에 편지들을 부치고 미망인의 집으로 향했다.

미나는 프리츠에게서 소식이 올 거라는 기대로 들떠 있었다. 나는 느긋했고, 테이블의 기다란 사기그릇에 넘치도록 꽂아 있는 울긋불긋한 꽃들이 눈에 들어왔다. 나는 엥걸먼 씨를 알기에 그 사기그릇의 꽃들이 얼마나 진정한 관심을 의미하는지 알았다. 평상시에는 절대 꽃을 꺾지 않는 그가 제 손으로 아름다운 정원에 심각한 상처를 낸 것이었다.

"꽃이 정말 화려하네요!" 조심스럽게 내가 말했다. "이 정도라면 엥걸먼 씨도 부러워하겠는데요."

미망인은 나의 단순함에 짜증 나는 것을 숨기지 않고 두툼한 눈꺼풀을 잠깐 내리깔았다.

"그런 식으로 당신이 나를 당혹스럽게 만들 수 있다고 생각하나요?" 그녀가 비꼬아 말했다. "엥걸먼 씨는 꽃만 보낸 게 아니에요. 아부가 심한 서신도 썼답니다. 그리고 나는," 편지가 놓여 있는 벽로 선반을 무심히 흘긋 보며 그녀가 말했다. "감사를 표시했고요. 다리에서 만난 순진한 노신사와 격식을 차린다는 건 말도 안 되는 일이죠. 그가 얼마나 뚱뚱하던지! 파이프는 또 어떻고, 하, 그분만큼이나 똥똥하더군!"

불쌍한 엥걸먼 씨! 마담 퐁텐이 너무 드러내 놓고 잔인하게 그를 경멸하기에 나는 그를 대변해 한마디 하지 않을 수 없었다.

"그분은 부인을 그저 잠깐 보았지만," 내가 말했다. "이미 열렬한 추종자가 되었습니다."

"정말 그런가요?" 미망인은 엥걸먼 씨의 경외를 완전히 무시하며 그 형식적인 대꾸조차 마지못해 내뱉었다. 그러고는 바로 화제를 돌렸다. "그래, 프리츠에게 편지는 썼나요?" 그녀가 이어 말했다. "고모에게도 글을 쓰고?"

"예. 같이 보냈습니다."

"당연히 회사 일이 주된 내용이었겠죠? 혹시 내 소망을 슬쩍 언급했는지 물어봐도 될까요? 바그너 부인이 프랑크푸르트에 오시면 내가 꼭 뵙고 싶어 한다고."

마담과 딸을 배려해 그 '소망'을 조절할 기회가 나에게 온 것 같았다.

"그 화제는 언급하지 않는 게 좋겠다고 생각했습니다. 어쨌든 지금은요." 내가 대답했다. "여기 사무실 관리와 연관해 바그너 부인과 켈러 씨 사이에 심각한 불협화음이 있거든요. 내가 심각하다고 한 이유는, 두 분이 다 똑같이 확고한 철학을 갖고 있기 때문입니다. 켈러 씨는 어제 우편으로 고모에게 서신을 보냈어요. 행여 노여움에 찬 회신이 오지 않을까 걱정입니다."

마담이 움찔하는 것을 나는 보았다. 마담은 돌연 의자를 내 가까이로 끌어왔다.

"그 서신으로 인해 고모의 런던 출발이 늦춰질 것 같나요?" 그녀가 물었다.

"그 반대일 겁니다. 고모는 심지가 굳은 분입니다. 그래서 더 서둘러 출발할 수도 있지요. 하지만 유감스럽게도, 켈러 씨에게 부탁을 하거나 그에 연관된 개인 문제에는 관여하지 않을 겁니다. 고모가 대표 파트너로서 직권을 행사하고 회사 일로 켈러 씨가 여자에게 복종하도록 강요한다면, 두 분이 다정하게 교제를 나누는 건 있을 수 없는 일이 되겠지요."

미망인은 의자 깊숙이 앉았다. "알겠어요." 그녀가 힘없이 말했다.

우리가 이야기를 나누는 동안 미나는 창가로 걸어가 밖을 보고 있었다. 미망인이 말하고 있을 때 홀연히 미나가 돌아다보았다.

"마마! 집주인의 꼬맹이 아들이 방금 나갔어요. 유리창을 두드려 그 애를 부를까요?"

미망인은 힘겹게 일어났다. "뭐 하려고?" 그녀가 멍하니 물었다.

미나는 벽난로 장식을 가리켰다. "엥걸먼 씨에게 마마의 편지를 전하라고요." 마담 퐁텐은 편지를 보고 잠시 머뭇거리다 답했다. "아니다, 딸아. 그냥 내버려 둬라. 현재로서는 그럴 필요가 없겠다."

단숨에 평상시 태도를 되찾으며 마담은 나를 향했다.

"다행히 나는 낙천적인 사람이에요." 마담이 계속했다. "항상 잘 되기를 바란답니다. (당신이 그리 말하는 것에는 합당한 이유가 있을 거라 믿으며) 계속 잘 되기를 바랄 겁니다. 미나, 사랑하는 딸아, 우리가 지쳐 버릴 때까지 내가 데이빗 씨와 재미없는 이야기를 계속했구나. 우리에게 음악을 들려 줄래?"

딸이 순종하며 피아노를 열 때 마담은 꽃들을 보았다. "당신은 꽃을 좋아하지요, 데이빗?" 그녀가 말을 이었다. "당신은 이 분야를 잘 아나요? 나는 그저 아무것도 모르고 사랑스런 색상에 감탄하죠. 감미로운 향내도 좋아하고. 단지 그것뿐이에요. 노신사 엥걸먼 씨는 정말 대단히 상냥한 분이에요. 근데 당신 고모와 켈러 씨의 불협화음에 그분도 한몫하시나요?"

그녀가 여기에 엥걸먼 씨를 새롭게 끌어들인 이유가 무엇이었을까? 엥걸먼 씨에게 집주인 아들 편에 편지를 보낼 기회가 있었는데도 보내지 않은 이유가 뭘까?

이런 생각에 머릿속이 혼란스러웠던 나는 경솔한 행동을 해버리고 말았다. 내가 너무 새치름하게 얘기하는 바람에 그녀는 신경을 곤두세웠다. 내가 한 말은, 엥걸먼 씨가 켈러 씨와 생각이 같은 것으로 알지만 그렇다고 내가 이 두 파트너를 잘 아는 건 아니라는 거였다. 그 순간부터 그녀는 나를 꿰뚫어 보고 엥걸먼 씨 이야기는 더 이상 꺼내지 않았다. 나는 당시 마음 상태로는 미나의 노래조차도 즐겁지가 않았다. 핑계를 대고 그 집을 나왔을 때야 비로소 안도할 수 있었다.

메인가로 돌아오는 길에 편하게 생각할 수 있게 되니 나의 의구심은 노골적인 의혹으로 번지기 시작했다. 마담 퐁텐은 내 말을 듣고 고모의 도움을 받아 켈러 씨와 면담할 수 있으리라는 희망을 거의 버렸다. 그렇다면 엥걸먼 씨가 그녀를 위해 파트너에게 영향력을 행사할 수 있으리라는 가능성을 본 걸까?

내가 돌아서면 그녀는 곧바로 꽃에 대한 형식적인 감사 편지는 찢어 버리고 그녀를 보러 오라고 초대하는 두 번째 편지를 쓸까? 일단 그를 통해 목적을 달성한 뒤에 그녀는 미련 없이 그를 버릴까?

집에 돌아오는 길에 나는 이런 생각으로 혼란스러웠다. 몇 시간 후 저녁을 먹을 때 내가 생각했던 최악의 시나리오는 현실이 되었다. 가엽고 순진한 엥걸먼 씨는 평소와 달리 깔끔하게 차려 입고 들뜬 기분이 되어 있었다. 결혼식이라도 하느냐고 켈러 씨는 짓궂게 물었다. 엥걸먼 씨는 행복감에 취해 전혀 신경 쓰지 않았다. 실제 그는 여성 고용이라는 찜찜한 화제에 농담을 던지는 것으로 응수했다! "혹시 젊은 아가씨들이 우리 사무실에서 일하게 되면," 그가 들썩이며 소리쳤다. "무슨 일이 생길지 누가 알겠나?" 켈러 씨는 완전히 열이 받아 식사 내내 아무 말도 하지 않았다. 엥걸먼 씨가 방을 나갈 때 나는 뒤에 대고 무심코 말을 흘렸다.

"마담 퐁텐 댁에 가시는군요."

엥걸먼 씨는 능글맞게 웃었다. "그냥 저녁에 잠깐 들르는 거라네, 데이빗. 아, 자네 같이 젊은 사람들이야 자기 마음대로 행동해서는 안 되지." 그는 외투의 왼쪽 가슴 호주머니 위에 가볍게 손을 놓았다. "대단히 멋진 편지였어! 여기 있네, 내 가슴에. 안 되네. 여자의 감성은 신성한 것이니 자네에게 절대 보여 줄 수는 없지."

나는 엥걸먼 씨에게 모든 사실을 털어놓고 싶었지만 순간 미나에 대한 생각이 나를 가로막았다. 엥걸먼 씨를 진정시키고 싶은 마음은 나의 좋은 친구 프리츠가 어서 빨리 결혼하기를 원하는 마음과 정면으로 충돌했다. 게다가 내가 무슨 말을 한들 이미 정신이 쏙 빠져 착각하는 노신사에게 미세한 영향이라도 미쳤을까? 나는 그에게 대강 주의를 주고 일이 어떻게 진행되는지 두고 볼 참이었다.

"귀에 대고 한마디만 할게요, 어르신. 아무리 훌륭한 여인이라도 결점은 있게 마련입니다. 마담 퐁텐이 무척이나 매력적으로 보이실 겁니다. 하지만 그녀가 진솔하다고 너무 쉽게 믿지는 마세요."

엥걸먼 씨는 한없이 우쭐해하는 것 같았다. 그리고 그것을 전혀 귀담아 듣지 않았다.

"오, 데이빗, 데이빗! 자네는 벌써부터 나를 질투하는가?"

그는 (한쪽이 멋들어지게 휜) 모자를 쓰고 기분 좋게 지팡이를 휘두르며 방을 나갔다. 내가 그를 알게 된 이후 처음으로 그는 파이프를 가지고 가지 않았다. (이보다 더 심각한 증세는) 그가 그걸 전혀 그리워하지 않아 보인다는 점이었다.

12장

이틀이 지나고 나는 엥걸먼 씨에게서 또 다른 변화를 보았다.

이제 그는 신중하고 과묵한 사람이 되어 있었다. 다른 사람들이 알면 비웃을 만큼 그가 너무 철없이 행동한 걸까? 아니면 미망인 퐁텐이 너무 자신만만해하지 말라고 경고를 준 걸까? 어찌 되었든지 간에 마담에게 어떤 대접을 받았는지 그는 입도 벙긋하지 않았다. 그리고 다음에 그녀를 방문할 때는 아무도 모르게 집을 나섰다. 나는 그를 우연히 만나지 않도록, (솔직히 말하자면) 앞으로의 일이 그리 탐탁지 않아서, 마담과 미나에게서 거리를 두며 일이 진행되는 것을 지켜보았다.

사흘째 되던 날, 사건이 터졌다. 나는 미나로부터 짧은 서신을 받았다.

"데이빗 씨께, 마마와 저를 보고 싶으시면 저녁에 집에 계세요. 선한 엥걸먼 씨가 일이 끝나고 그 흥미로운, 오래된 집을 우리에게 보여 주기로 약속하셨답니다."

'그 오래된 집'을 보여 주기로 한 것에는 딱히 특이한 것이 없었다. 이 집은 한때 프랑크푸르트에서 유명했던 지역 건축물로 그림 같은 모델 중 하나였다. 나라 전역에서 예술가들이 와 이 저택의 안과 밖을 그렸다. 게다가 (아마 우연이었겠지만) 엥걸먼 씨가 미망인 퐁텐에게 집을 보여 주기로 한 저녁은 공교롭게도 켈러 씨가 도시 다른 곳에서 친구들을 만나기로 한 저녁이었다.

숙녀들이 도착할 시간이 가까워 오자 엥걸먼 씨는 떨떠름한 표정으로 나를 보았다.

"오늘 저녁에는 외출하지 않는가, 데이빗?"

"제가 방해가 되나요, 어르신?" 나는 능청스럽게 물었다.

"오, 아니야!"

"그렇다면 저는 집에 있겠습니다."

그는 더는 말을 하지 않고 언짢은 기분으로 방을 위아래로 왔다 갔다 했다.

"방문객이 있으신가요?" 내가 말했다.

그는 마지못해 대답을 했다. "친구들이 집을 구경하러 오기로 했네."

시치미를 뚝 떼고 고집스럽게 꿍꿍이속을 감추고 있는 그의 모습에 나는 대뜸 짜증이 났다.

"마담 퐁텐과 딸이 오는가요?"

그는 답을 하려고 곧장 돌아서더니, 주춤했다. 그 순간 까칠한 늙은 가정부가 문을 열었다. 가정부는 방으로 안내해 온 우아하게 차려 입은 두 숙녀를 보며 미심쩍이 인상을 찌푸리고 있었다.

내 마음대로 행동할 자유가 있었다면 방문객들이 집을 둘러볼 때 (엥걸먼 씨를 배려하는 의미로) 나는 분명 함께 있지 않았을 것이다. 그러나 미나가 내 팔짱을 꼈다. 그들이 방을 나섰을 때 나는 엥걸먼 씨와 마담을 따라갈 수밖에 없었다.

미나는 내가 오빠라도 되는 양 은밀하게 얘기를 했다.

"그거 아세요," 그녀가 조용히 말했다. "마마는 친절한 노신사분과 벌써 오래 우정을 나눈 친구가 된 것 같아요. 마마는 보통 낯선 사람을 믿지 않거든요. 신기하지 않나요? 엥걸먼 씨에게 우리 집에 올 때 담배 파이프를 가져오라고까지 했어요! 엥걸먼 씨는 앉아서 담배를 빼끔거리며 마마에게 푹 빠져 있었어요. 마마가 말씀을 많이 하세요. 당신도 조만간 우리 집에 놀러 오세요, 꼭! 저는 프리츠에 관해 이야기할 사람이 없어요. 마마와 엥걸먼 씨는 제가 방에 있는 강아지라도 되는 양 저에게는 도무지 관심이 없어요."

1층에서 2층으로 올라가면서 마담 퐁텐은 집에 대해 한층 열을 내며 감탄을 쏟아냈다. 그녀는 아는 게 많았는데, 17세기 지역 건축물도 그중 하나인 듯했고, 조만간 수채화 작품도 거기에 포함될 지경이었다.

“나는 여성 예술가로도 나쁘지 않아요.” 그녀가 엥걸먼 씨에게 하는 말을 나는 들었다. “이 아름다운 오래된 방들을 대충이라도 스케치해 보고 싶군요. 내가 프랑크푸르트를 멀리 떠나 있어도 기억할 수 있게 말이에요. 하지만 그런 부탁은 하지 않을게요, 엥걸먼 씨. 이 홀아비의 낙원에 열정 넘치는 숙녀들이 스케치북을 들고 왔다 갔다 하는 걸 원치 않으실 테니까요. 켈러 씨에게 우리가 방해가 되지 않았으면 좋겠네요. 켈러 씨가 집에 계시나요?”

“아니오.” 엥걸먼 씨가 말했다. “외출했소.”

물 흐르듯 했던 마담 퐁텐의 달변이 갑자기 말라 버렸다. 2층에서 3층으로 올라가는 동안 그녀는 말이 없었다. 이곳에는 침실들이 있었다. 내가 쓰는 침실에는 딱히 관심을 가질 만한 게 없었다. 하지만 켈러 씨 방과 엥걸먼 씨 방에는 집에서 가장 훌륭한 목조 공예품이 몇 점 있었다.

어둠이 깔리기 시작했다. 엥걸먼 씨는 자기 방에 촛불을 켰다. 미망인은 그중 하나를 그에게서 건네받고 주변의 다른 물건들을 능숙하게 비춰 보았다. 그녀는 여전히 약간 가라앉아 있었다. 그녀는 훌륭한 견본 2개—옷장과 화장대—를 예로 들며 목조 공예에 대한 지식을 드러냈다.

"가여운 남편은 예스런 목조 공예를 좋아했지요." 마담 퐁텐이 조신하게 설명했다. "내가 아는 건 남편에게 배운 거예요. 엥걸먼 씨, 당신 침실은 그 자체로 하나의 그림이네요. 색상이 찬연하군요! 정말 수수하면서도 대단히 기품이 있어요! 우리가," 혼란스러운 듯 그녀가 머뭇거렸다. 목소리의 톤이 차분하게 낮아졌다. "죄송하지만, 우리가 켈러 씨 침실을 잠깐 훔쳐봐도 될까요?"

오직 선별된 소수의 숭배자만이 갈 수 있는 신전이라도 되는 것처럼 그녀는 '켈러 씨 침실'에 대해 말했다. "그게 어디 있죠?" 그녀가 마음을 졸이며 물었다. 나는 길을 안내하고 주저 없이 문을 열어 젖혔다. 마담 퐁텐은 내가 마치 신전을 더럽힌 것처럼 나를 쳐다보았다.

촛불 하나를 들고 따라오던 엥걸먼 씨는 천장 가운데 매달린 고대 황동 램프에 불을 붙였다. "학식이 깊은 내 파트너는," 그가 설명했다. "침실에서 책을 많이 읽고 밝은 것을 좋아합니다. 램프에 완전히 불이 붙으면 잘 볼 수 있을 겁니다. 널찍한 벽로 선반은 프랑크푸르트의 어디에 내놓아도 전혀 손색이 없죠."

벽로 선반을 바라보던 미망인은 그것에 푹 빠져 말없이 두 손을 맞잡았다. 다시 말을 할 수 있었을 때 그녀는 미나의 허리를 손으로 둘렀다.

"사랑하는 딸아, 이 멋진 작품에 대해 설명해 주마." 마담은 이렇게 말하고는 벽로 선반의 좋은 점에 대해 소박한 강의를 했다. "오, 이걸 어설프게라도 스케치할 수 있다면!" 결론을 내리듯 그녀가 탄식했다. "하지만 그건 무리한 요구겠지." 그녀는 방의 모든 것에 세세한 관심을 기울였다. 물병과 잔이 있는 침대 옆 조그만 테이블마저 놓치지 않았다. "그분의 음료수인가요?" 존경심을 담아 그녀가 물었다. "어떤 맛일까?"

엥걸먼 씨가 너털웃음을 터트렸다. "그냥 보리찹니다, 마담." 그가 말했다. "류머티즘이 있는 늙은 가정부가 자주 계단을 오르내리지 않으려고 저녁에 침실을 정리하면서 밤에 마실 물을 가져다 놓습니다. 두 번 올라오지 않으려고요."

"마셔 봐라, 미나야." 딸에게 물 잔을 건네며 미망인이 말했다. "정말 맑고 시원하구나!"

옆에 서 있던 엥걸먼 씨는 그녀의 귀에 대고 속삭였다. 나는 바로 뒤에 있어서 듣지 않을 수가 없었다. "질투가 나는군요." 그가 말했다. "내가 밤에 마시는 음료에는 전혀 관심이 없으니 말이요. 나는 맥주를 마신다오."

미망인은 눈빛으로 답했다. 그는 소심한 행복의 한숨을 내쉬었다. 가여운 엥걸먼 씨!

미나는 천진하게, 이 무언의 감성 장면을 깨뜨렸다.

미나는 방의 그림들을 보다가 설명을 해 달라고 요청했다. 오직 엥걸먼 씨만이 할 수 있는 설명이었다. 마담의 예술적 영감은 이 그림들에는 작동하지 않는 듯했는데, 나는 그것이 자못 이상했다. 마담은 방의 다른 편 끝에 있는 딸에게 가지 않고 보리차 물병을 뚫어지게 쳐다보며 생각에 잠겨 있었다. 그러다 불현듯, 그녀는 움찔하며 돌아보았다. 그녀를 관찰하고 있던 나는 그녀의 눈빛에 잡혔다. 램프 불빛에 내가 잘못 봤을 수도 있었겠지만, 색다른 표정이 그녀의 무거운 눈꺼풀 아래서 번득이는 것 같았다. 그것이 터질 듯이 강렬한 의심으로 꽉 채워진 표정이라 나는 흠칫했다. 내가 받은 강한 인상을 믿어야 할지 의아해하고 있을 때 마담은 다시 본래 모습으로 돌아왔다.

"나 때문에 놀랐나요, 데이빗?" 그녀가 다정한 어투로 물었다. "내가 왜 그림들을 보지 않는지 궁금한가요? 오, 데이빗! 나에게는 슬픈 기억들이 있어요. 근데 종종 통제할 수 없이 그것들이 밀고 들어올 때가 있죠. 때로는 아주 사소한 것인데도 기억을 불러오기도 하고요. 사려 깊은 엥걸먼 씨는 나를 이해해요. 당연히 그도 슬픈 일을 겪었으니까. 잠시 앉아도 될까요?"

그녀는 힘든 듯이 의자에 풀썩 앉더니 그 유명한 벽로 선반을 바라보았다. 그녀는 완벽하게 우아한 자태를 취했다. 엥걸먼 씨는 서둘러 그림 설명을 마치고 그녀 옆으로 와 함께 벽로 선반을 감상했다.

"예술가들은 램프 빛에 보아야 제 맛이라고 생각하죠." 그가 말했다. "창문 사이에 있는 큰 박공지붕이 낮에 빛이 들어오는 것을 막는답니다."

마담 퐁텐은 다정히 알겠다는 미소를 지으며 주변을 둘러보았다. "방금 나도 그렇게 생각하고 있었어요. 이 빛은 완벽하네요. 아, 스케치북을 가져왔으면 좋았으련만. 켈러 씨가 없을 때 기억할 만한 것을 숨겨 갈 수 있었을 텐데." 그녀는 이렇게 말하면서 나를 보았다.

"물감이 없어도 괜찮으시면," 내가 제안했다. "집에 종이와 연필은 있습니다만."

복도의 시계가 정각을 알렸다.

엥걸먼 씨는 불안해하며 의자에서 일어났다. 그의 행동은, 우리도 모르게 시간이 흘렀고 이제 켈러 씨가 언제라도 돌아올 시간이 되었음을 나타냈다. 미나도 같은 느낌을 받았음이 분명했다. 미망인은 눈치가 빠른 사람이었지만 처음으로 그것을 잃어버린 듯했다. 미망인은 마치 자기 집에 있는 것처럼 태연히 자리 잡고 있었다.

"물감 없이도 그릴 수 있을지 모르겠네요?" 그녀가 천연덕스럽게 말했다. "한번 시도해 볼까요?"

엥걸먼 씨는 이제 불안해 안절부절못하고 있었다. 미나는 나처럼 그 변화를 감지하고 곧바로 참견했다.

"마마, 오늘 저녁은 스케치하기에는 너무 늦었어요. 켈러 씨가 곧 오시지 않을까요?"

마담 퐁텐은 당혹스러워하며 벌떡 일어섰다. "그걸 미처 생각하지 못하다니 제가 어리석었군요!" 그녀가 크게 말했다. "죄송합니다, 엥걸먼 씨. 너무 푹 빠져 있었네요. 친절을 베풀어 주셔서 정말 감사합니다." 그녀는 방을 나서며 여러 번 사과와 감사를 반복했다. 엥걸먼 씨는 평온을 되찾았다. 그는 마담을 사랑스럽게 바라보고 그녀가 잡도록 팔을 내주며 아래층으로 안내했다.

이번에는 미나와 내가 앞장섰다. 우리는 첫 번째 층계참에 이르러 거기에서 기다렸다. 미망인은 우아하게 천천히 계단을 내려왔다. 들리는 바로는, 그녀는 지금 난간을 받치는 낡은 작은 기둥에 빠져 있었다. 마침내 우리가 있는 층계참에 내려왔을 때 그녀는 2층 방의 문들에 관심을 보이며 지체했다. 단순히 그냥 지나칠 수가 없노라고 그녀가 말했다. 미나와 나는 또다시 1층에서 기다렸다. 여기에는 현관을 비추는 고대 황동 램프가 또 하나 있었다. 서둘러 그냥 지나칠 수 없는 또 하나의 아름다운 작품.

"마마가 전에는 이렇게 이상하게 행동한 적이 없었어요." 미나가 말했다. "이 상황에서 저런 것들을 지나칠 수 없다고 하는 건 분명 켈러 씨와 마주치고 싶어서 그러는 거라는 생각이 들어요!"

마담 퐁텐이 원하는 것이 바로 그거라는 데 (거기 서서, 마담이 얼마나 억지로라도 켈러 씨를 만나고 싶을지를 깨달으며) 나는 한 점의 의심도 없었다. 행운은 대담한 자를 좋아한다. 그래서 행운은 미망인이 갈망하던 그 위험한 기회를 안겨 주었다.

마담이 아직 램프에 빠져 있을 때 현관문 밖에서 열쇠를 끼우는 쇳소리가 들렸다.

문이 열리고, 켈러 씨가 현관으로 들어왔다.

켈러 씨는 낯선 두 숙녀를 보고 순간 멈춰 서서 추궁하듯 파트너를 보았다. 엥걸먼 씨는 무엇이라도 해명을 해야만 했다. 그는 이름을 언급하지 않고 얼버무렸다.

"내 친구들이네, 켈러." 어찌할 바를 몰라 하며 그가 말했다. "우리 집을 보여 주고 있었네."

켈러 씨는 모자를 벗고 미망인에게 고개를 살짝 숙였다. 놀랍게도 이 상황에서 그녀는 가장 달콤한 미소를 지으며 유유히 자기 이름을 대고 무릎을 낮게 굽혀 인사했다.

"저는 마담 퐁텐입니다. 여기는 제 딸 미나고요."

13장

켈러 씨는 근엄한 침묵 속에 미망인을 쏘아보며 지나쳐 갔다. 그는 복도 안쪽 끝으로 걸어가 가옥 뒷부분에 있는 방으로 들어가며 뒤로 문을 닫았다. 행여 그가 미나의 얼굴을 보고 싶었다 해도 그렇게 할 수 없었을 것이다. 가련한 소녀는 소심하게 그를 흘긋 한 번 보고 측은하게 부들거리며 내 뒤로 몸을 숨겼다. 나는 용기를 주려고 그녀의 손을 잡았다. "오, 저런 분에게," 미나가 속삭였다. "우리가 무슨 희망을 가질 수 있겠어요?"

마담 퐁텐은 켈러 씨가 그녀를 지나쳐 복도를 쭉 걸어가 시야에서 사라지는 것을 끝까지 지켜보았다. "이러면 안 되지." 그녀가 조용히 투덜거렸다. "이런 식으로 나한테서 도망가서는 안 돼."

갑작스런 충동에 움직이듯 마담은 켈러 씨가 스쳐 지나간 길로 향했다. 그의 발걸음을 뒤쫓아 복도 끝의 방까지 걸어갔다.

나는 미나와 그대로 있었기 때문에 마담이 어떤 표정인지 볼 수 있는 위치에 있지 않았다. 엥걸먼 씨는 마담 퐁텐을 붙잡으려고 간절히 손을 뻗었다. 여자의 본성 깊은 곳에 숨겨진 사나운 열정이 표면으로 올라와 모습을 드러냈다고 그는 표정으로 나에게 말했다. "오, 착한 부인, 착한 부인!" 순진한 노인은 소리쳤다. "그렇게 보지 말아요! 그저 켈러가 성질이 있어서 그래요. 곧 진정할 겁니다."

마담은 대꾸하지 않았다. 그를 쳐다보지도 않았다. 마치 그가 귀찮은 아이인 양 손을 들어 그를 뒤로 밀쳤다. 그녀는 단호하면서도 우아한 발걸음으로 복도를 따라 끝의 방으로 나아가 매섭게 문을 두드렸다.

켈러 씨의 목소리가 안에서 들렸다. "누구요?"

"마담 퐁텐입니다. 이야기 좀 하지요."

"나는 마담 퐁텐에게 볼일이 없소."

"그렇다면 켈러 씨, 나는 당신에게 편지 쓰는 영예를 택하겠습니다."

"당신 편지는 읽지 않을 거요."

"밤새 생각해 보시고, 켈러 씨, 아침에는 마음을 바꾸세요."

마담은 대답을 기다리고 않고 뒤돌아서 현관 가까이에 있는 우리에게로 왔다.

미나가 나아가 그녀를 맞고 다정하게 키스했다. "다정한 마마, 저를 위해서 이러시는 거지요." 소녀는 고마워하며 말했다. "어머니가 스스로를 비하하는 게 죄송스러워요. 소용없는 일이예요!"

"소용없는 일이 아닐 게다." 어머니가 답했다. "네 행복을 위협하는 켈러 씨가 50명이나 된다 해도 나는 전부 쓸어버릴 거다. 오, 내 딸, 사랑하는 내 딸!"

결단을 선포할 때 마담의 음성은 여느 남자의 음성만큼이나 결연했지만, 마지막에 사랑의 이름을 부르짖을 때는 흔들리며 쇠약해졌다. 그녀는 사랑하는 딸을 품으로 당겨 말없이 뜨겁게 안았다. 그녀가 다시 고개를 들었을 때 내 눈에 그녀는 내가 본 어느 때보다 아름다웠다. 그녀의 눈에는 사랑과 근심의 고귀한 눈물이 가득했다. 아직 이야기하지 않은 끔찍한 스토리가 있기에 나는 이 비참한 여인에게 공평한 기회를 줄 것이다. 마담의 마음은 완전히 타락한 게 아니었다. 그녀가 자신의 사악함을 넘어서게 하는 힘은 늘 미나에게 있었다. 그녀는 딸을 안았던 손을 엥걸먼 씨를 향해 뻗었다. 그녀는 마치 겁에 질린 여자처럼 손을 떨었다.

"잘 있어요, 친구." 마담이 말했다. "바보처럼 난처한 해프닝을 일으켜 미안합니다."

단순한 엥걸먼 씨는 손수건을 꺼내 눈물을 찍었다. 그는 평생 이렇게 곤혹스럽고, 놀라고, 괴로운 적이 없었다. 그는 미망인의 손에 입 맞추었다. "내가 집에까지 안전하게 데려다 주겠소!" 자상하게 호소하며 그가 말했다.

"오늘 밤은 아니에요." 미망인이 대답했다. 그는 어설프게 항의하려 했지만, 마담 퐁텐은 어떻게 자신의 권위를 세우는지 잘 알고 있었다. 그녀는 그가 이미 푹 빠져 있는 그 다정다감한 표정을 지었다. 엥걸먼 씨는 완전히 압도되어 현관 의자 중 하나에 앉았다. "사랑하고 존경하는 여인이여!" 그가 어슴푸레 중얼거리는 것을 나는 들었다.

미망인은 나에게 인사를 마치면서 새로운 아이디어가 떠올랐는지 얼굴이 달라지며 내 손을 놓았다.

"부탁이 하나 있어요, 데이빗." 그녀가 말했다. "우리랑 같이 갈 수 있나요?"

두말없이 나는 모자를 들어 그녀를 따랐다. 엥걸먼 씨는 일어서서 무언의 침울한 항거로 자신의 통통한 손을 들었다. "진정해요." 마담 퐁텐이 얼핏 화가 난 듯 미소 지으며 그에게 말했다. "데이빗은 나를 사랑하지 않아요!"

나는 마담을 따라 나가다 잠깐 멈춰 엥걸먼 씨를 위로했다. "마담은 제 어머니뻘이에요, 어르신." 내가 속삭였다. "어쨌든 이번에는 마담이 사실을 말한 겁니다."

거리를 지나 다리에 이를 때까지 우리는 거의 말이 없었다. 미나는 프리츠를 생각하며 서글퍼 조용했다. 마담은 하고 싶은 말이 무엇이든지 간에 개인적으로 말하려는 게 분명했다. 거처에 도착하자 마담은 나에게 초라한 작은 응접실에서 기다려 달라고 부탁하고, 친절하게도 담배를 피워도 괜찮다고 했다. "데이빗에게 저녁 인사를 하렴." 마담은 딸을 향해 돌며 말을 이었다. "가련하고 조그만 네 심장이 오늘 밤에는 무겁겠구나. 네가 아기였을 때처럼 내가 너를 재워 주려고 했는데. 아, 나에게 그런 날이 다시 올 수 있다면!"

미망인은 잠시 자리를 비웠다가 안정된 자세로 차분히 미소 지으며 돌아왔다. 잠깐 떨어져 있던 사이에 그녀는 머릿속에서 켈러 씨와의 대면한 사건을 완전히 지운 듯했다.

"우리는 부모가 자녀들을 훈육한다는 얘기를 종종 듣죠." 그녀가 말했다. "하지만 나는 종종 자녀들도 부모를 훈육한다고 믿어요. 미나와 잠깐 재밌는 시간을 가졌어요. 그리고 나는 벌써 무자비한 켈러 씨를 용서했답니다. (믿겠어요?) 그리고 그 영향을 받아 온건한 어투로 그에게 편지를 쓰려고 해요, 전부 미나에 관한 것으로. 내 예쁜 딸은 상상도 못하겠죠! 당신도 자식이 있다면 나를 이해하고 공감할 거예요. 가만 있자, 한가한 소리나 하며 당신을 잡고 있어서는 안 되죠. 내가 원하는 것을 그대로 말할게요." 그녀는 책상을 열고 펜을 꺼냈다. "내가 당신 앞에서 켈러 씨에게 글을 쓴다면 그 편지를 맡아 줄 수 있겠어요?"

나는 어떻게 대답해야 할지 망설였다. 간단히 말해 나는 그녀의 요청이 부담스러웠다.

"켈러 씨에게 직접 전하라는 얘기가 아니에요." 그녀가 설명했다. "반드시 이 편지가 그에게 전달되고, 그가 읽을 기회를 갖는 건 (그녀는 이 말을 강조해서 했다) 나에게 매우 중요한 일입니다. 당신이 손수 그의 서재 책상에 이것을 놓아둔다면, 그게 내가 바라는 전부예요. 내가 아니라, 미나를 위해서!"

미나를 위해서 나는 동의했다. 마담은 바로 일어서더니 책상에 그녀가 앉았던 자리를 가리켰다.

"당신이 내가 말하는 초안을 받아쓰면," 그녀가 말했다. "시간을 아낄 수 있어요. 나는 미나를 비서 삼아 편지를 받아쓰게 하곤 해요. 물론 입봉하기 전에 당신은 깨끗한 원고를 볼 수 있고요."

마담은 작은 방을 위아래로 오가며 등 뒤로 손을 엇갈리게 잡았다. 위대한 나폴레옹이 취했던 자세로 유명한 자세였다. 그녀는 1분쯤 생각하다가 다음과 같이 초안을 구술했다.

"어르신께, 뷔르츠부르크에 떠도는 소문으로 인해 어르신이 나에 대해 편견을 가지고 있다는 걸 잘 압니다. 제가 아는 바로 이 소문은 세 꼭지로 요약될 수 있을 겁니다.

(첫째) 나의 사치로 남편이 빚에 싸여 죽었다.

(둘째) 훌륭한 이웃들은 나와 연관되기를 원하지 않는다.

(셋째) 당신이 부자임을 알기에 내가 당신 아들 프리츠를 꼬

드겨 내 딸에게 청혼하게 만들었다.

첫째 비방에 답하자면, 그 빚은 남편이 비용이 많이 드는 화학 실험을 했기 때문에 생긴 것으로 저는 채권자들에게 마지막 한 닢까지 모두 갚았습니다. 접견을 허락해 주시면 제가 직접 채권자에게 안내하겠습니다.

두 번째 비방에 답하자면, 저는 결혼하고 뷔르츠부르크에 도착한 후 이 지역에서 명망 있는 상류층 부인들로부터 초대를 받았습니다. 그 사교계를 경험하고는 다음 초대에는 정중히 거절하고 은둔 속에 지내며 남편과 어린아이 그리고 시간이 날 때마다 제가 좋아하는 문학과 예술 같은 분야에 헌신했답니다. 바느질 하면 늘 따라다니는 가십과 스캔들은 제 취향이 아닙니다. 저는 집안일을 충실히 수행했으며, 다과 모임이 여자 삶의 주요한 부분을 차지한다고는 생각하지 않았습니다. 어리석게도 저는 이런 감정을 공개적으로 드러냈고 그 필연적인 결과로 각처에 신랄한 적을 만들었습니다. 이것이 제 잘못임을 인정합니다. 이런 해명에도 어르신이 만족하지 못하신다면 접견을 허락해 주십시오. 그러면 무슨 질문이든 묻는 것에 답변하겠습니다.

세 번째 비방에는, 어르신이 사업가가 아니라 왕자였다 해도 저는 무슨 수를 써서라도 딸이 어르신 아들에게서 멀어지게 했을 거라 답합니다. 단순히 딸이 저를 떠나 어떤 남자에게로 간다는 생각만으로도 저는 근심과 낙담에 빠지기 때문이지요. 불쌍한 딸이 어르신 아들과 결합해야만 행복할 거라는 확신이 들었을 때야 비로소 저는 그 결혼 서약을 인정했습니다. 바로 이 이유 때문에 어르신에게 글을 쓰면서 굴욕적으로 제 말을 들어 달라고 사정하고 있고요. 돈의 문제라면, 예상치 못한 불행으로 내일 어르신이 파산한다 해도 지금 어르신에게 호소하는 것처럼 똑같이 이 결혼을 허락해 달라고 호소할 것입니다. 저는 건강하여 일을 할 수 있기에 가난이 두렵지 않습니다. 하지만 어르신이 이 어미에 대한 비방을 믿는다는 이유로 제 아이의 삶이 피폐해지는 것을 쳐다보고만 있을 수는 없습니다. 세 번째로 요청하건대, 접견을 허락해 주십시오, 그리고 제 해명을 들어 보세요."

마담은 멈추고 내 어깨 너머로 편지지를 보았다.

"이 정도면 충분할 것 같은데." 그녀가 말했다. "이 편지에 거슬리는 내용이 있나요?"

내가 어떻게 이 편지 내용에 거스르겠는가? 편지는 처음부터 끝까지 강하면서도 절제 있게 표현하고 있었다. 나는 책상 자리에서 일어났고, 미망인은 그것을 직접 깨끗하게 옮겨 썼다. 아래와 같은 내용을 추신으로 단 것 말고는 전혀 고치지 않았다.

"저를 절망으로 몰아가지 말아 주세요, 부탁입니다. 딸의 삶을 위해서 호소하는 어미는 신성한 요구를 역설하는 여자입니다. 이 경우에 이 이상 바라는 건 없습니다. 현명한 남자라면 이걸 부정하지 못할 겁니다."

"이 말을 덧붙이는 것이," 나는 미심쩍이 물었다. "적절하다고 생각하세요?"

마담은 순간 은밀한 눈빛으로 물끄러미 나를 보더니 편지를 봉해 내 손에 놓고 나서야 응대를 했다.

"내 나름의 이유가 있어요. 그대로 두지요."

집에 돌아오니 프랑크푸르트에서는 늦은 시간이라 할 수 있는 시간이었는데 뜻밖에도 켈러 씨가 나를 기다리고 있었다.

"파트너와 이야기를 나누었네." 그가 말했다. "우리에게는 씁쓸한 여운이 남았지. (이번에만 그러길 바라지.) 그래서 말인데, 엥걸먼 씨 대신 나를 좀 도와주게나. 엥걸먼 씨는 내일 약속이 있어서 프랑크푸르트를 떠날 수 없다는군."

그 '약속'은 미망인 퐁텐과 연관되었음이 말투에서 빤히 드러났다. 오랜 두 친구 사이에 마담에 대해 격한 말이 오갔음이 틀림없었다. 엥걸먼 씨는 온순한 성격이었지만, 복도에서 마주쳤을 때 보니 켈러 씨가 한 행동에 분개했음이 틀림없었다.

"내가 부탁하는 것은," 켈러 씨가 계속했다. "쉬운 일이네. 하나우에 사업체를 갖고 있는 사람이 우리랑 동업하고 싶어 하지. 그래서 그 지역의 덕망 있는 인사들의 추천서를 보내왔네. 그걸 확인할 필요가 있지. 사무실 일이 바빠서 내가 직접 프랑크푸르트를 떠날 수는 없다네. 다른 직원을 출장 보내기도 어렵고. 필요한 사항은 내가 써 놓았네. 자네도 알지만 하나우는 프랑크푸르트에서 쉽게 갈 만한 거리지. 이 일과 연관해 자네가 회사를 대표하는 것이 탐탁지 않은가?"

당연히 나는 나를 믿어 준 것에 기분이 좋았고 내가 그럴 가치가 있다는 걸 어서 빨리 증명하고 싶었다. 그래서 다음 날 아침에 차가 되는 대로 일찍 프랑크푸르트를 출발하는 것으로 정리했다.

침실로 올라가는 계단에서 나는 켈러 씨에게 잠깐 더 잡혀 있었다.

"자네 친구에 대해 내가 이러쿵저러쿵할 생각은 전혀 없네." 그가 말했다. "하지만 나이를 먹을 만큼 먹었으니 자네에게 한마디 하지. 오늘 밤 여기서 만난 여자와 너무 쉽게 친해지지 말게, 데이빗."

켈러 씨는 마음을 담아 악수를 하고 떠났다. 나는 주머니에 있는 마담 퐁텐의 편지를 떠올리며 그가 절대 읽지 않을 거라는 확신이 들었다.

다음 날 아침에 일어나니 집에는 오직 하인들만이 소란스럽게 움직이고 있었다. 아무도 보지 않을 때 나는 켈러 씨의 서재 책상에 편지를 놓았다. 임무는 끝났다. 나는 하나우를 향해 출장길에 올랐다.

14장

지시 사항을 가지고 간 덕분에 출장의 목적을 완수하는 데 불편함이 없었다. 내가 찾아봬야 할 특정한 사람들과 그들에게서 알아봐야 하는 특정한 정보. 나는 돌아가면 이 정보를 켈러 씨에게 전해야 했다. 그래서 성실하고 신중해야 했다. 그게 전부였다.

하루 일이 끝나고, 내가 확인하려고 갔던 추천서의 글쓴이였던 자상한 상인은 나를 호텔로 돌아가게 놓아주지 않았다. 그는 내 시간에 맞추어 특별히 저녁 식사를 미뤄 놓았다고 했다.
"내 가족하고만 만날 겁니다." 그가 말했다. "그리고 처가 친척이 딸과 함께 우리를 방문하고 있고요. 뷔르츠부르크에 사는 마이어 부인이죠."

낯선 사람들을 마주할 때 느끼는 영국 남자의 거북함을 느끼며 나는 초대에 응했다. 마이어 부인이 뷔르츠부르크에서 왔다지만 그렇다고 딱히 기대한 것은 없었다. 내가 '프랑크푸르트의 켈러 씨의 영예로운 대리인'으로 정식으로 소개되었을 때조차 나는 내 일에 너무 빠져 있었거나 아니면 너무 멍청해 마이어 부인이 나에게 돌연 관심을 보인 것을 눈치채지 못했다. 마이어는 교활하고 고집스러워 보이는 뚱뚱하고 현란한 노부인이었다. 그녀에게는 시간이 지나면서 그녀를 똑 닮아 갈 것 같은 딸이 있었다. 식사 테이블에서 상인의 아내와 큰 아들 사이에 내가 앉은 것은 다행이었다. 내 생각에 그들은 마이어 부인보다 훨씬 더 마음이 가는 이웃이었다.

식사가 끝나고 우리는 커피를 마시러 다른 방으로 옮겨 갔다. 여유 시간에 음악을 즐기는 상인과 아들은 피아노와 바이올린을 위한 소나타를 연주했다. 나는 방의 반대편 끄트머리에서 노장들의 정교한 인쇄본을 들척이고 있다가 난데없이 바로 내 옆에서 묻는 목소리에 화들짝 놀랐다.

"젊은 양반, 혹시 켈러 씨의 아들을 아시는가?"

내가 돌아보니 마이어 부인이 있었다.

내가 프리츠를 안다고 하자 그녀는 계속했다. "최근에 그를 만난 적이 있나요? 그럼 지금 그가 어디 있는지 알아요?"

나는 두 질문에 답했다. 마이어 부인은 대단히 흡족해 보였다. "그럼 잠깐 이야기나 할까요." 그녀는 자리를 잡더니 나에게 옆에 앉으라고 손짓하며 말했다.

"나는 프리츠에게 진정 관심이 있어요." 반대편 끝의 음악가들에게 들리지 않도록 소리를 낮추어 그녀가 다시 시작했다. "그가 뷔르츠부르크를 떠난 후로 오늘까지 그의 소식을 듣지 못했어요. 그에 대해 말하고 싶군요. 그는 오래전에 나에게 친절을 베푼 적이 있지요. 당신은 그의 친한 친구죠? 아버지가 그를 왜 대학에서 쫓아 보냈는지 말하던가요?"

나는 유감스럽게도 대충 대답을 얼버무렸다. 사실 나는 앞서 노부인의 입술에서 흘러나왔던 말에 정신이 팔려 있었다. "오래전에 나에게 친절을 베푼 적이 있지요." 이 진부한 어구를 최근에 어디서 들었던가? 지금 다시 들으며 내가 이걸 어떻게 이렇게 쉽게 기억할까?

"그러니까, 그 여자와 딸한테서 그를 떼어 놓은 건 아버지가 현명한 일을 한 거죠!" 마이어 부인은 계속했다. "마담 퐁텐은 그 불쌍한 청년을 약혼으로 묶어 놓았어요. 계획적이었죠. 혹시 당신도 그녀의 친구인가요? 그렇다면 내 말을 취소하고 사과하지요."

"그럴 필요는 없습니다." 내가 말했다.

"마담 퐁텐의 친구가 아닌가요?" 그녀가 따져 물었다.

부인은 나에게서 답을 도출해 내려고 뻔뻔하게 시도했으나 실패했다. 나는 법정에서 반대 심문을 받는 기분이 들었다. 속된 표현으로 말하자면, '짜증이 확 올라왔다.' 엄밀히 말하면 마담 퐁텐을 지인이라 할 수 있겠지만 분명 내 친구는 아니었다. 나는 일단 신중하게 접근하며 "아니요."라고 대답했다.

마이어 부인의 풍만한 가슴은 깊은 안도의 한숨을 내쉬었다. "아! 이제야 편하게 말할 수 있겠네. 프리츠의 관심사와 생각에 대해서 말이에요. 당신은 그 사람처럼 젊으니 그는 당신이 하는 말을 귀담아들을 겁니다. 할 수 있는 한 아버지의 결정을 뒷받침해 주시고 그의 열병을 치유해 주세요. 단도직입적으로 말하죠. 그는 결혼하면 망할 겁니다!"

"무척 심하게 말씀하시는군요, 부인. 그 어린 숙녀를 싫어하시나요?"

"싫어하지 않아요. 악의 없는 보통 계집이니까. 그 이상도, 이하도 아니에요. 내가 싫어하는 건 야비한 그 애 어미예요."

"제가 듣기로는, 마이어 부인, 그 질문에는 두 가지 측면이 있습니다. 프리츠는 마담 퐁텐을 상처받은 여성이라 믿습니다. 그러니까 그는, 마담 퐁텐은 진정 다정다감한 어머니라고 단언하죠."

"쳇! 어느 정도까지 그런다는 거죠? 여자는 자식을 가지면 돌보는 게 본성인데 그 정도 가지고, 애가 배고프면 먹이는 정도 가지고 다정다감한 어머니라? 잠꼬대 같은 소리를 하는군요! 그래, 고양이도 어미는 다정다감하죠! 뭐가 문제냐고요?"

고양이도 어미는 다정다감하다. 또 다른 친숙한 어구. 이 어구는 내 귀에 확 들어왔고 기억을 바른 방향으로 이끌기에 충분했다. 순간 프리츠가 받은 그 익명의 편지가 떠올랐다. 순간 나를 설득하려고 애쓰고 있는 마이어 부인이 프리츠를 설득하려고 애쓰면서 이미 사용했던 두 문장을 무심히 반복한 것이라 확신했다. 나는 의자에서 벌떡 일어났다. 내가 익명 편지의 저자와 얼굴을 마주하고 있다니!

나는 대충 얼버무리고—뭐라 했는지 기억나지 않지만—서둘러 대화를 속개했다. (선한 엥겔먼 씨는 말할 것도 없고) 프리츠에게 값진 발견이 될 수 있는 이 기회를 절대 놓칠 수 없었다. 나는 고집스럽게 프리츠가 들었던 선례를 인용했다. 뷔르츠부르크 사람들이 가십을 좋아하는 것과 월등한 매력을 지닌 마담 퐁텐에 여자들이 질투하는 것에 대해 프리츠가 했던 말을 되풀이했다. 마이어 부인은 오만방자하게 비웃었다.

“불쌍한 프리츠!” 그녀가 말했다. “훌륭한 성품을 가졌으나 너무 쉽게 넘어가고, 너무 쉽게 정을 주지. 우리가 모두 미망인 퐁텐을 부러워한다는 건 정말 말도 안 돼요. 그런 허튼 소리에 신경 쓰는 건 시간 낭비죠. 잠깐 기다려 봐요, 데이빗 씨, 당신도 보게 될 테니까. 당신이 켈러 씨와 함께 미망인으로부터 몇 달만 더 프리츠를 지켜 준다면 그가 저절로 눈을 뜨게 될 거요. 얽매이지 않은 마음으로 우리에게 올지도 몰라요. 그리고 다음번에는 더욱 지혜롭게 장차 아내 될 사람을 고르겠죠.”

부인은 이렇게 말하면서 방의 다른 편에 있는 딸에게 시선을 돌렸다. 얼굴 표정이 틀리지 않다면 그녀는 얼마간 시간이 지난 후에 프리츠를 자기 사위로 삼을 계획임이 분명했다. 그녀는 아직 그를 차지할 수 있다는 희망을 버리지 않았다. 마담 퐁텐은 믿을 수 없고 위험한 여자일지도 모른다. 하지만 이 입정 사나운 노부인은, 그 익명 편지의 파렴치한 작가는, 마담 퐁텐을 부정하는 어떤 유의 증인일까?

"당신은 미래에 어떤 일이 생길지 매우 단정적으로 예언을 하시네요." 나는 대범하게 말했다.

마이어 부인의 붉은 얼굴에는 더욱 붉은 그림자가 어렸다. "그 말은 나를 못 믿겠다는 말인가요?"

"물론 아닙니다, 부인. 그저 부인께서 퐁텐 박사의 미망인에 대해 험하게 말씀하신다는 뜻입니다. 부인은 그 말에 근거가 될 만한 사실을 제시하지 못했으니까요."

"오! 당신이 원하는 게 사실적 정보인가요? 내가 알고 하는 말인지 아닌지 바로 보여 드리죠. 프리츠가 마담 퐁텐의 선행에 대해 말하던가요? 그녀가 빚은 다 갚았다고 하던가요? 그녀가 어떻게 갚았는지 말해 주리다. 그러니까, 젊은 신사 양반, 내가 그냥 하는 말이 아니에요. 당신이 존경하는 미망인은 늙은 남자들을 호리는 데 재주가 있죠. 남자들은 항상 그녀에게 푹 빠져 버리니까. 멍청한 인간들! 뷔르츠부르크에 사는 어떤 노인도 그녀의 희생양이 됐다오. 그는 팔순에 가까웠어요. 오늘 아침에는, 이틀 전에 그가 침대에서 죽은 채로 발견되었다는 편지를 받았어요. 그가 남긴 것의 상속자는 한 명인데 그의 조카랍디다. 서류를 보니 그가 마담 퐁텐의 빚쟁이들에게 빚을 먼저 갚고, 그가 갚은 돈은 나중에 한꺼번에 받기로 약정을 받았다지 뭐요. 호호호! 한 푼도 없는 여자에게 약정이라니! 그 불쌍한 노인은 자기가 이리 빨리 갈 줄 알았으면 분명 그 약정서를 없애 버렸을 거요. 그가 돌연사를 당하자 약정서는 상속자에게 넘어갔고, 돈 문제라면 그 조카는 지독하게 꾀까다롭다는 소문이 자자하죠. 약정 기간이 끝나면 그는 돈을 갚으라고 들이밀 거요. 마담 퐁텐이 지금 어디에 있는지 모르겠지만, 상관없어요! 조만간 무슨 일이 있었는지 그녀도 듣게 될 테니까. 그리고 돈을 만들어 내든지 아니면 빚쟁이 감옥으로 가든지 하겠죠. 프리츠가 진실에 눈을 뜨게 할 사건이 있다고 말했을 때, 데이빗 씨, 이것이 바로 내가 마음에 가지고 있던 사실적 정보였어요."

부인이 나를 누른 것에 나는 가능한 한 겸허히 머리를 숙였다. 나는 미나를 생각했다. 그 순진하고 정이 많은 소녀에게 이게 무슨 일인가! 내가 방금 들을 게 사실이라면 마담 퐁텐은 분명 (주어진 시간 안에) 돈을 만들 수 있는 방법이 있을 것이다. 나는 이 견해를 마이어 부인과 나누었다.

"켈러 씨가 철두철미한 분인 줄 몰랐다면," 부인이 응수했다. "나도 역시 그녀가 돈을 만들 수 있을 거라 말했을 거요. 딸을 프리츠에게 시집을 보낸다면 켈러 씨는 가족의 빚을 갚아야 할 의무가 있겠지요. 하지만 그는 그녀가 손목을 비틀 수 없는 몇 안 되는 사람 중에 하나예요. 당신이 그녀와 얽히는 일이 생기면 조심하시오. 당신이 프리츠에게 부정적 영향을 준다고 그녀가 판단한다면, 남편의 분실된 독극물 상자 문제가 아직 해결되지 않았음을 상기시켜 줄 수도 있을 테니까. 이 모든 게 독일 신문에 나온 거예요. 내 말 알아듣겠어요?"

이것은 중용의 모든 경계를 넘는 것처럼 들렸다. "그런데 말입니다, 부인," 나는 날카롭게 응대했다. "약상자가 사라진 것이 그녀와 연관되었다는 증거는 어디에도 없어요."

"한 가닥의 의심도 없어요, 데이빗 씨?"

"한 가닥의 의심도 없습니다."

나는 말을 하면서 일어났다. 미나는 여전히 내 머릿속에 머물러 있었다. 나는 더 듣고 싶지 않았다기보다 오히려 더 듣는 게 두려울 정도였다.

"잠깐만요." 마이어 부인이 말했다. "두 호텔 중 어디에 머무시나요? 당신이 호텔로 돌아가면 오늘 밤에 읽을 만한 거를 보내드리고 싶군요."

나는 그녀에게 호텔 이름을 알려 주었다. 그리고 우리는 방

반대편에 있는 친구들에게로 갔다. 나는 오래 머물지 않고 곧 그곳을 나왔다. 기분이 찜찜했다. 불확실의 먹구름이 앞날에 얼쩡거리는 듯했다. 나는 다음 날 프랑크푸르트로 돌아가는 것마저 부담스러웠고 (켈러 씨가 예언했듯이) 고모가 나를 런던으로 다시 불러들이길 바랄 지경이었다.

15장

웨이터가 편지를 한 통 들고 왔고 나는 이런 기억들부터 깨어났다. 봉투에는 독일 신문에서 오린 쪽지와 마이어 부인이 서명한 아래 글이 있었다.

"당신은 아주 공명정대하든지 아니면 아주 고리타분한 청년이에요. 어찌 되었든 내가 동봉한 것을 읽어서 해가 되지는 않을 거요. 당신이 생각하는 것처럼 나는 소문이나 떠들고 다니는 노인이 아니에요. 이름들을 숨겼다고 의아해하지 마시고, 쪽지는 나중에 돌려줘요. 훌륭한 우리 주인 양반 거니까. 그는 진기한 글들을 수집하는데 이것도 그중 하나랍니다."

이것이 읽을거리에 딸린 소개 글이었다. 나는 가능한 한 문자 그대로 독일어 신문 기사를 여기에 영어로 옮긴다.

1828년 9월의 날짜가 찍힌 칼럼 맨 위 부분에는 편집장의 서설이 있었다.

"우리는 한 숙녀가 한때 친했던 여자 친구에게 쓴 편지의 일부를 비밀리에 입수했다. 이 발췌 글에 날짜와 숫자를 달아 이 지면에 그대로 공개한다. 불가결한 주의를 위해 가린 이름과 장소, 해당 월일은 예외로 둔다. 요즘 대중의 관심을 사로잡은 특정 사건과 연관된 이 발췌 글은 현재 상태로는 암흑 상태인 이 사건에 어렴풋이나마 한 줄기 광명을 비춰 줄 것이다."

하나. 1809년. — "맞아, 줄리, 내가 엄청난 위험을 감수했어. 바로 어제, ○○○ 박사와 결혼했잖아. 겨우 교회에 있던 사람들이 증인이 돼 주었지.

아버지는 내가 의사와 결혼해서 귀족 혈통의 품위를 떨어뜨렸다고 하셔. 어머니도 결혼식에 못 오게 했지. 가엽고 순박한 나의 어머니! 어머니는 나한테 그 젊은 의사를 사랑하느냐고 물었고, 내가 '예'라고 대답하자 되게 흡족해하셨어. 아버지는 반대하시지만 그래도 신랑은 그 직종에서 전도유망한 사람이야. 그 사람 나라에서는—지난 편지에 그가 프랑스인이라고 말했던 것 같은데—국가에서 주는 작위를 받은 저명한 의사야. 남편이 계속 출세하도록 내가 백방으로 손을 쓸 거야. 그가 남작이 되면 아버지가 뭐라 하실지 두고 보자."

둘. 1810년. — "줄리, 우리는 지독하게 한가한 구닥다리 독일 마을로 내려왔어. 여기에 유명한 의대가 있다는 딱 하나의 이유 때문에.

남편은 조심스럽게, 정말 상냥하게 말하면서 자신의 전문 지식을 넓히기 위해 우리가 평범한 안락함을 희생해야 한다면 다시 생각해 보겠다고 하더라. 이 촌구석 부인들이 어떻게 옷을 입고 다니는지 본다면, 그들이 떠드는 실없는 소리를 듣는다면, 너는 나를 측은하게 여길 거다. 그나마 한 가지 위안을 주는 게 있지. 귀여운 우리 아기 딸. 천사라고 말할 수 있지. 너도 나처럼 첫 애가 그렇게 좋았니? 조그만 것을 품에 처음 안았을 때 너도 남편이 전혀 생각나지 않았니? 답장으로 알려 주렴."

셋. 1811년. — "가만히 글을 쓰고 있을 수가 없구나. 하지만 마음을 짓누르는 것을 어떻게든 덜어 내지 않고는 뭔가 큰 일을 낼 것 같아.

작년에 너에게 편지를 쓴 후로 드디어 나는 남편이 그 지겨운 대학을 떠나도록 만들었어. 하지만 남편은 파리로 돌아가 멋진 집을 사고 내 도움으로 나무 끝까지 올라가는 대신, 독일에 머물며 (그가 과학의 왕자님들이라 부르는) 썩은 내 나는 늙은 의사들과 연구를 하겠다고 고집을 피웠지. 나는 화려한 파티를 열어 남편이 여러 부류의 사람들과 엮이게 할 수 있는 여자잖아. 모든 단계에서 영향력을 발휘할 수 있는 사람들 말이야. 아니다, 그걸 마음에 두면 안 되지. 그 후에 일어난 일을 생각하면 나는 미칠 것 같다.

6주 전에, 대학에서 의학 학회 같은 것이 열린다는 공지가 있었어. 발의된 토론에서 수상 가능한 논문의 주제 얘기가 나왔대. 남편은 의사로서 이 문제에 관심을 갖게 됐고 그 상에 도전해 보기로 했지. 그것 때문에 우리는 이 혐오스런 구닥다리 마을과 사교계로 다시 돌아오게 됐단다.

당연히 남편은 전문 분야 연구를 다시 시작한대. 당연히 나는 또다시 남의 말 하기 좋아하는 촌닭 여자들에게로 던져졌고. 근데 이게 다가 아니야. 작년에 우리가 떠나고 얼마 되지 않아 화학 대학에 새로 들어온 남자가 있어. 이 악마가—이게 꼭 맞는 표현일 거다—나약한 남편에게 마수를 걸어 우리 장래를 망쳤어. 내가 보던 방향과는 정반대로 갔지.

그는 헝가리 사람이야. 작달만하고 추잡하고 해골처럼 말랐어. 손은 고양이 발톱 같고, 눈은 짐승의 것 같아. 그리고 인간의 얼굴에서 볼 수 있는 가장 섬뜩한 가식의 미소를 짓지. 그의 과거는 아무도 몰라. 의대 사람들은 그를 세상에서 가장 뛰어난 실험 화학자라 부른다네. 그의 아이디어에 교수들도 놀라거든. 학생들은 그를 '뉴 파라켈수스'♦라고 부르고.

하루는 내가 용기를 내서 그에게 금을 만들 수 있느냐고 물어보았어. 그가 나를 보고 놀라며 씩 웃더니 이렇게 말하더라.

♦ 15세기 스위스의 의사이자 연금술사로 의화학의 시조라 불린다.

'그럼요. 시간과 돈이 있다면 다이아몬드도 만들 수 있지요.' 그는 '현자의 돌'을 믿을 뿐 아니라 엄청난 폭발력을 가진 혼합물을 만들고 있다고 하더라. 이것은 무시무시하게 파괴적이어서 전쟁을 막을 수 있다고. 전기를 사용해 시간과 공간을 뛰어넘을 거라고 그는 장담했지. 사람이 사는 세상 구석구석을 분속 1마일로 빠르게 여행할 수 있도록 증기를 이용해 동력을 만들 거라고.

내가 왜 이런 헛소리로 너를 귀찮게 하느냐고? 친구야, 이 잘난 모험가가 우리 남편의 선임자가 되었단다. 남편 정신을 쏙 빼놓아서 이제 내 말은 씨도 안 먹혀. 내가 허풍을 떠는 것 같니? 끝까지 들어 보렴. 남편은 절대 이곳을 떠날 수 없대. 지금은 상을 받는 것에도 관심이 없어. 진료하는 것도 싫어하고, 오직 화학적 발견에 일생을 바치기로 결심했단다.

이 사람이 바로 내가, 장래에 휘황찬란하게 출세하리라 굳게 믿으며 결혼한 사람이구나! 나는 이런 치졸한 사람을 위해 사회적 지위를 희생하고 영원히 아버지와 결별한 거였어. 학교의 멍청한 놈들에게 실험이나 보여 주는 보잘것없는 교수의 마누라가 될 지경이다. 내가 알아본 바로는, 궁중에 남편을 소개시켜 주기로 했던 파리의 친구들은 기다리다 못해 다른 사람에게 그 호의를 베풀 거래.

이렇게 희망과 계획이 완전히 박살난 것에 내가 어떤 기분인지 누구도 말할 수 없을 거다. 자식만 아니라면 남편을 떠나 다시는 쳐다보지도 않을 텐데. 이대로 나는 전심으로 경멸하는 남자에게 거짓 존경과 호감을 보이며 기만적인 삶을 살아야 한다.

오, 내게 능력이 있다면, 내 자신이 타들어 가는 이 분노를 네가 느끼게 할 수 있는 능력이 있다면! 여자라는 저주는 무력함이다. 줄리, 나는 매일 끔찍한 종말을 맞을 거라는 느낌이 강해지고 있어. 섬뜩한 사건이 일어나 우리 본성에 잠재된 사악함을 불러내지 않는다면 누가 그것의 능력을 알까?

그만! 너에게 나의 고문당하는 영혼을 너무 많이 보여 주었구나. 이만 펜을 놓고, 가서 아이랑 놀아야겠다."

넷. 1812년 — "즐거운 미국 여행을 마치고 독일에 돌아온 것을 진심으로 환영한다, 친구야. 그리고 네 남편이 지적 능력과 기업가 정신으로 미국 땅에서 큰 수입을 올렸다는 소식에 더 큰 축하를 보낸다. 아, 너는 남자다운 남자와 결혼했구나! 넌 정말 행복한 여자야! 나는 기계와 결혼했다.

네가 미국에서 보낸 편지에 왜 답장을 하지 않았느냐고? 나의 친구 줄리, 나는 끊임없이 너를 생각했어. 하지만 삶이 내 에너지를 서서히 고갈시키고 있지. 몇 번이고 펜을 들었지만 내 자신과 생활에 대한 생각으로 움츠러들어 몇 번이고 다시 내려놓았다. 내가 얼마나 비참한 사람인지, 야밤에 잠 못 이루고 무슨 생각을 하는지 너에게 말하기가 너무 초라하구나. (어쩌면 너무 자존심이 세서 그럴 수도 있겠지.)

이렇게 고백하니 지금에 와서 왜 내가 너에게 글을 쓰는지 궁금하겠구나.

나는 채권자들에게서 법적 조치를 취하겠다는 위협을 받았지만 한동안 그들을 잠잠하게 하는 힘든 싸움에서 승리했기에 너에게 글을 쓰는 것 같다. 이 작은 싸움은 내가 무심해서 생긴 거지. 이 일로 나는 원기를 회복했고 다시 옛날의 나로 돌아간 기분이야. 나는 더 이상 말없이 친구를 사랑하는 것에 만족할 수 없어. 그래서 가슴을 열어젖히고 너에게 글을 쓴다.

'오, 어쩌나, 친구가 빚을 져야 했다니 참 안됐네!' 네가 한숨을 내쉬며 이렇게 말하는 게 들리는구나. 태어나서부터 줄곧 너는 돈이 부족한 게 어떤 건지 알 리가 없었겠지. 남편이 대학에서 얼마를 받는지 말해 줄까? 아니다. 그것을 밝힌다 생각하니 얼굴이 달아올라 벌게지는 것 같다.

내가 우리 교수님 편을 들어 볼까. 나의 살아 있는 미라는 드디어 꿈의 절정에 이르렀다. 그는 화학 교수가 되었고, 여생 동안 완벽하게 행복하겠지. 친구야, 지금 그는 처음에 그를 타락으로 인도했던 그 비참한 인간만큼이나 삐쩍 마르고 추레하다. 우리가 대학에서 만났다던 그 기괴한 헝가리인을 기억하지? 내가 한 번 편지에 썼었는데. 몇 년 전에 그는 자살했어.

살아 왔던 것만큼이나 불가사의하게 죽었지. 실험실에서 발견되었는데, 그가 죽어 누워 있던 벽에는 분필로 그려진 이상한 비문이 있었단다. 이렇게 쓰여 있었대.

'그것에 공정한 기회를 주고 나니 나는 더 이상 삶을 살 이유가 없다. 그래서 내가 발견한 독극물로 나를 파괴하기로 결심했다. 화학 논문과 혼합물은 이로써 친구 의사 ○○○에게 물려준다. 그리고 내 육체는 해부학 학교에 기부한다. 의사와 분석가 위원회가 남겨진 내 몸을 통해 연구하길 바란다. 나를 파괴한 독약의 흔적을 찾으려고 하지 마라.'

줄리, 그들은 노력해 보았지만 아무것도 찾지 못했대. 자살하면서 '친구 의사 ○○○'에게 다른 귀중한 유산과 함께 그 독약의 제조법을 남겼는지 모르겠다.

왜 이런 세부 내용으로 너를 귀찮게 하느냐고? 왜냐하면 내가 빚을 지게 된 것에는 이것들이 한몫하거든. 남편은 시간이 날 때마다 그 헝가리인이 시작했던 징글맞은 실험을 열심히 계속하고 있어. 매년 나와 딸이 쓰는 의복 비용은 절반으로 줄었다. 그 화학 실험 비용을 대야 하니까.

이 고단한 현실에서 줄어든 수입에 맞춰 내가 씀씀이를 줄여야만 할까?

네가 나한테 그래야 한다고 말한다면 나는 인간의 인내에도 한계가 있다고 반박하마. 나는 순교자의 삶을 따를 수 있어.

행복한 환상과 희망의 상실, 이웃의 심술궂은 적개심, 여자들의 상스러운 질투, 무엇보다도 내가 어떤 험한 말을 해도 결코 성내지 않는, 마치 우리가 바로 지난주에 결혼한 것처럼 악착같이 나를 사랑하고 존중하는, 그러면서도 열 받게 하는 남편의 인내심. 하지만 궁정을 산책하는 날에, 실크 드레스를 입은 다른 아이들 속에 모직 드레스를 입은 우리 딸은 차마 볼 수가 없다. 내가 입는 드레스처럼 평범해 보일지라도 나는 우리 딸을 위해 질이 최고인 옷감을 쓸 거야. 꼭 써야만 하지. 사령관의 아내(사람들 사이에서 불쑥 튀어나온 여자)가 보닛을 쓰고 브뤼셀 레이스♦가 있는 인디언 숄을 걸치고 나갈 때, 나는 비버 모자에 촌스런 외투를 걸치고 나가 인사를 해야 할까? 안 되지! 자존심을 잃으면 삶의 의미도 잃게 된다. 남편이야 자기 마음대로 주저앉아 있을지 몰라도 나는 늘 그 위에 서 있었어. 앞으로도 늘 그렇게 할 거고!

그래서 나는 빚을 졌다. 빚쟁이들은 나를 위협하지. 뭐가 문제겠니? 약간의 보증금과 커다란 미소로 당분간 그들을 진정시켜 놓았단다.

네가 우리 귀염둥이 미나를 볼 수 있다면 좋겠다. 얼마나 예쁘고 사랑스러운지. 언제나 변함없는 나의 자부심이자 절망적

♦ 털실로 짠 고급 레이스

음울함에서 벗어나게 하는 나의 구원자이지. 간혹 이 혐오스런 대학에 불을 지르고 그 안에 사는 케케묵은 늙은 것들을 모두 없애 버리고 싶을 때가 있단다. 그럴 때면 나는 미나를 데리고 나가 조그만 선물을 사 준다. 아이는 눈동자가 반짝이고 얼굴에 화색이 돌지. 나는 천진난만한 아이의 키스를 받고 다시 한동안 꽤 착한 여자가 돼. 어제는, 걔 아버지가……, 아니다, 그걸 이야기하자면 내가 다시 열이 받을 것 같다. 그냥 평소처럼 미나가 나를 구했다고만 하자. 미나랑 보석 가게에 가서 진주 귀걸이 한 쌍을 사 주었단다. 그 조그만 천사가 처음 거울 앞에 섰을 때 네가 걔 하는 소리를 들었다면, 걔를 보았다면! 내가 언제 그 귀걸이 값을 지불할 수 있을지 고민할까?

오, 줄리, 내가 네 수입 같은 수입이 있다면 이곳에서 힘을 과시할 수 있을 텐데. 그 무례한 여자들이 알랑거리며 나를 무서워하겠지. 시골에 집과 거주지를 마련하여 이 교수 양반의 약물 환경으로부터 나를 정화시킬 수도 있을 테고. 그리고……, 아니, 아니다! 그 외 내가 뭐를 했을지 신경 쓰지 마라.

힘을 이야기하자니, 너 혹시 작년에 처형된 굉장한 죄수 애너 마리아 즈완지거에 관한 기사 읽었니? 이 살벌한 여자는 어디를 가든지 그 길에 자기가 독살한 시체를 흩뿌려 놓았더구나. 동료 인간을 파괴하기 위해 생을 살다가 불굴의 용기로 자신의 파멸을 맞은 듯해. 얼마나 대단한 인생이야! 진짜 죽이는

결말이지!◆

뷔르츠부르크의 멍청이들은 그녀의 살인 동기를 어떻게 설명해야 할지 몰라서 그 여자는 틀림없이 살인광일 거라고 공언하며 그 난처함을 회피하려고 한다. 내 설명은 달라. 나는 그 살인녀가 자기가 지닌 엄청난 위력에 도취된 것을 이해할 수 있어. 윤리적으로 도취되어 버린 거지. 은밀하게 죽음을 다루는 방법으로 무장한 한낱 인간은—보잘것없는 한 여자는, 줄리!—자기를 기분 나쁘게 하는 낯선 사람들을 만났을 때 말없이 그들을 노려보며 중얼거리지. '너는 하루도 더 살지 못하고 죽을 운명이다.' 보통 사람의 마음으로는 이해할 수 없는 즈완지거의 독살이 이해되지 않니?

며칠 전 그 재판 이야기를 하면서 그 사령관에게 내 견해를 밝혔다. 그가 입을 열기도 전에 그 음탕한 마누라가 대꾸하더라. '마담 퐁텐,' 이 밉상이 말하기를, '당신이 죄수들에 대해 느끼는 연민을 우리 남편과 나는 느끼지 않아요!' 보통 뷔르츠부르크 여자들이 이렇다고 보면 된다. 무자비하게 긴 이 글을 마무리하마. 친구야, 너도 알겠지만, 내가 편지를 쓸 때면 변함없이 나를 기억하는 친구에게 우쭐한 우정을 함께 실어 보낸다."

◆ [원문 주석] 애너 마리아 즈완지거의 끔찍한 생은 1811년 밤베르크에서 사형 선고를 받았다. 더프-고든 부인이 번역한 포이어바흐의 『형사 재판』에 관련 내용이 있을 것이다.

신문의 발췌 글은 이렇게 끝이 났다.

사려 깊은 독자라면 교활하게 밀려드는 유혹에 서서히 자리를 내주며 선과 악의 사이에서 갈등하는 타락한 마음의 초상으로서 이 편지들에 암울한 관심을 가졌을 것이다. 하지만 나는 (독살스런 여자가 아니기에) 마이어 부인이 이 발췌 글을 통해 퐁텐 박사의 약상자가 사라진 것과 마담 퐁텐을 연관 지으려 한다는 것을 깨닫지 못했다.

솔직히 나는 당시 내가 읽었던 것으로 인해 어렴풋이나마 마음에 불신의 잔상이 남았다. 프랑크푸르트로 돌아가면 다시 마담 퐁텐과의 관계를 새로이 하리라는 생각에 특히 난감했다. 또한 켈러 씨가 마담 퐁텐의 서신에 어떤 반응을 보였는지 알고 싶어 몹시 초조했다. 게다가 그녀의 오빠라도 된 듯 미나에게 더욱 관심을 가지게 되었다. 나는 오랜 시간이 지난 이 시점에서 기억나는 대로 이 발췌된 신문 기사가 나에게 어떤 영향을 미쳤는지 솔직히 써 보았다.

다음 날 저녁 나는 프랑크푸르트로 돌아왔다.

16장

켈러 씨와 엥걸먼 씨, 두 분 모두 나를 기다리고 있었다. 그들은 내가 하나우에서 조사한 보고서를 훑어보고 흡족한 표정을 지었다. 여기까지는 모든 게 순조로웠다.

하지만 나중에 저녁 식사 테이블에 앉았을 때 나는 두 파트너에게서 변화를 감지했다. 그걸 보면서 유감스럽지 않을 수 없었다. 표면적으로 그들은 어느 때보다 서로 다정했다. 하지만 옛날 억지 춘향의 여유와 명랑으로 말하려고 양쪽 모두 눈에 띄게 애쓰는 모습과, 절제된 눈빛과 태도는, 지난번 복도에서 마담 퐁텐과 불길하게 대면한 것이 사악한 흔적을 남겼음을 보여 주었다. 식사가 끝나고 켈러 씨는 내 보고서를 꼼꼼히 보려고 물러갔다.

나만 남게 되자 엥걸먼 씨는 파이프에 불을 붙였다. 그는 다시 한번 지난날처럼—다리에서 너무나 환상적인 미망인을 만나기 전처럼—편안하게 나에게 말을 붙였다.

"이보게, 솔직히 말해 보게. 켈러가 변했나?"

"제가 보기에는 두 분 다 변했습니다." 내가 답했다. "예전처럼 친근한 동료는 아니시죠."

엥걸먼 씨는 한입 가득 담배 연기를 불어 내고 크게 한숨을 내쉬었다.

"켈러가 되게 모지네. 자네도 알지만 나는 그가 성질 급한 것에 불평하지 않았어. 하지만 요즘 며칠간 그는 꽉 막혀 있네. 돌처럼 단단해. 마담 퐁텐 편지를 그가 어떻게 했는지 아는가? 노골적으로 욕을 보였다네, 데이빗. 그대로 돌려보냈어!"

"어떤 해명이나 사과도 없이요?"

"봉투에 한 줄 썼지. '당신의 편지를 읽지 않겠다고 경고했소. 나는 내가 한 말을 지키는 사람이오.' 그게 어찌 자식의 행복을 위해 호소하는 불쌍한 어미한테 보낼 메시지인가! 자네도 편지를 봤지. 예상했던 대로 남자의 심장을 녹일 정도였지. 나는 켈러에게 이 화제를 꺼냈네. 나도 어쩔 수 없었어."

"오히려 경솔한 일이 아니었을까요, 어르신?"

"그의 기분을 상하게 할 말은 하지 않았네. 내가 물었지. '마담 퐁텐이 저지른 어떤 수치스런 짓에 대해 아는가? 다른 사람은 못할 짓 말이야.' 켈러가 이렇게 대꾸하더군. '그녀가 뷔르츠부르크에서 보인 성품을 알고 있고, 그리고 저번 날 밤에 얼굴을 본 거, 그게 전부네, 친구, 그리고 그거면 충분하다네.' 이렇게 심술궂게 말하고 방을 나가 버리지 뭔가. 이 얼마나 한스러운 편견인가! 얼마나 매몰찬 생각이야! 그 후로는 마담 퐁텐의 이름이 우리 사이에 언급된 적이 없네. 상처받은 부인은 영광스럽게도 또 나를 방문했지. 나는 그녀가 모욕당하지 않도록 내 숙소에서만 맞았네."

"켈러 어르신과 결별하시는 것은 아니시죠?"

"당장은 아니지. 나는 자네 고모가 와서 사업장이 들썩거리는 혁신적인 바람을 일으키길 기다리고 있네. 변화가 따르겠지. 내가 거주지를 바꾸는 것이 그중 하나일 수도 있고."

엥걸먼 씨는 일어나 방을 나가려다 문에서 멈추었다.

"마담 퐁텐 댁에 자네가 같이 가 주면 좋겠네, 데이빗. 마담이 속을 태우며 자네를 기다리고 있다네." 나는 전혀 속이 타지 않아서 핑계를 대려고 했다. 하지만 엥걸먼 씨는 나에게 대꾸할 틈을 주지 않고 말을 이었다. "귀여운 미나 양은 가여운 아이라네. 심심해하지. 여기 프랑크푸르트에 자네 말고는 또래 친구가 없지 않는가. 데이빗 씨가 언제 하나우에서 돌아오느냐고 나한테 여러 번 묻더군."

이 말을 듣고 나는 핑계를 댈 수 없었다. 나는 엥걸먼 씨와 함께 방을 나섰다.

마담 퐁텐이 세를 들어 사는 집 현관에 가까이 왔을 때, 안에서 집주인 여자가 문을 열었다. 그리고 그 문으로 낯선 사람이 거리로 나왔다. 그의 차림새는 신사라 불러도 손색이 없을 정도였다. 하지만 그가 신사의 역할을 성공적으로 수행하기에는 얼굴과 태도가 별로였다. 우리가 현관 계단을 오르는데, 그는 묘하게 미심쩍은 눈초리로 우리를 쳐다보았다. 나는 그가 비밀경찰이라 생각했다. 엥걸먼 씨는 그를 사회 계층에서 한 단계 낮은 사람으로 보았다.

"당신이 빚 진 게 아니면 좋겠군요, 부인." 엥걸먼 씨가 집주인 여자에게 말했다. "저 남자는 위장한 집행관처럼 보이니 말이오."

"비록 힘은 들지만 저는 남한테 빚지지 않고 살고 있습니다." 여자가 답했다. "방금 나간 신사라면, 저도 어르신이 아는 정도로밖에 모릅니다."

"그가 여기서 원하는 게 뭐였지요?"

"마담 퐁텐이 아파트를 떠날 것 같으냐고 묻더군요. 그래서 제가 임차인이 언제 나가겠다고 하는 소리는 아직 못 들었다고 말했습죠."

"그 사람이 마담 퐁텐의 이름을 언급하던가요?"

"예, 그렇습니다."

"그가 어떻게 마담이 여기 사는 걸 알았을까요?"

"그건 말하지 않았습니다."

"당신이 물어볼 생각은 못했겠지요?"

"제가 너무 어리석었나 봅니다. 그저 저는 세를 주는지 어떻게 알았느냐고만 물었습죠. 그는 이렇게 말했습니다. '지금은 신경 쓰지 마시오. 추천을 받았으니 나중에 다시 들러 말해 주겠소.' 그리고 어르신도 보았듯이 제가 문을 열어 드렸습죠."

"그가 마담 퐁텐을 볼 수 있냐고 묻던가요?"

"아니요, 묻지 않았습니다."

"참 이상하군!" 계단을 오르며 엥걸먼 씨가 말했다. "우리가 마담에게 말을 해야 할까?"

나는 그렇게 생각하지 않았다. 낯선 사람이 묻는 것은 전혀 생소한 일이 아니었다. 우리가 전혀 모르는 남자에게 순전히 몽상적인 의심이 간다고 해서 그에 대해 미망인에게 주의를 줄 권리는 없었다. 나는 엥걸먼 씨에게 이 소견을 밝혔고, 그도 동의했다.

나는 마담 퐁텐의 세가貰家에 들어서며 받았던 환영 인사에서, 조금 전 메인가의 적은 식구들에게서 느꼈던 잠잠한 분위기를 다시 느꼈다. 미나는 오랫동안 고대하던 프리츠의 편지를 기다리느라 지쳐 보였다. 미나의 어머니는 침울하게 미소 지으며 말없이 내 손을 꼭 잡았다. 벗을 맞는 그녀의 태도는 어딘지 모르게 어색했다. 앞서 우리 집을 방문했을 때의 일 이후로 엥걸먼 씨가 그녀를 도와 켈러 씨를 만나게 해 주리라 기대할 수는 없었다. 행여 그가 다른 방식으로 유용할지 몰라 그녀는 계속해서 그를 만나는 걸까? 엥걸먼 씨는 내 눈에는 보이는 소소한 변화를 감지하지 못하는 듯했다. 나는 미나를 향해 섰다. 이미 들은 바가 있었기에 나는 이 애련한 노인이 미망인을 더 좋아하고 어느 때보다 그녀를 소중히 여기는 것을 보며 짠한 생각이 들었다.

미나가 자연스럽게 희망을 되살리도록 하는 것은 힘들지 않았다. 나는 프리츠의 편지가 기차역에 닿기까지 걸리는 날 수와 시간을 계산하여 2, 3일 후면 도착하리라 예측했다. 이 밝은 전망은 금세 소녀의 순정한 얼굴에 반영되었고, 주변의 작은 세상에 대한 그녀의 관심은 되살아났다. 마담 퐁텐이 우리가 있는 구석으로 왔을 때 나는 하나우 방문에 대해 편히 말할 수 있는 것을 미나에게 미주알고주알 털어놓고 있었다. 마담은 내 소소한 얘기가 전개되는 것에 미나만큼이나 신경을 곧추세우고 있는 듯했다. 이에 엥걸먼 씨는 자못 의아해했다.

"하나우보다 먼 곳에 갔나요?" 미망인이 물었다.

"아니요."

"만찬에는 당신을 보러 온 손님이 있었나요?"

"가족들만 있었습니다."

"데이빗, 나는 시대에 뒤처지고 따분한 뷔르츠부르크에서 너무 오래 살았어요. 그러다 보니 그 도시에 어느 정도 관심이 가는 건 어쩔 수가 없군요. 재밌는 이야기가 나왔나요? 거기가 어떻게 돌아가는지 들은 게 있나요?"

나는 앞서 질문에 답했던 것처럼 신중하게 이 질문에 답했다. 유감스럽게도 마이어 부인은 나의 균형 감각을 일부 오염시키는 데 성공했다. 하나우를 다녀오기 전이었다면 미망인의 물음을 단순한 호기심으로 치부했을 것이다. 지금은, 그녀가 뭔가 낌새를 챘기 때문에 그런다고 나는 믿었다.

그녀가 더 많은 것을 묻기 전에, 엥걸먼 씨는 자신에게 흥미로운 화제로 말머리를 돌렸다. "켈러 씨가 당신 편지를 몰인정하게 다룬 것을 내가 데이빗에게 얘기했소, 부인."

"'몰인정하게'라고 말하지 마세요." 마담 퐁텐이 점잖게 대답했다. "비난받을 사람은 바로 나니까요. 당신이 파트너와 사이가 나빠진 것은 제 탓이에요. 게다가 한때 켈러 씨의 판단을 바로잡을 수도 있었는데 그 조그만 기회마저 나는 날려 버렸죠. 여기 이 예쁜 딸을 내가 덜 좋아했다면, 얘를 위해 간청할 수 있는 첫 기회를 잡는 데 너무 목을 매지 않았다면, 절대로 그런 치명적인 실수는 저지르지 않았을 거예요."

이때까지의 말에는 설득력이 있었다. 그리고 그녀의 경솔한 언행에 대한 해명으로도 이 말은 분명 사실이었다.

그녀는 계속 말을 이어 갔고, 다음에 오는 말에 나는 다소 호감이 떨어졌다.

"내가 불평하는 게 아니라는 걸 알아주었으면 해요, 데이빗. 나는 켈러 씨에게 악한 감정이 있는 게 아니에요. 운명적으로 내가 손수 그분을 모실 수 있는 기회가 온다면 나는 준비가 되어 있고 그 기회를 활용할 작정이에요. 내가 멋모르고 저지른 잘못을 바로잡을 수 있는 것에 마냥 기쁠 겁니다."

그녀는 손수건을 들어 눈에 댔다. 엥걸먼 씨도 손수건을 들어 눈에 찍었다. 미나는 어머니의 손을 잡았다. 나는 무덤덤히 혼자 앉아 있었다. 내 연민의 감정은 휴면 상태였다. 다시 마이어 부인! 오직 마이어 부인만이 이런 식으로 내 마음을 단단하게 할 수 있었으리라!

"나는 우리의 친구가 절망 속에 프랑크푸르트를 떠나는 걸 원하지 않는다네." 엥걸먼 씨는 머뭇머뭇 분명하게 말했다. "현재로서는 내가 켈러에게 영향력을 행사할 수는 없지만, 마담 퐁텐을 위해 바그너 부인과 기꺼이 얘기할 거네. 꼭 얘기하고 싶어. 내 조언은, 나의 열정과 회사에서의 위치를 믿고 바그너 부인이 도착할 때까지 기다려 보자는 거지. 바그너 부인이 파트너인 우리에게 상처받은 여인을 공정하게 대하라고 강권하면, 켈러라도 수긍해야 할 걸세!"

미망인의 눈은 여전히 손수건에 가려 보이지 않았지만, 얼굴의 아랫부분은 보였다. 그녀의 입술에 나타난 무언의 언어를 내가 엉뚱하게 잘못 해석한 게 아니라면, 그녀는 엥걸먼 씨의 예언이 이루어지리라는 것을 눈곱만큼도 믿지 않고 있었다. 따라서 그녀가 켈러 씨의 동정을 사려고 너무 뻔뻔하게 호소하다가 여지없이 퇴짜를 당한 후에도 계속 프랑크푸르트에 머무는 이유가 무엇이든 간에 그것은 오직 그녀 혼자만 아는 이유임이 분명했다. 그날 밤 마담 퐁텐은 우리와 헤어진 후에 켈러 씨 댁 하인과 알랑거리는 해프닝이 하나 있었는데, 무슨 꿍꿍이속이 있는 것 같았다.

우리 집 실내에서 집안일을 하는 사람들로는 (절대 가까이 갈 수 없는) 꼬장꼬장한 늙은 가정부와 (하도 하찮은 존재라 아무도 알아주지 않는) 조그만 부엌데기, 그리고 테이블에서 시중을 드는 일과 현관에 나가 보는 일을 담당하는 하인 조셉이 있었다. 조셉은 멍청한 젊은이로 쓸데없이 겉치장에 지나치게 신경을 썼지만, 이런 결점들을 그냥 넘길 수 있는 그런대로 괜찮은 일꾼이었다.

잔심부름을 시키려고 조셉을 불렀을 때 나는 그의 느슨한 넥타이 끝단이 스마트한 새 핀으로 고정되어 있는 것을 보았다. 은에 공작석이 둥글게 박혀 있는 핀이었다.

"최근에 선물을 받았나," 내가 물었다. "아니면 보석에 돈을 펑펑 쓸 만큼 씀씀이가 큰 건가?"

조셉은 내심 기쁨을 숨기지 못하고 헤벌쭉이 웃었다. "마담 퐁텐이 주신 선물입니다, 나리. 거의 매일 엥걸먼 씨가 보내는 꽃을 제가 가져다 드립니다. 그리고 시내에 한두 가지 잔심부름을 해 드렸습죠. 요청하신 것을 제가 잘 따라서 좋아하셨습니다. 부인이 말했습니다. '내가 가진 돈이 별로 없어요, 조셉 씨. 귀찮게 한 것에 대한 보상으로 이 핀을 받아 주세요.' 그러고는 목에 두른 이쁜 하얀 레이스에서 핀을 떼어 손수 그것을 선물로 주셨습니다. 정말 관대한 부인이시지요, 그렇지 않나요, 나리?"

"자네가 한 것으로 보이는 그 하찮은 심부름에 비하자면 정말 관대하군, 조셉. 부인이 그 이상을 바라는 건 분명 아니겠지?"

"오, 그럼요, 나리." 그는 이렇게 말하며 얼굴이 붉어졌다. 그러고는 서둘러 방을 나갔다. 조셉의 얼굴이 빨개진 것을 마이어 부인은 어떻게 해석했을까, 그리고 미망인의 관대함은? 이 물음을 더는 쫓아가지 않고 나는 잠자리에 들었다.

이틀 후에는 흥미로운 두 가지 사건이 더해졌다. 순회공연을 하는 오페라단이 저녁에 프랑크푸르트에서 첫 공연을 하는 것과 오래 기다리던 런던 편지가 늦은 우편으로 도착한 것.

(열렬한 음악 애호가인) 두 파트너는 짧은 공연 기간 동안에 박스 석을 차지하고, 평소대로 친절을 베풀어 나에게도 한 자리를 허락해 주었다. 극장에 가기 전 우리는 조셉의 시중을 받아 커피를 마시고 있었다. 이때 류머티즘이 있는 늙은 가정부

가 편지들을 가져와 문에 가장 가까이에 앉아 있던 나에게 건네주었다.

"종을 쳐서 조셉을 불러도 될 텐데 선한 여인이 어쩐 일로 계단을 올라오셨는가?" 인정 많은 엥걸먼 씨가 물었다.

"주인 양반들께 물어볼 게 있거든." 깔깔한 바버라 할멈이 대답했다. "먼저 이건 주인 편지고. 그리고 세 양반 모두 오늘 저녁에 극장에 가는 거 맞지?"

그녀는 도무지 존댓말이라고는 쓸 줄 몰랐다. 가정부가 아니라 어머니였다 해도 그녀를 고용한 두 노신사에게 그보다 다정하게 말할 수는 없었을 것이다.

"그러니까," 그녀가 계속했다. "내 딸이 애기 땜에 힘들어서 도와줘야 혀. 젖니가 나서 아프고, 발작을 하고, 뭐 그런 가봐. 당신들은 모두 저녁에 나가고 내가 필요 없을 테니, 침실을 깔끔하게 정리하고 딸에게 한두 시간 갈 수 있겠지. 집은 (진짜로 별로 쓸모라고는 없는) 조셉이 관리할 수 있을 테니까."

책을 참고하여 저녁에 볼 오페라(글럭의 『아미다』)의 기억을 되살리고 있던 켈러 씨는 고개를 끄덕이고 책을 계속 읽었다. 엥걸먼 씨는 말했다. "물론 괜찮소, 정이 많구려. 내가 애기가 건강했으면 좋겠다고 하더라고 딸에게 안부 전해 주시오." 바버라 할멈은 구시렁거리더니 절뚝거리며 방을 나갔다.

나는 편지들을 보았다. 두 개는 나에게 온 것이었다. 고모와 프리츠로부터. 하나는 켈러 씨에게 왔는데, 역시 고모가 손으로 주소를 쓴 것이었다. 나는 그것을 테이블 위로 켈러 씨에게 건네주었다. 그는 편지를 보자마자 바로 『아미다』를 내려놓았다. 편지는 그가 여성 고용 문제와 연관해 항의한 것에 대한 답변이었다.

나는 미나를 생각하여 프리츠의 편지를 먼저 개봉했다. 편지는 연인에게 보내는 예상된 긴 문장들로 채워져 있었다. 나는 바로 나가 그 편지를 봉투에 넣어 봉하고 조셉 편에 미망인의 집으로 보냈다. 바바라 할멈이 나가면 집에 있어야 하니 그 전에 다녀오라고 당부했다.

프리츠가 나에게 쓴 편지는 그리 만족스럽지 않았다. 프리츠는 내가 런던에 없어서 지루해 죽을 지경이고, 행복해지려면 그 어느 때보다 더욱 미나가 필요했다. 그는 지금 마담 퐁텐과 미나가 어디에 사는지 답장으로 알려 주길 원했다. 내가 이 요청을 거절한다면 그는 더 이상 자신을 통제할 수 없고 어쩌면 '가슴속 열정이 이끄는 대로' 미나를 찾아 프랑크푸르트로 건너올 생각이었다.

고모의 편지는 잭 스트로에 관한 내용으로 가득했다.

고모는 작고한 남편의 서재를 정리하다 처음 그 책을 발견했다. 책은 정신 이상자를 치료하는 데 혁신적인 아이디어를 제안했다. 제목은 『요양원—프렌드 소사이어티의 정신 이상자를 위한 요크 근교 시설, 사무엘 튜크 지음』♦이었다. 고모는 그 요양원과 의견을 교환했고, 대단히 값진 도움을 받았으며, 인간애의 관점에서 그 책을 독일어로 번역시키려고 프랑크푸르트로 가져올 계획이었다.

불쌍한 잭에 대한 고모의 박애적 실험은 예사롭지 않은 결점 하나를 빼고는 완전히 성공적이었다. 고모가 시야에 있고 매일 소통이 되면 잭은 어느 누구보다 감사할 줄 알고 다정하며 전혀 해를 끼치지 않는 사람이었다. 하트리 씨와 변호사조차도 그 문제를 처음부터 끝까지 잘못 인식했었노라고 인정할 정도였다. 하지만 고모가 외출해 한동안 집에 없을 경우가 생기면 잭은 두말할 것 없이 다시 병이 도졌다. 그렇다고 난폭하거나 놀랄 일을 일으킨 것은 아니었다. 그저 고모의 방 문 앞 매트에 엎드려 고모가 올 때까지 먹지도 마시지도 않고, 말도 않고, 꿈쩍하지 않았다. 고모가 집 가까이 오면 그는 누구보다 먼저 문 밖의 고모 소리를 들었다. 그는 흥분해 소리를 질렀는데, 그건 베들럼을 떠올리게 했다. 이게 결점이었다. 유일한 결점. 켈러 씨의 터무니없는 항의 때문에 프랑크푸르트 여행은 피할 수 없었고, 그 여행은 지금껏 그녀가 겪은 온갖 경험 이상이었다. 잭

♦ [원문 주석] 튜크의 '요크 근교 요양원'에 대해 시드니 스미스는 1814년 〈에든버러 리뷰〉에 여러 번 논평했다.

을 다루는 어려움은 제쳐 두고라도 프리츠가 제기한 다른 어려움이 있었다. 고모가 없는 동안 그가 런던에 남아 있을지 사뭇 의심스러웠다. "그래도 그건 내가 직접 처리해야겠다." 의지가 굳은 여인은 결론을 내렸다. "나는 어떤 것에도 절망한 적이 없었어. 지금도 절망하지 않고."

극장에 갈 시간이 되어 응접실에 돌아오니, 켈러 씨는 열이 받아 울그락불그락했고 엥걸먼 씨는 평소처럼 조용히 담배를 피우고 있었다.

"읽어 봐!" 켈러 씨가 테이블 위로 고모의 회신을 툭 던지며 소리쳤다. "금방 읽을 거야."

실제 편지는 단 네 줄이었다! "당신의 진정서를 받았습니다. 우리처럼 의견이 다른 두 사람이 서로 서신을 주고받는 것은 무의미합니다. 내가 프랑크푸르트에 가서 답변하겠습니다. 기다려 주세요."

"음악이나 들으러 가세!" 켈러 씨가 크게 말했다. "모름지기 나는 뭐든 진정할 수 있는 게 필요하이."

오페라의 1막이 끝나고, 얼마 안 되는 그의 인내심은 새로운 근심으로 바닥을 보였다. 켈러 씨는 집을 나선 후에 오페라글라스를 깜빡한 것을 깨닫고 너무 짜증이 났다. 그는 근시가 심해서 오페라글라스가 꼭 필요했다. 막간을 이용해 내가 그것을 가지러 서둘러 극장을 나선 것은 당연지사였다.

나는 침대 테이블에서 그걸 찾을 수 있을 거라는 설명을 들었다.

내가 현관문을 열자 조셉은 어찌할 줄 모르는 듯 보였다.

나는 위층으로 튀어 올라갔고 그는 뭐라 말하며 나를 따라왔다. 나는 너무 서두르는 바람에 그에게 신경을 쓰지 못했다.

나는 두 계단씩 올라가 3층에 이르러 켈러 씨 침실로 뛰어 들어갔다. 그리고 누군가와 얼굴을 맞닥뜨렸다—마담 퐁텐!

17장

방에는 미망인 혼자 있었다. 그녀는 켈러 씨가 밤에 마시는 음료수가 놓인 침대 테이블 옆에 서 있었다. 나는 너무 깜짝 놀라 바보처럼 그대로 정지한 채 말없이 마담 퐁텐을 바라보았다.

내가 보기에 그녀 또한 똑같이 아연실색하고 똑같이 어리둥절했지만 그녀는 그것을 잘 감출 수 있었다. 당장은, 그 순간만은, 그녀도 아무 말 하지 못했다. 그러다가 숄 아래에서부터 왼손을 들어 올렸다. "내가 들켰군요, 데이빗 씨!" 그녀가 말했다. 그리 말하면서 스케치북을 들어 올렸다.

"여기서 뭐 하세요?" 내가 물었다.

그녀는 스케치북으로 깎아서 만든 멋진 벽로 장식을 가리켰다.

"내가 얼마나 저 환상적인 작품을 자세히 보고 싶어 했는지 당신도 알잖아요." 그녀가 대답했다. "기회가 있을 때 그것을 잡은 가련한 예술가를 너무 나무라진 마세요."

"어떻게 해서 이 기회를 잡게 되었는지 물어봐도 될까요, 마담 퐁텐?"

"전적으로 당신의 친절한 이해심을 통해서지요, 벗님."이 그녀의 태연한 답변이었다.

"나의 이해심이라고요? 무슨 뜻이죠?"

"미나가 우편물을 찾으러 갔을 때 친절을 베풀어 주신 분이 데이빗 당신 아닌가요? 그리고 프리츠가 그 애에게 쓴 편지를 하인 편에 보낸 것도 당신이 아니었나요?"

나는 다시 입을 열기 전에 밖에 층계참에서 이 사태에 와들와들 떨며 울먹이는 조셉의 소리에 정신이 흐트러졌다.

"악의로 한 짓이 아닙니다, 나리. 저는 그냥 주인님들이 극장에 가셔야 하니 빨리 돌아가야 한다고만 말했습니다. 그리고 (부엌데기 말고는) 혼자 남아 집을 보고 있었습니다. 부인이 오셔서 스케치북을 보여 주면서……."

"그만 됐어, 조셉." 태연하게 그에게 내려가라는 손짓을 하며 미망인 퐁텐이 말했다. "데이빗 씨는 분별력이 있어 시시콜콜한 것에 신경 쓰지 않아. 저기! 저기! 내려가." 그녀는 장난스럽게 놀란 표정으로 나를 보았다. "당신은 정말 심각해 보이는군요!" 그녀가 발랄하게 말했다.

"켈러 씨가 오페라글라스를 가지러 직접 집에 왔다면 마담 퐁텐 당신도 심각해졌겠죠."

"오! 켈러 씨가 오페라글라스를 놓고 갔나요? 찾는 걸 내가 도울게요. 스케치는 다 했으니, 어떻게 도와 드릴까요?" 오페라글라스를 찾는 것으로 그녀는 기선을 제압했다. "나는 정말로 굴뚝 장식을 관찰할 기회가 없었어요." 그녀는 나에게 안경을 건네며 말을 이었다. "지난번 일 때문에 내가 다시 집에 들어가게 해 달라고 엥걸먼 씨에게 부탁하기는 힘들었지요. 굳이 밝혀야 한다면, 굴뚝 장식에 관심이 있던 것 말고 다른 이유가 있었어요. 우리가 얼마나 가난한지 알죠. 차일 거리에서 그림 가게를 운영하는 남자가 나를 고용하려고 해요. 그는 이런 옛날 프랑크푸르트 기념물 그림을 영국 여행자들에게 팔 수 있죠. 스케치를 한두 개 뜨는 것조차도 허기진 두 여자들에게는 한 주 생활비가 된답니다."

모든 게 진짜 그럴 듯했다. 아마 (마이어 부인을 만나기 전 내가 순진했을 때는) 이게 사실이라고 믿었을 것이다. 하지만 그때 심리 상태로는 내가 그림을 볼 수 있느냐고 물을 수밖에 없었다.

미망인은 머리를 흔들며 스케치북을 다시 숄 밑으로 감추었다.

"현재로서는 끄적거려 놓은 것과 다름없어요." 그녀가 변명했다. "내가 다듬어서 팔 수 있게 될 때까지 기다려요. 그때는 기꺼이 보여 줄게요. 노신사 분들께 내가 예술적 동기로 침입했다고 일러바쳐 곤란하게 만들지는 않겠죠, 데이빗 씨? 다시는 안 그럴게요. 맹세해요. 조셉도 불쌍하잖아요. 좋은 뜻을 가진 젊은이를 쫓아내서 망치고 싶진 않겠죠? 물론 그럴 겁니다! 우리는 서로를 이해하는 친구로 헤어지는 거예요, 알겠죠? 내가 당신을 만날 줄 알았다면 미나는 사랑과 감사를 보냈을 겁니다. 그럼, 또 봐요."

그녀는 어린 소녀처럼 발랄하게 혼자 흥얼거리며 아래층으로 뛰어 내려갔다. 현관에서 잠깐 조셉에게 속닥거리는 소리가 들렸다. 그러고는 현관문이 닫혔다. 당시로서는 이것이 마담 퐁텐의 마지막 모습이었다.

나는 얼핏 든 생각에, 조셉에게 엄하게 주의를 주고 두 파트너께는 아무 말 하지 않는 것이 최선이라는 결론을 내렸다. 적어도 당시로서는. 내가 말을 한다면 미망인과 연관된 문제로 오랜 친구들을 다시 갈라놓는 잘못을 범할 것이 뻔했다. (다른 결과로서) 켈러 씨가 조셉을 해고할 가능성은 말할 것도 없고. 나는 이런 온당한 생각에 따라 행동했지만 솔직히 막연한 불안감 또한 느꼈다고 꼭 덧붙여야 하리라. 그렇지 않았다면 딱히 뭘 찾는지도 모르면서 내가 왜 (극장으로 돌아가기 전에) 켈러 씨 침실을 꼼꼼히 훑어보았겠는가? 검색 결과, 의심스러워 보이는 흔적은 없었다. 화장대 위 여러 면도기와 브러시에서부터 침대 옆에 평소처럼 준비된 밤에 마시는 보리차 물병까지, 늘 그렇듯 방은 정리되어 있었다.

마침내 나는 침실을 나왔다. 그런데 왜 여전히 불안했을까? 나는 왜 미망인을 생각하며 "제기랄 년!"이라고 무례하게 중얼거렸던가? 나는 왜 글럭의 웅장한 음악을 들으며 그 선율에 매료되었다가 점점 지겨워졌을까? 이런 일에 정통한 사람이 내 입장을 꿰뚫어 보고 질문에 스스로 답해 주시길.

우리는 저녁을 먹으며 꽤나 즐거웠다. 두 파트너는 극장에 가서 건전하게 삶의 무료함을 달래고 기분이 좋아졌다. 켈러 씨가 그렇게 편안하고 활기 넘치는 것을 본 게 오랜만이었다. 자기 절제가 강한 그는 늘 하던 대로 적당히 먹고 마셨다. 그리고 가장 먼저 잠자리에 들었다. 하지만 우리와 함께 있는 동안에는 좋게 말해 유쾌한 동료였다. 그는 학생이 휴일을 기다리는 것처럼 들떠서 다음 오페라에 가는 날을 고대했다.

18장

다음 날, 아침 식사를 하러 가니 룸에는 아무도 없었다. 테이블에 켈러 씨가 없는 것을 본 것은 이때가 처음이었다. 지금껏 그는 파트너와 나에게 아침에 일찍 일어나는 모범을 보여 주었다. 내 뒤로 엥걸먼 씨가 들어오며 진지하고 걱정스런 얼굴로 뭔가 이상하다고 말했을 때야 나는 비로소 켈러 씨가 없다는 사실을 깨달았다.

"켈러 어르신은 어디 계세요?" 내가 물었다.

"침대에 있네, 데이빗."

"아프신 건 아니겠죠?"

"뭐가 문젠지 모르겠어. 밤새 잠자리가 불편했다고, 평소처럼 일어나서 일을 할 수 없다는군. 극장의 밀폐된 공기 때문이었을까, 자네 생각은 어떤가?"

"제가 안정을 주는 영국 차를 끓여 드릴까요?"

"그래, 그게 좋겠군! 자네가 직접 갖다 주게. 자네 생각은 어떤지 알고 싶구먼."

나는 켈러 씨를 보자마자 오싹했다. 그는 천성적으로 활동적이고 에너지가 넘치는 남자인데 지금은 싸늘하게 꼼짝하지 않았다. 이불 위에 놓여 있는 손이 간간히 떨리는 거 말고는 가만히 누워 있었다. 내가 말을 걸자 잠깐 눈을 떴다가 마치 무얼 보는 것만으로도 피곤한 사람처럼 다시 감아 버렸다. 차를 드시겠느냐고 물으니 그는 간신히 고개를 젓고 성마르게 속삭였다. "나를 내버려 둬!"

나는 그가 밤에 마시는 음료수를 보았다. 물병과 컵은 모두 완전히 비어 있었다. "밤에 목이 말랐어요, 어르신?"

그는 역시 성마르게 중얼거리며 답했다. "지독하게 말랐네!"

"지금은 괜찮으세요?"

켈러 씨는 처음 했던 말을 반복했다. "나를 내버려 둬!"

그는 거기에 누워 원하는 것도, 관심 있는 것도 없었다. 얼굴은 쇠약하고 이미 말라 보였다. 힘없는 손은 계속해서 간헐적으로 바들거렸다.

우리는 당장 의사를 불렀다. 일전에 사소한 질병으로 켈러 씨를 진료했던 의사였다.

자기가 모르는 것을 사실대로 말하지 않는 부정직한 의사가 전국 의료 단체의 유명한 회원인 경우가 있다. 그때 그 의사가 그런 유였다. 그는 환자가 약간 (혹은 신경과민성) 열이 있어 아프다고 진단했다. 하지만 의사는 뭔가 말을 해야만 했고, 사실 자신의 진단에 확신이 없었다. 엥걸먼 씨도 그걸 느꼈고, 나도 느꼈다. 의사는 처방을 내렸고, 조금 있다가 다시 오겠다고 말하고 떠났다. 가정부인 바버라 할멈은 벌써 간병인으로 자리를 잡았다. 항상 집안의 절대자인 그녀는 병실에서조차 폭군이 되었다. 감히 다른 여자가 간병인으로 들어온다면 자신은 집을 나가겠다고 선포했다. "내 주인이 아프면," 바버라 할멈이 말했다. "내 주인은 내 소관이여." 하지만 그녀처럼 나이든 여자가 밤낮으로 병상을 지키는 것은 당연히 불가능했다. 우리는 시끄럽게 만들고 싶지 않아 다음 날까지 지켜보기로 했다. 그때까지 호전의 기미가 없다면 나는 자격을 갖춘 간호사를 병원에 요청할 작정이었다.

시간이 조금 지나고 의사에 대한 우리의 의구심은 확증되었다. 의사는 그날 다시 방문했을 때 동료 의사를 데려왔다. 이로써 그가 정확한 '진단'을 내리는 데 확신이 없었음이 드러났다. 의사는 그를 도어먼 의사라고 소개하고, 침대 옆에서 상의하고 싶어 함께 왔다고 했다.

도어먼 의사는 더 젊고, 확실히 더 믿음이 가는 사람이었다.

그는 환자를 상당히 오랫동안 꼼꼼하게 검사했다. 병이 시작된 시점, 그 전 켈러 씨의 건강 상태, 초기에 보인 증상, 무엇을 먹고 마셨는지 등등을 우리에게 자세히 물었다. 다음으로는 그의 침실에 드나드는 집안사람들을 모두 만나고 싶어 했다. 가정부, 하인, 하녀를 한 사람씩 방으로 불러 면밀히 조사하고, 딱히 소견을 내지 않고 다시 내보냈다. 마지막으로 그는 환자가 토하게 하라는 처방을 내렸고, 이에 선임 의사는 의아해했다. 그러나 그에게는 이유를 밝힐 만한 확증이 없었다. "내가 맞는다면, 그 이유를 알게 될 겁니다. 내가 틀린다면, 틀렸다고 말할 뿐 다른 설명이 필요 없겠지요. 방을 치우고 구토를 시행하고, 내가 돌아올 때까지 문을 잠가 두십시오."

이렇게 지시를 내리고 그는 서둘러 방을 나갔다.

"이게 무슨 뜻일까?" 엥걸먼 씨가 앞장서 침실을 나서며 말했다.

책임을 맡은 선임 의사는 그 말을 듣고 엥걸먼 씨가 아니라 나에게 답했다. 내가 방을 나가려고 돌아서는데 그가 내 팔을 잡았다.

"독약이네!" 의사는 내 귀에 소곤거렸다. "그런 뜻일세. 자네만 알고 있게나."

나는 내 방으로 돌진해 문을 잠갔다. '독약'이라는 말에 머릿속에서는 퐁텐 박사의 사라진 약상자와 연관해 마이어 부인이 한 음흉한 제언이 마담 퐁텐의 의심스런 켈러 씨 방 침입과 즉각 연결되었다. 맙소사! 밤에 마실 음료가 놓여 있는 테이블 옆에 마담이 서 있는 것을 보고 내가 놀라지 않았던가? 환자가 보리차를 모두 마셨고 평소처럼 물병과 컵은 씻었다는 말을 듣고 도어먼 의사가 '운이 없군요.'라고 말하지 않았던가? 처음 한동안 나는 분명 제정신이 아니었다. 의심에서 출발한 공포에 완전히 짓눌려 버렸다. 단지 어느 정도 평상심을 되찾을 때까지는 엥걸먼 씨를 보지 않는 게 좋겠다고 느낄 뿐이었다.

조리 있게 생각할 수 있게 되자, 나는 공황에 사로 잡혔던 내 자신이 창피하기 시작했다.

켈러 씨가 죽으면 마담 퐁텐은 어떤 목적을 이룰 수 있을까? 딸의 장래를 생각하는 그녀는 켈러 씨가 자신의 선입견을 부끄러이 여기고 결혼을 허락할 만큼 오래 사는 것에 관심이 있었다. 프리츠가 아버지의 영향으로부터 벗어나게 하기 위해 그를 죽이는 것은 그 자체로 흉악한 행위이고, 만에 하나 그것이 드러난다면 (얼마든지 그럴 수 있다) 미나와 프리츠는 영원히 갈라설 것이다. 스스로 창피한 일을 했을 때 움츠러드는 것처럼 나는 그 돌발 가능성에 바싹 움츠러들었다. 도어먼 의사는 성급히 서두르는 바람에 오진을 했다—나는 이렇게 생각하며 위안을 삼았다. 어떤 결정이 되었든지 나는 어서 빨리 그것을 듣고 싶어 방문을 벌컥 열어젖혔다.

내가 없는 동안 검사가 진행되었다. 켈러 씨는 선잠에 들었다. 도어먼 의사는 집에서 검사 기구를 담아 가져온 작은 가방을 닫고 있었다. 그는 의심이 가는 바를 명확히 말할 수 있는 확증이 아직 없었다.

"흥미롭게도," 그가 말했다. "어떤 사건에 대해 인간이 예측할 수 있는 것은 크게 세 가지로 모아지죠. 구토를 시킨 것이 너무 늦었을까? 내 검사가 불충분했을까? 아니면 내가 완전히 실수한 걸까?" 그는 선임 의사를 보았다. "존경하는 선배 의사께서는 확실한 답을 원하시는군요. …… 엥걸먼 씨, 방을 나가실 필요는 없습니다! 제가 연관되어 있는 한, 엥걸먼 씨나 젊은 영국 신사 분, 그리고 당신 친구 분은 한 순간이라도 속아서는 안 됩니다. 환자가 이상하게 기력이 없는 것은 내가 원인을 찾아낼 수 있는 어떤 질병의 증상이 아닙니다. 솔직히 말해, 나는 켈러 씨의 병을 이해할 수 없습니다."

그가 고집스럽게, 자신이 의심하는 바를 밝히지 않는 것은 아마도 치밀한 성격 때문인 듯했다. 그는 어떤 경우라도 엉터리 진단을 진정으로 경멸하는 사람이었다. 마치 그의 솔직한 고백이 의사 에티켓의 불문율을 모독한 것처럼 선임 의사는 불만스럽게 인상을 찌푸리며 그를 보았다.

"존경받는 선배 의사의 지도 아래," 그가 말을 이었다. "제가 이 사례를 관찰하게 해 주신다면 제가 생각할 수 있는 완화 치료법을 기꺼이 제안하겠습니다. 존경받는 선배 의사는 제가 언제나 배우고 싶어 한다는 걸 알 겁니다."

존경받는 선배 의사는 의례적으로 머리를 숙이고, 시계를 보더니 다른 환자를 보러 서둘러 떠났다. 도어먼 의사는 모자를 들고 멈춰 서서 침대 옆 안락의자에서 금세 잠이 든 바버라 할멈을 보았다.

"내일은 적당한 간병인을 찾아야겠군요." 그가 말했다. "병원에서 근무하는 여자들 말고 그들보다 더 세심한 감정과 다정한 손길을 가진 사람이어야 합니다. 그때까지는 오늘 밤에 여러분 중 한 분이 켈러 씨 곁에 앉아 계십시오. 이후 별다른 일이 없으면 나는 내일 아침에 다시 오겠습니다."

내가 자원해서 지켜보기로 하고 급박한 증상이 보이면 엥걸먼 씨를 부르기로 약속했다. 늙은 가정부는 잠에서 깨더니 특유의 성질을 부리며 자기가 내 자리에 앉겠다고, 나에게 잠자리에 들라고 억지를 부렸다. 나는 (나로 말할 것 같으면) 너무 불안하고 초조해서 평소처럼 고분고분할 수 없었다. 바버라 할멈은 곧 자신이 얼마나 완강한 사람을 상대하는지 알게 되었다. 당시보다 여유 있는 시간에 돌아보건대, 내가 할멈을 밖에 두고 문을 잠가 버림으로써 논쟁을 끝냈을 때 그녀가 보인 분노와 경악에는 밉지 않게 우스운 구석이 있었다.

얼마 지나지 않아 조셉이 메시지를 가져왔다. 엥걸먼 씨는, 당장 침실에 있어야 할 이유가 없다면 잠자리에 들기 전에 시원한 바람을 쐬러 나갔다 오겠다고 했다. 그가 있어야 할 필요는 없었다. 나는 그런 내용으로 아래층에 메시지를 보냈다.

한 시간 후 엥걸먼 씨는 오랜 친구를 보러 들어와 밤 인사를 했다. 환자는 간간이 뒤척이더니 진정을 되찾고 약의 영향으로 다시 꾸벅꾸벅 졸았다. 나는 엥걸먼 씨가 이 상황에서 응당 느껴야 하는 슬픔과 걱정을 하도록 내버려 두었다. 그의 거동은 이상하게도 멍하고 혼란스러워 보였다. 그는 밖으로 드러내거나 벗어 버릴 수 없는 근심을 마음에 가진 사람 같았다.

"이 증상을 이해하는 사람을 찾아야만 하네, 데이빗." 침상의 초췌한 남자를 보며 그가 말했다.

"누구를 찾는다고요?" 내가 물었다.

그는 답을 하지 않고 밤 인사를 했다. 내가 초조하고 애가 타는 비참한 상태로 침대 옆에서 밤을 지새웠다는 말은 과장이 아니다. 검사 결과, 의사는 자신의 의심이 전연 근거 없는 거라고 확정할 수 없었다. 이 상황에서 내가 켈러 씨의 오페라 글라스를 찾으러 집에 돌아왔을 때 보았던 것을 의료진에게 밝히는 것이 나의 의무였을까? 생각하면 할수록, 미나의 어머니에게 무서운 의심을 던진다는 생각에 나는 더더욱 움츠러들었다. 결백한 여자를 평생 침울하게 할 수 있었다. 그녀가 스케치와 벽로에 대해 거짓말을 했다는 어떤 증거가 있는가? 증거도 없이 내가 감히 어떻게 입을 열겠는가? 환자 곁을 잠깐 떠나 있는 휴식 시간에 나는 침묵의 대안을 선택하기로 단단히 마음먹었다. 그러나 그가 약을 달라고 하거나 베개를 약간 옮겨 달라고 할 때, 혹은 측은히 눈을 뜨고 멍하니 나를 바라볼 때면 나는 의지가 약해졌다. 나는 다시 우유부단해졌고 내가 말을 해야만 하는 무서운 이유가 다시 나타나 내 영혼까지 뒤흔들었다. 켈러 씨의 침실에서 보냈던 그 밤과 같은 밤은 그 뒤 삶의 어떤 역경 속에서도 나는 경험할 수 없었다.

새날의 빛이 창문을 통해 비추었다. 켈러 씨의 증상이 악화되었음이 너무 확연히 눈에 띄었다.

반응이 더욱 없었고, 얼굴에는 창백하게 여윈 기운이 강해졌다. 신경 발작이 일어나는 간격도 점점 짧아졌다. 무슨 일이 있더라도, 도어먼 의사가 약속대로 오면 나는 켈러 씨 침실에 은밀히 오갈 수 있는 하인과 우리들 말고 다른 사람이 있었다는 사실을 이제 밝혀야만 했다.

나는 너무 피곤해 잠을 자고 싶고 짜증이 났다. 그리고 그게 너무 빤히 드러난 모양이었다. 선한 엥걸먼 씨는 자기가 책임을 지겠다고 나에게 나가서 쉬라고 고집을 부렸다. 나는 방문을 살짝 열고 침대에 누워 의사가 계단 올라오는 소리가 나는지 듣고 있다가 그가 환자를 보고 나오면 따로 만나 얘기하리라 마음먹었다.

내가 스무 살 정도 더 먹었었다면 이 계획을 성공적으로 이행했을지도 모른다. 하지만 젊을 때는 잠이 절대적으로 필요하고 인간의 본성은 억척같이 이 은혜로운 법칙을 따른다. 나는 내가 꽤 졸렸던 것으로 기억한다. 침대에서 일어나 방을 돌아다니며 깨어 있으려고 했다. 그러다 너무 피곤해 다시 누웠다. 그러고는…… 도무지 기억이 없다! 마침내 눈을 떴을 때 나는 시계를 보았다. 족히 여섯 시간은 잠에 빠져 있었다니!

나는 당혹스럽고, 내 자신이 한심스러웠다. 그 오랜 사이에 무슨 일이 일어났을지 염려하며 황급히 켈러 씨 침실로 가 조심스럽게 방문을 두드렸다.

여자의 목소리가 답했다. "들어와요!"

나는 문 손잡이에 손을 둔 채 정지했다. 목소리가 생소하지 않았다. 내가 제정신이 아닌 건지 아니면 꿈을 꾸는 건지 잠깐 혼란스러웠다. 목소리가 부드럽게 다시 말했다. "들어와요!" 나는 안으로 들어갔다.

거기에는 그녀가 있었다! 그녀는 침대 옆에 앉아서 조용히 미소 지으며 손가락을 입술에 댔다. 방의 친숙한 물건들과 기진맥진해 누워 있는 사람을 보는 것만큼이나 분명히 나는 그녀를 보았다—마담 퐁텐!

"조용히 말해요." 그녀가 말했다. "켈러 씨가 깊이 잠을 자지 못해요. 방해해선 안 되죠."

나는 침대로 다가가 켈러 씨를 보았다. 얼굴에는 희미한 혈색이 돌았고, 이마는 촉촉했다. 평안히 휴식을 취하며 손은 이

불 위에 그대로 놓여 있었다. 잠이 든 아이의 손 같았다. 나는 고개를 돌려 마담 퐁텐을 보았다.

그녀가 다시 웃었다. 안절부절못하는 나의 모습에 그녀는 재밌어했다. "내가 그를 맡기로 했어요, 데이빗." 다정하게 환자를 보며 그녀가 말했다. "내려가서 엥걸먼 씨와 얘기하세요. 여기서 시끄럽게 하면 안 되니까."

마담은 켈러 씨 이마의 땀을 가만가만 닦고는, 살짝 손가락을 대서 맥박을 쟀다. 그러고는 잠이 든 남자를 가만히 주의깊게 바라보며 안락의자에 몸을 기댔다. 그녀는 세심한 감정과 부드러운 손길을 가진 이상적인 간병인이었다. 지난번 도어먼 의사를 만났을 때 그가 마음에 두고 있던 간병인. 낯선 사람이 그때 방을 들여다보았다면 이렇게 말했을 것이다. '아, 이 얼마나 아름다운 장면인가! 얼마나 헌신적인 아내인가!'

19장

"우리가 위층 천사에게 신세진 것을 듣고 싶으면, 마코브러너 와인 한 잔과 고기 파이 한 조각은 있어야 하네, 데이빗. 와인부터 시작할까. 근데 자네는 죽은 사람처럼 허옇구먼!"

이렇게 말하며 엥걸먼 씨는 파이프에 불을 붙였다. 그리고 좋은 음식을 먹고 마신 후 기분이 좋아질 때까지 그는 말을 하지 않았다.

"자 이제, 자네 생각을 어젯밤으로 돌려 보게." 그가 시작했다. "내가 시원한 바람을 쐬러 나간 것을 기억하지. 그게 무슨 뜻이었는지 짐작할 수 있겠나?"

나는 당연히 마담 퐁텐을 방문했다는 뜻이라고 짐작했다.

"자네 생각이 맞네, 데이빗. 그녀를 방문하겠다고 미리 약속을 했었지. 하지만 가여운 켈러가 아파서 그리할 수 없었다네. 내가 처음으로 약속을 지키지 못하자 그녀는 무슨 심각한 일이 생긴 것이라 생각하고 나한테 쪽지를 보냈지. 내가 나갔을 때는 그 쪽지에 내가 몸소 답하러 간 거네. 마담 퐁텐은 켈러 씨가 아프다는 말을 듣고 걱정하더군. 어떤 증세가 있는지 자세히 물어보며 그 슬픈 소식에 관심을 보였다네. 내가 증상을 설명했더니 그녀가 너무 흥분해서 나는 의아해했네. '캘러 씨가 뭐가 잘못되었는지 의사는 아나요?' 하고 그녀가 묻더군. 의사 중 하나는 확실히 난처해하고, 다른 하나는 그 병을 아직 이해할 수 없다고 인정하더라고 내가 답했지. 그녀는 손을 맞잡고 수심에 잠겨 이렇게 말하더군. '오, 내 남편이 살아 있었다면!' 나는 으레 무슨 뜻이냐고 물었지. 그녀가 했던 명쾌한 말로 설명할 수 있으면 좋겠네, 데이빗. 요약하자면 이렇다네. 뷔르츠부르크 대학에서 남편이 고용했던 어떤 사람이 켈러 씨가 고생하는 것과 똑같은 증상을 보이는 병에 걸렸다네. 그 의료진도 우리 의사들만큼이나 어찌할 바를 몰랐지. 그 가운데 퐁텐 박사는 이 증상을 이해했다는군. 그래서 그는 약품을 만들어 손수 투약했다네. 마담은 남편의 지시에 따라 간호하며 환자가 먹을 수 있게 되자 남편이 처방한 영양식을 주었어. 오늘날까지도 대학에서는 그의 놀라운 회복 이야기가 회자된다고 하더구먼."

이 지점에서 나는 엥걸먼 씨의 말을 끊었다. "당연히 어르신은 처방전을 물어보셨겠죠? 이제야 이해할 것 같습니다."

"아니네, 데이빗. 자네는 아직 이해하지 못했어. 나는 물론 처방전을 물어보았지. 하지만 그런 것은 존재하지 않았다네. 그녀는 남편이 손수 약품을 제조했던 점을 상기시켰지. 하지만 결과가 남편이 기대한 것 이상이었던 것과 치료약이 일부만 사용되었던 것을 기억하더군. 어쩌면 아직 뷔르츠부르크에 그 약병이 있거나, 아니면 남편이 가지고 있던 작은 여행 가방에 있을지도 모른다고 했어. 가방은 그녀가 남편 침실에서 발견했는데 나중에 훑어볼 요량으로 가지고 왔다더군. '아직 열어 볼 자신이 없었어요. 하지만 켈러 씨를 위해서라면 어르신이 가시기 전에 확인해 볼게요.'라고 하더군. 진정 그리스도인 여인이 있다면, 데이빗, 바로 여기 있네! 켈러가 그렇게 박대했는데도 그녀는 소중한 친구인 양 열성으로 그를 도왔다네. 미나가 대신 하겠다고 했어. '마마, 왜 혼자 고생이세요? 그 병이 어떻게 생겼는지 알려 주세요, 그럼 제가 찾아볼게요.'라고 했지. 아니! 마담 퐁텐은 인자한 행동을 하려고 한 것만으로도 충분했네. 그녀는 자존심을 버리고 그것을 할 준비가 되어 있었지."

어서 빨리 결말을 알고 싶어 내가 다시 말을 끊었다.

"그래 약병은 찾았나요?"

"마담이 찾았네." 엥걸먼 씨가 말을 이었다. "자네가 보고 싶다면 내가 보여 주지. 이것이 이 집에서 쓸 일이 없어질 때까지 나한테 안전한 곳에 보관해 달라고 마담이 직접 부탁했네."

엥걸먼 씨는 낡은 캐비닛을 열고 진한 파란색의 홀쭉한 긴 병을 꺼냈다. 형태로 보자면 내가 보았던 현대식 병 모양과는 기이하게 확연히 달랐다. 병 주둥이는 가죽으로 단단히 묶여 있었다. 안에 있는 액체를 잘 보존하려고 그런 것 같았다. 병의 한쪽에는 폭이 좁은 종이 밴드가 아래쪽으로 붙어 있는데, 복용량을 알 수 있도록 일정한 간격으로 눈금이 새겨져 있었다. 레이블은 없었다. 하지만 병 표면을 자세히 살펴보니 레이블이 있었는데 제거된 것처럼 희미하게 표가 나는 자국들이 있었다. 레이블을 붙였던 풀 반죽이나 고무풀의 찌꺼기가 완전히 제거되지 않은 듯했다. 병을 들어 빛에 비춰 보니 아직 절반쯤 남아 있었다. 엥걸먼 씨는 나에게 마개를 열지 말라고 했다. 실제로 치료약을 투약할 때 말고는 병 안으로 공기가 들어가지 않는 게 매우 중요하다고 그가 말했다.

"그날 밤에 바로 가져왔네." 엥걸먼 씨가 계속했다. "가여운 친구 켈러에게 당장 약을 주고 싶은 초조함과 이 중대한 책임을 혼자 지는 것에 대한 두려움 사이에서 나는 죽을 맛이었지. 늘 그렇듯 마담 퐁텐이 자기 견해를 밝혔어. '기다렸다가 의사와 협의하세요.' 그러고는 (얼마나 정이 많은 사람인지!) 자기와 관련해 한 가지 조건을 달았지. 그녀가 말했네. '이 치료약을 쓰게 되면 제가 간병인 역할을 할 수 있도록 공평한 기회를 주세요. 약효가 나타나기 시작할 때 환자를 간병하는 것은 대단히 중요하죠. 제가 한때 남편의 지시를 따랐었기 때문에 잘 압니다. 남편이 생각나서 (켈러 씨에게 일어난 일은 말할 것도 없이) 제가 침대 옆에 있어야만 합니다.' 도움을 주겠다는 그녀의 제안을 내가 흔쾌히 받아들였다고는 말할 필요도 없겠지. 그렇게 밤이 지났네. 그리고 오늘 아침, 자네가 곯아떨어지자마자 의사가 왔지. 의사들은 당장 런던에 있는 프리츠에게 글을 써서 아버지를 보러 오게 호출하라고 조언했네. 그때 의사들이 불쌍한 켈러에 대해 어떻게 생각했을지 상상이 가나? 나는 오늘 아침에 출발하는 특급 배송 편을 가까스로 붙잡았네. 나를 나무라지 말게, 데이빗. 난 새 약물에 뚜렷한 확신이 없었다네. 시간은 촉박하고 런던은 너무 멀어서 우편배달부를 놓칠까 자못 걱정했었네."

나는 그를 나무랄 생각이 조금도 없었고, 그래서 내가 그의 자리에 있었다면 똑같이 했을 것이라고 말했다. 우리는 내가 프리츠에게 다시 편지를 써서 그날 밤 배송 편에 보내기로 정리했다. 내가 전하는 좋은 소식이 그가 런던을 출발하기 전에 도착하기를 바라며.

"급하게 편지를 부치고," 엥걸먼 씨가 말을 이었다. "두 의사한테 떠나기 전에 내 방에서 잠깐 보자고 부탁했네. 그때 가능한 한 명료하게 이제껏 내가 자네에게 했던 얘기를 했지. 도어먼 의사는 신사처럼 처신하며 '그 약을 시험하기 전에 내가 먼저 부인을 만나 직접 얘기를 하게 해 주세요.'라고 하더군. 다른 의사는 어떻게 했을까? 더 이상 환자를 진료하지 않겠다며 그냥 집을 나가 버렸네. (늙어 빠진 짐승 같으니라고!) 그리고 내가 마담 퐁텐을 모셔 오라고 사람을 보냈을 때 또 누가 그를 따라 집을 나갔겠나? 또 다른 늙은 짐승…… 바버라 할멈!"

전날 저녁 나는 내 눈으로 직접 가정부의 성깔을 보았기에 이 소식이 전혀 놀랍지 않았다. 낯선 사람에게 간병인 자리를 빼앗긴 것은, 바버라 할멈이 집을 나갈 수도 있다고 우리를 위협했을 때 생각했던 최악의 시나리오였다. 그것도 이 낯선 이가 아리따운 부인이라니.

"그러니까," 엥걸먼 씨는 다시 시작했다. "도어먼 의사가 질문을 하고 약 냄새도 맡고 맛도 보더군. 마담 퐁텐의 허락을 받아 소량을 분석하라고 보냈는데 아무것도 발견하지 못했네! 약은 그 자체가 기밀이었어. 두 성분을 뺀 나머지는 분석해도 의미가 없었다네! 그 사이 우리는 1회 분량을 먹였지. 그리고 30분 전에 두 번째로 투약했고. 결과는 자네가 직접 봤겠지. 마담이 그를 구했네, 데이빗. 자네에게도 고맙지. 자네가 아니었으면 우리가 마담 퐁텐을 못 만났을 테니 말이야."

그가 말을 하는 중에 문이 열리고, 나는 또 한 번 놀랐다. 주방 앞치마를 두른 미나가 들어와 어머니에게 자기를 부르려고 종을 쳤느냐고 물었다. 미망인의 지시를 받고 미나는 특별한 야채식을 준비하고 있었다. 퐁텐 박사가 치료의 일환으로 처방한 음식이었다. 착한 소녀는 집안일에 도움을 주려고 열심을 다하고 있었다. 조금 전 우리를 버린 꼬장꼬장한 늙은 가정부를 대체하는 사람 치고는 얼마나 매혹적인가!

여기 마담 퐁텐과 미나가 켈러 씨와 한 지붕 아래 기거하다니! 프리츠가 이걸 안다면 어떻게 생각할까? 켈러 씨가 자신의 간병인이 누군지 안다면, 마담이 그의 생명을 구했다는 걸 듣는다면 뭐라 말할까? '끝이 좋아야 모든 게 좋은 법이다.'라는 금언은 좋은 금언이다. 그러나 아직 거기까지는 아니었다. 우리의 경우에 물어야 할 질문은 바로 이것이었다. 어떻게 끝이 날까?

20장

그날 밤 늦은 시각 다시 침실에 들었을 때 나는 생각했다. 하룻밤 켈러 씨 곁을 지키고 여섯 시간 잠에 빠진 것이 얼마나 다행인가!

내가 도어먼 의사에게 말하기로 작정했던 것을 그대로 했다면, 의사는 틀림없이 마담 퐁텐의 치료약을 투약하지 않았을 것이고, 켈러 씨는 죽었을 것이다. 그의 생명을 구한 결백한 여인은 의심을 받고, 심지어는 그를 살해했다는 죄목으로 재판을 받을 수도 있었을 것이다. 내가 그날 아침에 잠이 들지 않았다면 뒤따라 왔을 끔찍한 결과를 돌아보며 나는 심히 전율을 느꼈다.

다음 날, 환자는 그 경이로운 약을 일정한 간격으로 새로이 복용했다. 처방된 야채식도 정성껏 준비되었다. 하루가 지나면서 그는 훨씬 더 회복되었고, 진한 파란색 병의 주둥이는 다시 가

죽으로 영구히 봉쇄되었다. 엥걸먼 씨는 아직 병에는 대략 2회 정도 복용할 수 있는 양이 남아 있다고 했다. 내가 다시 볼 수 있느냐고 묻자, 그는 병을 지키는 책무에서 해방되었고 미망인이 그것을 그녀 방 안전한 곳에 넣어 두었다고 답했다.

날이 저물어 갈 무렵 환자는 침대에서 나와 안락의자에 앉을 수 있을 정도로 좋아졌다. 이제 진실을 밝혀야 하는 시점이 되었다. 마담 퐁텐은 켈러 씨의 생명을 구한 선한 사마리아인으로 드러났다.

도어먼 의사의 조언에 따라 꼭 필요한 사람만이 침실에 들어가도록 허락되었다. 의사와 마담 퐁텐 외에 엥걸먼 씨와 미나가 그 장면의 입회인이 되었다. 엥걸먼 씨는 오랜 친구로서 거기에 있을 권리가 있었고, 미나는 마담의 제안에 따라 곧 밝혀질 사실에 대비해 켈러 씨의 마음을 부드럽게 준비시키는 역할을 했다. 이 상황에서 나는 그저 미나가 방을 나온 후 나에게 들려준 짧은 이야기를 되풀이함으로써 무슨 일이 일어났는지를 묘사할 수 있겠다.

"침실에서 종소리가 날 때까지," 미나는 말했다. "나는 아래층에서 기다려야 했어요. 그러고는 렌즈콩과 크림으로 만든 켈러 씨 저녁을 가지고 올라가 아무 말 없이 그의 테이블에 놓기로 했어요."

"완전히 하녀처럼요?" 내가 크게 말했다.

세심하고 다정한 성품의 미나는 내가 바보같이 말을 끊었을 때도 평소의 간결함과 양식을 갖추어 대답했다.

"왜 그러면 안 되나요?" 그녀가 되물었다. "프리츠의 아버지는 언젠가 제 아버님이 될 텐데. 그분이 원할 때 조금이나마 쓰임받을 수 있다면 나는 좋아요. 여하튼 내가 들어가니 방에는 불이 켜 있고 어르신은 의자에 베개를 여러 개 받치고 앉아 있었어요. 양편에는 엥걸먼 어르신과 의사 선생님이 각각 있고, 가련한 마마는 그분이 볼 수 없는 침대 뒤 구석에 서 있었죠. 제가 쟁반을 들고 들어가자 켈러 어르신이 나를 올려다보았어요. '이게 누군가? 새 하녀인가?' 어르신이 물었고, 엥걸먼 씨는 장난스럽게 대답했죠. '맞네.' '여자애가 예쁘게 생겼구먼.' 켈러 어르신이 대꾸했어요. '근데 바버라 할멈은 얘를 보고 뭐라 했나?' 이에 엥걸먼 씨는 가정부가 어떻게, 왜 집을 나갔는지 말했어요. 켈러 어르신은 놀랐다가 진정을 되찾고서는 나를 다시 보았어요. '근데 누가 나를 간병했나? 당연히 이 어린 소녀는 아니겠지?' 켈러 어르신이 물었어요. '당연히 아닐세. 이 소녀의 어머니가 자네를 간병했네.' 엥걸먼 씨가 말했어요. 그렇게 말하면서 의사를 보았죠. 의사 선생님이 처음으로 끼어들었어요. '그분이 간병을 했을 뿐 아니라, 제가 의학적으로 보증하건대, 어르신의 생명을 구했습니다.' 의사가 말했어요. '너무 흥분하지는 마세요. 어떤 일이 있었는지 정확히 알게 될 겁니다.'

2분에 걸쳐 의사가 그간 있었던 일을 털어놓았어요. 이야기가 명료하고 아름다워서 켈러 씨는 들으며 기분이 좋아졌답니다. 단 한 가지는 아직 밝히지 않았죠…… 이름. '그 사람이 누구요? 어째서 나에게 감사할 기회를 주지 않는 거요? 그녀가 여기에 없소?' 켈러 어르신이 큰 소리로 물었어요. '어르신 앞에 나아오기를 두려워합니다.' 의사가 대답했어요. '어르신께서 그녀를 좋게 생각하지 않아서 그렇습니다.' '내가 알지도 못하는 여자를 좋게 생각하지 않는다고?' 켈러 씨가 반문했어요. '어떤 비방꾼이 나에 대해 그리 말합디까?' 의사 선생님은 엥걸먼 씨에게 대답을 하라고 눈짓을 보냈어요. '솔직히 말하세요.' 의사가 의자 뒤로 조용히 말했어요. 엥걸먼 어르신은 정말 솔직하게 말했죠. '켈러 친구, 이 일에 비방꾼은 없다네. 유감이지만 자네가 그렇게 행동을 했지. 얼마 전에—기억이 안 나면 잘 생각해 보게—어떤 부인이 자네에게 편지를 보냈지. 자네는 읽지 않겠다며 그걸 그냥 돌려보냈어. 그녀가 그 치욕을 어떻게 되갚았는지 아나? 그 고결한 사람이 바로 자네 생명을 구한 여인이라네.' 엥걸먼 씨가 말을 마치자 의사는 방을 가로질러 가서 어머니를 손으로 이끌고 켈러 어르신 앞으로 나왔어요."

미나의 목소리가 흔들렸다. 이야기의 흥미로운 부분에서 그녀는 잠깐 정지했다.

"켈러 어르신이 뭐라 했나요?" 내가 물었다.

"방이 조용해졌어요." 미나가 차분히 대답했다. "시계가 톡톡거리는 소리 말고는 아무 소리도 나지 않았죠."

"그래도 뭔가를 봤을 거 아니에요?"

"아니에요, 데이빗. 나는 참을 수가 없었어요. 나는 울고 있었어요. 잠시 후 어머니는 나를 팔로 감싸고 켈러 어르신 앞으로 데려갔어요. 나는 할 수 있는 한 눈물을 참으며 어르신을 다시 보았어요. 어르신의 머리는 가슴 앞으로 수그러져 있고, 손은 의자 팔걸이에 축 늘어져 있었죠. 수치와 비통에 빠져 있는 그 분을 보는 건 끔찍했어요! '내가 무엇을 할 수 있겠소?' 어르신이 혼자 한탄했어요. '정말, 내가 무엇을 할 수 있겠소?' 마마가 대답했어요. 정말 푸근하면서 정감 있게 말했어요. '당신은 이 불쌍한 제 딸에게 키스해 줄 수 있습니다. 당신을 섬긴 새 하녀가 바로 제 딸 미나지요.' 어르신이 바로 고개를 들고 나에게 가까이 오라고 했어요. '내가 속죄하는 길이 오직 하나뿐이구나, 아이야.' 어르신은 이렇게 말하고는 나에게 키스하고 조용히 말했어요. '프리츠를 오라고 하렴.' 오, 데이빗, 이야기를 더 해 달라고 하지 말아요. 또 울어 버릴 것 같아요. 난 지금 너무너무 행복해요!"

미나는 그날 밤 우편으로 프리츠에게 서신을 보내겠다며 떠났다. 나는 조금 기다려 보자고 설득했지만 허사였다. 우리는 전보를 마음대로 쓸 수 없어서 상황을 추측할 수밖에 없었다.

프리츠는 아버지가 위독하다는 엥걸먼 씨의 서신을 받고 곧바로 런던을 출발했을 가능성이 높았다. 그럴 경우 내가 다음 우편으로 보낸, 걱정하지 말라는 편지는 개봉되지 않은 채 런던에 있을 것이다. 그리고 프리츠가 (쉬지 않고 여행했다면) 하루 이틀 사이에 도착할 수 있었다. 나는 이 합리적인 추론을 미나에게 설명했으나 완전히 비이성적이고 여자다운 답변을 들었다.

"아무래도 상관없어요, 데이빗. 어찌 되었든 나는 편지를 쓸 거예요."

"왜요?"

"왜냐면, 그에게 편지를 쓰고 싶으니까요."

"뭐라고요! 그가 편지를 받든 안 받든 상관없다고요?"

"그가 편지를 받든 안 받든," 그녀가 천연스럽게 대답했다. "그에게 글을 쓰는 기쁨을 누릴 거예요. 그게 제가 원하는 바이니까요."

미나는 노트 네 쪽에 걸쳐 글을 썼고 직접 부치겠다고 고집을 피웠다.

다음 날 아침 켈러 씨는 엥걸먼 씨의 도움을 받아 아래층 응접실로 내려올 수 있었다. 우리가 함께 있는데 마담 퐁텐이 들어왔다.

"흐음," 켈러 씨가 물었다. "그걸 가져왔소?"

마담이 밀봉된 봉투를 건네고는 나에게 설명을 하려고 돌아섰다.

"당신이 켈러 씨 책상에 놓았던 편지예요." 그녀가 쾌활하게 말했다. "이번에는, 데이빗, 내가 손수 배달부 역할을 했네요. 켈러 씨의 요청으로."

내가 그녀의 위치에 있었다면 분명 찢어 버렸을 것이다. 미래 어느 시점에 사용될 가능성이 희박한 상황에서 그것을 가지고 있었다는 것은 미망인이 지나치게 희망적이거나 아니면 비범한 선견지명이 있었다는 뜻일 것이다. 나는 마음의 갈피를 잡지 못한 채 그녀가 편지를 보관하고 있었다는 사실에 묘연히 실망했다. 나는 응당 방을 나가려고 발걸음을 돌렸고, 엥걸먼 씨도 (비슷한 세심함에) 문으로 나를 따라왔다. 그때 켈러 씨가 우리 둘을 불렀다.

"괜찮으면 잠깐만 있게. 내가 편지를 다 읽을 때까지."

마담 퐁텐은 창밖을 보고 있었다. 우리가 머무는 것에 그녀가 동의하는지는 알 길이 없었다.

켈러 씨는 촘촘히 쓴 여러 장의 편지를 꼼꼼히 읽었다. 그는 미망인에게 가까이 오라는 손짓을 했고, 마지막 줄을 읽고는 그녀의 손을 잡았다.

"내 파트너와 당신 편지를 책임졌던 데이빗 앞에서," 그가 말했다. "당신에게 용서를 구하리다. 마담 퐁텐, 내가 내 자신이 수치스럽다고 말할 때는, 진심이오. 티끌 한 점 없는 진심이지요."

마담은 그의 앞에서 무릎을 꿇으며 더 이상 아무 말 하지 말라고 애원했다. 엥걸먼 씨는 그녀를 보며 깊은 감동을 받았다. 나는 미망인이 너무 오버한다고 생각했다. 어쩌면 영국 교육이 잘못돼서 내가 그렇게 느낀 것일지도 모른다. 켈러 씨의 소견은 어땠을까, 그는 드러내지 않았다. 그저 그녀에게 일어나서 옆의 의자에 앉으라고 강권했다.

"이 편지의 모든 말을 믿는다고 말하는 것만이," 켈러 씨가 입을 열었다. "당신을 공정하게 대하는 것일 거요. 나는 너무나 오랫동안 이 공정함을 미뤄 왔소. 내가 완전히 이해하고 싶은 부분이 하나 있는데, 당신 입으로 직접 확인을 해 주면 좋겠소. 여기 당신 남편의 채권자에 대한 부분에서, 그의 채무는 (도의상 지금은 당신의 채무가 되었겠지만) 실제로 마지막 한 푼까지 모두 갚았다고 결론 내리는 게 맞소?"

"네, 마지막 한 푼까지 모두요!" 마담 퐁텐은 조금도 망설임 없이 대답했다. "원하신다면 영수증을 보여 드리겠어요."

"아니오, 마담! 당신 말을 믿겠소. 더 이상 아무것도 필요 없소. 당신은 진정 존경받을 만한 자격이 충분히 있소. 나를 망신거리로 만들었던 비방꾼들은 이제 당신이 빚을 져서 남편을 파멸로 내몰았다는 것을 먼저 증명하지 않고서는 절대 나의 신뢰를 얻지 못할 거요. 내가 갚을 수 없는 빚을 진 사람을 천성적으로 싫어하고 믿지 않는다는 걸 인정하리다. 채무자와 채권자의 관계를 가볍게 보는 태도를 나는 혐오하오. 돈을 갚기로 약속하고 그것을 지키지 않는다면 거짓말쟁이나 사기꾼과 다를 바 없으니까. 이것이 나의 신조였고, 앞으로도 그럴 거외다." 켈러 씨는 다음과 같이 강력하게 선언하며 다시 그녀의 손을 잡았다. "우리에게는 또 다른 연관성이 있어요." 그가 다정하게 말했다. "당신도 나처럼 생각하지요."

맙소사, 마이어 부인이 했던 말이 사실이라면, 그 약정서가 낯선 사람—만기가 되었을 때 냉혹하게 청구서를 들이밀 남자—의 손에 있다는 것을 마담 퐁텐이 안다면, 어떻게 될까? 마이어 부인의 말이 사실이 아니라고 생각하며 나는 나 스스로를 설득하려 했다. 아마 성공했을지도 모른다. 하지만 나는 마담 퐁텐이 그녀의 세가를 떠날 작정인지는 묻던, 깡패 같아 보이던 낯선 사람을 잊을 수는 없었다.

21장

다음 날, 내가 프리츠와 연관해 가늠했던 것이 옳았음이 증명되었다.

잠깐 외출했다가 집을 향해 메인가로 돌아드니 미나가 황급히 문을 열었다. 그녀가 입을 열기도 전에 얼굴에서 기쁜 소식을 볼 수 있었다. 내가 그녀를 축하하려던 찰나, 프리츠가 허둥지둥 현관으로 뛰어 나와 필사적으로 나를 안으려고 했다. 이때 나는 (그보다 키가 작은 덕분에) 간신히 그의 팔을 빠져나올 수 있었다.

"미나가 빤히 보고 있는데," 내가 소리쳤다. "나한테 키스를 하려고!"

"미나에게 키스하고 있던 중이었어." 프리츠는 엄청 진중하게 대답했고 이내 우리는 박장대소가 터졌다. "너를 일종의 안전판으로 삼으려고."

이 말에 미나의 매혹적인 얼굴은 색다르게 생기가 돌았다. 나는 헤어지기 전에 잠깐 고모 소식을 물으려고 지체했다. 바그너 부인은 프리츠를 뒤이어 편안한 여정으로 벌써 프랑크푸르트를 향해 길에 올랐다.

"그럼 잭 스트로는 어디 있어?" 내가 물었다.

"부인이랑 같이 오고 있지." 프리츠가 말했다.

마지막에 이 예사롭지 않은 소식을 접한 나는 더 나은 기회에 자세히 듣기로 하고, 저녁때까지 이 연인들 사이에 끼어들지 않았다.

아름다운 늦가을 날씨였다. 햇빛이 좋아 엥걸먼 씨의 정원에 가고 싶었다.

상록수 길은 구획 끝까지 쭉 펼쳐진 꽃밭과 집 근처 공터를 가르고 있었다. 내가 길 한편에 있을 때 다른 편에서 켈러 씨와 미망인의 목소리가 들렸다. 그때 마침 나는 의사가 환자에게 햇볕이 따뜻한 이른 오후 시간에 약간 산책을 하라고 권유했던 것이 떠올랐다. 엥걸먼 씨가 회사 일로 출타 중이어서 마담 퐁텐이 시중을 들고 있었다.

나는 그들을 방해하지 않는 게 좋겠다고 생각하며 집을 향해 발걸음을 돌리려던 차에 미망인의 입에서 내 이름이 흘러나오는 것을 들었다. 나보다 나은 사람은 유혹이 있더라도 그것이 가치 없는 행동임을 알았으리라. 나는 치사한 사람이라 그것을 엿들었다. 호기심을 충족시키며 나는 옛사람들이 경고하던 벌을 받았다. 나에 대한 안 좋은 소리를 듣게 되었다.

"나에게 조언을 요청하시니 영광입니다, 어르신." 마담 퐁텐의 말소리가 들렸다. "데이빗 청년이라면 저는 편견 없이 말할 수 있습니다. 며칠 후 제 도움이 더 이상 필요하지 않다면, 저는 집을 떠나도록 하겠습니다."

거기서 켈러 씨가 그녀의 말을 끊었다.

"미안하지만, 마담 퐁텐, 당신을 떠나보낼 수는 없소. 당신도 알다시피 우리는 가정부가 없어요. 당신이 흔쾌히 집안일을 챙겨 준다면 그건 나나 엥걸먼 씨를 위해서 호의를 베푸는 거요. 적어도 현재로서는. 게다가 예쁜 당신 딸은 우리 집안의 빛이요. 프리츠가 집에 와서 당신이 그 애를 데려간 걸 알면 뭐라 하겠소? 안 돼요. 안 돼! 당신과 미나는 우리와 함께 있어야 합니다."

"저에게 무척 친절하시군요, 어르신! 우리가 결정하기 전에 먼저 엥걸먼 씨의 생각을 확인하는 게 좋을 것 같습니다."

켈러 씨가 웃음을 터트렸다. 그러고는, 더더욱 놀랍게도, 살짝 농담을 했다.

"친애하는 부인, 물어보지 않고서는 엥걸먼 씨의 생각을 모른다면 당신은 세상에서 가장 무심한 사람일 거요! 물론 필요하다면 형식적으로나마 그와 얘기해 보시오. 그럼, 데이빗을 우리 사무실에 들여야 하는가라는 질문으로 돌아가 봅시다.

최근 바그너 부인이 보낸 편지에는 데이빗을 런던으로 불러들일 계획이 없더군요. 내가 그에게 맡긴 일은 매우 영리하게 처리했어요. 우리에게 큰 도움이 될 것 같소. 덧붙여 (결혼하기 전까지는) 프리츠에게 좋은 친구가 될 거고."

"바로 그 부분이 제가 내키지 않는 부분이에요." 마담 퐁텐이 대답했다. "제 생각에는, 어르신, 데이빗 씨는 아드님에게 유익한 친구가 아닙니다. 정직하고 순진한 성품의 프리츠가 매우 특이한 성질을 가진 데이빗 씨와 어울리면 고생할지도 몰라요."

"어째서 데이빗의 성격이 특이하다고 생각하시오, 마담?"

"제가 느끼는 바를 설명해 보도록 하겠습니다. 당신은 그가 영리하다고 했지요. 감히 말하자면, 그는 너무 영리합니다. 그리고 젊은 사람치고는 다른 사람을 너무 쉽게 의심하는 걸 보았어요. 이해하시겠어요?"

"그럼요. 계속해 보시오."

"켈러 씨, 우리 젊은 친구에게는 예수회 수사처럼 음험한 구석이 있습니다. 그는 하찮은 것들을 꼼꼼히 따져 보고, 딱히 볼 것이 없는데도 그 표면 밑에 뭐가 있나 보지요. 제가 말하는 것에 너무 신경 쓰지는 마세요! '애늙은이'라는 말에 편견을 가진 것일 수도 있으니까요. 그래도 솔직히 말씀드리자면, 제가 어르신의 자리에 있다면 그를 여기에 두지는 않을 겁니다. 좀 더 갈까요?"

나는 아마도 마담 퐁텐이 나를 옳게 평가했을 것이라 생각한다. 이 글의 페이지들을 돌아보면 내가 어떤 부분에서는 그녀의 생각이 옳다는 것을 증명하고 있다. 심지어는 그때도 그것을 증명하고 있었다. 마담과 켈러 씨의 소리가 멀어지기 전에 나는 이미 '표면 밑'을 보기 시작했고, 그녀가 했던 말을 '꼼꼼히 따져 보기' 시작했다.

그녀 조언의 본심을 의심하는 것이 예수회스런 것인가? 나는 그것이 진정 의심스러웠다. 그녀가 은밀히 나를 불신하고 안전하게 떨어진 런던으로 보내 멀리 두려는 이유가 뭔지 궁금해하는 것이 예수회스런 것인가? 나는 진정 의문이 생겼다.

그럼에도 그녀는 선한 그리스도인이었다! 그럼에도 그녀는 무척 고결했고, 분명 켈러 씨의 생명을 구했다! 내가 무슨 권리로 이 같은 여인에게 사심이 있다고 하겠는가? 치사하다, 치사해! 나에게는 변명의 여지가 없었다.

나는 애늙은이가 되어 버렸다고 느끼며 집으로 향했다.

우리가 저녁 식사 자리에서 만났을 때 나를 대하는 마담 퐁텐의 태도가 너무 천연덕스러워 나는 회한의 침묵에 빠졌다. 다행히도 프리츠가 줄곧 자신에 관한 이야기로 떠들어 대는 바람에 전반적으로 나에게는 관심이 오지 않았다. 프리츠의 들뜬 기분과 시끄러운 난센스 그리고 신속한 결혼의 장애물인 법적 절차와 의식에 대한 불만은, 이 무모한 젊은 친구의 이견에 신중하게 반박하려 하는 엥걸먼 씨의 정중한 간결함과 홍미롭게 대조가 되었다.

"관례적인 지연과 목사의 임무에 대해서는 말씀하지 마세요!" 프리츠가 큰 소리로 말했다. "답변해 보세요. 목사가 대가를 받지 않고 임무를 수행하나요?"

"우리는 다 먹고살아야 하네." 선한 엥걸먼 씨가 호소했다. "목사도 우리랑 같아. 고깃간과 빵집에 돈을 내야 하지."

"그건 본질을 회피하시는 겁니다, 어르신! 목사가 대가를 받지 않고 나와 미나의 결혼식을 집도할까요?"

"모든 문명국가에는 혼인 의례를 집도하는 것에 따르는 사례금이 있네, 프리츠."

"좋습니다. 이제 제 논리를 따라와 보세요, 엥걸먼 어르신! 어르신이 보는 관점에서는 이 모든 일이 돈의 문제입니다. 목사는 관례에 따라 결혼식을 지연시키고 후에 미나를 나의 아내로 만들어 주면서 보수를 받죠."

여기서 미나가 조심히 끼어들었다. "프리츠, 왜 관례적으로 지연시키는 것에 반대하는 거예요?"

"나의 천사, 우리가 결혼하면 알려 줄게. 지금은 저의 논리를 다시 시작해 보겠습니다. 엥걸먼 어르신은 이것이 돈의 문제라는 것을 잊지 말아 주세요. 목사에게 돈을 주면 관례적인 지연 없이도 우리의 결혼을 가치 있게 만들 수 있습니다. 보수를 두

배, 세 배, 아니 열 배로 줘 버리는 겁니다. 이건 단지 그 존엄한 분이 거절할 수 있느냐의 문제입니다. 아버지는 부자세요. 백지 수표로 저를 도와주세요, 아버지. 그러면 저는 이번 주 안에 미나를 켈러 부인으로 만들겠습니다."

여태껏 흡족히 들으며 재밌어하던 아버지는 이 지점에서 아들의 난센스를 가로막았다.

"모든 것에는 알맞은 시간이 있단다, 프리츠." 그가 말했다. "네 이야기는 재미있구나. 결혼에 관한 네 이야기를 들어 보니, 유일하게 살아 있는 우리 혈연에 대한 배려가 없어 유감이다."

미망인 퐁텐은 저녁 식사를 다 마친 양 나이프와 포크를 내려놓았다. 대화 중에 '살아 있는 우리 혈연'이라는 말이 불쑥 튀어나오자 그녀가 놀랐음에 틀림없었다. 그것을 본 켈러 씨는 아들에게서부터 고개를 돌려 오로지 미망인에게만 다음 이야기를 했다.

"내 누님을 말하는 거요, 마담 퐁텐." 켈러 씨가 말했다. "큰 가족에서 누님과 나만 살아 있다오."

"누님께서는 이 도시에 사시나요?" 미망인이 물었다.

"아니오. 아직도 고향에 살지요. 뮌헨."

"하나 더 여쭤봐도 될까요?"

"마음대로 물어보시오, 부인."

"누님이 기혼이신가요?"

"누님은 결혼한 적이 없소."

"구혼자의 애원에도 안 했죠." 친절한 엥걸먼 씨가 말했다. "대단히 위엄 있는 분이죠. 위트 있고 교양이 있어요. 부러움을 살 만한 조그만 재산도 있고, 그건 완전히 그분 손에 달렸죠."

켈러 씨는 엥걸먼이 말미에 슬쩍 언급한 돈 이야기를 점잖이 꾸짖었다.

"선한 친구, 마담 퐁텐은 금전에 대한 생각을 초월했다네. 프리츠의 결혼식에서 서로 만나겠지만 (나는 그러길 바라고 있지), 누님에 대해 마담이 경의와 관심을 품는 것은 그 재산 때문이 아니라네."

이때 프리츠가 늘 그렇듯 앞뒤 가리지 않고 불쑥 끼어들었다.

"오, 존경하는 아버지, 우리를 좀 배려해 주세요! 고모를 기다려야 한다면 우리가 이 세상에서 결혼하기는 글렀어요."

"프리츠!"

"화내지 마세요, 아버지. 기분 나쁘게 하려고 그런 게 아니에요. 저는 고모의 천식을 생각하고 있었어요. 그 나이에 뮌헨에서 프랑크푸르트까지 그렇게 긴 여행은 절대 못하실 거예요. 제가 제안을 하나 하겠습니다. 우리가 먼저 결혼식을 치르고 신혼여행 때 고모를 찾아뵈면 어떨까요?"

켈러 씨는 다짜고짜 아들의 제안을 무시해 버렸다. 그러고는 다시 마담 퐁텐에게 말했다.

"하루 이틀 사이에 내가 누님께 편지를 써서," 그가 이어 말했다. "결혼을 계획 중이라는 사실을 알리도록 하리다. 누님은 엥걸먼 씨를 통해 이미 당신 이름을 알아요. 엥걸먼 씨는 내 병 때문에 누님이 걱정하는 것을 덜어 주려고 편지를 보냈지요."

"누구의 헌신 덕분에," 엥걸먼 씨가 참견했다. "켈러 친구가 회복했는지도 말했소."

미망인은 겸손히 접시에 시선을 고정한 채 이 찬사를 받았다. 그녀의 가슴팍이 오르락내리락했다. 검은 드레스는 그녀가 동요하는 것을 숨기지 못했다. 뷔르츠부르크의 적들은 그녀가 뮌헨에 켈러 씨의 부자 누님이 있음을 알았기 때문이라고 했을 것이다. 켈러 씨가 계속했다.

"당신은 여성의 헤아림으로 내가 살아 있는 형제에게 갖는 애착을 이해하리라 믿소. 누님이 결혼식에 참석하는 건 나에게 이루 말할 수 없는 기쁨과 평안이 될 거요. 아들이 뭐라 말하든 간에 (프리츠, 너는 서글프게도 아무렇게나 떠드는구나) 건강과 편의 사항을 협의해서 편한 여행이 되도록 한다면 누님은 프랑크푸르트에 오는 것을 마다하지 않을 거요. 우리 젊은 애들은 앞날이 창창하니 기다릴 수 있겠죠."

"그럼요, 어르신."

마담은 그대로 접시를 응시하며 조용히 짧게 답했다. 켈러 씨가 누님을 배려함에 따라 결혼이 지체되는 것을 그녀가 어떻게 생각하는지 전혀 알 수 없었다. 한동안 프리츠는 어리둥절해했다. 그는 미나를 보며 정신을 차리고 아버지께 다른 제안을 했다.

"해답을 찾았어요!" 그가 소리를 질렀다. "고모님이 피곤한 여행을 하지 않도록 하면 어떨까요? 우리 모두가 내일 바이에른으로 출발해서 뮌헨에서 결혼식을 하는 거예요!"

"일 년 중 가장 바쁜 기간에 프랑크푸르트의 사업은 내버려 두고 말이냐!" 그의 아버지가 냉소적으로 덧붙였다. "네가 다음에 입을 열거든, 프리츠야, 그냥 음식이나 음료수를 퍼 부어라. 그거라도 열심히 하는 게 낫겠다."

이런 말로 결혼 문제는 일단 접어 두었다.

식사가 끝나고 켈러 씨는 휴식을 취하러 침실로 물러났다. 프리츠와 연인은 모두가 관심 있는 볼일을 보려고—미나의 약혼을 상징하는 반지를 사려고—함께 집을 나섰다. 엥걸먼 씨와 미망인만 남았다. 나는 두 분이 은밀한 대화를 나누는 데 방해가 될까 봐 사무실로 갔다. 정식 직원은 아니었지만 하나우에서 돌아온 후 도우미로 일을 하고 있었다. 이리하여 나는 우리 사업의 세부적인 업무를 경험하며 두 파트너로부터 받았던 후한 환대에 조금이나마 보답하고 있었다.

반 시간 정도 지났을 때 은행에서 회사의 서명이 필요한 서류를 보내왔다. 엥걸먼 씨가 거기 없었기 때문에 나는 사무장에게 서류를 가지고 다이닝 룸으로 가 보라고 했다.

그는 금세 돌아왔고 무척 당황한 듯 보였다.

"다이닝 룸에 당장 가 보세요!" 그가 말했다. "엥걸먼 씨가 심각하게 뭐가 잘못된 것 같아요."

"아프시다는 말인가요?" 내가 물었다.

"뭐라 할 수가 없네요. 테이블에 팔을 쭉 뻗고, 거기에 얼굴을 묻고 계세요. 나는 거들떠보지도 않으시고, 우시는 것 같았어요."

울고 있다고? 내가 나왔을 때 엥걸먼 씨는 마담 퐁텐을 다정하게 바라보며 기분이 한껏 좋았었다. 나는 더 설명을 듣는 것에 지체하지 않고 곧장 다이닝 룸으로 뛰어갔다.

엥걸먼 씨는 사무장이 묘사했던 자세로 혼자 있었다. 딱한 노인, 그는 진정 고통스럽게 흐느끼고 있었다! 나는 최대한 부드럽게 그의 어깨에 손을 올렸고, 그를 동정하는 다정함으로 말했다. "엥걸먼 어르신, 무슨 일로 이리 힘들어하십니까?"

그는 내 소리를 듣고 올려다보며 내 손을 꼭 잡았다.

"데이빗, 잠깐 앉게나." 그가 말했다. "치명적인 충격을 받았다네."

나는 바로 옆에 앉았다. "무슨 일이 있었는지 말씀해 보세요." 내가 이어 말했다. "내가 나갈 때 어르신은 마담 퐁텐과 함께……."

그는 돌연 눈물을 멈추었다. 그러고는 필사적으로 내 손을 꼭 쥐었다. "그 사람에 대해서는 말하지 말게." 그가 분노를 터트리며 버럭 소리를 질렀다. "자네가 맞았어, 데이빗. 그녀는 믿을 수 없는 여자네." 이 말이 입술을 통해 나오면서 그는 다시 변했다. 목소리가 떨렸다. 그는 자신의 난폭한 언어에 스스로 놀란 듯 보였다. "오, 내가 도대체 무슨 말을 하는 건가! 내가 그녀에 대해 이렇게 말할 권리가 어디 있나! 난 야만인이야. 최고의 여성을 욕하다니. 모두 내 잘못이네, 데이빗. 내가 미친 사람처럼 행동했어. 바보 같았지. 오, 젊은 친구! 이걸 믿겠나? 내가 청혼을 했지 뭔가!"

두말할 것 없이 나는 더 듣고 싶지 않았다. "어르신이 청혼해 주길 마담이 원했나요?" 내가 물었다.

"나는 그런다고 생각했네, 데이빗. 나는 이 기회를 잡는 게 현명할 것이라 믿었어. 마담이 나랑 협의하고 싶다고 했거든. 그녀가 말했네. '켈러 씨가 나한테 여기 머물면서 당신을 위해 집을 맡아 달라고 했어요. 아직 답을 하지 않았는데, 당신도 괜찮은지 알고 싶어서요.' 나는 그 말에 넘겨짚어 대답을 했네. 가정부 이상이 되어 달라고 말이야. 내 아내가 되어 달라고. 난 천성적으로 멍청한가 보이." 순진한 신사는 민망해하며 말했다. "현명한 짓을 해 보려고 할 때면 늘 실패를 하니. 처음에는 그녀가 나를 잘 참아 주었지. 그녀가 안 된다고 말했어. 마치 나와 공감하듯 그걸 사려 깊게 말했지. 그녀가 친절해서 나는 멍청이처럼 넘겨짚었지 뭔가. 어쩔 수 없었어, 데이빗. 난 그녀가 무척 좋았거든. 왜 나를 거절하느냐고 따져 물었어. 내가 제정신이 아니어서 그녀에게 선호하는 다른 남자가 있느냐고까지 물었네. 오, 그녀는 화가 나서 나에게 심한 말을 했다네! 그게 다가 아니야. 내가 그녀 앞에 무릎을 꿇으니, 그녀는 '일어나, 이 멍청이 영감아!'라고 소리쳤지. 그러고는 웃음을 터트리며 나가 버렸어. 나를 먼 곳으로 데려가 주게, 데이빗. 여기 머물면서 이것을 극복하기에는 난 너무 늙었네. 다시는 그녀를 볼 수가 없어. 이야기할 수도 없고. 나를 영국으로 데려가 주게. 그리고, 아, 켈러에게는 말하지 말게나!"

그는 다시 격하게 눈물을 쏟았다. 그가 말하는 것을 듣고 보는 것은 끔찍했다.

나는 뭔가 위로의 말을 찾으려고 애썼다. 내 머릿속에 표현이 떠오르기 전에 방문이 조심히 열렸다. 우리 앞에는 마담 퐁텐이 서 있었다. 무거운 눈꺼풀 아래 그녀의 눈은 은근히 비웃는 동정을 담아 엥걸먼 씨를 바라보았다. 가여운 노신사는 더 이상 그녀에게 쓸모가 없었다. 이제 그를 잘 대할 필요가 전혀 없었다!

"어르신이 스스로 비참해할 만한 일은 아닙니다." 그녀가 말했다. "제가 집을 나가는 게 도리지요. 그래서 그렇게 하겠습니다."

그녀는 대답을 기다리지 않고 문으로 돌아서서 우리를 떠났다.

22장

"제발, 어르신, 나를 보내 주세요!"

"절대 그럴 수 없소, 마담 퐁텐. 당신 자신에게는 떠나는 것이 정당한 일이지라도 나를 위해 남아 주시오."

이튿날 아침 내가 방문을 여니 미망인과 켈러 씨가 층계참에서 이 말들을 주고받고 있었다.

켈러 씨가 나에게 다가와 말했다.

"데이빗, 엥걸먼 씨가 사라진 것에 대해 아는 바 있는가?"

"사라져요?" 내가 되물었다. "어제 저녁에 같이 있었는데요. 그분 침실에서 밤 인사를 했습니다."

"아침에 하인들이 일어나기 전에 떠난 게 분명하이." 켈러 씨가 말했다. "이걸 읽어 보게."

켈러 씨는 연필로 뭔가 쓰여 있는 종이쪽지를 건네주었다.

"좋은 친구, 파트너, 인사도 없이 떠나는 나를 용서하게나. 어쩌면 아직은 자네가 사업을 떠맡기가 힘들 텐데, 자네에게 짐을 지우는 것 또한 미안하이. 나는 마음이 너무 심란하여 사무실에 있어 봐야 쓸모가 없을 거네. 이 글을 쓰는 동안에도 우둔한 내 머리는 불이 난 것처럼 뜨겁네. 그녀를 볼 낯이 없구먼. 자네를 볼 낯도 없고. 내가 정신 줄을 놓기 전에 떠나야만 하네. 나를 찾으려고 하지 말게나. 멀리서 변화를 주어 내가 회복되면 돌아옴세. 그렇지 않으면 내 나이, 내 정신 상태의 남자는 죽어도 좋으이. 마담 퐁텐에게는 내가 진심으로 용서를 구한다고 전해 주게. 잘 있게나. 신께서 자네를 축복하시길 빌겠네."

나는 진심으로 마음이 아팠다. 애틋한 엥걸먼 씨의 악의 없는 인생이 돌연 붕괴된 것에는 끔찍한 무언가가 있었다. 삶의 끝으로 빠르게 다가가는 순진한 노인을 잔혹하게 붙잡고 있는 사랑의 열정 속에는 잔인하고 충격적인 무언가가 있었다. 현실에는 이렇게 통탄할 특별한 상황의 실례가 무수히 많다. 하지만 우리가 직접 경험할 때면 언제나 당혹스럽다. 그리고 다른 사람이 경험한 것을 들으면 쉬이 의심하며 조롱한다.

마담 퐁텐은 품위 있게 처신했다. 그녀는 층계참 끝 창가에 앉아 실의에 빠진 몸짓으로 손을 꽉 움켜쥐었다.

"오!" 그녀가 말했다. "엥걸먼 씨가 다른 요청을 했었다면! 그를 위해 내가 다른 헌신을 할 수 있었다면! 맹세코 나는 그가 그러리라고는 꿈도 꾸지 못했어요. 아무리 조그만 거라도 오해의 소지를 주지 말았어야 했었어요. 여기서 우리가 함께 행복할 수 있었을 텐데. 켈러 씨와 엥걸먼 씨를 위해서라면 세상 끝까지 갈 수 있었는데. 나는 집안을 허물어뜨리는 불행한 인간이에요!"

켈러 씨는 깊이 감명을 받았다. 그는 창가 마담 옆에 앉았다.

"존경하는 부인," 그가 말했다. "이 문제는 절대 당신 잘못이 아니오. 비통한 파트너도 그렇게 느끼고 용서를 구하고 있으니까요. 탐문을 해서 그를 찾을 수 있다면 당장 시작합시다. 그동안 당신이 진정하면 좋겠소. 아마 엥걸먼이 잠시 떠나 있는 것이 현명한 일인지도 모르겠소. 그가 착각했던 것을 극복하면 모든 게 잘 될 거요."

나는 더 이상 듣지 않고 아래층으로 내려갔다. 솔직히 나는 엥걸먼 씨가 비록 뚱뚱하고 단순한 늙은이일지라도 심히 안쓰러운 마음이 들었다. 내 눈에 (여기에 다시 '애늙은이' 측면이 있다) 켈러 씨는 한쪽 끝에서 다른 쪽 끝으로 간 듯했다. 그는 과거의 부정을 되돌리려는 태도로 미망인을 대하기 시작하더니 지금은 터무니없이 편애하며 치켜세우고 있었다.

다음 며칠은 집 안이 차분했다. 어쩌면 행복인지도 몰랐다. 켈러 씨는 뮌헨의 누님에게 편지를 썼다. 아들의 결혼에 초대하며, 그녀가 편하게 결혼식에 참석할 수 있을 법한 가장 빠른 날을 언급했다. 마담 퐁텐은 살림살이를 반듯하게 관리했다.

프리츠와 미나는 서로 교제를 나누는 것에 푹 빠져 있었다. 새로운 한 주가 막 시작됐고, 엥걸먼 씨를 찾는 탐문은 아무런 결과가 없었다. 그때 나는 가출인의 소식이 담긴 편지를 한 통 받았다. 편지는 아무도 모르게 은밀히 전달되었다.

편지는 라인강 빙겐에 거주하는 엥걸먼 씨의 동생이 쓴 것이었다.

"형님의 요청으로 선생께 편지를 씁니다. 우리 부부는 형님이 쉬면서 위안을 얻도록 최선을 다하고 있습니다. 하지만 형님은 손수 편지를 쓸 만큼 아직 기력이 회복되지 않았습니다. 혹독한 시련을 맞았을 때 선생께서 진심으로 위로해 주신 것에 형님이 감사의 말씀을 전합니다. 형님은 선생의 친절에 의지하여, 켈러 씨가 잘 회복하고 있는지, 사업은 잘 되는지 종종 소식을 듣고 싶어 하십니다. 편지는 빙겐의 저에게 보내시면 됩니다. 형님이 어디 계신지는 선생께만 알려 드리니 제가 다른 말을 하기 전까지는 철저히 비밀로 해 주시면 고맙겠습니다. 현재 심리 상태로는, 질문이나 충고를 하거나 혹은 돌아오라고 요청하는 것은 형님에게 대단히 고통스러울 겁니다."

이 슬픈 소식이 다가 아니었다. 그날 주목할 만한 사건이 또 있었다. 내가 딱한 엥걸먼 씨를 생각하고 있는데, 프리츠가 손에 모자를 들고 사무실로 들어왔다.

"오늘 아침에 미나가 기분이 좋지 않아." 그가 말했다. "한

30분 정도 그녀를 데리고 쇼핑을 갈까 하는데, 너도 같이 갈 수 있어?"

나는 이 초대에 다소 의아해했다. "미나가 괜찮대?" 내가 물었다.

프리츠는 사무실에 다른 직원들이 대답을 듣지 못하도록 목소리를 낮추었다. "미나가 나를 보낸 거야." 그가 답했다. "어머니 때문에 불안한가 봐. 나는 도움이 안 돼서, 네 조언을 듣고 싶대."

내가 곧장 자리를 비울 수가 없어서 우리는 저녁 식사 후에 가는 걸로 미루었다. 식사를 하는 동안 미나뿐 아니라 그녀의 어머니도 풀이 죽어 있는 것을 나는 보았다. 나와 마찬가지로 켈러 씨와 프리츠도 변화를 감지했을 것이다. 우리는 모두 평소보다 조용했다. 얼마 후 두 연인들과 함께 북적거리는 거리로 나왔을 때 나는 안도감을 느꼈다.

미나가 입을 열기 위해서는 누군가가 먼저 도와주어야 할 것 같았다. 어쩔 수 없이 나는 그녀와 어머니를 괴롭히는 무슨 일이 있었는지 차분하게 물었다.

"내가 어떻게 말해야 할지 모르겠어요." 미나가 말했다. "나는 어머니가 대단히 불편해요."

"처음부터 시작해 봐요." 프리츠가 제안했다. "어제 당신이 어디를 갔고 무슨 일이 있었는지부터."

미나는 프리츠의 제안에 따랐다. "어제 나는 마마랑 우리 셋집에 갔어요." 그녀가 말문을 열었다. "우리가 켈러 씨 댁에 거주하는 게 확정되면 나가겠다고 통지를 했어요. 계약 기간이 거의 끝났거든요. 집에는 우리가 들고 나를 수 있는 몇 가지가 아직 남아 있었어요. 마마는 신중하게 모두에게 말했는데, 집주인이 그 방을 곧바로 다시 세 놓으면 좋겠다고 했어요. 그 선한 여자는 '내가 이미 세를 놓았는지도 모르겠군요, 마담.'이라고 대답했죠. 약간 이상한 대답이라고 생각지 않아요?"

"분명 설명이 필요해 보이는군요. 집주인 여자는 뭐라 하던가요?"

"나름 설명을 했지만 별 내용이 없었어." 프리츠가 끼어들었다. "그녀는 알 수 없는 낯선 사람과 이야기를 나눈 것 같아. 그 사람은 일찍이 마담 퐁텐이 그 세가를 나갈 것 같으냐고 물은 적이 있었는데, 그 사람이 어제 다시 와서 물은 거야. 나머지는 당신이 얘기해요, 미나."

나는 이미, 그녀가 말을 하기 전에, 엥걸먼 씨와 함께 언젠가 현관 계단에서 만났던 의문의 남자가 떠올랐다. 나는 그 남자가 그 집에 세를 놓을 거라는 말을 들었을 때 뭐라 말했는지 물었다.

"거기에 수상한 부분이 있어." 프리츠가 크게 말했다. "미나, 하나도 빠짐없이 자세히 말해 봐."

미나는 프리츠가 끼어드는 바람에 더 정신이 없는 것 같았다. 나는 프리츠에게 조용히 좀 하라고 사정하고 그녀가 놓쳐버린 이야기의 고리를 찾도록 도왔다.

"그 남자가 세가를 보자고 했나요?" 내가 말했다.

"아니요."

"그가 세가에 들어온다는 얘기를 했나요?"

"그는, 저녁때까지는 그 집을 아무도 가져가지 않았으면 좋겠다고 말했대요." 미나가 대답했다. "그러고는 마담 퐁텐이 프랑크푸르트를 떠났는지 물었대요. 집주인이 아니라고 하니까, 바로 이어 또 다른 질문을 했고요. 지금 마담 퐁텐이 프랑크푸르트 어느 지역에 거주하는지 알고 싶다고요."

"글쎄, 그 아둔한 집주인 여자가 집 주소를 알려 줬다는 거야." 프리츠가 다시 끼어들며 말했다.

"그러니까 그녀의 실수로 어떤 심각한 해를 당할까 봐 걱정돼요." 미나가 덧붙였다. "마마가 놀라면서 하얘지는 것을 보았거든요. 마마가 집주인 여자에게 '이 일이 생긴 지 얼마나 되었죠?'라고 물었고, 집주인은 '한 30분 쯤 됐소.'라고 대답했어요. '그가 떠날 때 어느 쪽으로 가던가요, 켈러 씨 댁 쪽인가요 아니면 다른 쪽인가요?' 집주인이 말했어요. '켈러 씨 댁 쪽이요.' 마마는 아무 말 없이 내 팔을 잡아끌었어요. '집에 갈 시간이다.' 마마가 말했죠. 그러고는 곧바로 집으로 돌아왔어요."

"물론 너무 늦게 집에 도착해서 그 남자를 만나지는 못했죠?"

"그래요, 데이빗. 하지만 그에 관해 들었어요. 마마가 조셉에게 우리가 나가 있는 동안 누가 왔었느냐고 물었어요. 조셉은 낯선 사람이 와서 마담 퐁텐이 집에 있느냐고 물었다고 했어요. 마담이 나갔다는 말을 듣고 그는 '편지를 쓰는 게 좋겠군. 마담이 그저 잠깐 동안만 여기 있죠, 그렇죠?'라고 물었대요. 순진한 조셉은 '아니, 아닙니다! 마담 퐁텐은 켈러 씨의 새 가정부입니다.'라고 대답했고요. '그래서?' 마마가 물었죠. '그래 그가 그 말을 듣고 뭐라 했나?' '아무 말 하지 않고 바로 떠났어요.'라고 조셉이 대답했고요.

"그게 어머니와 조셉이 나눈 대화 전분가요?"

"그게 전부예요." 미나가 답했다. "마마는 저랑 말도 붙이지 않아요. 위로가 될까 몇 마디 하려고 했는데, 예민하게 조용히 하라는 말만 들었어요. '편지를 써야겠다, 방해하지 마라.'고 마마는 말했어요."

"그 편지를 보았나요?"

"어, 아니요! 하지만 너무 초조하고 불안해서 마마가 주소를 쓸 때 어깨 너머로 얼핏 보았어요."

"주소가 뭐였는지 기억해요?"

"가까스로 마지막 낱말만 보았어요. '뷔르츠부르크'였어요."

"이제, 너도 우리가 아는 만큼 아는 거야." 프리츠가 입을 열었다. "어때, 데이빗? 무슨 조언을 줄 수 있어?"

내가 어떻게 조언할 수 있을까? 그저 속으로 나 혼자만의 결론은 내릴 수 있었다. 누군가가 마담 퐁텐의 행적을 감시하고 있었다. 어쩌면 그 낯선 사람은 현재 약정서를 가지고 있고 그래서 관심을 가졌을 수도 있다. 물론 두 친구 어느 쪽에게도 이런 견해를 말할 수는 없었다. 단지 나는 시간에 의지하여 진득하니 지켜보자고 제안할 수밖에 없었다. 미나 양은 그녀의 어머니가 먼저 그 화제를 다시 꺼내기까지 조심스럽게 침묵을 유지하는 게 좋겠다고.

어설프게 진중한 나의 권고는 당연히 젊은 청자의 취향에 맞지 않았다. 프리츠는 나한테 실망했다고 대놓고 토로했다. 미나는 살짝 고개를 돌리며 못마땅한 눈빛을 보였다. 미나는 재빠른 지각력으로 내 모습과 태도에서 내가 어떤 생각을 숨기고 있음을 감지했다. 나는 우편 마감 시간 전에 사무실에 돌아가야 해서 먼저 가겠다고 했다. 아무도 나를 잡지 않았다. 그날 저녁 나는 책상에서 물러나기 전에 엥걸먼 씨에게 편지를 썼다.

내가 아직 젊었던, 잊지 못할 이 시기를 되살려 보니, 엥걸먼 씨가 떠난 후로 우리 작은 집 안 곳곳에는 기묘하고 불길한 침울함이 퍼져 있던 것이 기억난다.

여태껏 우리를 하나로 묶었던 연민의 결속력이 기이하게 느슨해지고 풀어지는 듯했다. 우리는 서로 간에 완벽한 관계를 유지했었다. 하지만 우리들 사이의 신뢰는 은연중에 허물어지고 있었다. 이따금 나는 누군가를 믿는 게 고통스럽기까지 했다. 우리는 해로운 불신의 분위기에 휩싸였다. 마담 퐁텐이, 스스로 말하듯, 단순한 신경성 두통으로 계속 기분이 가라앉아 있다는 것을 켈러 씨는 미심쩍이 믿을 뿐이었다. 프리츠는 아버지가 아들이 무일푼 신부를 선택한 것에 흐뭇하다고 말한 것이 진심인지 의심하기 시작했다. 미나는 프리츠가 종종 평소보다 진지하고 과묵한 것을 보고, 그들이 힘든 시기에도 행복했을 때만큼이나 그가 변함없이 자기를 사랑하는지 자문하기 시작했다. 종합해 보자면, 마담 퐁텐은 나를 대해 의심하는 바가 있었고, 나 또한 그녀에 대해 (켈러 씨의 생명을 구하기는 했지만) 미심쩍은 바가 있었다.

어느 날 아침, 우리는 이 불신과 침체로 추락하던 상태에서 깨어났다. 바그너 부인이 기분 좋게 도착했다. 하녀와 가이드—그리고 잭 스트로와 함께.

23장

고모는 여건이 맞지 않아 여정의 말미에는 어쩔 수 없이 야간 역마차를 타고 프랑크푸르트까지 와야 했다. 그녀는 호텔에 머물 예정이었고, 그곳으로 향하던 길에 우리 집에 잠깐 들렀다. 잭처럼 덜떨어진 놈을 데리고 있었음에도 불구하고 파트너들의 환대를 무시하고 싶지 않았던 모양이었다. 그러나 켈러 씨는, 회사의 대표 파트너가 궁색하게 호텔에서 형식적인 환영 인사나 받는 것으로 격하되는 것은 들으려고조차 하지 않았다. 바그너 부인의 도착에 앞서 이미 사무실 옆에 위치한 저택의 한쪽 편은 송두리째 정리되었다. 즉각 짐들은 마차에서 내려졌고, 예의와 선한 우정의 규범에 따라 고모는 뜻을 굽혀야만 했다.

나는 앞서 강변에 있는 창고 한 곳을 다녀와야 했기 때문에 고모를 아직 뵙지 못하고 조셉에게서 위 내용을 들었다. 집에 돌아와 고모를 뵐 수 있느냐고 내가 묻자, 일곱 시간의 야간 여행에 지쳐서 휴식을 취하러 진즉 침실에 들었다고 알려 왔다.

“그럼 잭 스트로는 어디 있는가?” 내가 물었다.

“벌써 집안 규칙을 엉망으로 만들고 있습니다, 나리.” 조셉이 대답했다.

아래층에서 프리츠의 목소리가 울렸다.

“내려와 봐, 데이빗. 여기 볼 게 있어!”

나는 곧바로 하인들 가사실로 내려갔다. 거기서, 계단과 부엌 사이의 통로인 차가운 석조 복도 구석에 웅크리고 있는 잭을 보았다. 내가 베들럼에서 보았던 그 자세 그대로였다. 감옥과 족쇄와 짚은 빼고.

너무 이른 희끗희끗한 머리와 이상하게 누렇게 뜬 피부색이 아니라면 그를 몰라봤을지도 모른다. 그는 통통하고 행복해 보였다. 단춧구멍에 끼운 꽃 한 송이와 신발에 장미꽃 술, 그는 깔끔하게 적절히 차려 입고 있었다. 복장으로 보자면, 한마디로 여주인의 지시를 받는, 제복을 입은 시동으로 보였다.

“저기 있군!” 프리츠가 말했다. “고모가 일어나 그를 부를 때까지 저기에 있을 생각이지.”

“하녀들이 일하러 가는 길에 놀랍니다.” 조셉이 넌더리를 내며 덧붙였다. “부엌 불 옆에 편안하게 있을 수 있는데 차가운 구석 바닥에서 얼고 있으니!"

잭은 이 말을 들으며 빈정대듯 동조의 표정을 지었다. "말 한 번 잘했네, 조셉." 그가 소견을 밝혔다. "이리 와 봐. 할 말이 있는디, 저기 종이 보이나?" 잭은 복도의 벽을 따라 위쪽에 늘어선 종들을 가리키다 10이라 적힌 종을 지목했다. "저 종이 마님 침실의 종이라고 하더구먼." 그는 정신병원에서 고모를 처음 만났을 때 불렀던 호칭을 그대로 사용하며 말을 이었다. "아주 좋아, 조셉! 난 아무도 방해하고 싶지 않네. 하지만 이 집에서 누구도 저 종이 울리는 것을 나보다 빨리 볼 수는 없을 거여. 마님이 종을 울릴 때까지 나는 여기 있을 테니까. 종이 울리면 나는 사라질 거여. 마님의 침실 앞 매트로 옮겨 가서 마님이 나를 부를 때까지 기다릴 거네. 자, 가 보게. …… 덜떨어진 놈 하고는." 조셉이 물러나자 그가 말했다. "주여! 도대체 세상에는 저런 놈들이 얼마나 많습니까!"

프리츠가 웃음을 터트렸다.

"유감이지만 당신도 그중 하나야." 진지한 동정의 표정으로 그를 보며 잭이 말했다.

"나를 기억하는가?" 내가 물었다.

잭은 자기가 윗사람이라도 되는 양 고개를 끄덕였다. "아, 그럼. 마님이 자네하고 얘기를 했지. 자네 둘 다 알지. 자네는 데이빗이고, 저쪽은 프리츠. 맞제?"

"런던에서부터의 여행은 어땠는가?" 내가 다음 질문을 했다.

잭은 균형 잡힌 작은 팔다리를 쭉 뻗으며 하품을 했다. "오, 꽤 괜찮았어. 가이드와 하녀가 없었다면 더 나았겠지만. 가이드는 키가 큰 남자였어. 나는 키가 큰 사람은 별로거든. 내가 1미터 50정도 되니까, 가이드로는 딱이제. 내가 그 일을 다 했다면 마님은 돈을 아꼈을 텐디. 하녀도 키가 커. 손으로 하는 일이 더럽게 굼뜨드먼. 마님이 허락하신다면 내가 그 여자보다 마님의 머리를 훨씬 멋있게 할 수 있을 텐디. 사실, 나는 마님을 위해서라면 모든 일을 혼자 다 허고 싶거든. 내가 마님 주변에 유일한 종으로 남는다면 그보다 행복할 순 없겄지."

"아, 그렇지." 너그러이 잭에게 동조하며 프리츠가 말했다. "자네는 감사할 줄 아는 남자니까. 자네는 바그너 부인이 자네에게 베푼 일을 기억하는군."

"기억한다고?" 잭이 콧방귀를 뀌었다. "이봐, 좀 더 분별 있게 말할 수 없으면 차라리 입을 닥치시지." 그는 돌아서서 나에게 호소했다. "프리츠처럼 말하는 것을 들어 본 적이 있는가? 그는 마님이 베들럼에서 나를 데리고 나온 날을 기억하는 게 대단하다고 생각허는 모양이여!"

"아, 잭, 자네 인생에 대단한 날 아닌가, 그렇지?"

"대단한 날이라고? 오, 하느님 맙소사! 그날을 어떤 말로 설명해야 잘했다고 소문이 날까나?" 갑자기 옛 기억이 되살아나

들썩거리며 그는 두 발로 벌떡 일어섰다. “우리는 병원 출입문들을 지나 나오면서 태양과 딱 마주쳤어. 따뜻하고 황금빛인 찬연하고 아름다운 태양. 나는 태양이 주는 기쁨 속에 옴짝달싹 못하고 멍허니 응시하는 광기에 빠져 버렸제. 4만 마리의 마귀들이 (내가 숫자를 셌다, 알겄어!) 동시에 나를 기어 올라 오더구먼. 펄떡거리며 자극하는 지푸라기 색깔의 마귀 새끼들. 내 어깨에 앉고, 손을 간지럽히고, 머리카락을 흩트리고, 개떼처럼 한 소리로 울부짖더라고. ‘자, 잭! 우리는 니를 기다리고 있어. 족쇄는 풀렸고, 태양은 빛나지. 마님의 마차는 출입구에 있고…… 우리랑 같이 소리를 지르는 거여. 멋들어지게 찢어지는, 날카로운, 위협적인, 미친 함성!’ 나는 마차 아래 털썩 무릎을 꿇었어. 그러고는 마님의 드레스를 붙잡았제. ‘지를 보세요!’ 내가 말했어. ‘지는 폭발하지 않을 거여요. 죽는 한이 있어도 당신을 놀라게 허지 않을 겁니다. 마님의 눈동자로 지를 도와주세요! 지를 그저 바라보기만 해 주세요!’ 그러자 마님은 나를 마차 앞자리, 당신의 맞은편에 앉히시더구먼. 거리들을 지나 집에 도착할 때까지 마님은 나에게서 절대 눈을 떼지 않았지. ‘난 니를 믿어, 잭.’ 마님이 말했어. 나는 대답하려고 입술을 들썩이는 것조차 하지 않았어. 나는 말을 하지 않겠다고 작정을 했거든. 하! 하! 근데 만약에 니들 둘이 내 자리에 있었다면 난리를 쳤을 거여!” 잭은 이 두 사람이 그의 자리에 있었다면 말썽을 부렸을 거라는 자기만의 상상에 으쓱거리며 다시 구석에 앉았다.

"그래서 마님이 자네를 집에 데리고 와서 무엇을 했나?" 내가 물었다.

그는 돌연 기쁨을 잃어버렸다. 그러고는 한 손을 허공에 들고 앞뒤로 서서히 흔들었다.

"데이빗, 자네는 목소리가 너무 커." 그가 말했다. "그 부분은 조용히 말해야 허네. 그 모든 부분이 환상적이고, 애정이 넘치고 좋으니까. 방에는 천사들이 하프를 켜는 그림이 있었제. 내가 그걸 말할 때 하프를 든 천사가 도우믄 좋겄구먼. 저기 프리츠가 우리랑 같이 들어와서는 그곳을 침실이라 불렀어. 근디 내가 그것보다는 더 잘 알제. 거기는 천국이여. 나는 그 감옥과 어둠, 차가움, 족쇄와 짚을 생각했어. 그래서 나는 그곳을 천국이라 부르제. 니들이 뭐라 허든 상관없어. 마님은 내가 옳다고 말했으니까."

잭은 호사스런 자존감에 차 눈을 지그시 감고 자신만의 생각에 빠지는 듯했다. 프리츠는 무심코 잭에게 침실을 처음 보여 주었을 때 이야기를 해서 그를 깨웠다.

"우리 작은 친구는," 프리츠가 소리를 낮춰 시작했다. "새 방에 갔을 때 황당한 짓을 했어. 날이 추웠는데 불을 끄라고 고집을 피우더군. 그러고는 침구를 보더니……."

잭은 근엄하게 눈을 뜨고 이 지점에서 말을 끊었다.

"자네가 그것에 대해 말하는 것은 적절치가 않아." 그가 말했다. "나를 이해하는 사람 말고는 아무도 말할 수 없제. 데이빗, 자네는 실망하지 않을 거여. 나는 나를 아니까…… 내가 말하지. 자네는 내가 정신병원에서 어떤 곳에서 잠을 자고 살았는지 봤제, 그렇제?"

"봤지. 잭, 난 절대 잊지 못할 거야."

"자, 일단 내가 방을 하나 가졌다고 생각해 봐. 거기다가 괜찮다면 불을 더하고, 빛을 더하고, 침대를 더하고, 이불과 시트와 베개, 그리고 옷, 화려한 새 옷들을…… 나를 위해서 말이여! 근디 이것들이 순식간에 (베들럼을 나온 지 한 시간도 안 돼서) 쏟아진다고 생각을 해 봐, 그것도 기쁨의 탄성을 지르고 감정을 순화시키는 과정도 없이 말이여. 과연 어떤 남자가 그걸 감내할 수 있겠어? 없제, 없어. 나에게 자질이 있다면, 바로 깊은 상식일 거여. 나는 다시 마님 앞에 무릎을 꿇었제! '마님, 지에게 자비를 베풀어 이것들을 한 번에 하나씩 갖게 해 주십시오. 지 정신으로는 이것을 한꺼번에 소화시킬 수가 없습니다요!' 마님은 나를 이해했제. 우리는 불을 끄고…… 저기 부족한 양반 프리츠는 놀랐제. 베들럼의 추위만은 못했지만 나는 착하고 조용해졌어. 자네가 알고 싶다면, 그날 밤 침대는…… 하늘의 은혜로 내가 감내할 수 있을 때까지 이불과 시트와 베개는 없었제! 다음 날 아침에 반바지와 조끼, 외투를 입으려던 참이었어. 그때 내가 반바지를 입은 모습을 보았는디, 내가 할 수 있는 거라고는 신사의 목소리로 이렇게 지시를 내리는 정도였어. '다른 것들은 멀리 둬! 셔츠는 내일 입고, 조끼는 모레, 외투는—괴성을 지르지 않고 그것을 참고 볼 수 있다면—그 다음 날!' 하나씩 하는 거여, 데이빗, 알겄어. 매일 아침 마님은 당신이 마차에서 했던 말을 하면서 나를 도왔제. '나는 니를 믿어, 잭.' 이따 마님이 일어나시면, 나를 집으로 데려온 이후로 내가 한 번이라도 당신을 놀라게 한 적이 있었는지 여쭤봐." 그는 전혀 누그러지지 않고 분개하며 프리츠를 다시 보았다. "내가 새 방에 들어갔을 때 무엇을 했는지 이제 이해하겄어? 프리츠랑 일을 같이하는가, 데이빗? 그러믄 엄청난 관심이 필요할 거여. 이리로 와 보게…… 할 말이 있으니."

잭은 다시 일어나 진지한 모습으로 내 팔을 잡더니 몇 걸음 멀리 끌었다. 그렇다고 고모의 종이 보이지 않을 정도는 아니었다.

"내가 듣기로는," 그가 입을 열었다. "이곳의 이름이 프랑크푸르트라지, 맞나?"

"맞지!"

"런던처럼 여기도 사업체가 있다제?"

"그렇지."

"그러면 마님이 런던에서 마님이었던 것처럼 여기서도 마님이제?"

"그래."

"알겠네. 그럼, 궁금한 게 하나 있어. 열쇠는 어떤가?"

나는 이 마지막 질문이 무슨 뜻인지 몰라 어리둥절하며 그를 보았다. 그는 성급하게 발을 굴렀다.

"내가 런던 사무실에서 어떤 상황에 있었는지 듣지 못했다는 말이여, 데이빗?"

"전혀 못 들었네, 잭!"

그는 위엄 있게 똑바로 서서 팔짱을 끼고, 하늘을 찌르는 자기 우월성의 꼭대기에서 나를 내려다보았다.

"나는 런던에서 열쇠 간수장이었어!" 그가 선언했다. "그래서 내가 알고 싶은 것은…… 여기서도 내가 열쇠 간수인가?"

고모가—이 딱한 인간이 책임감을 갖도록 지혜로운 계획을 진행하면서—그에게 열쇠를 맡기고, 그가 보인 소소한 신뢰에 맞게 명예심을 갖게 해 준 것이 분명했다. 고모가 프랑크푸르트에서도 같은 방식으로 그의 기분을 좋게 할 수단을 찾을 거라는 데 의심의 여지가 없었다.

"종이 울릴 때까지 기다려 보게나." 내가 대답했다. "마님 방에서 열쇠들이 자네를 기다리고 있을지도 모르지."

잭은 즐거워하며 손을 비볐다. "바로 그거여!" 그가 말했다.

"종이 울리나 잘 보자구."

그가 구석으로 돌아가려고 몸을 돌릴 때 부엌 층계 위에서 마담 퐁텐의 음성이 들렸다. 그녀는 딸에게 말하고 있었다. 잭은 즉각 멈추고 계단 쪽을 보며 가만히 있었다.

"바그너 부인이랑 여기에 같이 왔던 사람은 어디 있지?" 마담 퐁텐이 물었다. "이상한 영국인 이름을 가진 남자 말이다. 그 사람이 쓸 방을 마련했는지 너는 아니?"

마담은 그렇게 말하면서 복도를 따라 놓여 있는 계단을 내려오다 잭 스트로를 발견했다. 일순간에 늘쩍지근하게 무심하던 그녀의 태도가 싹 사라졌다. 그녀는 축 처진 눈꺼풀 아래 눈을 둥그렇게 떴다. 너무 놀라서—어쩌면 공포로—돌이 되어 버린 여자처럼 꼼짝도 하지 않고 서 있었다.

"한스 그림!" 그녀가 혼자 하는 말을 나는 들었다. "하느님 맙소사! 여기에 어떻게 왔어?"

24장

거의 동시에 마담 퐁텐은 자제력을 되찾았다.

"정말 놀라지 않을 수 없군요." 그녀는 프리츠와 나에게 해명하며 말했다. "마지막으로 이 남자를 보았을 때 그는 뷔르츠부르크 대학에서 하인처럼 일했거든요. 어느 날 사라졌는데 아무도 어떻게 된 건지 몰랐어요. 그리고 여기 이 집에 일말의 예고도 없이 홀연히 다시 나타났네요."

나는 잭을 보았다. 그의 얼굴에는 짓궂은 만족의 미소가 어렸다. 마담 퐁텐이 깜짝 놀라는 것을 그는 분명 즐기고 있었다. 미나가 다가와 그에게 말을 하려고 하자 그의 표정은 순간 더 나아졌다.

"나를 기억해, 한스?" 미나가 말했다.

"오, 그럼요, 아가씨. 기억하다마다요. 아가씨는 착한 사람이지요. 아가씨 파파도 돌보고. 그분도 선한 분이시고, 그 고약한 약병을 지 손에 맡길 때만 빼고는. 허지만, 어, 지를 대학에서 불렀던 이름으로 불러서는 안 됩니다요. 그때 지는 독일인이었지만, 지금은 영국인입니다. 지한테는 모든 국가가 고만고만허지요. 그러나 지는 지 이름에 민감합니다요. 이건 마님이 지를 부르는 이름이니까. 절대 다른 이름을 갖지 않을 겁니다. 괜찮으시다면, '잭 스트로'입죠. 이게 지 이름이고, 지는 이 이름을 자랑스럽게 생각합니다. 맙소사! 아가씨는 도대체 왜 이렇게 작고 추레한 모자를 머리에 쓰고 있는가요? 지가 당장 더 멋진 것을 하나 만들어 드리것습니다." 잭은 별안간 미심쩍은 태도를 취하며 마담 퐁텐을 향했다.

"내가 대학을 떠난 것에 대해 방금 당신이 말한 방식이 맘에 안 드는군요. 내가 원하면 나는 떠날 권리가 있었죠, 그렇지 않았나요?"

"오, 그럼, 한스."

"한스가 아니라고! 내가 방금 한 말을 듣지 않았소? 잭이라고 불러요."

그녀는 금세 유순한 태도를 취하며 말했다. 나는 그 유순함에 약간 놀랐다.

"내가 대학에서 훔친 게 있소?" 잭이 계속했다.

"내가 아는 바로는 아니야."

"그렇다면 다음에는 좀 더 정중하게 말하슈. 말하자면, '잭

씨는 자신의 결정권을 행사하여 대학에서 물러났다.'" 그는 진중한 자세로 이 문구를 언급하고 나를 향해 말했다. "자네는 여기에서 (그는 뺨을 만졌다) 그리고 여기서 (머리를 만졌다) 자네 색깔을 잃었다고 가정해 봐, 그리고 그게 대학에서 일어났다고 가정해 봐, 자네 같으면 (까치발로 서서 내 귀에 다음 말을 속삭였다) 그래도 거기에 그냥 있으면서 다시 중독이 되겄어? 아니제!" 그가 다시 한번 목소리를 높이며 소리쳤다. "자네도 나처럼 멀리 떠났을 거여. 독일에서 프랑스로, 프랑스에서 영국으로, 그리고 그렇게 런던으로, 폐하의 말발굽 아래로, 베들럼으로, 그리고 마님에게로. 아이쿠, 이를 어째, 종을 깜빡했네! 모두들 잘 가슈. 나는 종이 울릴 때까지 내 구석을 지키게 내버려 두시고."

마담 퐁텐은 정이 담긴 눈빛으로 흘긋 나를 보고 그녀의 구슬 목걸이를 만졌다.

"내 응접실로 와, 잭." 그녀가 말했다. "먹고 마실 것을 줄게. 뷔르츠부르크를 떠난 후로 어떻게 살았는지 얘기해 주렴."

그녀는 달콤한 미소로 호의를 베풀며 지극히 환심을 사는 어투로 말했다. 나는 다른 사람을 쉽게 의심하는 못마땅한 내 성향이 또다시 들썩거리는 것을 느꼈다. 여하튼 나는 미망인이 잭과 화해하려고 상당히 조바심을 낸다고 생각했다. 그렇지만 그는, 마음을 끌려는 그녀의 어떤 시도에도 틈을 주지 않았다.

그는 완강히 고개를 저으며 종을 가리켰다. 우리는 그 이상한 작은 남자를 구석에 남겨 둔 채 각기 다른 방향으로 흩어졌다.

오후에는 고모가 나를 보자고 불렀다.

잭은 자기 초소를 지키고 있었다. 초소는 마님 침실 밖 층계참의 큰 빈 벽장에 설치된 것이었다. 잭은 미나에게 약속한 새 밀짚모자의 골격을 짜느라 벌써부터 손가락을 바삐 움직이고 있었다.

"좋아, 데이빗!" 그는 전에 없이 관대하게 선심을 쓰듯 말했다. "마님이 잠을 푹 주무셨고, 아침 식사도 족히 드셔서 아주 좋아 보이시네. 들어가 보시게…… 어여 들어가!"

고모는 다소 지쳐 보이고 전에 뵈었을 때보다 확연히 홀쭉하다고 나는 내심 생각했다. 하지만 이런 것들은 하찮은 것들이었다. 마담 퐁텐의 음흉한 품위와 게슴츠레한 눈에 익숙해 가던 차에 친애하는 영국인 고모의 동그랗게 뜬 선명한 회색빛 눈과 나긋이 활동적인 모습을 다시 보면서 내가 느꼈던 안도감과 기쁨을 묘사하기란 쉽지 않다.

"데이빗," 처음 인사가 끝나자 고모가 말문을 열었다. "잭 스트로에 대해 어떻게 생각하니? 사랑하는 내 남편이 맞았지? 내가 그것을 잘 증명하지 않았어?"

나는 베들럼 방문의 결과에 대해 진심으로 고모를 축하할 수 있었고, 축하했다.

"자, 그럼, 여기 사람들에 대해 말하자면," 고모가 계속했다. "프리츠의 아버지는 프리츠 결혼에 대해 생각을 완전히 바꾸었더구나. 그게 어떻게 된 거냐고 물으니 마담 퐁텐이 켈러 씨의 생명을 구하면서 가장 훌륭한 양식으로 모든 것을 바로 놓았다고 하더라. 그게 사실이야?"

"사실이에요. 고모는 마담 퐁텐을 어떻게 생각하세요?"

"내일이나 모레쯤 물어보렴, 데이빗. 아직은 여행으로 머리가 멍하구나…… 아직 확신이 없어."

"미나는 보셨어요?"

"보았다. 키스도 했고. 마음에 꼭 드는 소녀더라. 부산스런 우리 친구 프리츠가 세상에서 가장 운이 좋은 젊은이 같아 보이더라."

"미나가 결혼하지 않는다면," 내가 제안했다. "고모가 원하는 젊은 여성 직원으로 일을 할 수도 있을 거예요. 그렇지 않나요?"

고모가 웃었다. "내가 그 애를 봤을 때 했던 생각이 바로 그거다. 하지만 내가 원하는 젊은 여성 직원에 대해 네가 놀려서는 안 돼. 나는 여기 사무실에 유익한 변화를 가져오려고 굳건히 마음을 굳혔으니까. 하지만 최근에 켈러 씨가 아프고, 또 우리가 그 안건에 대해 서로 충돌이 있어서, 상대방을 고려하면서 행동할 생각이다. 켈러 씨가 완전히 회복될 때까지는 그 문제를 들썩이지 않을 거다. 그동안에, 내가 런던 사무실에서 멀리 있을 동안 내 자리를 대신할 누군가를 찾아야 하는데, 지금은 하트리 씨가 관리하고 있고, 그것을 처리할 능력도 충분히 있지. 하지만, 너도 알다시피, 우리 훌륭한 사무장에게는 구시대적 편견이 있단다. 아울러 파트너 한 사람은 항상 지휘를 해야 한다는 엄격한 규정이 있고. 그래서 하트리는 (켈러 씨가 여행을 감내할 만큼 건강하지 않다면) 엥걸먼 씨를 런던으로 보내라고 요청하더구나. 엥걸먼 씨는 어디 있지? 어째서 나는 그에 대해서 듣지도 보지도 못한 거지?"

그건 대답하기가 조심스럽고 어려운 질문이었다—적어도 내 생각에는. 가엾은 노신사의 슬픈 비밀을 지켜야 하는 이유는 별로 없었다. 켈러 씨뿐 아니라 프리츠와 미나에게도 이미 알려진 사실이었다. 그럼에도 나는 엥걸먼 씨에게 떨어진 재앙을 밝히는 첫 번째 사람이 되고 싶지는 않았다. 극복하기 힘든 망설임이 있었다.

"엥걸먼 씨의 건강과 정신이 별로 좋지 않아요." 내가 말했다. "약간 쉬면서 변화를 주려고 멀리 떠났어요."

고모는 깜짝 놀란 듯했다.

"파트너가 둘 다 아프다고!" 고모가 탄식했다. "내가 결혼했을 때 즈음의 엥걸먼 씨가 기억나네. 평생 하루도 아픈 적이 없었다고 자랑하곤 했었지. 현명한 사람은 아닐지라도…… 대부분의 사람들이 아는 것보다 훨씬 더 진솔하고 감성적인 분이셨어. 나이가 들수록 뚱뚱해지겠노라고 큰소리치곤 했었는데, 그렇게 되었을까? 무슨 문제가 있지?"

나는 주저했다. 고모는 나를 날카롭게 쳐다보다 내가 뭐라 말할지 결정하기 전에 다른 질문을 던졌다.

"뭐가 문제인지 말할 수 없다면 그가 어디에 있는지라도 말해 줄래? 내가 편지라도 쓰게."

나는 다시 주저했다. 엥걸먼 씨의 주소는 아무도 모르게 나에게만 전달되었고, 나는 그 바람을 존중해야 했다. "죄송하지만 그 질문에도 답을 할 수가 없습니다." 나는 어정쩡하게 대답했다.

"젠장!" 고모가 소리쳤다. "이 비밀스러움이 도대체 무슨 뜻이야? 엥걸먼 씨가 결투를 해서 어떤 남자를 죽이기라도 했어? 아니면 오페라 댄서하고 도망이라도 간 거야? 그것도 아니면 사업 이익금을 몽땅 도박판에서 날려 버린 거야? 아니, 도대체 무슨 일이야?" 고모가 이 실태에 마구잡이로 추측을 쏟아 놓을 때 밖에서 누군가가 문을 조용히 노크했고, 이어 목소리가 들렸다. 미나가 메시지를 가지고 방으로 들어왔다.

"마마가 몇 시에 식사를 하실 건지 여쭤보라고 했어요, 바그너 부인."

"얘야, 나는 네 어머니 뜻에 따르도록 하마. 방금 아침을 먹었으니 저녁 식사까지는 한참 더 기다릴 수 있을 게다. 잠깐만! 여기 내 조카가 엥걸먼 씨가 프랑크푸르트에 없는 걸 미스터리로 만들어 내 인내심을 극단으로 몰아가는구나. 내가 너에게 묻는다면 너무 경솔한…… 세상에 여자애가 벌게지는 것 좀 봐! 미나 양, 너도 확실히 비밀을 알고 있구나. 그게 오페라 댄서야? 데이빗, 나가 보렴."

이렇게 되자 미나는 자못 견딜 수 없게 되었다. 그녀는 호소하듯 나를 보았다. 마침내 나는 내가 처음에 했어야 했던 일을 했다—꾸밈없이 털어놓았다.

"사실은, 고모, 가여운 엥걸먼 씨는 마음에 슬픈 상처를 받고 비탄에 빠져 잠시 우리를 떠났어요. 그분이 마담 퐁텐을 사모하면서 시작됐다가, 청혼으로 끝이 났어요."

"마마는 정말 진심으로 그분께 죄송하시대요." 미나가 덧붙였다. "하지만, 당연히, 거절하는 것 말고는 다른 선택이 없었답니다."

"분명히 말하지만, 얘야, 나는 이 문제에서 뭐가 '당연'한 건지 모르겠구나." 고모가 날카롭게 대꾸했다.

미나가 충격을 받았다. "오, 바그너 부인! 엥걸먼 어르신은 마마보다 스무 살이나 많아요. 그리고 (분명 그분은 가여워 보여요. 불행한 분)…… 그리고, 너무 뚱뚱해요!"

"뚱뚱함은 취향의 문제지." 고모가 더욱더 결연히 엥걸먼 씨의 편을 들며 지적했다. "게다가 네 어머니보다 스무 살 많은 것은, 어린 아가씨, 내가 알려 주마, 내가 결혼했을 때 사랑스런 나의 남편은 나보다 스무 살이 많았단다. 그래도 우리는 어떤 부부보다 행복했지. 나는 네가 세상을 아는 것보다 훨씬 더 잘 안다. 그래서 나는 마담 퐁텐이 큰 실수를 했다고 말하는 거다. 그녀는 삶의 훌륭한 자리를 박차 버렸고, 세상에서 가장 자상한 마음씨를 가진 남자에게 모욕을 주고 고통을 주었어. 아니! 아니다! 지금 너랑 이 문제로 논쟁을 벌일 필요가 없겠다. 네가 프리츠와 결혼할 때까지 기다리도록 하마. 하지만 네 어머니랑 얘기를 나누어야만 할 것 같구나. 어머니한테 가서 한가할 때 이곳으로 잠깐 오시라고 말씀드려라."

미나는 이를 고압적인 조처라고 생각하는 듯했다. 그래서 나름 점잖게 반항을 했다.

"마마는 감수성이 강한 분이에요." 그녀가 기품 있게 시작했다.

고모는 그녀의 뺨을 톡 치며 멈추게 했다.

"착한 아이로구나! 네 어머니의 편을 드는 모습이 마음에 든다. 마마에게는 또 다른 장점이 있단다, 아이야. 나이가 있으니 너보다는 나를 더 잘 이해하지. 어서 가서 모시고 오렴."

미나는 예쁜 조그만 머리를 허공에 높이 쳐들고 나갔다. "바그너 부인은 정이라곤 전혀 없는 사람이야!" 내가 그녀를 위해 문을 열자, 그녀는 내 옆을 지나가며 성마르게 속삭였다.

“내 분명히 말하지만, 저 소녀는 완전무결하구나!” 고모가 흥분하며 외쳤다. “나는 저 아이가 기백이 부족하다고 생각했었다. 근데 지금 보니 그걸 가졌어. 아, 쟤가 프리츠를 떠맡으면 그로 하여금 뭔가를 이루게 할 게다. 프리츠는 꼭 와이프 손에 잡혀 살 필요가 있는 남자들 중 하나니까. 내가 자신 있게 예언하건대 그들은 행복한 결혼 생활을 할 거다.”

“저도 믿어 의심치 않아요, 고모. 근데 말이에요, 마담 퐁텐에게는 뭐라 말하실 거예요?”

“상황에 따라 다르지. 먼저 엥걸먼 씨가 졸린 듯한 눈으로 얍삽하게 처신하는 여자에게 정말 마음을 두고 있었는지 알아야겠지. 네가 그걸 보증할 수 있니?”

“네, 그럼요. 그녀의 거절로 엥걸먼 씨는 폭석 무너졌어요.”

“잘 알겠다. 그렇다면 마담 퐁텐에게 결혼하라고 할 생각이다. 그의 길에 다른 남자가 없다는 가정 하에 말이다.”

“존경하는 고모, 놀라운 말씀이네요! 마담 퐁텐의 나이에! 장성한 딸도 있는데요!”

“사랑하는 조카야, 너는 여자에 대해 아는 게 하나도 없구나. 연수로 따지자면 여자들이 늙어 가는 걸 인정하마. 감각으로 따지자면 여자들은 죽는 날까지 젊음을 유지하지. 내 충고의 말을 새겨들으렴. 머리가 희끗희끗해지는 것을 증거로 보면 반박의 여지가 없어 보이겠지. 자식들이 성장해 가는 것을 증거로 보면 반박의 여지가 없어 보일 수 있어. 하나 그걸 믿어서는 안 돼! 여자가 남자를 단호히 거절했다고 네가 말할 수 있는 시점이 평생에 딱 한 번 있단다. 그 시간이 오면 여자는 관 속으로 들어간다. 쉿! 밖에 뭐지? 이 집에서 실크 드레스의 부스럭거림과 계단을 조용히 움직이는 발걸음 소리가 나면 그게 무얼 의미하는지 나는 알지. 나가 봐라!"

고모가 맞았다. 내가 방을 나가려고 일어서던 차에 마담 퐁텐이 들어왔다.

마담은 딸의 불쾌함을 전혀 보이지 않았다. 그녀는 상냥하고 끈기가 있었다. 그녀는 서글픈 미소로 바그너 부인에게 인사했다. 그 미소는, '나의 깊은 헌신의 감정을 한번 모욕해 보시오, 부인. 그건 전적으로 당신에게 달린 거니까.'라고 말하는 듯했다. 설령 고모가 자기주장을 관철할 수 있는 가능성이 약간이라도 있다고 내가 믿었다 해도, 엥걸먼 씨의 미래에 대해 낙관하기는 어렵다고 생각했을 것이다. 그렇게, 나는 두 부인을 열매 없는 면담에 남겨 두고 침착하게 업무로 돌아갔다.

25장

저녁 식사가 준비되었다고 알려 오자, 나는 고모를 우리가 식사하는 방으로 안내하려고 다시 위층으로 올라갔다.

"잘 됐어요?" 내가 물었다.

"잘 됐지." 고모는 태연히 대답했다. "마담 퐁텐이 다시 고려해 보겠다고 약속했다."

나는 솔직히 휘청했다. 어떤 가능한 동기로 미망인이 관심을 갖게 된 걸까? 그녀에게는 이제 엥걸먼 씨의 수동적인 도움조차도 쓸모가 없었다. 그녀는 켈러 씨의 신뢰를 얻었고 딸의 결혼은 확정되었다. 그 집에서 일을 하게 되면서 후한 급료와 존경받는 자리, 편안한 집을 제공받았다. 어째서 그녀는 남자에 관해, 그 제안을 받아들이는 것에 털끝만큼도 관심이 없으면서 그와의 결혼을 재고해 보겠다고 동의했을까? 나는 고모가 옳다고, 나는 여자에 대해 아는 게 정말 하나도 없다고 생각하기 시작했다.

식사를 하는 동안 마담 퐁텐과 미나는 평소와 달리 말이 없었다. 숨김이 없는 미나는 어찌 되었든 어머니가 양보했다는 사실을 알게 되었고 그 발표가 불편하게 놀라웠음을 감출 수 없었다. 그러나 고모 덕분에, 그리고 그 충성스런 수행원 덕분에, 식탁에서는 다른 즐거움이 필요하지 않았다.

잭은 초대를 기다리지 않고 우리를 따라 방으로 들어왔다. 조셉은 넌더리를 냈지만, 그는 바그너 부인 의자 뒤편에 자리를 잡았다.

"나 말고는 누구도 마님의 식탁 시중을 들 수 없다." 그가 해명했다. "때때로 마님은 어깨 너머로 먹을 거나 마실 거를 줍니다. 마실 거는 아주 약간…… 한 모금이면 충분합죠. 나는 나 자신에게 한 모금만 허락합니다. 허, 나는 어떻게 처신해야 하는지 압니다. 내 머리에는 포도주 상인의 욕정 같은 것은 전혀 없습죠. 베들럼에서 다시 도망 나오는 일 따위는 없어요. 마음을 놓으셔도 됩니다요. 나보다 냉정한 두뇌를 가진 사람은 여기 없으니까." 이에 프리츠는 박장대소를 터트렸다. 흔들림 없는 진중함으로 잭은 프리츠의 아버지에게 호소했다. "당신의 아들이죠, 어르신, 맞죠? 아하! 이 젊은이에게는 향상시킬 부분이 많다는 게 얼마나 큰 축복입니까. 한마디만 하겠습니다요. 지가 아들이 하나 있어 고생을 해야 한다면, 지는 데이빗을 선호할 겁니다."

잭이 별난 방식으로 주장을 펼치고 프리츠와 내가 짓궂게 그를 자극해 비슷한 소동이 일어났어도 마담 퐁텐은 전혀 흥미를 느끼지 못했다. 한번은 그녀가 정신을 차리고 켈러 씨에게 뮌헨의 누님으로부터 서신이 왔느냐고 물었다. 아직 소식이 없다고 하자 그녀는 다시 과묵해졌다. 켈러 씨와 고모가 정중하게 뭐가 잘못되었느냐고 묻자, 그녀는 신경성 두통이라는 예전 변명을 되살려 냈다.

다음 날 아침, 편지들이 배달되었다. 그중 두 개는 통상적인 업무와 관련된 것이 아니었다. (빙겐 소인이 찍힌) 하나는 나에게 온 것이고, (뷔르츠부르크 소인이 찍힌) 다른 하나는 마담 퐁텐에게 온 것이었다. 나는 곧바로 그것을 그녀가 있는 위층으로 올려 보냈다.

내 편지를 어니 가여운 엥걸먼 씨에 대한 슬픈 소식이 있었다. 변화를 주고 시간이 지나도 그의 정신은 나아지지 않았다. 머릿속이 가득 차고 눌리는 느낌과 귀에서 휘익거리는 소음이 끊임없이 그를 괴롭힌다고 불평했다. 그는 두 차례에 걸쳐 부항단지로 피를 빨아냈지만 그 처방은 단지 일시적인 위안만 줄 뿐이었다. 의사는 식이 요법에 각별히 신경을 쓰고 규칙적으로 운동을 하도록 권고했고, 그는 식탁에서는 기꺼이 가혹한 규정을 따랐지만, 어떤 식으로든 힘을 쓰는 일에는 노력하지 않았다. 여러 시간 동안 그는 아무도 알아보지 못하고 그저 어서 빨리 침대에 들 생각만 하며 비몽사몽 상태로 한 곳에 말없이 앉아 있곤 했다.

실상을 묘사하는 이 진술은 대단히 침통한 상황에 대비하라는 듯 보였다. 나는 더 이상 망설이지 않고 부재중인 파트너에 대한 소식을 켈러 씨에게 알리고, 편지를 그의 손에 놓았다.

그들 사이에 있었던 소소한 불화가 무엇이었던지 간에 그것은 일순간에 잊혀졌다. 켈러 씨가 그렇게 자신을 주체하지 못하고 비통해하는 것을 일찍이 나는 본 적이 없었다.

"나는 당장 엥걸먼에게 가야겠네." 그가 말했다.

그가 그렇게 하는 것에는 두 개의 중대한 애로점이 있다고 나는 조심스럽게 말했다. 먼저는 그가 사무실 자리를 지키는 것이 절대적으로 필요하고, 둘째로 그가 갑자기 빙겐에 나타나면 연로한 친구에게 심각하고 치명적인 충격이 될 수도 있을 것이라고 했다.

"그럼 어떻게 해야 할까?" 그가 한탄했다.

"제 생각엔, 어쩌면 고모가 이 위급한 상황에 도움을 줄 수 있을 겁니다."

"자네 고모? 어떻게 우리를 돕는단 말인가?"

나는 고모의 계획을 그에게 알렸다. 그리고 마담 퐁텐이 단호하게 아니라고는 말하지 않았다고 덧붙였다. 그는 눈살을 찌푸렸다. 그리고 머리를 흔들며 확신 없이 내 말을 들었다.

"바그너 부인은 매우 성미가 급한 사람이야." 그가 말했다. "마담 퐁텐처럼 복잡한 심성을 이해하지 못하지."

"어쨌든 고모에게 빙겐에서 온 편지를 보여 드릴 수는 있겠죠, 어르신?"

"그래. 득이 안 되더라도 해는 없겠지."

나는 고모 방으로 가다가 층계에서 미나와 마주쳤다. 그녀는 울고 있었다. 나는 응당히 무슨 일인지 물었다.

"나를 잡지 말아요!"가 내가 들은 유일한 답이었다.

"하지만 미나, 어디를 가는 거요?"

"프리츠한테 가서 위로를 받을 거예요."

"누가 당신을 함부로 대했나요?"

"예, 그래요. 마마가 함부로 대했어요. 내 평생 처음으로," 이 미성숙한 소녀는 깊은 상처를 느끼며 말했다. "마마가 방문을 잠그고 나를 들어오지 못하게 해요."

"왜 그러시죠?"

"내가 어떻게 알겠어요? 내가 당신한테 말했던 그 무섭게 생긴 남자와 관계된 것 같아요. 오늘 아침에 당신이 위층으로 편지를 들려 보냈잖아요. 내가 층계참에서 조셉을 만나 그 편지를 직접 가지고 갔어요. 내가 왜 그 소인을 보지 못했을까요? '마마, 뷔르츠부르크에서 온 편지예요?'라고 물은 게 큰 잘못일까요? 마마는 내가 지독하게 감정을 상하게 한 것처럼 나를 노려보았어요. 그러고는 손가락으로 문을 가리키더니, 나를 내보내고 문을 잠갔죠. 나는 두 번이나 문을 두드리며 용서해 달라고 사정했지만, 두 번 다, 한 마디 대꾸도 없었어요! 나는 수모를 당했다고 생각해요. 프리츠에게로 갈래요."

나는 그녀를 붙잡으려고 하지 않았다. 그녀는 내가 가지고 있던 의심을 다시 들썩이게 했다.

내가 위층으로 들려 보낸 편지는 미나가 어머니가 쓰는 것을 보았다고 했던 그 편지의 회신일까? 마담 퐁텐은 이제, 빚쟁이들에게 갚으라고 돈을 빌려준 노쇠한 구애자가 침대에서 죽은 채 발견되었다는 사실을 알게 된 걸까? 그리고 약정서는 법적 상속인에게 전달되었다는 것도? 만약 이 수수께끼를 이렇게 해석하는 게 맞는다면 그녀가 딸을 방 밖으로 쫓아낼 수밖에 없었을 것이다. 그리고 문을 잠글 수밖에!

고모는 엥걸먼 씨의 건강 상태를 알고 근심과 슬픔을 표현하며 시간을 낭비하지 않았다. "당장 미망인을 오라고 해라." 그녀가 말했다. "그녀의 화려한 실크 드레스 안에 진실한 마음이 손톱만큼이라도 있다면, 나는 오늘 밤 우편으로 가여운 엥걸먼에게 편지를 보내 위로해 줄 것이다."

내가 마담 퐁텐에 대해 아무리 좋게 말한다 해도, 그리고 설령 그게 고모에게라 할지라도, 그녀에 대해 내가 추측하는 바를 털어놓는 것은 더할 나위 없이 경솔한 행동이었을 것이다. 나는 단지 마담 퐁텐이 몸이 좋지 않아 (미나에게 들은 대로) 자기 방으로 물러나 문을 닫고 있다고 말할 수밖에 없었다.

의지가 강한 이 작은 여인은 즉각 벌떡 일어섰다. "그녀가 있는 곳으로 안내해라, 데이빗, 나머지는 나한테 맡겨 두고."

나는 고모를 마담 퐁텐의 침실로 안내했고, 이 말을 들으며 풀려났다. "내가 돌아올 때까지 내 방에서 기다려라."

돌아서면서 나는 맵시 있게 문을 두드리는 소리와 고모가 자신이 밖에 있음을 알리는 음성을 들었다. "바그너 부인입니다, 마담. 진지하게 나눌 이야기가 있어서요."

대답은 들을 수가 없었다. 그에 대한 고모의 답변도 마찬가지였다. "오, 알겠어요. 그럼 이 편지를 읽어 봐요. 문 밑으로 밀어 넣고 회신을 기다릴게요."

나는 1분 정도 머뭇거렸다. 문이 열리고 다시 닫히는 소리가 들렸다.

반 시간 정도 지나고 고모가 돌아왔다. 고모는 심각하니 생각이 깊어 보였다. 나는 얼핏 실패했다는 말을 예상했었다. 그러나 그녀의 첫 마디에 내가 틀렸음이 확인되었다.

"내가 해냈지." 고모가 말했다. "오늘 저녁에 엥걸먼 씨에게 편지를 써야겠다. 그녀가 성급한 결정을 내린 것을 후회한다고 전해도 된다는 허락을 받았다. 내가 어떻게 전달해야 되느냐고 물었더니, 자기의 말과 마음을 전하라고!"

"그럼 그녀의 화려한 실크 드레스 안에 진실한 마음이 있는 거죠?" 내가 물었다.

고모는 말없이 인상을 찌푸리며 방을 위아래로 오갔다. 나에게 불만이 있는지 아니면 스스로에게 불만이 있는지, 어느 쪽이라고 딱 잘라 말할 수는 없었다. 불현듯 고모는 내 옆에 앉아 날렵하게 어깨를 톡 쳤다.

"데이빗!" 고모가 말했다. "나는 나한테서 전에는 추호도 의심해 보지 못했던 면모를 찾았다. 혹시 네가 냉혈 인간을 보고 싶다면, 나를 봐라!"

너무나 진지하게 들리고 또 너무나 완벽하게 터무니없어 나는 크게 웃었다. 고모는 자신에 대해 말도 못하게 당황한 나머지 내가 요란스러운 것에는 조금도 개의치 않았다.

"사실 내가," 그녀가 다시 말했다. "엥걸먼 씨한테 편지 쓰는 것을 망설인다는 걸 아니? 데이빗, 나는 짐수레 뒤에서 채찍질을 당해도 싸다. 난 마담 퐁텐을 믿지 않아."

고모가 불쑥 고백한 것에 내가 얼마나 구미가 당겼는지 고모는 알지 못했다. "왜 그런지 말해 보세요!" 내가 흥분하며 말했다.

"그게 바로 수치스런 부분이야." 고모가 대꾸했다. "나도 왜 그런지 말할 수가 없어. 마담 퐁텐은 호감이 가게 말을 하지,

완벽한 스타일과 감정으로. 그런데 불신의 어떤 사악한 기운이 끊임없이 나에게 소곤대거든. '그녀를 믿지 마라! 그녀는 꿍꿍이속이 있다!' 그녀가 단지 약간 아파서 문을 닫고 방에 있었던 게 확실하니, 데이빗? 너무 창백하고 지쳐 보여 오싹하던데. 무슨 일이 있는지 아니? 엥걸먼은 부자야. 엥걸먼은 사회적 지위도 있고. 마담이 그를 거절하고 어떤 어려움에 처한 걸까? 그녀가 그것으로부터 벗어나는 데 그가 어떤 식으로든 도움을 줄 수 있지 않을까?"

나는 고모가 이 질문들을 하기 전에 고모가 내놓은 아이디어에 대해 한 번도 생각해 본 적이 없었다고 엄숙히 고백한다. 거절당한 구혼자로서 엥걸먼 씨는 마담 퐁텐에게 도무지 쓸모가 없었을 것이다. 하지만 가정해 보자, 그가 인정받은 남편이라면? 미나가 결혼식을 하기 전에 약정서의 만기가 닥친다면? 그럴 경우 엥걸먼 씨는 당연히 쓸모가 있게 될 것이다. 그가 돈을 빌려줄 수도 있을 테니까.

날카로운 고모의 눈빛이 나에게 닿았다. "털어놔라, 데이빗!" 그녀가 소리쳤다. "너도 그녀를 믿지 않잖아…… 그리고 왜 그런지 너는 알잖아."

"저는 전혀 아는 바가 없습니다. 그저 암흑 속에서 추측할 뿐이지요. 이 일로 인해 제가 완전히 잘못 알고 있음이 증명될지도 몰라요. 제 말을 정당화할 수 있는 일말의 증거도 없이 단지 내 짐작만으로 마담 퐁텐의 인품을 깎아 내리라고 하지는 마세요. 이 난관에 대처할 수 있는 제안이 하나 있습니다."

고모는 강하게 스스로를 절제하며 체념하고 들었다. "그래, 네 제안을 들어 보자." 그녀가 말했다. "네 혈관에 스코틀랜드인처럼 인색한 피가 조금이라도 흐르는 거냐, 데이빗? 젊은이 치고는 상당히 신중하고 주의가 깊은데."

나는 하고자 했던 말을 거침없이 말했다.

"어떻게든 엥걸먼 씨에게 미망인의 메시지를 전하세요. 하지만 우편으로는 안 됩니다. 청혼이 거절된 직후에 저는 엥겔먼 씨와 함께 있었어요. 제 생각에는 마담 퐁텐이 거절할 때 보였던 태도에서 너무 깊은 상처를 받아 다시 청혼을 하거나 하고 싶은 마음도 꺾여 버린 것 같아요. 그녀가 후회한다는 말을 그가 믿을지도 모르겠고요. 제 생각이 물론 틀릴 수도 있습니다. 하지만 일단 한번 시험은 해 보죠. 나는 별 어려움 없이 며칠 휴가를 낼 수 있습니다. 제가 내일 고모의 편지를 빙겐으로 가지고 가 그걸 어떻게 받아들이는지 제 눈으로 확인할게요."

다행히도 고모는 내 의견에 수긍했다. "훌륭한 제안이구나." 그녀가 말했다. "근데…… 너의 신중함이 나에게 전염되었나 보다…… 마담 퐁텐에게는 말하지 않기로 하자. 마담에게는 엥걸먼의 건강이 안 좋아졌다는 소식에 네가 빙겐으로 간 것으로 해 두자." 고모가 말을 멈추고 잠깐 생각에 잠겼다. "아니면,

이것도 좋겠다. 빙겐이 영국으로 가는 길에 있으니, 네가 영국으로 가는 길에 잠깐 들러 엥걸먼을 만나는 건 전혀 특별할 게 없겠지."

나는 이 제안에 동의하기 전에 먼저 입이 떡 벌어졌다. 나는 측은하게 말했다. "고모, 내가 꼭 프랑크푸르트를 떠나야만 하나요?"

"착한 녀석, 나에게는 엥걸먼 씨 말고도 고려해야 할 다른 관심사가 있단다." 고모가 설명했다. "하트리 씨가 내 소식을 기다리고 있지. 엥걸먼 씨는 현재 건강 상태로 보아 런던에 갈 수 있는 가능성이 없어. 프랑크푸르트가 안정될 때까지는 켈러 씨가 갈 수도 없고. 나는 네가 가서 하트리 씨에게 이 모든 것을 설명해 주었으면 한다. 사업 운영도 도와주고. 여기에는 내가 너만큼 믿을 만한 사람이 없구나, 데이빗. 너를 런던으로 보내는 것 말고는 다른 대안이 없어 보여."

내 편에서 보자면, 고모를 따르는 것—(고모에게 신세진 모든 것을 기억하면서) 더더욱 최선을 다해 따르는 것 말고는 다른 대안이 없었다. 우리는 켈러 씨와 협의했다. 그는 내가 하트리 씨의 업무 책임감을 덜어 줄 수 있는 가장 적합한 사람이라는 데 전적으로 동의했다. 하트리 씨는 그 책임감에 힘겨워하고 있었다. 빙겐에서 하루를 지체하며 엥걸먼 씨의 건강을 살핀 후, 자세하게 리포트를 써서 프랑크푸르트로 보내고, 그리고 가능한 한 빨리 이동해 런던에 속히 도착하면 좋을 것이다.

나는 어쩔 수 없이 연극의 마지막 막의 커튼이 오르기 전에 무대를 떠나야만 했다. 우편 업무는 아침 6시에 시작되었다. 전날 밤에 나는 짐을 싸고, 마담 퐁텐을 제외한 모두에게 작별 인사를 했다. 마담은 그대로 침실에 있었고 나를 볼 수 있을 만큼 건강하지 않았다. 마음이 따스한 미나는 나에게 키스하도록 뺨을 내밀었고, 그녀의 결혼식에 꼭 돌아오겠다는 약속을 하게 했다. 나의 출발에 그녀는 묘하게 음울해했다. "당신이 나를 처음 위로했는데." 그녀가 말했다. "나에게 행복을 주고. 당신이 떠나는 게 싫어요. 오, 데이빗, 당신이 가지 않으면 좋겠어요!"

"자! 어서!" 고모가 끼어들었다. "뚝 그치렴, 어린 아가씨! 남자가 길을 떠날 때면 항상 기운을 북돋우어 주어야지. 포옹해 주렴, 데이빗. 그리고 네가 사업 파트너가 되는 날을 상상해 보거라."

아, 고모는 얼마나 대단한 여성인가! 젊은 친구들이여, 자네들이 아무리 둘러보아도 지금은 내 고모 같은 여자를 찾지 못할 거다.

이튿날 아침 마차가 집 앞에 섰을 때 일어나 설레발을 친 사람은 잭 스트로였다. 흥미로울 거라 예상했지만, 잭은 예상과 달랐다. 나는 그의 작별 인사말에 정말 놀랐다.

"이봐!" 내가 조급히 복도로 접어들자 그가 소곤거렸다. "자네가 가기 전에 물어보고 싶은 게 하나 있어."

"서둘러, 잭."

"알았어. 어제 켈러 씨의 병에 관해 미나랑 얘기를 했는데, 켈러 씨가 파란색 병 약으로 치료되었다는 게 사실인가?"

"한 치의 오차도 없이."

"이거 봐, 데이빗! 밤새 생각해 보았는데, 나도 파란색 병 약을 마시고 치료됐어."

나는 돌연 움직이지 않고 서서 그의 얼굴을 빤히 바라보았다. 그가 한 걸음 다가와 갑자기 목소리를 낮추었다.

"근데 나는 독약을 먹었었거든." 그가 말했다. "내가 알고 싶은 것은 이거지…… 누가 켈러 씨를 독살하려 했을까?"

1부와 2부 사이

데이빗 글레니는 그가 받은 서신을 제시하며
이 이야기에 새로운 견지를 들이대다

1.

공증인 슈머클 씨가 시의회 의원 호프 씨에게 보낸 다음 서신을 읽고 흡족해하시길 바란다.

"존경하는 선생께, — 당신이 마담 퐁텐에 대해 염려하지 않도록 보고합니다. 그녀가 프랑크푸르트를 떠난다면 뷔르츠부르크에서 했던 것처럼 아무도 모르게 사라지지는 못할 겁니다. 이제는 그녀가 어디를 가든지, 그녀를 찾도록 도와 달라고 이곳 친척들에게 부탁할 필요가 없습니다. 이후로는, 약정서가 만기될 때까지는, 내가 그녀를 시야에 두고 지켜볼 겁니다.

부인은 현재 바그너와 켈러, 엥걸먼의 회사에 가정부로 고용되어 있습니다. 그리고 거기에 (사고만 없다면, 또 혹여 있어도 제가 조심히 처리하겠지만) 계속 머물러 있을 겁니다.

약정서가 만기되는 날짜는—즉, 올해 12월 31일—제가 메모해 놓았습니다. 뷔르츠부르크에서 지불되도록 한 약정서는 (그것이 인정되지 않을 경우를 대비해) 그 도시에서 인정되는 서류로 준비해 놓아야만 합니다. 당일에 저와 우편으로 협의하기로 하지요. 저는 그 법규가 일반적인 관례를 따르는지 직접 확인해 보겠습니다.

선생께서 미리 송금한 수임료에 대해 깊은 감사의 말씀을 올립니다. 저는 당신의 지시를 따르는 충성스런 비천한 종입니다. 저를 믿어 주십시오."

2.

다음으로, 작고한 화학 교수 퐁텐이 존경하는 친구이자 동료에게 쓴 편지의 사본을 옮긴다. 이 친구 분은 아직 살아 있고, 당신의 이름을 드러내지 않는 조건으로 이 사본을 제공했다.

"탁월한 벗이자 동료에게, — 나에게 이렇게 금세 다시 소식을 듣게 되어 자네가 놀랄지도 모르겠네. 사실인 즉은, 자네에게 흥미로운 소식이 있다네. 뜻밖의 사고로 내가 제조한 약물의 가치를 살아 있는 인간에게 시험하게 되었다네. 실험 대상은 남자였어.

지난 편지에 나는 보르자 독약을 일부 해독시킬 수 있는 제조법을 사용하지 않겠노라고 했었지. 화학 분야의 스승이자 친구인 헝가리 교수가 애통하게 죽으면서 내 손에 들어온 (파괴되어야 한다고 잘못 판단했던) 독약 말이야.

나는 내가 이 결정을 하게 된 동기로 비난받지 않기를 바라네.

내가 성공적으로 다시 제조해 낸 이 독약의 두 샘플이, 조심히 일정한 양을 투약하면 어떤 질병에 특효가 있다는 것은 자네도 동의했었네, 기억하지? 내가 살아서 그것을 선한 목적에 사용하도록 힘을 쏟는다 해도 무지나 범죄로 인해 잘못 사용될 경우 (의료에 활용되는 모든 제조 독극물이 그렇듯) 이것들이 치명적인 해악을 끼칠 위험은 그대로 존재할 거네.

나는 이 점을 마음에 두고, 이 조제 약물을 치유의 영역에 적용하기 전에 먼저 효율적인 해독제를 개발하는 데 집중하려고 하네. 위험한 결과에 대비하는 것은 나의 책무이겠지. 나는 이 분야를 예방 화학이라 부르는데, 나름 경험이 있다네. 게다가 이 목적을 이루는 데 이미 어느 정도 성공하기도 했고.

동봉된 종이쪽에 이 제조법을 암호로 적어 지금 자네에게 보내네. 이것은 자네와 내가 알고 있는 두 독극물 중 하나의 해독제라네. 자네는 그것에 멋진 이름을 제안했었지—'알렉산더 와인.'

두 번째 독약은—내가 의료에 쓸 요량으로 '거울 물방울'이라 이름 지었지—유감스럽게도 해독제를 아직 발견하지 못했다네.

이제 현 상황의 어려움을 충분히 설명했으니 내가 앞서 편지에 얼핏 언급했던 비범한 사건에 대해 이야기해 보겠네.

두 주 정도 전에 내가 강의를 마치고 나오는데, 하인 하나를 보러 오라는 전갈을 받았네. 하인이 하루 이틀 아파서 고생하고 있다고. 당연히 나는 치료를 해 보자고 했지. 그런데 하인이 그냥 쉬고 싶다는 말을 전하며 나를 거절해서 곤혹스러웠다네. 다행히 내 조수 중 하나가 우연히 그를 만났어, 그리고 즉각 내 도움이 필요하다고 느꼈지.

그 사람은 친구 하나 없는, 약간 부족한 불쌍한 인간이었네. 순전히 불쌍해서 내 실험실에서 청소와 병들을 씻어 말리는 일을 시켰지. 그 정도 일은 할 수 있었는데, 그 이상은 아니었지. 내가 그의 침대로 가서 증상을 바로 알아보고 얼마나 놀랐는지 생각해 보게나. 그건 '알렉산더 와인'을 음독한 거였네!

실험실로 뛰어가서 해독제를 놓아둔 약상자를 열었네. 그 해독제 옆 칸에는 항상 그 독약을 놓아두었거든. 그 칸을 보니 텅 비어 있더군.

나는 즉각 샅샅이 뒤졌고, 선반에 남겨진 그 병을 발견했지. 내 평생 처음으로 부주의함의 죄의식을 느꼈다네. 변명의 여지가 없었어. 내가 방을 나가기 전에 모든 것이 안전하게 보관되었는지 쭉 둘러보며 확인하지 않았던 거야. 그 불쌍한 백치는 '알렉산더 와인' 색깔에 빠져들어 (그의 말대로 하자면) '맛이 좋은가 보려고' 마셔 본 거였네. 심문해 보니 이 일이 적어도 서른여섯 시간 전에 일어났더군! 나는 오직 그의 생명을 구할 수 있기만을 바랄 뿐이었네. 동물 실험에서 했던 것을 토대로 말이야. 동물 실험에서는 독약의 치명적 기능이 점진적으로 나아지는 것을 보았거든.

내가 고통 중에 있는 남자에게 돌아왔을 때의 느낌은 굳이 묘사하려 하지 않겠네. 나는 대학 동료들에게 이 치욕적인 경솔함에 대해 일절 말하지 않았다네. 이 정도니 내가 얼마나 당황했었는지 자네는 짐작할 수 있을 걸세. 혹여 내 실험이 위험하다고 금지될까, 내가 당연한 신중함이 부족해서 당국자들에게 공공연히 비난받는 대상이 되지 않을까 두려웠다네. 의학교수들은 내 도움을 받고 이것은 그들이 전혀 경험해 보지 못한 새로운 병이라고 결론지었지.

해독제를 투약하는 데 있어서, 토끼와 개에게 했던 것 말고는 이전에 실험한 게 없어서 어디서도 도움을 받을 수 없었다네. 내가 잘못 계산을 했는지, 아니면 생명을 구해야 한다는 노파심에 착각을 했었는지 알 수 없네. 아무튼 확실한 것은, 내가 너무 짧은 간격으로 너무 많은 양을 주었다는 거야.

환자는 회복되었네. 하지만 혈액에 이해할 수 없는 안 좋은 변화가 일어나 피부가 망가지고 머리가 허해졌지. 그래서 복용양을 조정했네. 이 내용을 잊어버릴까 걱정되어 다음에는 절대 실수하지 않도록 눈금을 새긴 종이를 병에 붙여 놓았네. 더불어 다음에 투약하기 쉽도록 이 하인이 취한 독극물의 정확한 양을 내가 계산해서 레이블에 적고 병에 붙여 놓았지.

그리고 해독제를 장기간 보관해야 한다면 그 파란 병이 빛에 노출되지 않아야 된다는 것을 경험상 알게 되었네. 그것 또한 암호 글에 포함시켰지.

채식 식이 요법이 이 치료의 효과를 개선시키는 것 또한 발견했다네. 앞서 밝혔듯이, 하인을 간호하는 데 아내의 도움을 받아야 했어. 그가 무슨 일이 있었는지 말을 하기 시작하면 마담 퐁텐은 그것을 비밀로 하리라 믿을 수 있었지. 그 딱하고 순진한 인간은 일어날 수 있을 만큼 회복되자 사라져 버렸네. 아마 실험실로 다시 돌아갈 생각을 하니 무서웠나 보네. 여하튼 그 후로 그에 대해 한 번도 듣거나 본 적이 없다네.

자네가 인내심을 가지고 여기까지 읽었다면, 이 발견에 대해 자네 말고 다른 사람에게 털어놓는 위험을 감수하기에는 내가 아직 불안해하는 이유를 이해할 수 있을 걸세. 화학 분야에서 자네에게 떠오르는 제안이 있다면 나를 도와주게. 그리고 행여 사고가 나면 암호를 파기해 버리게. 그럼 이만, 잘 있게나."

퐁텐 박사의 편지에 덧붙이는 말

'알렉산더 와인'은 악명 높은 로더릭 보르자, 역사적으로 유명한 교황 알렉산더 6세♦를 말한다. 그는 보르자 독약을 마시고 뜻하지 않게, 그러나 아주 응당히 죽었다. 그건 다른 사람을 죽이려고 그가 손수 와인 단지에 넣은 것이었다.

'거울 물방울'의 제조법은 루크레치아 보르자♦♦가 사용했던 거울 후면의 목재 안감 안에 숨겨져 있었다고 한다. 거기서 이 이름은 유래되었다.

3.

마지막 세 번째 편지는 바그너 부인이 프랑크푸르트에 머무는 동안 내가 그녀에게 쓴 것이다.

"고모, 내가 이 글을 쓰면서 무척 괴로워하고 있다는 말은 절대 과장이 아닙니다. 슬픈 소식이 있으니 마음에 준비를 하시면 좋겠습니다.

내가 빙겐에 도착하기 전, 어제 저녁 늦은 시각이었습니다. 객차에서 나오니 하인이 내 가방을 가져가려고 대기하고 있더

♦ 15세기말 교황으로 문란한 사생활과 악랄한 행동으로 유명하며 역사상 최악의 교황으로 꼽힌다.

♦♦ 교황 알렉산더 6세와 반노차 카타네이의 외딸

군요. 먼저 내 이름을 묻고는, 엥걸먼 씨가 돌아가셨다는 서글픈 소식을 전했습니다. 아침 이른 시각에 뇌졸중 발작이 나서 쓰러지셨다고요.

의료진이 가까이에 있었고, (제가 듣기로는) 신중하고 현명하게 대처를 했답니다. 그렇지만 다시는 정신을 차리지 못하셨대요. 마치 총을 맞고 죽은 것처럼 그 발작으로 돌아가신 것 같아요.

어르신은 그 전날 몹시 몸이 무겁고 기운이 없었답니다. 잠자리에 들기 전에 몇 마디 말을 했는데, 내 이름이 입에 올랐대요. '내가 좀 나아지면 데이빗을 이곳으로 불러야겠어. 런던 사무실에 같이 가게 말이야.'라고 말씀하셨대요. 몸이 달아오르고 어지럽다고 하소연했는데, 의사를 부르지 말라고 했답니다. 동생 분이 부축해서 층계를 올라 방으로 갔고 업무에 대해서 몇 가지 물었는데, '켈러가 다 알아…… 켈러에게 맡겨 두지.'라고 성마르게 대답했답니다.

그 선한 분의 다정하고 행복한 삶이 생각나거나 그분이 저를 통해 우연히 마담 퐁텐을 처음 만났을 때를 기억하자니 기분이 씁쓰름하고, 그분을 잃어버린 것이 말로 표현할 수 없이 고통스럽습니다. 그분이 나에게 베풀었던 수많은 소소한 친절이 떠오르고, 고모가 (기분 나빠 하지는 마시고요) 고모를 대신해나 말고 다른 사람을 프랑크푸르트로 보냈으면 좋았겠다는 생각도 들었습니다.

어르신은 이틀 후에 여기에 묻힐 겁니다. 내가 고모 일에 소홀해서 장지에 같이 가 달라는 동생 분의 부탁을 수락한 것은 아닙니다. 그렇게 생각하지는 말아 주세요. 옛 친구에게 마지막 존경과 애정의 조의를 표할 수 있다면 마음이 더 안정될 것 같아서요. 다 정리가 되면, 지체 없이 밤낮으로 런던으로 향하겠습니다.

고모, 런던에 있을 나에게 편지해 주세요. 그리고 미나와 프리츠에게 안부 전해 주시고, 역시 나한테 편지 쓰라고 해 주세요. 켈러 씨에게도 정중한 인사를 올립니다. 저의 진심 어린 안타까움을 그에게 전해 주세요. 가여운 분, 얼마나 슬퍼하실지 눈에 선합니다."

제 2 부

—

데이빗 글레니 씨가 자료를 모아 사실에 근거하여 이야기를 계속 이어 나가다

JEZEBEL'S DAUGHTER

1장

이 이야기의 앞선 부분은 내가 직접 목격한 증인으로서 서술했다. 지금부터는 내가 프랑크푸르트에 없었기 때문에 다른 사람들의 문서를 증거로 의존한다. 이 문서로는 (먼저) 나에게 온 편지들, (둘째로는) 개인적으로 내가 들은 진술들, (셋째로는) 글쓴이가 죽고 난 후 발견된 일기에서 발췌한 글들이다. 그리하여 나는 세 경우 모두, 내 손에 놓인 자료들을 액면 그대로 사실적 증거로 사용했다.

12월 초, 켈러 씨는 마담 퐁텐에게 메시지를 보냈다. 두 사람 모두에게 중요한 일로 만나자는 요청이었다.

"오늘은 안녕하시오, 마담." 방으로 들어오는 미망인을 일어서서 맞으며 그가 말했다.

"어르신은 기분이 좋으시군요." 눈을 내리깔고 들릴 듯 말 듯 한 어투로 그녀가 답했다. "나는 안녕한지 잘 모르겠습니다만."

"당신에게 소식이 하나 있는데, 틀림없이 기운이 번쩍 나게 할 거요." 켈러 씨가 말을 이었다. "드디어 결혼식 관련하여 누님한테 소식이 왔소."

그는 말을 멈추고 돌연 앞으로 걸어 나와 미망인 퐁텐의 팔을 잡았다. 그가 말을 맺을 때 미망인은 두 발로 일어서 있었다. 창백하던 그녀의 얼굴이 돌연 붉게 물들었다. 그러다가 다시 유령처럼 하얗게 변했다. 켈러 씨가 잡지 않았다면 그녀는 아마 쓰러졌을 것이다. 그는 곧장 자신이 앉았던 안락의자에 그녀를 앉혔다. "당신은 필히 진찰을 받아야겠군요." 그가 심각하게 말했다. "당신은 신경이 상당히 안 좋아요. 마실 것을 드릴까요?"

"친절을 베풀어 종을 울린다면, 어르신, 물 한 잔만."

"그것 때문에 종을 칠 필요는 없소. 옆방에 물이 있으니까."

그가 막 나가려던 차에 그녀는 그의 팔에 손을 놓아 멈춰 세웠다.

"먼저 한마디만요, 나리. 자식 결혼은 관심이 가는 화제인지라 호기심이 많은 여자를 용서해 주세요. 당신 누님이 결혼식 날짜를 제안하셨나요?"

"그렇소." 켈러 씨가 답했다. "이달 30일이요."

켈러 씨가 나가자 그녀는 재빨리 손가락으로 연이어 계산을 했다. 그러다 눈이 밝아지며 기운을 되찾았다. "내 딸이 먼저 결혼할 수만 있다면 무슨 일이 생겨도 괜찮아." 그녀는 혼자 속닥거렸다. "30일이 결혼식이고, 돈의 만기는 31일이니까. 하루 차로 살았구나! 하루 차로 살았어!"

켈러 씨는 물을 한 잔 가지고 돌아왔다. 그는 그녀를 보고 의아해했다.

"벌써 기운을 차린 것 같군요…… 완전 다른 사람처럼 보이니 말이오!" 그가 소리쳤다.

어찌 되었든 그녀는 물을 마셨다. "불안정한 신경이 묘한 재주를 부리는군요." 옆 테이블에 빈 잔을 놓으며 그녀가 대답했다.

켈러 씨는 의자에 앉아 뮌헨에서 온 편지를 이야기했다.

"누님은 올해가 가기 전에 우리랑 며칠을 보내고 싶어 합니다." 그가 다시 시작했다. "하지만 건강 상태가 안 좋아서 30일을 제안하는 거요. 혹시나 뜻밖에 지연되는 경우를 생각해서 여유를 둔 거죠. 추측건대, 이로써 신부의 의상을 준비하는 데 (이런 일은 내가 잘 모르지만) 시간은 충분하겠지요?"

마담 퐁텐이 서글프게 웃었다. "시간이야 우리가 원하는 것보다 훨씬 많습니다. 근데 나는 지갑이 얇아서 결혼식 날 딸은 타고난 매력에 의존해야 할 겁니다…… 보석상과 모자상의 도움을 약간 받아서요."

켈러 씨는 탐탁지 않게 웃으며 그 편지로부터 고개를 들었다. 그는 다시 편지 얘기로 돌아갔다.

"한편 누님은 보석상의 도움에 별로 기대지 않을 거요." 그가 말했다. “누님은 신부에게 줄 선물로 우리 가문 여자들의 가보를 가져오겠다고 했소. 마리아 테레사 왕비가—그 훌륭한 분이 어린 시절에 우리 어머니에게서 받았던 헌신을 기리며—수여한 진주 목걸이랍니다. (듣기로는 대단한 가치가 있다고.) 이 제안된 선물은 누님이 결혼에 얼마나 관심이 있는지를 보여 주지요. 이 소식을 알리면 당신도 만족할 거라 생각했소.”

마담 퐁텐은, 적어도 이 경우에는, 더할 나위 없이 신실한 감정에 북받쳐 두 손을 맞잡았다. 금전적 가치를 따지자면 왕비의 선물 진주 목걸이는 그 자체로 꽤나 값이 나갈 것이다. “어떻게 감사해야 할지 모르겠습니다.” 그녀가 말했다. “딸이 우리 모녀를 대표해 감사를 드려야겠지요.”

“더불어 당신 딸도 이 좋은 소식을 빨리 듣고 싶을 거요.” 켈러 씨가 친절히 덧붙였다. “당장 미나를 보고 싶을 테니 더 이상 붙잡고 있지 않겠소. 나가기 전에 한마디만 하자면, 모름지기 당신이 보고 싶은 친척이나 친구들을 결혼식에 초대해도 좋소.”

마담 퐁텐은 졸린 듯한 눈을 서서히 올려 천장을 보았다. 그녀는 경건하게 체념하고 가족 사정을 털어놓았다.

“나리, 제가 결혼하자 부모님은 저를 버렸습니다. 여기나 브뤼셀에 사는 친척들은 제가 도움을 청할 때면 거절했습니다. 친구라면…… 당신, 친애하는 켈러 씨가 우리의 유일한 친구지요. 다시 한번 감사합니다.”

마담은 차분히 눈길을 바닥으로 떨구며 미끄러지듯 방을 나갔다. 그녀의 뒷모습은 절정에 있었다. 체질상, 과시된 여성의 우아함에 가까이 가지 않는 켈러 씨조차도 선뜻 시선을 떼지 못하고 그의 가정부가 정말로 아름답다고 생각했다.

층계에서 마담은 하녀를 만났다.

"미나가 어디 있느냐?" 그녀가 다급하게 물었다. "제 방에 있어?"

"문을 지나오면서 미나 양이 마담 방으로 들어가는 것을 보았습니다, 마담."

마담 퐁텐은 다음 층계를 폴짝폴짝 올라가 여자아이처럼 발랄하게 복도를 따라 뛰었다. 그녀의 방 문이 살짝 열려 있었다. 열린 틈으로 딸이 무릎에 허드레 일감을 놓고 소파에 앉아 있는 것을 보았다. 어머니가 나타나자 미나는 화들짝 놀랐다.

"제가 방해가 되나요, 마마? 저는 너무 멍청해요. 이 자수를 놓을 수가 없어……."

마담 퐁텐은 자수를 다른 편 구석으로 던져 버리고 팔을 벌려 미나를 안았다. 그녀가 어린아이라도 되는 양 홍에 겨워 바닥에서 들어 올렸다.

"날이 잡혔다, 나의 천사야!" 마담이 탄성을 올렸다. "30일에 너는 결혼할 거다."

그녀는 한 손을 딸의 머리로 올려 격렬한 사랑으로 힘껏 끌어안았다. "오, 달링, 너는 애기였을 때도 머리가 예뻤지. 결혼식 때도 장식할 필요가 없겠구나. 그 자체의 미가 돋보이게 자연스럽게 흘러내리고……, 나 외에 누구도 네 머리를 빗겨서는 안 되지." 그녀는 입술로 미나의 머리를 짓누르다 삼킬 듯이 키스를 해댔다. 그러고는 억누를 수 없는 충동에 이끌리어 소녀를 밀치고는 고통의 탄성을 지르며 소파에 몸을 던졌다.

"내가 들어왔을 때, 너는 왜 섬뜩한 것처럼 놀랐지?" 마담 퐁텐이 따져 물었다. "왜 나한테 방해가 되느냐고 물었어? 오, 미나! 미나야! 내가 너를 방에 못 들어오게 했던 날을 잊지 못한 거로구나. 내 자식! 내가 제정신이 아니었다…… 걱정에 미쳐 있었어. 내가 너를 함부로 대했을 거라 생각하느냐? 오, 사랑하는 딸! 내가 결혼식에 대해 말하러 왔을 때, 왜 너는 나한테 방해가 되느냐고 물었던 거냐? 신이시여! 나는 한순간의 기쁨도 씁쓸한 뭔가가 없이 온전히 누릴 수는 없는 건가요? 미나야, 사람들은 네가 네 아버지를 닮았다고 하지. 너는 네 아버지처럼 차가운 사람이냐? 가만 있자! 가만! 그런 뜻이 아니다. 내가 약간 히스테리를 부리는구나. 내 생각엔……, 아니다, 나에게 신경 쓰지 마라. 이리 와, 다시 아이가 되어 주렴. 여기 무릎에 앉아, 네 결혼 이야기를 하자꾸나."

미나는 다소 소심하게 어머니의 목에 팔을 둘렀다. "사랑하는 마마, 어떻게 제가 그렇게 몰인정하고 배은망덕하다고 생각하세요? 저는 말로 할 수 없을 만큼 마마를 사랑해요! 이걸로 말할게요."

애정이 깃든 매혹적인 우아함으로 미나는 마담 퐁텐에게 키스를 했다. 그리고 약간 물러나 그녀를 보았다. 미망인의 눈에는 진정되어 가는 격한 감정이 아직 사나운 빛으로 번득였다.

"제가 무슨 생각을 하는지 아세요?" 미나가 약간 불안하게 물었다.

"무슨 생각?"

"마마가 저를 너무 좋아한다고 생각해요, 마마. 저는 제 결혼식을 가로막고 서 있는 사람이 되고 싶지 않아요⋯⋯ 어머니가 그리 생각했다면."

마담 퐁텐이 얼핏 웃었다. "어리석은 것, 나를 호랑이 어미로 보는 거냐?" 그녀가 괴로워하며 말했다. "내가 새로운 성품을 받아들이려면 키스를 한 번 더 받아야겠구나."

마담은 그 애정 표현을 받으려고 고개를 숙이다가 우연히 맞은편 벽 구석진 곳에 고정된 벽장을 보고 불현듯 흠칫했다.

"내가 너무 이기적이었구나." 갑자기 일어서며 그녀가 말했다. "줄곧 네 신랑을 잊고 있었어. 걔 아버지는 이 좋은 소식을 너에게 직접 듣도록 남겨 두었는데 말이다. 네가 정말로 하고 싶어 하는 일을 내가 모를까?" 그녀는 미나를 서둘러 문으로 이끌었다. "어서 가라, 딸아. 가서 프리츠에게 말하렴!"

딸이 사라지자 그녀는 곧장 방을 가로질러 벽장으로 갔다. 그녀가 잘못 본 게 아니었다. 열쇠가 자물쇠에 그대로 꽂혀 있었다.

2장

마담 퐁텐은 그것을 발견하고 몹시 당황해하며 의자에 풀썩 주저앉았다.

그녀는 벽장에 그대로 있는 열쇠를 보았다. 잠금장치는 구형이었다. 그래도 당시 최고의 제작품이었음이 분명했다. 열쇠의 판판한 손잡이에는—그 침실의 커튼과 벽지의 색상에 맞춰 부른—'핑크 룸 벽장'이라는 문구가 새겨져 있었다.

"내 머리가 흐릿해지는가?" 그녀가 혼잣말했다. "이런 실수를 하다니! 하마터면 큰일 날 뻔했다!"

그녀는 다시 일어나서 벽장을 열었다.

아래 두 개의 선반은 말쑥하게 접어서 정리해 놓은 내의류가 차지하고 있었다. 눈높이에 이르는 위 선반에는 폭이 30센티이고 높이가 60센티 정도인 나무 상자가 있었다. 그녀는 숨 막히게 신경을 곧추세우고 이 상자의 위치를 면밀히 살펴보았다.

그러고는 그것을 두 손으로 조심히 들어 바닥에 놓았다. 창가 테이블에는 반쯤 끝낸 수채화가 놓여 있고, 그 옆으로는 돋보기가 있었다. 그녀는 그 돋보기를 들고 벽장으로 돌아와 상자가 놓여 있던 자리를 꼼꼼히 조사했다. 상자의 네 모서리를 둘러 얇게 쌓인 먼지는—너무 얇아서 맨눈으로는 보이지 않았다—전혀 흔들림 없이 곧게 뻗은 네 개의 정교한 테두리 선을 드러냈다. 이 무언의 증거는 결론적으로 그녀가 켈러 씨 방에 간 15분 동안 상자가 움직이지 않았음을 입증했다. 그녀는 벽장에 상자를 되돌려 놓고 깊은 안도의 한숨을 내쉬었다.

켈러 씨가 그녀를 불렀을 때 그것이 결혼식 날과 연관된 것인지 너무 궁금한 나머지 경계심을 놓아 버린 것은 나쁜 신호였다. "평정심을 잃기 시작하면," 그녀는 서글프게 중얼거렸다. "나의 최고 보물을 잃어버릴 거야. 또다시 이런 일이 생긴다면……."

그녀는 그 생각의 표현을 마무리 짓지 않았다. 방문을 잠그고 상자를 놓았던 곳으로 다시 돌아갔다.

의자에 앉아 무릎에 상자를 놓고 열었다.

자물쇠통 표면에는 눈에 띄게 패인 곳들이 있었다. 억지로 열었던 흔적이었다. 이전의 일로 자물쇠는 훼손되어 있었다. 그곳에 단단히 끼여 있는 열쇠는 돌아가지도, 빠지지도 않았다. 그녀는 자신의 진중함에 의심이 들기 시작하자 이제 상자를 비우고 내보내서 자물쇠를 고치는 문제를 심각히 고민하기 시작했다.

'병들을 보관할 만한 것이 주변에 있나?' 그녀는 자문했다.

상자를 비웠다. 남편이 임종의 침상에서 예방 조처를 취한 특별한 물건, 여섯 개의 병을 주변 바닥에 놓았다. 병들은 크기가 다르고 색깔이 다른 유리병들이었다. 약상자는 병들을 안전히 보관할 수 있도록 크기에 따라 조심스럽게 여섯 칸으로 나누어져 있었다. 세 개의 병에는 레이블이 있었는데, 마담은 그것을 이해하지 못했다. 그것은 조잡하게 축약된 라틴어 문자로 적혀 있었다.

그녀는 병을 하나씩 옮겼다. 네 번째 순서에 있던 병은 두꺼운 약포지로 싸져 있었다. 약포지 안쪽은 알 수 없는 암호 문자로 채워져 있었다. 하지만 병에 붙어 있는 레이블은 읽을 수 있는 독일어로 쓰여 있었다. 다음과 같이 해석되었다.

"거울 물방울. 동물 실험에서 밝혀졌듯이 '알렉산더 와인'과 동일하게 치명적임. 그러나 사망을 더 급속히 초래하고, 부검에서 흔적을 찾기는 더욱 어려움."

문장들은 펜으로 끄적거려 일부가 지워져 있었다. 잉크의 색깔로 보아 나중에 지운 것이었다. 레이블 아랫부분, 마지막 빈 공간에는 역시 더 선명한 잉크로 이렇게 추가되어 있었다.

"많은 환자들을 시험했어도 이 극악한 독약에 대한 믿을 만한 해독제를 발견하지 못했다. 이 상황에서 나는 감히 이것을 치료 목적으로 변용할 수 없다. 없애 버리고 싶지만…… 포기하고 싶지는 않다. 내가 조금 더 오래 산다면, 다른 연구로 마음을 가다듬어 다시 한번 시도해 보리라.”

마담 퐁텐은 그 병을 다시 약포지로 싸려다가 잠시 멈추고 종이 안면에 적힌 암호들을 간절히 바라보았다. 어쩌면 해독제를 발견했다는 소식이 거기 있을지도 모른다. 아니면 혹시 이 독약의 무시무시한 약효에 새로운 양상을 밝히는 최근 실험의 기록이라도! 그리고 또, 이 비밀을 풀 수 있거든 어디 한번 해보라는 그 암호들!

상자에서 꺼낸 다섯째 병에는 ‘알렉산더 와인’이 있었다. 마지막, 여섯째 병은 잘 기억하고 있는 파란 유리병으로 켈러 씨의 회복에 아주 중요한 역할을 했던 것이었다.

데이빗이 파란 병에서 레이블이 제거되었다고 추측한 것은 옳았다. 상자를 흔드니 빈 칸에서 그것이 나왔다. (역시 독일어로 적힌) 설명은 다음과 같았다.

“알렉산더 와인 해독제. 사고의 경우에 대비하여 치명적인 분량을 병에 붙인 눈금 종이에 표시함. 우발적으로 그 독약을 2드램♦(사망에 이르고도 남을 정도의 양)을 마시는 사건이 있

♦ 부피의 단위로 1드램은 약 3.7밀리리터이다.

었음. 치명적인 약효가 매우 서서히 진행되어 36시간이 지난 후에야 나는 그 사건을 알게 되었고, 해독제 투여는 성공적이었음. 이 약을 서너 시간 간격으로 반복 투여. 환자를 돌보는 누구라도 확실히 회복되는 것을 알 수 있음. 다음 조짐이 보이면 투약을 멈출 것: 손 떨림 멈춤, 자연스런 땀이 보임, 무감각적 마비 상태에서 수면 휴식의 상태로 바뀜. 완치를 위해서는 이후 적어도 7일에서 10일은 크림을 곁든 채식이 필수."

마담은 레이블을 옆에 두고 발 옆에 정렬해 놓은 두 병, 독약과 해독제를 보았다.

'권력!' 환희에 찬 승리의 미소를 지으며 그녀는 생각했다. '내 평생 꿈꿔 왔던 권력이 드디어 내 손에 들어왔다! 언젠가는 죽을 수밖에 없는 인간들 사이에 나는 생명과 죽음을 종으로 가졌다. 켈러 씨, 당신은 나의 해명에 귀를 막고, 나의 간청에 귀를 막았어. 어떤 황홀한 작용으로 인해 당신은 내 발치로 내려와 내 자식의 열렬한 후원자가 되었던가? 그날 밤 당신을 위협했던 나의 종, 죽음, 아침에 당신을 일으켰던 나의 종, 생명. 이 얼마나 엄청난 독약인가! 나는 여기 서 있다. 사람들이 북적대는 도시의 거주자여…… 그 안의 모든 인간은 지위고하를 막론하고 내 권력 아래 놓인 피조물이다!'

마담은 방의 창을 통해 프랑크푸르트의 집들을 보았다. 마침내 그녀의 졸린 듯한 눈이 번쩍 뜨였다. 얼굴에서는 지옥의 아름다움이 빛을 발했다. 일순간 그녀는, 인간의 탈을 쓴 악마로서 있었다. 다음 순간 그녀는 홀연히, 공포의 찬 기운에 손발을 덜덜 떠는 소심한 여인으로 변했다.

어떻게 이런 변형이 일어난 걸까?

문에서 노크 소리가 났다.

"누구요?" 그녀가 소리쳤다.

대답하는 음성이 잭 스트로였다.

"안녕하쇼, 거기, 퐁텐 부인! 문 좀 열어 주쇼."

그녀는 자신을 철저히 절제하며 다정한 어투로 말했다. "잭, 무슨 일이야?"

"당신한테 내 열쇠들을 보여 주고 싶어서."

잭이 문 밖에서 대답했을 때 마담 퐁텐의 마음에는 '이 미친 놈의 열쇠가 나랑 무슨 상관이람?' 하는 생각이 스쳐 지나갔다. 하나 그녀는 그에게 말할 때 계속해서 조심히 목소리를 극히 다정한 어투로 포장했다.

"계속 밖에 있게 해서 미안한데, 잭, 너를 들일 수가 없어."

"왜?"

"내가 옷을 입고 있거든. 30분 정도 후에 와, 그럼 기꺼이 맞아 줄게."

이에 답이 없었다. 잭의 발걸음은 너무 가벼워서 문틈으로는 그가 갔는지 안 갔는지 들을 수가 없었다. 1분쯤 지나서 미망인은 위험을 무릅쓰고 문을 살짝 열어 보았다. 잭은 없었다. 복도 난간 너머로 몸을 숙여 층계 아래를 보아도 그의 흔적은 없었다.

마담은 다시 들어와 문을 잠갔다. '그가 기분 상하지 않았으면 좋겠네!' 빈 약상자로 돌아가며 그녀는 생각했다.

잭이 뷔르츠부르크 실험실에서 있었던 일을 떠벌리고 다닐 수 있다는 걱정과, 자기가 걸렸던 병을 켈러 씨의 증세와 연관시켜 넌지시 묘사할 지도 모른다는 불안감에 그녀는 끊임없이 마음이 무거웠다. 그래서 그의 신뢰를 얻고 어느 정도 영향력을 발휘할 수 있도록 조그만 선물로 그를 기분 좋게 놀라게 할 작정이었다. 베들럼에서 최근에 풀려 나온 광인임을 고려하자면 어쩌면 그가 무슨 말을 하든 문제없을 수도 있었다. 하지만 의심은 쉽게 궁금증을 자극한다. 비록 데이빗은 사라졌지만, 그의 고모는 아직 프랑크푸르트에 있다. 이 가문에는 의심 많은 독일 부인들의 무례한 방정이 흐르는 듯했다.

그녀는 이렇게 결론 내리고, 다시 약상자의 자물쇠를 새로 마련하는 아직 미결인 문제로 생각을 돌렸다.

가장 긴 병(해독제가 들어 있는 병)의 키를 재어 보니 화장품 케이스 높이보다 컸다. 따라서 만약 약상자를 열쇠장이 가게에 맡기게 되면 그것을 거기에 둘 수 없었다. 한편 여행용 가방은 매우 평범한 열쇠만이 달려 있고 벽장 안의 금고에 넣기에는 너무 컸다. 그냥 선반에 여섯 개의 병을 늘어놓든지 아니면 새 자물쇠가 줄 수 있는 부가적 안전을 포기해야만 했다.

첫 번째 옵션을 택했을 때의 위험은 또다시 벽장에 열쇠를 놓고 나갈 수 있다는 것이었다. 한 번 깜짝 놀란 경험을 했는데 또 이런 일이 일어날까? 이건 대답할 가치가 없는 질문이었다. 그녀는 이미 두 개의 병을 선반에 놓았다. 바로 그때 빈 상자를 다른 사람에게 맡기는 것에 대한 섬뜩한 반감이 얼핏 마음에 스쳤다.

뷔르츠부르크의 남편 동료들과 몇몇 나이든 학생들은 퐁텐 교수의 (적어도 외형은) 낡고 추한 약상자가 어떻게 생겼는지 모두 잘 알고 있었다. 덮개에 깊게 태워 새겨진 문자들, 그 이름의 이니셜을 금세 알아볼 수 있었다. 그 학생들 중 하나가 우연히 프랑크푸르트에 있다면? 그리고 열쇠장이 가게에서 도난당한 약상자를 보게 된다면? 이런 두 우연이 일어나는 것은 지극히 어려웠다. 그럼에도 가능성은 충분히 있었다. 위태로운 자리에서 백에 하나라도 위험에 처할 가능성이 있다면, 바보가 아니고서는 어느 누가 그걸 감수하겠는가? 약상자를 낯선 사람의 손에 맡기느니 적절한 기회를 봐서 태워 버리고, 켈러 씨 집에 거하는 동안에는 벽장의 안전에 만족하는 것이 더 안전하리라. 이 결론에 이르자 그녀는 약상자와 그 내용물들을 다시 선반에 놓았다—파란 병에서 떨어진 레이블은 빼고.

지금 기이한 불신에 사로잡힌 그녀에게 이 레이블은 위험한 증거의 성격을 띠었다. 어떤 불상사로 이게 집안사람의 손에 떨어진다면……. 그녀는 그것을 집어 들었다. 태워 버리려고 벽난로로 나아가다 멈추었다. 그것을 다시 보았다.

해독제는 약 2회 복용량이 남아 있었다. 어느 누가 그녀의 삶과 같은 삶의 미래를 내다보며, 그것이 이제는 필요하지 않으리라 장담할 수 있겠는가. 이미 그녀는 그것을 아주 유용하게 사용했었는데. 만약 이 레이블을 없애 버리면, 약의 복용 간격을 명시하는 투약법과 회복을 뜻하는 조짐들 그리고 채식 요법을 실행해야 하는 기간을 그녀가 명확히 기억할 수 있을까?

마담은 첫 문장을 다시 세세히 읽었다.

"알렉산더 와인 해독제. 사고의 경우에 대비하여 치명적인 분량을 병에 붙인 눈금 종이에 표시함. 우발적으로 그 독약을 2드램(사망에 이르고도 남을 정도의 양)을 마시는 사건이 있었음. 치명적인 약효가 매우 서서히 진행되어 36시간이 지난 후에야 나는 그 사건을 알게 되었고, 해독제 투여는 성공적이었음. 이 약을 서너 시간 간격으로 반복……."

이 마지막 문장 다음에 오는 나머지 기술은 의심을 살 만한 성질의 것이 아니었다. 있는 그대로 읽으면 어떤 질환에 대한 처방 이상으로 특이한 점은 없을 것이다. 처음 그녀는 레이블의 윗부분을 잘라 내는 것을 생각했었다. 하지만 줄 간격이 너무 좁아서 제대로 절단하지 못할 것 같았다. 그녀는 화장품 케이스를 열어 평범해 보이는 작은 종이 상자를 꺼냈다. 약국에서 산 조합제였다. 잉크 얼룩과 같은, 옷에 묻은 얼룩을 제거할 수 있는 파우더 형태로 흔히 볼 수 있는 거였다. 상자에는 거창하게 '흑점 척결제 혹은 얼룩 제거제'라는 이름이 인쇄되어 있었다. 인쇄된 설명서에 따르자면 그 파우더는 또한 소량을 물에 풀어서 글자를 지우는 데 사용할 수 있으며, 종이 표면이 약간 빛나는 것 말고는 어떤 손상도 남기지 않을 것이라 했다. 마담 퐁텐은 이것으로 레이블의 첫 네 문장을 지우고, 별 뜻 없이 반복적으로 투여해야 한다는 설명이 시작되는 부분은 남겨 두었다.

"이제 여러 말할 것 없이 네가 내 기억을 되살려 줄 것으로 믿는다." 레이블을 약상자에 다시 놓으며 그녀는 혼잣말했다. 독약의 기록된 복용량은 웬만해서는 잊지 않을 것이다. 2드램 표시까지 채워졌었던 약물 계량컵이 있으니까. 그녀는 벽장을 잠그고, 열쇠는 호주머니에 단단히 넣었다. 이제 책을 맞을 준비가 되었다. 시계를 보니 30분은 족히 지나 있었다. 그녀는 방문을 열었다. 그는 흔적도 찾을 수 없었다. 그녀는 층계 너머로 보며 그를 부드럽게 불렀다. 대답이 없었다. 작은 남자는 과민한 체면에 상처를 받은 것이 분명했다.

당장 해야 할 일은 (책의 혓바닥이 제멋대로 움직이는 것을 염려하면서) 그의 구겨진 허영심을 지체 없이 풀어 주는 것이었다. 그가 밖으로 나가지 않았다면 찾는 데 어려움이 없을 것이다. 이 시간 그의 마님이 있는 곳이라면 그는 분명 거기 있었다.

먼저 바그너 부인의 침실을 시도했지만 성과가 없었다. 미망인은 1층으로 내려가 사무실로 향했다. 전에 엥걸먼 씨가 사용하던 개인 사무실에는 바그너 부인이 책상에 앉아 일을 하고 있었다. 잭은 예스러운 창가 의자에 자리를 잡고 앉아 미나의 새 밀짚모자를 마무리하고 있었다.

3장

바그너 부인은 엥걸먼 씨의 죽음으로 인해 집 안에 드리운 음울함 속에서도 남다른 에너지와 좋은 감각으로 바쁘게 움직였다. 업무 시간에 그녀는 런던 사업장과는 다른, 프랑크푸르트 사업장의 세부 내역을 공부하고 통달했고, 얼마 되지 않아 엥걸먼 씨가 남긴 빈자리를 충분히 메꿀 수 있었다. 엥걸먼 씨가 재직하던 자리는, 모든 권한과 책임을 포함해 바그너 부인이 차지했는데, 그녀는 자신이 가지고 있던 런던 사업장의 관리자 지위 때문이 아니라 그 자리에 합당한 전문적 지식을 습득했기 때문에 그런 거라고 공언했다.

업무 시간이 끝나면 바그너 부인은 정신 이상자의 치료법을 쓴 영국인 저자에게 보낼 서신을 썼다. 부인은 남편의 서재에서 그 저자의 책을 발견했다. 남편은 이 책을 참고하여 자신이 주창한 인도적 제도에 대중의 관심을 끌려고 했었다. 이 지칠 줄 모르는 여인은 회사의 적절한 부서에 훌륭한 젊은 여성들을 고용하려는 계획도 안이하게 간과하지 않았다. 하지만 켈러 씨의 건강이 완전히 회복되지 않은 점을 살갑게 배려해 이 화두는 귀띔조차 하지 않았다. 같은 배려심으로, 그가 파트너의 서글픈 죽음을 극복할 때까지 그녀는 변함없이 말하지 않았다. 그럼에도 그녀가 제안한 혁신적인 관심사를 실행할 수 있는 적절한 시간이 왔을 때—아마 프리츠의 결혼 축하연이 끝난 후일 것이다—능력 있는 취업 지원자를 고를 수 있도록 프랑크푸르트를 탐문해 보라고 은밀히 일러두었다.

"혹시 방해가 된다면 다음에 오겠습니다." 미망인 퐁텐은 방에 들어오기 전 문간에 멈춰 서서 낮은 자세로 말했다. 그녀는 감탄할 만큼 영어를 잘 구사했다. 그녀는 바그너 부인에게 항상 영어로 말을 하면서 부인이 독일어에 정통하다는 사실을 애써 무시했다.

"들어와도 괜찮아요." 바그너 부인이 대답했다. "데이빗에게 편지를 쓰고 있던 참이었어요. (미나가 부탁해서) 결혼식 날짜가 잡혔다고 알려 주려고요."

"조카 분께 안부를 전해 주세요, 부인. 당연히 결혼 축하연에는 오겠죠?"

"그래요…… 런던 사무실 업무에서 벗어날 수 있다면. 제가 도와 드릴 일이 있나요, 마담 퐁텐?"

"아닙니다…… 다만 제가 불쑥 찾아온 것을 양해해 주세요. 유감스럽게도 제가 저기 손에 예쁜 밀짚모자를 들고 있는 우리 작은 친구의 기분을 상하게 한 것 같아 화해하려고요."

잭은 거만하게 경멸하는 태도로 일감에서 눈을 들었다. "오, 이런 세상에, 상관없습니다요." 위풍당당하게 그가 말했다.

"그가 내 방문을 두드렸을 때 나는 옷을 입고 있었어요." 마담 퐁텐이 잠깐 멈추었다. "그래서 30분 후에 다시 와서 열쇠들을 보여 달라고 했죠. 잭, 왜 오지 않았어? 지금 그 열쇠들을 볼 수 있을까?"

"그러니까, 그건 업무상의 문제요." 잭은 한껏 거드름을 피우며 대답했다. "나는 업무 중이지…… 열쇠 간수로. 마님도 업무 중이시고. 켈러 씨도 업무 중이고. 당신은 업무가 없지. 상관없소. 진짜로 상관없어요."

바그너 부인이 꾸짖듯 집게손가락을 들었다. "잭! 네가 숙녀분에게 말하고 있다는 걸 잊으면 안 돼."

마치 그것이 그에게서 기대하기에는 약간 벅찬 기억인 것처럼 잭은 넉살 좋게 손으로 머리를 잡았다.

"어쨌든 마님께서 좋으시다면," 그가 말했다. "가방을 보여 주겠습니다요."

그는 미망인에게 끈으로 동여맨 가죽 가방을 보여 주었다. "이 안에 열쇠들이 있소." 그가 설명했다. "아침에는 느슨하게 맸는데 맑게 짤랑거리는 소리가 났지. 내 귀에는 듣기 좋은 음악 소리요. 그치만 마님은 오래 들으면 시끄러워 골치가 아플 거라 했소. 그래서 소리가 안 나게 가방을 동여매 놓았지. 내가 움직일 때는 이렇게 다른 쪽으로 가방을 어깨에 매지. 열쇠가 필요할 때는 가방을 열고. 당신은 그럴 필요가 없겠지…… 업무가 없으니까. 게다가 나는 나가려던 참이었소. 유행을 따르는 시내에 나가서 나를 선보이고, 가방도 선보이려고. 그러한 경우에는 신사 복장을 갖추어야겠지. 장갑을 껴야겠군…… 오, 아무렴 어떻겠어! 당신을 더 이상 지체시키고 싶지 않으니, 잘 가소."

그는 멋들어지게 인사를 하고 손을 흔들어 마담 퐁텐을 해방시켜 주었다. 그는 내심 열쇠들을 보여 주고 싶어 안달이 났었다. 하지만 그의 과도한 허영심에는 광기와 불치의 구석이 아직 남아 있었다. 그래서 미망인이 먼저 특별히 부탁하거나 각별한 호의를 요청하지 않는 한, 가죽 가방을 열지는 않을 터였다. 그 화제에 별 관심이 없던 미망인은 그와 쉽게 화해하는 방식을 택했다. 그녀는 지갑을 찾아 돈을 꺼냈다.

잭은 창가 자리에서 벌떡 일어나더니, 마치 배고파 죽을 지경이던 야수가 고깃덩어리를 낚아채듯 그 돈을 낚아챘다. 바그너 부인은 그의 팔을 붙잡고 그를 보았다. 그는 눈을 들어 그녀를 보다가 곧 내리깔았다. 마치 자신이 부끄러운 것처럼.

"오, 정말로! 매너를 잊어버렸네요. 감사합니다라고 말하지 않았어요. 기억의 착오겠죠. 감사합니다요, 가정부님." 곧이어 잭과 가죽 가방은 유행을 따르는 시내로 향했다.

"당신은 불쌍한 잭을 이해해 주시겠죠." 바그너 부인이 말했다.

"잭이 재미있네요, 부인!"

미망인이 대꾸하는 어투에 바그너 부인은 살짝 인상을 찌푸렸다. "정신병원에서 잔혹하게 감금당해 생긴 지독한 후유증은 내가 모두 치료했어요." 그녀가 계속했다. "하지만 그 순진한 허영심은 타고난 것 같아요. 그 성품은 내가 어찌 할 수 없군요. 잭은 무엇이든 신뢰받는 것에 긍지를 느끼죠. 특히 열쇠로. 내가 다른 중요한 일로 바쁠 때 그는 대기하며 그것들을 간수했어요. 하루나 이틀 후에는, 소위 그가 말하는 그 엄중한 임무에 더욱 익숙해질 겁니다."

"물론 그에게 중요한 열쇠를 맡기지는 않겠지요, 부인?" 마담 퐁텐이 말했다. "이를테면 부인 책상의 열쇠라든가."

바그너 부인의 차분한 회색빛 눈동자가 밝아졌다. "나는 어떤 일로도 그를 신뢰할 수 있습니다." 그녀가 결연하게 대답했다.

마담 퐁텐은 말없이 깜짝 놀라는 조신한 표현으로 예쁜 눈썹을 아치 모양으로 추켜 떴다.

"내 세상 경험으로는," 바그너 부인이 말을 이었다. "인간 미덕 중에서 가장 값진 것은 감사의 덕이지요. 가여운 외톨이 잭은 수많은 소소한 방식으로 나에게 사의를 보였답니다. 내 마음에는 이것이 바로 그를 신뢰하는 충분한 이유이죠."

"돈도 맡길 수 있나요?" 미망인이 물었다.

"물론이죠. 런던에서 그렇게 했어요. 더없이 좋은 결과를 보았죠. 신뢰와 자존의 감성에 호소하며 그의 마음을 달랬어요. 그는 절절하게 고마워했죠. 하지만 아직 여기 내 책상 열쇠는 주지 않았어요. 그건 좋은 행실을 하면 특별한 상으로 주려고 남겨 두었죠. 며칠 안에 그 가방에 모아 둔 열쇠 더미에 포함되리라 믿어 의심치 않지만."

"아," 언제, 어떻게 겸손을 보여야 하는지 세상 누구보다도 잘 아는 여자의 겸손함으로 마담 퐁텐이 말했다. "이런 어려운 문제들을 잘 이해하시는군요. 부인은 식견이 탁월하십니다. 저야 그저 보잘것없는 독일 여자니까요. 하지만 영국 사람들이 흔히 말하듯, '살면서 배웁니다.' 당신은 저에게 엄청난 자극이 됩니다. 좋은 아침 되세요."

퐁텐은 방을 나갔다. "꼴도 보기 싫은 여자다!" 문 밖에서 그녀는 자신의 모국어로 말했다.

문 안에서는 바그너 부인이 자신의 모국어로 말했다. "아첨꾼!"

두 부인 사이에 깊은 공감대가 있었다면, 아니 마담 퐁텐이 미친 잭의 열쇠들에 조금이라도 관심을 가졌다면, 그녀는 앞일을 생각해 그녀의 값진 물건들을 치웠을지도 모른다. 하지만 당시 바그너 부인은 어떻게 잭의 가죽 가방을 열쇠로 채웠는지

군이 자세한 이야기를 하지 않았다.

런던에서는 그저 수년 동안 쓰지 않고 집에 돌아다니는 쓸모없는 열쇠들을 주는 것으로 조심스레 시작했었다. 그러다가 단지 열쇠들을 지키는 것만으로는 그 짜릿함이 무뎌지고 잭이 그것들을 사용하는 것을 보고 싶어 할 때, 바그너 부인은 자신의 열쇠 한두 개를 더하고, 때에 따라 그녀를 위해 상자나 책상을 열어 달라고 부탁하며 그의 자존감을 추켜세워 주었다. 그녀는 프랑크푸르트에서도 같은 식으로 지혜롭게 서서히 진행하면서 켈러 씨에게 도움을 요청했고, 켈러 씨는 (잭이 없을 때) 그녀를 지하 창고로 데려갔다. 창고 바닥에는 오래된 열쇠 여러 개가 뒹굴고 있었다. "가져가고 싶은 만큼 가져가시오." 그가 말했다. "내가 아는 한, 우리 할아버지가 살아 계실 때 집을 수리하고 설비를 새로 한 이후로 줄곧 여기 있었으니까." 바그너 부인은 처음 눈에 띄는 열쇠 여섯 개를 가져가 잭 스트로를 세상에서 가장 행복한 남자로 만들어 주었다. 그는 녹슨 것에 전혀 개의치 않았다. 반대로 녹을 깨끗이 털어 내는 즐거움을 고대했다. "지가 일을 다 끝내면," 그는 그의 마님께 말했다. "이것들은 다이아몬드처럼 빛날 겁니다."

그럼 마담 퐁텐은 이런 사소한 일에 대해 알지 못해 무엇을 잃었을까? 그녀는 자기가 잃어버린 것을 결코 찾지 못했다. 그렇다고 잭과의 일이 끝난 것은 아니었다.

4장

미망인 퐁텐은 바그너 부인과 헤어진 후 홀로 고민하다 딸을 찾아 저택의 사업장 구역을 나왔다.

그녀는 다이닝 룸 문을 열었다. 테이블 위에는 바가텔♦ 보드가 보였다. 프리츠와 미나는 연애질에 어울리게 서로 티격태격하면서 어수선한 놀이를 하고 있었다.

"우리랑 같이 할래요, 마마? 프리츠는 정말 못해요."

"이런 놀이는 수학적 계산이 필요한데," 프리츠가 반박했다. "미나가 나를 정신 사납게 하고 있어요."

미망인은 어머니의 사랑을 담아 미소 지으며 들었다. "나는 내 방으로 돌아가는 길이다." 그녀가 말했다. "누구라도 책을 보거든……."

♦ 핀볼 게임

"잭은 나갔어요." 프리츠가 끼어들었다. "창을 통해 봤어요. 막 뛰어 나가다가 위엄을 지켜야 한다는 게 생각났는지 속도를 줄여 느긋이 걸었어요. 궁금하네, 어떤 모습으로 돌아오려나?"

"잭은 어느 때보다 더 위엄을 갖추어 돌아올 거네, 프리츠. 내가 장갑 한 켤레 살 수 있는 돈을 주었거든. 자네나 미나가 나보다 먼저 잭을 만나거든, 위층으로 올라와 나한테 새 장갑을 보여 주라고 말하게. 가여운 저능아를 기쁘게 해 주어야지. 그를 비웃어서는 안 돼…… 불쌍히 여겨야지."

마담은 이런 인간적 감성을 보이고, 연인들이 놀이를 하도록 내버려 두고 떠났다. 잭은 새 선물에 아직 흥분되어 있을 때 그녀가 영향력을 발휘할 수 있는 적절한 마음 상태에 있을 것이다. (이 일을 할 수 있다면) 지금이 아니면 뷔르츠부르크의 사건이 엉겁결에 드러나는 위험을 막기 어려웠다. 바그너 부인은 사무실 운영과 관련해 중대한 사안이 해결되면 결혼식 후에 바로 런던에 돌아가길 원했고, 이건 집안사람 누구나 아는 사실이었다. 마담 퐁텐의 계산에 따르자면 한 달이나 6주 정도면 다행히도 잭은 (그동안 그를 조용히 지킬 수 있다면) 실수를 저지르지 않고 사라질 것이다.

다이닝 룸에서는 어쩔 수 없이 간간이 휴식을 취하며 놀이가 계속되었다. 프리츠는 연인이기에 용서가 되는 것 말고는 바가텔 선수로서 나아질 기미가 보이지 않았다. 그들은 보통보다 약간 더 길게 쉬고 있다가 우연히 문 쪽으로 뒤를 돌아보았는데, 뜻하지 않게 방해를 받았다. 정적이 흐르던 순간에 불쑥 목소리가 튀어나왔다. 그것은 즉각 그들의 관심을 끌었다.

"어이, 당신 둘! 프랑크푸르트에서 제일 좋은 장갑을 보고 싶다면, 자 여기 봐."

잭은 키가 커 보이려고 몸을 바싹 세우고 서서 두 손을 쭉 내밀고 연두색 장갑을 내보였다.

"왜 자네는 항상 노크도 없이 들어오는가?" 당연히 분개하며 프리츠가 물었다.

"왜 당신은 항상 손으로 아가씨의 허리를 감싸고 있소?" 잭이 반박했다. "아, 미나 양, (한마디만 하자면) 당신은 키스를 받으면 받을수록 더욱 좋아하는 것 같구먼."

"맙소사, 쫓아 버려!" 미나가 속닥거렸다.

"위층으로 가!" 프리츠가 소리쳤다.

"뭐! 다시 그 짓을 하고 싶다고?" 잭이 물었다.

"마담 퐁텐에게 가서 새 장갑을 보여 주라고." 미나가 말했다.

소녀의 재치 있는 말은 잭을 제거하는 올바른 방법으로 판명되었다. 잭은 열렬히 그 제안에 수긍했다. "아!" 그가 탄성을 질렀다. "그거 좋은 생각이군! 프리츠, 당신 머리로는 이런 생각을 못했겠지, 그렇지?"

프리츠가 뭐라 대꾸하기도 전에 잭은 이미 사라졌다.

미망인은 아무것도 모른 채 방에 앉아서 신문을 읽고 있었다. 그녀 옆 테이블에는 케이크가 있었고, 순전히 우연의 일치로 케이크 근처에는 톡톡 튀는 레모네이드가 한 병 있었다. 잭은 방으로 들어오며 테이블 쪽을 보고 눈이 휘둥그레졌다.

"그래, 그게 장갑이구나!" 마치 멋진 그림을 감상하는 감식가처럼 머리를 한쪽으로 약간 비스듬히 하며 마담 퐁텐이 말했다. "정말 예쁜데! 너는 대단한 취향을 가졌구나!"

잭은 (아직 케이크에서 눈을 떼지 못하며) 이 사탕발림을 지당하게 받아들였다. "나들이가 좋았습니다요." 그가 소견을 밝혔다. "나는 공공장소에 성공적으로 데뷔했습죠. 사람들이 내 열쇠 가방에 신경 쓰지 않을 때는 내 장갑에 빠져 버렸으니까. 나는 적절히 겸손한 자세를 보였고 다른 사람은 쳐다보지 않았습니다."

"어쩌면 나들이를 해서 식욕이 좋아졌을 수도 있겠네?" 미망인이 넌지시 물었다.

"뭐라 하시는 거요?" 잭이 소리쳤다. "식욕! 먹는 거라면 내 영혼을 걸고…… 아니, 이렇게 하는 건 신사적이 아니지. 내가 저기 사무실에서 '내 영혼을 걸고'라고 말하자 마님은 눈치를 주셨지. 감사합니다. 그렇습니다요. 지는 케이크를 좋아하구먼요. 실례지만…… 그 안에 자두도 있겄지요?"

"자두뿐 아니라 다른 맛좋은 것도 있지. 먹어 봐!"

잭은 매너를 지키려고 무진장 애쓰며, 들은 대로 맛만 보려고 했다. 하지만 자연의 법칙은 너무 강했다. 그는 아이처럼 단 것을 좋아했던지라 게걸스럽게 뛰어들었다. "어, 당신은 갑자기 나한테 엄청 잘해 주시는군요." 그는 케이크를 입으로 처넣으며 웅얼거렸다. "뷔르츠부르크에서는 이렇게 대접하지 않았는데!"

잭은 마담 퐁텐에게 기회를 주었다. 퐁텐은 이런 기회를 놓칠 여자가 아니었다. "오, 잭!" 다정하게 꾸짖는 듯한 투로 그녀가 말했다. "뷔르츠부르크에서 내가 너를 보살피지 않았니?"

"그러니까," 그가 인정했다. "당신이 그 비슷한 걸 했지."

"그게 무슨 말이야?"

잭은 첫 번째 조각을 끝냈다. 그의 공손함이 바닥을 보이기 시작했다.

"당신은 내 주인 박사님이 시킨 대로 했지." 그가 말했다. "근데 나는 내가 죽고 사는 것에 당신이 관심이 있었다고는 믿지 않아. 그러니까 말이여, 당신이 침대에 있는 나에게 이불을 덮어 줘야만 했을 때, 무지막지하게 대충 해 버렸지. 하! 그때 이후로 당신은 많이 좋아졌지. 케이크를 좀 더 주쇼. 두껍게 자르는 것은 염려하지 마시고. 그 병의 레모네이드는 나를 주려고 만든 거요?"

"나에 대해 그런 식으로 말하다니, 잭, 너는 그걸 마실 자격이 없는 것 같구나." 그를 조심스럽게 요점으로 끌어가며 그녀가 덧붙였다. "네가 아플 때 내가 레모네이드를 만들어 주곤 했던 걸 기억 못해?"

잭은 악착같이 요점에서 벗어났다. "당신은 칭찬받고 싶어 죽는구먼." 그가 따졌다. "당신이 많이 좋아졌다고 내가 말하지 않았던가? 지금 하는 대로만 하쇼. 그러면 언젠가 내가 당신을 마님 다음으로 놓을지도 모르지. 펑 소리가 나게 코르크를 빼시다. 나는 그런 소리가 좋더라고. 당신의 건강을 위하여! 레모네이드를 마시고 입술을 탁 때리는 게 매너인가? …… 아주 좋은 거로군. 목구멍을 타고 내려가며 톡 쏘는 맛이 일품이야. 내가 아플 때 당신은 이런 레모네이드는 주지 않았지…… 오! 생각나는 게 있군."

"뷔르츠부르크에서 있었던 어떤 일이 생각나?"

"그래요. 잠깐만. 케이크를 레모네이드에 찍어 먹으면 어떤 맛인지 보고…… 음! 음! 내가 그것을 휘저으니 쉬하고 거품이 인다! 맞아요. 당신이 말한 대로, 뷔르츠부르크에서 일어난 일이지. 데이빗이 떠나던 날 아침에 내가 그에게 물었지. 하지만 마차가 대기 중이라 그는 아무 말도 없이 뛰어나갔소. 나는 그런 걸 무례하다라고 하지."

잭은 계속해서 케이크 조각으로 레모네이드를 휘젓고 있었다. 아니 어쩌면 미망인의 얼굴에서 소름 돋는 무언가를 보았는지도 모른다. 그는 그녀가 말을 할 때 올려다보았다. 그에게 청각은 가장 민감한 감각이었다. 불현듯 돌변한 그녀의 목소리에 그는 흠칫했다.

“데이빗에게 무엇을 물었지?”가 그녀가 어렵사리 내뱉은 말 전부였다.

잭은 그대로 그녀를 보고 있었다. “무슨 문제라도 있소?”

“아무것도 아니야. 무엇을 데이빗에게 물었어?”

“내가 놀랄 필요는 없지. 없어……. 케이크를 레모네이드에 담근다고 나아지지 않아, 그리고 음료에 부스러기를 남기지.”

“그 케이크는 버려, 잭, 그리고 더 먹어.”

“내 마음대로 해도 되나요?”

“물론이지. 그렇지만 넌 네가 알고 싶은 게 뭔지 아직 나한테 말하지 않았어.”

비로소 그는 직설적으로 대답했다. “내가 알고 싶은 것은 이것이지. 누가 켈러 씨에게 독약을 먹였는가?”

잭은 이 말을 하면서 케이크를 자르고 칼끝으로 설탕에 절인 오렌지 껍질 조각을 떼어 냈다. 미망인은 거듭 얼굴을 돌려 시선을 피했다. 그녀는 재빨리 돌아서서 불을 지피는 데 집중했다. 이 자세에서 그녀는 테이블을 등지고 있어 말할 용기가 생겼다.

“너는 터무니없는 소리를 하는구나!”

잭은 케이크를 입으로 반쯤 가져가다 정지했다. 이건 그의 품위에 대한 노골적인 공격이었다. 그리고 그는 그것을 참고 견뎌 낼 마음이 없었다. "나는 절대 터무니없는 소리를 하지 않아." 그가 날카롭게 대답했다.

"너는 그래." 마담 퐁텐도 똑같이 날카롭게 반박했다. "누구나 병에 걸릴 수 있듯이 켈러 씨는 병에 걸린 거야. 누구도 그에게 독을 주지 않았어."

잭은 두 발로 일어섰다. 그 순간 그는 정말 케이크를 잊어버렸다. "누구도?" 그가 따라 말했다. "괜찮으면 이걸 말해 보쇼. 켈러 씨가 파란 유리병의 약을 먹고 낫지 않았소, 나처럼?"

(누가 그에게 알려 주었지? 조셉이 이야기했을 것이다. 미나가 했을지도. 그걸 조사할 시간은 없다. 꼭 해야 되는 일은 잭의 머릿속에서 이 생각을 지우는 거다.) 그녀는 대담하게 대답했다. "맞아, 지금까지는." 그러고는 어떤 반응이 오는지 보았다.

"그렇지. 켈러 씨는 파란 유리병 약으로 나았지, 나처럼. 그리고 나도 중독된 것이고. 그렇지?"

마담 퐁텐은 다시 딱 잘라 부정했다. "너는 중독된 게 아니었어!"

잭은 방을 가로질러 가서 난로 앞에 그녀와 맞섰다. 그의 눈에서는 옛 베들럼의 빛이 번쩍 스쳤다. "악마는 거짓말의 아버지지." 근엄하게 손을 올리며 그가 말했다. "거짓말하지 마! 내

주인 박사님은 내가 중독되었다고 했어."

그녀는 답이 준비되어 있었다. "네 주인 박사님은 너를 놀래려고 그렇게 말한 거야. 그가 없을 때 네가 또 약을 먹는 일이 없도록 하려고. 주인의 실험실에서 그 예쁜 보랏빛 약을 맛볼 때 너는 다른 사람이 마시는 양의 두 배를 마셨던 거야, 욕심쟁이 잭. 그리고 병에 걸렸을 때, 독이 아닌 것에 너는 스스로 감사해야만 했어."

잭은 그녀를 뚫어지게 보았다. 그는 여태껏 자신과 켈러 씨가 똑같은 약으로 치료되었기 때문에 틀림없이 같은 독약을 마셨다고 추론했었다. 하지만 그가 약의 과량 섭취로 아프게 되었고, 켈러 씨는 다른 이유로 병에 들었다고 전제한다면, 그럼 어떻게 다른 두 질병이 같은 처방으로 치료될 수 있었는지 물어야 할 터인데, 그것은 전적으로 그의 능력 밖이었다. 그는 기가 죽어 머리를 떨구고 테이블로 돌아갔다.

"물어보지 말 걸 그랬나. 당신은 나를 징글맞게 헷갈리게 하는군." 그 상황이 견딜 수 없게 당혹스럽지 않았다면 그는 어느 때보다 굳건히 의심하고 불신했을 것이다. 하나 당시로서는 그냥 그 말을 믿으며 혼란스러운 마음을 회피했다. "그게 약이었다면," 측은한 잭은 허망하게 물었다. "무엇에 쓰는 약이었소?"

이 말에 마담 퐁텐의 마음에는 악마가 선동하는 생각이 쑥 들어왔다. 그녀는 그대로 난로 앞에 서서 머리를 천천히 돌려 벽장을 보았다.

"그건 파란 유리병보다 훨씬 좋은 치료약이지." 그녀가 말했다. "피곤하거나 마음이 심란할 때 효과가 빨라서 내가 쓰려고 뷔르츠부르크에서 가져왔어."

잭은 새로운 관심사에 얼굴이 밝아졌다. "오," 그가 간절히 말했다. "한번 보여 주쇼!"

그녀는 손을 호주머니에 넣고 열쇠를 꺼내더니 마지막 순간에 주저했다.

"딱 한 번만 봅시다." 잭이 애원했다. "같은 건지 보게."

그녀는 벽장을 열었다.

5장

잭은 마담 퐁텐을 따라가서 들여다보려고 했다. 그러나 마담은 뒤로 물러나라고 손을 저었다.

"창가에서 기다려. 약을 빛에 비춰 볼 수 있을 테니까." 그녀는 상자에서 '알렉산더 와인' 병을 꺼낸 후 벽장을 다시 잠그고 열쇠를 호주머니에 넣었다. "이거 생각나느냐?" 병을 보이며 그녀가 물었다.

잭은 색깔을 알아보고 몸서리를 쳤다. "약?" 그는 해결할 수 없는 의심에 또다시 심란해져 혼잣말했다. "그걸 맛보았을 때 내가 얼마나 마셨는지 모르겠어. 당신은 아시오?"

"이미 말했잖아. 적절한 양보다 두 배를 마셨다고."

"주인 박사님이 그렇게 말했소?"

"그래."

"그럼 박사님이 적절한 양이 뭔지 말해 줬소?"

"당연하지."

잭은 이것을 거부할 수 없었다. "보고 싶소!" 그가 열을 내며 말했다. "주인님은 훌륭한 분이시지. 주인님은 모르는 게 없어."

마담 퐁텐은 잭을 보았다. 보여 주기로 했던 장난감을 보려고 기다리는 아이처럼 그는 요청이 수락되길 기다렸다. "내가 계량해서 보여 줄까? 아마 너는 두 드램이 무슨 뜻인지 모르겠지?"

"음, 그렇소! 어디 봅시다."

마담은 다시 그를 보고 망설였다. 그녀는 머뭇머뭇 옷장을 열었다. 약물 계량컵을 꺼내는데 손이 떨리기 시작했다. 이마에는 어렴풋이 식은땀이 났다. 그녀는 컵을 테이블에 놓고 잭에게 말했다.

"1회 분량이 어느 정도인지 왜 그렇게 궁금한대? 또 마시고 싶어서 그래?"

잭은 독약을 한참 쳐다보았다. "이건 당신이 피곤하거나 마음이 심란할 때 먹는 약이지." 그녀가 했던 말을 반복하며 그가 대답했다. "나는 체구가 작은 사람이지…… 그리고 때로는 당신이 생각하는 것보다 너무 쉽게 피곤해져."

마담은 손수건으로 이마를 훔쳤다. "불 때문에 방이 덥네."

잭은 그 말에 신경 쓰지 않았다. 그는 아직 그의 미천한 질병에 대한 고백을 끝낸 게 아니었다. 그는 그 훌륭한 치료약을 옹호하는 주장을 계속 증명하려 했다.

"게다가 마음이 심란한 부분에서는 종종 내가 얼마나 심각한지 당신은 모를 거요. 마님과 하루 종일 떨어져 있는 날이면…… 내가 좋지 않은 행동이나 말을 할 때면…… 나는 목매달아 죽고 싶소! 당신이 나를 본다면, 내 생각엔, 당신 마음이 짠할 거요. 진짜로!"

그녀는 대답하는 대신 돌연 일어나 서둘러 문 쪽으로 갔다.

"분명 밖에 누가 있어." 마담이 소리쳤다. "나한테 말하고 싶은 사람이!"

"아무 소리도 안 나는데. 게다가 나는 우리 집에서 가장 민첩한 귀를 가졌지."

"잠깐만, 내가 확인해 볼게."

마담은 문을 열고 밖으로 나와 다시 닫았다. 그리고 한적한 복도를 따라 빨리 걸었다. 복도 끝에 있는 창으로 내달려 에는 듯한 겨울 공기 속으로 머리를 내밀었다. 거친 안도감. 이유도 모른 채 그녀는 거의 이성을 잃을 지경이었다. 가여운 잭은 그 약이 자신을 파멸로 이끌 수 있음에도 순진하게 그녀를 설득시키려고 했다. 단순하기 그지없는 그의 시도는 그 중심까지 뒤흔드는 얽히고설킨 끔찍한 본성을 자극하고 있었다. 여자는 자신이 기획한 범죄와 얼굴을 마주하며 서 있었다. 그리고 그것의 극악무도한 변절에 몸을 떨었다. '내가 뭐가 잘못됐지?' 그

녀는 속으로 의아해했다. '마치 내 손으로 상자 안의 모든 독극물을 없애 버릴 듯한 기세니 말이야.'

마담은 복도를 따라 천천히 방으로 돌아왔다. 시원한 공기는 다시 그녀를 긴장하게 만들었다. 그녀는 정신을 차리기 시작했다. 기운을 되찾은 몸은 들썩거리는 마음을 억눌렀다. 그녀는 자신의 약점을 떠올리며 엉겁결에 손에 쥐고 있던 독약 병을 보고 미소 지었다. '저 나약한 인간은 결혼식 전에 어떤 심각한 실수를 저지를 거다.' 그녀는 생각했다. '그렇지만…… 그렇지만…….'

"어, 밖에 누가 있는가요?" 잭이 물었다.

"아무것도 아니야." 퐁텐은 말했다. 자동적으로 나온 대답이었다. 퐁텐은 그의 무언가로, 아니 그녀 자신의 무언가로—어느 것인지 알 수 없지만—갑자기 남편이 죽음의 문턱에서 그를 끌어냈던 날이 떠올랐다. 죽은 박사의 기억이 이런 식으로, 이 순간에, 그들 사이에 놓여야만 한다는 게 이상야릇했다.

잭은 그녀를 현재 흘러가는 시간으로 다시 불러들였다. 그는 테이블에 놓인 약물 계량컵을 그녀에게 주었다. "내가 한 일을 생각하니 소름이 돋는군. 그래도 색깔은 정말 아름답다…… 다시 한번 봅시다."

마담은 말없이 그 유리병을 가져가, 말없이 치명적인 두 드램을 계량해 그에게 보여 주었다.

"어디에 넣어서," 그가 요청했다. "내가 가지고 있게 해 주소. 필요할 때가 있을 거요."

여전히 말없이 그녀는 테이블로 돌아서서 다시 옷장을 뒤져 작은 빈 병을 찾았다. 그녀는 거기에 그것을 붓고 조심히 마개를 닫았다. 잭은 손을 내밀었다. 그녀는 갑자기 병을 쥔 손을 뒤로 뺐다. "안 돼. 다시 생각하니 네가 갖게 할 수는 없어."

"왜요?"

"너는 혓바닥을 가만두지 못하잖아. 어떤 것도 비밀로 할 수 없지. 내가 굉장한 약을 너에게 주었다고 모든 집안사람들에게 떠벌리고 다닐 테고, 그들은 모두 조금씩 나눠 달라고 할 거야. 그러면 나를 위해서는 하나도 남는 게 없게 되지."

"너무 이기적인 거 아닌가? 허, 그래도 그게 자연스러운 거겠지. 걱정 마쇼. 당신을 위해서라면 내 뭐든지 할 테니. 그것을 내 호주머니에 보관하고 아무한테도 말하지 않겠소. 자?"

잭은 재차 손을 내밀었고, 마담 퐁텐은 재차 주는 것을 망설였다. 그들 사이에 다시 죽은 남편이 끼어들었다. 이 저능한 하인이 그 치명적인 약을 찾아 마신 것을 처음 발견했을 때, 남편은 두려움에 떨며 그녀에게 험한 말을 했었다. "그가 죽으면 나는 다시 살릴 수 없어. 그렇게 되면 나는 죽어서도 눈을 감지 못할 거야." 그녀는 남편과 달리 영혼을 믿지 않았다. 그녀의 마음에서는 어떤 종류의 미신도 이성적 존재와 어울릴 수 없었다. 하지만 이 순간 그녀는 너무 무서운 기운에, 심장을 두드리는 알 수 없는 오싹함으로 옛 고딕 양식의 방을 둘러보았다.

비록 아무 일도 일어나지 않았어도, 비록 어떤 종류의 미신도 이성적 존재와 어울리지 않았어도, 그 당시 이것은 그녀를 흔들어 의지가 무너지게 하기에 충분했다. 잭이 말하는 어떤 것도 그녀에게 영향을 미치지 않았다. 결단에 이른 그녀는 다시 자기 자신의 주인이 되었다. '아직 아니야.' 그녀는 결심했다. '내가 예상하지 못한 결과가 발생할 수도 있어. 하룻밤 묵혀 보자.' 그녀가 손을 호주머니에 넣어 열쇠를 찾을 때 잭이 마지막으로 애원했다. 하나 소용없는 일이었다. "안 돼." 그녀가 말했다. "널 위해 내가 가지고 있을게. 네가 정말 아프거나 필요할 때 나한테 와."

그녀 드레스의 주머니는 옷자락 안에서 뒤엉켜 있었다. 그녀는 그것을 성급하게 풀려고 하다가 그만 열쇠를 바닥에 떨어뜨리고 말았다. 잭은 그것을 주었고, 손잡이에 새겨진 것을 보았다. "핑크 룸 벽장." 그가 읽었다. "왜 이렇게 부르지?"

그렇지 않아도 이미 찌증이 난 심리 상태인데 호주머니가 엉키니 퐁텐은 더욱 신경질이 났다. 그녀는 단순한 질문을 여유있게 듣고 있을 기분이 아니었다. "핑크색 커튼을 봐라, 이 멍청아!" 그의 손에서 열쇠를 확 낚아채며 그녀가 말했다.

잭은 즉각 말과 행동으로 항의했다. "내가 욕을 먹으려고 여기 온 게 아니오." 거들먹거리는 태도로 그는 선포했다.

마담 퐁텐은 잭을 무시한 채 그 독약을 벽장에 안전하게 놓았고, 그로 인해 잭은 어느 때보다도 화가 났다.

"당신이 사 준 장갑은 가져가 버려." 그가 소리를 질렀다. "필요 없어!" 그는 장갑을 둥글게 말아서 그녀 앞에 던졌다. "내가 먹었던 케이크도 죄다 토해 버리고 싶네! 우에웩!" 그는 격렬하게 폭발했다.

그는 힘주어 발을 동동거리며 이 바람을 표출했다. 마담 퐁텐은 미친 듯이 웃음을 터트리며 자기 안의 병적 흥분을 새로운 형태로 밀어냈다. "알고 싶은 게 많은 조그만 녀석 같으니라고. 네 기분을 상하게 하려는 건 아니다. 여자들은 종종 인내심을 잃는다는 걸 아느냐? 자! 악수하고, 이제 그만해. 그리고 원한다면 나머지 케이크도 가져가." 잭은 놀라서 할 말을 잃고 마담을 빤히 보았다. 마담은 다시 성을 내며 소리를 버럭 질렀다. "나를 혼자 내버려 둬! 들었어? 어서 가! 어서! 가라고!"

잭은 대꾸 한마디 하지 않고 방을 나갔다. 그녀의 돌변에, 표정과 그에 따른 어투의 폭풍 같은 변화에, 잭은 적잖이 겁을 먹었다. 그는 밖의 복도로 나왔을 때야 비로소 안도하며 정신을 차리고 방금 일어났던 일을 나름 해석해 보았다. 그리고 마담 퐁텐의 방문을 돌아보며 작은 잿빛 머리를 근엄하게 흔들었다.

'이제야 알겠어.' 그는 생각했다. '가정부님이 미쳤군. 아, 이를

어쩌나, 그녀가 있어야 할 곳은 바로 베들럼이야!'

잭은 훌쩍 뛰어 첫 층계를 내려가다 멈춰 서서 자신의 현명한 깨달음에서 교훈을 얻었다. '나는 마님께 이 말을 꼭 해야겠어.' 그는 다짐을 했다. '우리가 하루라도 빨리 런던으로 돌아가야 나는 더 안전하다 느낄 거라고.'

6장

잭이 개인 사무실에 모습을 드러냈을 때 바그너 부인은 변함없이 책상에서 열심히 일을 하고 있었다.

"지금까지 어디 있었어?" 부인이 물었다. "그리고 새 장갑은 어디에 있어?"

"마담 퐁텐에게 던져 버렸습니다요." 잭이 대답했다. "걱정하지 마십쇼. 그녀에게 주먹질하지는 않았으니까요."

바그너 부인은 웃으며 펜을 내려놓았다. "이처럼 비상한 사건이라면 아무리 일이 중요해도 잠깐 쉬어야겠는데." 그녀가 말했다. "마담 퐁텐과는 뭐가 틀어진 거야?"

잭은 그 훌륭한 치료약에 대해 들었던 이야기와 처음에는 그 약을 그에게 주려고 했다가 도로 가져가 버린 퐁텐의 변덕스런 태도에 대해 장황하게 늘어놓기 시작했다. "입장을 바꿔서," 그가 당당하게 말했다. "지금까지 마님의 생각은 어떤지 말씀해 보십시오."

"내 생각에는 마담 퐁텐이 그 약을 벽장에 보관하도록 하는 게 좋겠다." 바그너 부인이 답했다. "그리고 그런 게 필요하면 나한테 말하고." 그녀는 이렇게 말하면서 그가 가져온 케이크 조각에 시선이 갔다. 잭이 산 걸까, 아니면 가정부 방에서 가져온 걸까? "그거 네 거니 아니면 마담 퐁텐 거니? 마담 퐁텐의 물건이라면 반드시 그녀에게 돌려줘야 한다."

"지가 지조를 버리고 지 꺼도 아닌데 가져왔다고 생각하시는가요?" 잭이 분개하며 말했다. 그는 또, 얼마 지나 퐁텐의 열쇠가 떨어지고 또 주운 것에 대해 또 다른 장황설을 늘어놓았다. "우연히 '핑크 룸 벽장'이라고 손잡이에 새겨진 걸 보았습니다." 그가 계속했다. "그게 무슨 뜻이냐고 물으니, 나를 멍청이라고 부르며 내 손에서 열쇠를 낚아채 갔죠. 그런 일을 겪고도 내가 그녀의 장갑을 껴야 할까요? 안 됩니다요! 지도 높은 양반들만큼이나 자기희생을 할 수 있습니다. 품위 있게 행동했습죠. …… 열쇠를 그녀에게 던져 버렸습니다. 잠깐만요! 마님은 이에 웃을지도 모르겠지만 여기서 소름 돋는 일이 벌어졌답니다. 잔뜩 성질이 나서 나에게 욕하던 사람이 갑자기 나와 악수를 하며 웃음을 터트리는 이상한 사람으로 변했거든요. 이에 대해 마님은 어떻게 생각하십니까? 그녀가 그랬습니다요. 신사의 명예를 걸고 말씀드리지만, 그녀가 그랬습니다. 지의 현명한 본보기를 따르세요, 마님. 그녀를 피하세요…… 한시라도 빨리 런던으로 돌아가십시다. 오, 지가 이렇게 말하는 데는 이유가 있습니다. 그것을 밝히기 전에 열쇠 구멍으로 밖을 좀 살피겠습니다요. 음, 괜찮구먼요. 열쇠 구멍에는 아무도 없습니다. 말해도 되겠어요. 폭로하기에는 무시무시한 비밀인데…… 가정부는 미쳤습니다요! 맞습니다, 맞아요. 이게 틀릴 리가 없습죠. 사람에게서 광기를 봤을 때 그걸 제대로 알 수 있는 사람이 있다면…… 바로 제가 그 사람입죠!"

바그너 부인은 잭이 말하는 것을 유심히 보다가 가까이 오라고 해 손으로 그를 잡았다.

"이제 그만해도 돼." 그녀가 차분히 말했다. "네가 약간 과열된 것 같구나."

"누가 그래요?" 잭이 소리쳤다.

"네 눈이 그러지. 여기 네 자리로 오렴."

그녀는 일어나 그가 평소 앉아 있던 예스러운 창가 휴식처로 그를 이끌었다. "앉아." 그녀가 말했다.

"앉기 싫습니다요."

"내가 부탁하는데도?"

잭은 곧바로 앉았다. 바그너 부인은 수첩을 꺼내 연필로 표시를 했다. "잭이 착한 행실을 한 것에 1점." 그녀가 말했다. "자, 나는 일을 계속해야 해. 너는 내가 놀랄 만한 어떤 방식으로 조용히 네 일을 하고. 무슨 일을 할 거니?"

잭은 자기를 바라보는 단호하고 정겨운 부인의 시선에 점차 안정을 찾아갔지만 아직 적절한 즐거움을 찾을 수 있는 심리 상태는 아니었다. "마님이 알려 주세요." 그가 말했다.

바그너 부인은 그가 어깨에 멘 열쇠 가방을 가리켰다. "열쇠들은 벌써 다 깨끗이 청소했어?"

그의 관심은 즉각 열쇠로 쏠렸다. 그걸 잊고 있었다니, 그는 놀랐다. 바그너 부인은 종을 울려서 사포와 가죽, 표백제를 가져오게 했다. "자, 그럼." 시계를 가리키며 그녀가 말했다. "적어도 한 시간은 조용히 일을 해야지!"

부인은 책상으로 돌아갔고, 잭은 가방을 열었다.

잭은 옆자리에 열쇠들을 일렬로 늘어놓았다. 청소 작업을 시작하기에 앞서 하나씩 살펴보다가 흠칫하고 열쇠 하나를 집어 빛으로 들어 올렸다. 녹과 먼지로 뒤덮인 손잡이에는 뭔가가 새겨져 있었다. 그는 재빨리 공구들을 꺼내서 작업에 착수했다. 열심을 다한 덕에 몇 분 후에는 새겨진 글이 드러났다. 그는 또렷하게 읽을 수 있었다—"핑크 룸 벽장." 그다음에 나오는 낱말은 그에게 그리 명료하지 않았다—"복제." 하지만 이것을 이해하는 데는 전혀 문제가 없었다. "핑크 룸 벽장"이라는, 또 하나의 열쇠에 새겨진 어구가 그가 알고 싶은 것을 모두 말하고 있었다.

잭은 눈빛이 번득였다. 입을 열며 바그너 부인을 보았다. 그녀는 펜을 바쁘게 움직이고 있었다. 잭은 조용하기 힘든 한계까지 자신을 억제했다. '하! 내가 원할 때면 언제라도 가정부의 약을 취할 수 있겠군.' 은밀히 그는 생각했다.

잭은 마담 퐁텐이 미쳤다고 확신했지만 치료약에 대한 믿음은 흔들리지 않았다. 치료약을 만든 건 퐁텐 박사였다. 박사는 실책을 범할 수가 없었다. '그녀는 그렇게 값진 걸 보관하기에는 맞지 않아.' 그는 종결지었다. '내가 전부 가져와서 손수 관리를 해야겠어. 우리가 일을 마치면 마님에게 말을 해야 할까?'

잭은 이 질문을 마음에 품고 열쇠를 닦으며 바그너 부인을 힐끗힐끗 보았다. 얄팍한 지성이 있는 사람에게 흔히 잘 발달된 교활함으로 그는 그 발견을 혼자만 알고 있기로 작정했다. "마담 퐁텐의 물건이라면 반드시 그녀에게 돌려줘야 한다."가 마님이 그에게 방금 전에 한 말이었다. 바그너 부인에게 이 비밀을 말하면, 그녀는 분명 이 복제 열쇠를 돌려주라고 지시할 것이다. (그건 그 훌륭한 치료약을 포기하라는 의미였다.) '내가 원하는 것을 손에 넣으면,' 그는 생각했다. '열쇠는 버려도 돼…… 그러면 그걸로 끝이야.'

1분, 2분, 3분…… 15분, 30분, 시계 바늘이 돌아갔다. 그리고 묘하게 연결된 그 두 동반자는, 묘하게 다른 일을 각기 말없이 계속했다. 거의 한 시간이 다 되어 갈 즈음, 삼자가 나타나이 진행을 방해했다. 그 삼자는 다시 마담 퐁텐.

"정말 죄송합니다, 바그너 부인! 개인적으로 한두 마디만 나누었으면 하는데 언제가 좋을까요?"

"완벽한 시간에 오셨군요, 마담 퐁텐. 오늘 일은 끝났습니다." 바그너 부인은 말을 멈추고 잭을 보았다. 잭은 과시하듯 바쁘게 열쇠 일을 하고 있었다. 가장 현명한 선택은 그가 창가 자리에서 그냥 일하도록 내버려 두는 것일 거다. "다이닝 룸으로 갈까요?" 바그너 부인이 제안하며 길을 이끌었다. "내가 돌아올 때까지 여기서 기다려, 잭. 수첩에 또 착한 점수를 표시할 수도 있을 거야."

두 부인은 아무도 없는 다이닝 룸에서 문을 닫고 만남을 가졌다.

"당신을 방해하는 이유는 한 가지입니다, 부인." 미망인이 시작했다. "방금 사무실에 두고 온 불쌍한 잭에 관해 말씀드리려고 그럽니다. 최근에 그가 흥분한 것을 보셨는지 여쭤봐도 될까요?"

"물론이죠!" 바그너 부인은 평소처럼 솔직하게 대답했다. "한 시간 전쯤에 저한테 왔을 때는, 제가 그를 진정시켜야 했답니다…… 지금은 보통 사람처럼 다시 조용한 걸 당신도 보았을 테고. 당신이 그의 행실에 불만을 터트리려는 이유가 있겠지요?"

미망인은 손을 올리며 점잖게 부인했다. "오, 부인, 아니, 불만은 아니고요! 괴로운 우리 잭이 불쌍하고, 또 어쩌면 부인의 압도적인 영향력이 필요할 것 같아서요. 그것뿐이에요."

"당신은 과연 선하시군요." 바그너 부인은 냉랭하게 말했다. "아울러서 내 해명도 들어 주시면 좋겠어요. 잭뿐만 아니라 나를 위해서. 런던에서 보니 잭은 처신을 바르게 하고 자기를 절제할 줄 알더군요. 그래서 프랑크푸르트로 데려와도 전혀 문제가 없겠다고 생각했어요."

"더는 말씀하지 마세요, 부인. 저를 헷갈리게 하시는군요. 그가 사소한 발작을 일으키게 한 무지한 원인 제공자는 바로 접니다. 뜻하지 않게 저는 그가 뷔르츠부르크에서 우리랑 살 때 얘기를 꺼냈고, 그러는 가운데 옛 망상이 되살아났습니다. 그건 당신의 훌륭한 치료법으로도 그의 마음에서 제거하지 못했던 망상이었어요."

"그 망상이 무엇인지 말해 주시겠습니까, 마담 퐁텐?"

"정신 이상자들에게는 흔하디흔한 망상 중 하나입니다, 바그너 부인…… 누군가가 그를 독살하려 했다는. 당신 앞에서도 그런 말을 한 적이 있나요?"

"그런 이야기를 들은 적이 있어요. 런던의 정신 병원 원장으로부터요."

"아, 정말로요? 잭이 했던 이야기를 병원장이 그저 똑같이 반복했겠지요?”

“그래요. 그래서 내가 잭을 책임지게 되었을 때, 그 이야기를 해서 그가 흥분하지 않도록 주의했답니다. 게다가 머리나 피부를 보면 그에게 분명 어떤 심각한 사고가 있었다는 것을 놓칠 수 없을 테니까요.”

“의심의 여지가 없죠! 그는 희생자예요. 가여운 사람, 근데 독이 아니라 자신의 어리석은 호기심의 희생자이죠. 남편의 실험실에서. 그리고 그 결과는 당신도 보죠. 아! 저는 그걸 과학적으로 설명할 수는 없답니다.

“설사 당신이 설명할 수 있다 해도, 마담 퐁텐, 나는 이해하지 못할 겁니다.”

“오, 부인. 내가 창피하지 않도록 그렇게 친절하게 말씀하시는군요. 혹시 잭이 나에 대해서 말한 게 있나요? 설명이 필요하다면…… 내가 할 수 있는데.”

퐁텐은 이 질문 속에 깔린 근심을 음성과 눈에 나타나지 않도록 완벽하게 숨기며 은근슬쩍 물었다. 하지만 이내 그녀의 입술이 떨리며 마음속 짜증이 표면으로 올라왔다.

이 자기 배반의 몸짓은 보일 듯 말 듯했지만 바그너 부인의 예리한 관찰력을 피하지는 못했다. 부인은 조심스럽게 대답했다. “그와 반대입니다. 잭의 말대로라면 당신이 진정으로 그를 도왔다는 명백한 결론에 이릅니다. 당신이 설명한 그 망상을 치료했고요…… 그에게 약을 맡기지 않겠다는 당신의 합당한 결정에 나는 적극 찬성입니다."

마담 퐁텐은 살짝 다리를 굽혀 인사했다. "삶의 행복한 순간들 속에 이 친절한 말씀을 기억하겠습니다." 그녀가 심히 우아하게 말했다. "당신 손을 잡게 해 주세요." 그녀는 고마움으로 바그너 부인의 손을 꽉 잡았다 놓고는 의기양양하게 퇴장했다. 프랑스 여배우라도 그녀가 방을 나가는 거동을 부러워했으리라.

그러나 퐁텐은 층계를 올라갈 때는 더 이상 그 모습을 유지할 필요가 없어졌고, 그녀의 발걸음은 늙은 여자처럼 느리고 지쳐 있었다. '오, 내 딸,' 그녀는 다시 마음에 미나를 품으며 서글피 생각했다. '연말에 결혼식을 하면 이 모든 희생이 끝나려나?' 침실 난롯가에 앉으니 평생 처음으로 아무 생각 없이 무미건조한 가정부로 사는 것이 부러워 보이기 시작했다. 그건 자신이 경멸했던 삶이지만, 수다나 뜨개질, 차 마시는 것으로 제한된 좁은 사회적 지평선 안에 있는 장점들이 이제 보였다.

다이닝 룸에 혼자 남은 바그너 부인은 마담 퐁텐의 동기를 간파하려고 애쓰며 좌우로 왔다 갔다 했다.

그녀는 판단하기가 쉽지 않았다. 표면 밑에 무언가가 있다는 결론을 내리기는 쉬었지만, 이 발견 지점에서 더 나아가는 것을 막고 있는 장애물은 꿈쩍하지 않았다. 그녀가 사무실로 되돌아왔을 때는, 심사숙고의 주요한 결과로서 그 고상한 미망인을 어느 때보다 굳건히 불신했고 지혜로운 데이빗과 협의할 수 없음을 애석해했다.

잭은—동요의 노랫말처럼, 황금처럼 착하게—창가 자리에 그대로 앉아 열쇠에 전념하고 있었다. 그의 첫 마디는 순전히 혼잣말이었다.

"이것이 좋은 행실이 아니라면," 그가 말했다. "뭐가 긴지 알고 싶구먼요. 또 점수를 주세요."

바그너 부인은 수첩을 꺼내 새 점수를 주었다.

"감사합니다요." 잭이 말했다. "음, 또 바라는 게 있는디, 가정부가 뭐라 했는지 알고 싶구먼요. 지가 심각하게 주의를 드렸지요."

"왜 그게 궁금하지, 잭?"

"그녀가 물지는 않았지요, 그렇죠? 아, 그런 사람들은 종종 그럴 때가 있습죠! 그녀가 뭐라고 거짓말을 하던가요? 오, 그들은 정말 구역질나는 태도로 거짓말을 하죠! 뭐라고요? 그녀가 아주 다정한 말로 지에 대해 얘기하던가요? 그렇다면 왜 지가 안 듣기를 바랐던 거죠? 아, 그들은 마귀처럼 속임수를 쓰죠! 지는 미친 사람들을 정말 싫어한답니다."

바그너 부인은 다시 수첩을 꺼내 들었다. "네 점수에 선을 그어야겠구나." 그녀가 엄중히 말했다. "또다시 그런 소리를 한다면 말이다."

잭은 홱 토라져서 열쇠들을 모아 가죽 가방에 넣었다. "마님은 너무해요." 그가 말했다. "지는 그저 마님을 위해서 주의를 준 것뿐인데. 왜 그런지는 모르지만 여기서는 마님이 런던에서처럼 다정한 것 같지 않습니다요. 그게 느껴져요. 진짜 그래요!" 그는 창가에 털썩 앉아 흐느끼기 시작했다.

바그너 부인은 가여운 왜소한 남자의 감정 표현을 무시하는 여자가 아니었다. 곧 그녀는, 그가 아이라도 되는 양 창가에서 그를 위로하며 눈물을 닦아 주었다. 그리고 잭은 아이처럼 이 분위기를 이용해 득을 보았다. "책상을 보세요." 그가 측은하게 말했다. "마님이 지를 얼마나 심하게 대하는지 저기 또 다른 증거가 있습니다요. 런던에서는 지가 마님 책상 열쇠를 맡았었는디 여기서는 아니지요."

바그너 부인은 책상으로 가 자물쇠를 잠그고 잭에게 돌아왔다. 관대한 행위가 조용히 행동으로 나타날 때 얼마나 엄청난 위력을 갖는지 아는 사람은 많지 않다. 바그너 부인은 그 소수의 사람 중 하나였다. 그녀는 말없이 가죽 가방을 열고 그 안에 열쇠를 떨어뜨렸다. 잭에게는 여태 도달하지 못했던 깊은 감격이 몰려왔다. "오!" 그가 소리쳤다. "지가 부인에게 키스해도 될까요?"

바그너 부인은 뒤로 물러나 경계의 손을 들었다. 그녀가 말로 표현하기 전에 잭의 민첩한 귀는 문으로 다가오는 발걸음 소리를 들었다. "그녀가 돌아오는 걸까요?" 여전히 마담 퐁텐을 의심하며 그가 크게 말했다. 바그너 부인은 즉시 문을 열었고 하인 조셉과 대면하게 되었다.

"켈러 씨가 언제 돌아오시는지 아시나요, 부인?" 그가 물었다.

"그가 나간 지도 몰랐는데, 조셉. 누가 찾는가?"

"뮌헨에서 오셨다는 신사 분입니다."

7장

더 알아보니, '뮌헨에서 온 신사'는 기다리고 있을 시간이 없었다. 그는 켈러 씨가 없다면 '다른 파트너'라도 볼 수 있는지 문의했다. 낯선 사람의 방문은 어떤 식으로든 사업 분야와 연계된 듯 보였다. 이 경우라면 바그너 부인이 그의 말을 들을 적임자였다.

"신사는 어디에 있지?" 부인이 물었다.

"응접실에 있습니다." 조셉이 답했다.

바그너 부인은 당장 사무실을 나갔다. 이내 그녀는 위엄 있는 노신사 앞에 섰다. 노신사는 검정색 옷차림이었고, 긴 프록코트의 단추 구멍에는 일종의 공적을 나타내는 리본이 달려 있었다. 그는 숙녀와 마주하게 되자 의아해하며 금테 안경 너머로 두 눈을 동그랗게 떴다. "아마 어떤 실수가 있었나 보군요." 대단히 정중하게 고개를 숙이며 아주 매끄러운 음성으로 그가 말했다. "나는 파트너 중 한 분을 뵙고 싶다고 요청했습니다만."

바그너 부인이 자신이 회사의 그 자리에 있다고 알리자 그는 또 한 번 크게 놀랐다. "사업상 문제로 오셨다면," 그녀가 진행했다. "비록 제가 한낱 여자이지만 선생님의 말을 이해하리라 믿으셔도 됩니다. 사적인 일로 방문하신 거라면 켈러 씨에게 글을 남기시면 좋겠습니다. 어르신이 돌아오시면 편지를 받도록 제가 조처하겠습니다."

"당신을 번거롭게 할 생각은 조금도 없소이다." 방문객이 대답했다. "나는 의사요. 심각한 질병에 관해 여기 동료들과 협의할 게 있어서 프랑크푸르트로 호출을 받았소. 켈러 씨 누이는 뮌헨에서 내가 담당하는 환자 중 한 분이지요. 여기 온 김에 그녀의 건강에 대해 그와 이야기하면 좋겠다 생각했소."

그가 이렇게 막 소개했을 때 켈러 씨가 방으로 들어왔다. 사업가와 의사는 오랜 친구들처럼 악수를 했다.

"누님에 대해 걱정할 소식은 아니겠지?" 켈러 씨가 물었다.

"그저 고질병일 뿐이네, 친구. 천식 발작이 또 한 차례 있었지."

바그너 부인은 방을 나가려고 일어섰다. 켈러 씨는 그녀를 멈춰 세웠다. "우리만 놓고 나갈 필요는 없어요. 내 육감이 틀리지 않다면 당신의 조언이 필요한 부분도 있을 거요. …… 의사 선생, 이달 말 즈음에 누님이 뮌헨을 떠날 만큼 건강을 되찾을 수 있을까?"

"유감이네만," 의사가 대답했다. "그녀가 손님으로 참석해야 하는 기쁜 행사에 대해 들었는데…… 그녀 나이에는 더 시간이 필요하네."

"달리 말하자면 아들 결혼식에 누님이 오기는 어렵다는 말인가?"

"정말 쉽지 않겠네. 부인에게는 재밌는 일이 별로 없는데, 안됐지. 몹시 실망이 크시네. 그래서 내가 여기 출장을 나온 김에 주제넘은 요청을 하려고 왔네. 훌륭한 자네 누님을 위해 변론을 하자면, 누님은 젊은 사람들이 결혼식을 연기해서 실망이라는 소리는 듣고 싶어 하지 않으시네. 그리고 여기 그 유명한 목걸이가 있네. 내가 책임지고 가져왔지. 자네 누님의 진정성을 보이는 증표라네."

그는 작은 여행 가방을 놓아두었던 의자에서 가방을 집어 들더니 목걸이가 든 케이스를 꺼냈다. 어떤 여자도—큰 회사의 대표 파트너인 바그너 부인조차도—이 진주들을 보고 평정을 유지하기란 어려웠을 것이다. 바그너 부인은 감탄의 탄성을 터트렸다.

켈러 씨는 아무렇지도 않게 부인에게 그 목걸이를 건넸다. 그는 오직 누님에게 관심이 있을 뿐이었다. "결혼식을 한 달 연기하면," 그가 물었다. "누님이 여행을 할 수 있을까?"

"별 탈이 없고 결혼식을 두 주 연기하면, 누님이 여행을 할 수 있을 거네. 나는 오늘 저녁에 뮌헨으로 출발하네. 하루에 한 번은 꼭 누님을 뵈지."

켈러 씨는 바그너 부인에게 물었다. "당연히 이 소소한 희생을 감수해야겠죠? 조카의 결혼식을 보는 기쁨이 어쩌면 누님 인생의 마지막 즐거움이 될 수 있을 테니까."

"저라면," 바그너 부인이 말했다. "두 주를 연기하는 데 조금도 망설이지 않을 거예요. 물론, 신랑 신부와 이야기를 해 봐야겠지만요."

"그리고 신부 부모와도 해야지." 사려 깊은 의사가 제안했다. "그분들이 살아 계시다면."

"모친만 살아 계시네." 켈러 씨가 말했다. "대단히 고상한 분이라 반대하지 않을 걸세, 내가 장담하지." 잠시 생각하며 그가 말을 멈추었다. "프리츠는 별 볼일 없고, 그걸 신부에게 가장 먼저 물어야 한다는 생각이 드는데." 그가 종을 울렸다. 그러고는 바그너 부인의 손에서 목걸이를 가져갔다. "나는 어린 미나를 아주 높이 산다네. 그 아이의 자상한 마음이 말하는 걸 들어 보세. 진주의 영향력이나 모친의 자극에 방해받지 않고 말이야."

그는 보석함을 닫아 옆에 있는 캐비닛에 넣었다. 필요한 메시지는 조셉에게 들려 위층으로 보내졌다. "실수하지 말게나," 주인이 조셉에게 말했다. "미나 양 혼자만 보고 싶으니."

기다리는 동안 의사는 코담배를 조금 들이켰다. "이 시험은 거의 뻔하지 않을까." 그가 장난스럽게 평했다. "여자들은 항상 자기를 희생할 수 있으니까. 신부가 뭐라 말할까?"

"선한 친구," 켈러 씨가 다소 성급하게 대꾸했다. "내가 이미 프리츠는 별 볼일 없다고 했잖은가."

미나가 들어왔다. 뜻밖에 훈장을 단 위엄 있는 낯선 사람이 있는 것을 보고 그녀는 얼굴이 붉어졌다. 의사는 젊은 여자들을 잘 이해하는 남자의 태도를 취하며 코담배 상자를 도닥거렸다. "아주 매력이 넘치는군요!" 그가 바그너 부인에게 나직이 말했다. "젊어져서 프리츠가 되었으면 좋겠어요. (마음만 그렇습니다, 부인)."

켈러 씨는 나아가 미나를 맞이하며 손을 잡았다.

"아이야, 내가 두 주간 결혼식을 연기하자고 부탁하면 어떻겠느냐, 그리고 이 모든 게 한 늙은 여자 때문이라면?"

"어르신께서 그렇게 물을 때는 그럴 만한 이유가 있다고 생각할 겁니다, 어르신." 미나가 대답했다. "그리고 솔직히 말하자면 그 노부인이 누구인지 알고 싶을 겁니다."

간단하고 분명한 말로 켈러 씨는 의사가 했던 말을 미나에게 다시 했다. "시간을 가지고 생각해 보려무나." 그가 덧붙였다. "원한다면 먼저 어머니와 상의해 보고."

미나의 예쁜 얼굴은, 진실하고 관대한 감정이 깃든 천상의 빛을 내며 더없이 사랑스러워 보였다. "오, 켈러 어르신!" 그녀가 탄식했다. "정말로 제가 생각할 시간을 달라고 할 만큼 냉랭한 가슴을 가졌다고 생각하시나요? 분명히, 저뿐 아니라 어머니를 대신해 말씀드릴 수 있을 겁니다. 우리의 시간은 켈러 고모님의 시간과 같을 겁니다. 그분께 그렇게 말씀해 주세요. 저의 의무라고…… 아니 제가 벌써 이렇게 말해도 될지 모르겠지만, 저의 사랑이라고요."

켈러 씨는 흔치 않은 열정으로 미나의 이마에 입 맞추었다. "너는 누님이 보낸 신부 선물을 받기에 충분하구나." 그가 말했다. 그러고는 캐비닛에서 목걸이를 꺼내 그녀에게 주었다.

미나는 휘황찬란한 진주들을 보며 형용할 수 없는 황홀감에 빠져 한동안 그대로 서 있었다. 그녀가 입을 열었을 때는, 지금 상태로는 자신에게 진주들이 어울리지 않을 거라는 이성적 판단이 섰고, 감동의 첫 뜨거운 열정은 가라앉아 있었다. "이건 저에게 너무 과분합니다." 그녀가 슬피 말했다. "이런 진주를 하려면 옷장에 훌륭한 드레스가 가득 찬 멋진 숙녀가 되어야만 하겠네요!" 미나는 그녀의 성性과 나이에 걸맞은 동경으로 다시 그것을 보았다. "제가 목걸이를 위층으로 가져가도 될까요?" 미나가 물었다. 그녀는 더할 나위 없이 귀엽게 역설적이었다. "목걸이를 하고 어떤지 보고 싶어서요."

켈러 씨는 미소 지으며 손을 흔들었다. "네 목걸이니 네가 하고 싶은 대로 하려무나, 애야. 누님에게 몇 자 쓰고 나서 너를 쫓아가 멋지게 차려 입은 우리 며느리를 보고 싶구나."

의사는 시계를 보았다. "자네가 5분 안에 편지를 쓸 수 있다면," 그가 제안했다. "내가 뮌헨으로 가져가겠네."

바그너 부인과 미나는 함께 방을 나갔다. "같이 가서 한번 봐 주세요." 미나가 말했다. "부인의 의견을 듣고 싶어요."

"내가 곧장 따라가마. 사무실에 깜빡한 게 있어서."

그날 있었던 일들은 결국 잭을 졸게 만들었다. 그는 창가에서 반쯤 자고 있었다. 바그너 부인은 그가 정신이 번쩍 들도록 깨웠다.

"열쇠 간수장님," 그녀가 말했다. "내 책상을 열어 주시구려."

잭은 당장 두 발로 섰다. "하, 마님, 그렇게 말씀하시니 열나 기분이 좋네요. 다시 런던에 온 것 같습니다요."

책상은 무거운 마호가니 덮개가 있는 널찍한 상업용 책상이었다. 그 안에 있는 것들은 완벽하게 정리되어 있었다. 안쪽에 줄지어 있는 '비둘기 집 구멍'에는 내용물이 인쇄된 표로 명시되어 있었다. '서신 초안, A-Z', '대리점 계약서', '철제 금고 열쇠', '개인 원장原狀 열쇠.' 원장은 황동 자물쇠가 달린 두툼한, 일기장 같은 노트북으로 비둘기 집 구멍들 옆에 놓여 있었다. 그 위로는 '개인 거래'라고 이름이 달린 지갑 크기의 작은 책이 있었다. 바그너 부인은 두 책을 그녀 앞에 펼치고 가장 최근에 기입된 페이지를 보며 기입된 사항을 비교했다. "이것을 분명히 잊어버렸다고 생각했는데!" 원장에 있는 내용을 개인 거래장에 옮기며 그녀는 혼잣말했다. 그녀는 원장을 제자리에 놓고 책상을 잠근 후 열쇠를 잭에게 주었다.

"런던에서의 법은 여기서도 법이야. 잊으면 안 돼." 그녀가 말했다. "내 책상은 내가 그렇게 하라고 요청했을 때가 아니면 절대 열어 봐서는 안 된다. 만약 열쇠가 네 손에서 떠난다면 그때는 열쇠 간수장이 될 수 없어."

"지가 런던에서 그렇게 했던 적이 있나요?"

"아니."

"그러믄 여기서 그러리라고는 걱정하지 마십시오. 맹세합니다! 마님, 저 작은 책은 넣지 않았는데요." 바그너 부인이 거래장을 주머니에 넣느라고 정신이 팔려 있을 때 잭은 열쇠를 다시 꺼내 자물쇠에 넣었다.

"책상에 둘 것이 아니다." 그녀가 설명했다. "이건 보통 내가 가지고 있지."

잭은 곧바로 의심이 생겼다. "아," 그가 분개를 터트리며 탄식했다. "저를 믿지 못해서 그러시는군요!"

"나쁜 행실 점수를 받지 않도록 조심해! 어리석은 놈하고는, 작은 책은 큰 책의 복사본일 뿐이야. 나는 너를 믿고 큰 책을 맡긴 거다."

부인은 잭을 꼼꼼히 잘 알고 있었다. 자기가 원본인 큰 책을 지키고 있다는 말을 듣자 그의 성마른 위세는 금세 가라앉았다. 그는 자물쇠에서 열쇠를 다시 뺐다. 바로 그때 켈러 씨가 사무실로 들어왔다. 잭은 진실한 친구와 그렇지 않은 사람을 정확하게 구별하는, 부러운 개의 재주를 가졌다. 켈러 씨는 정신 병원에서 나온 사람을 주변에 두는 것이 내심 탐탁지 않았다. 켈러 씨가 들어오자 잭은 본능적으로 방을 나가야 한다고 느꼈고, 그래서 바로 사무실을 나갔다.

"미친놈에게 책상 열쇠를 맡기다니, 그게 가당한 일이오?" 켈러 씨가 따졌다. "당신의 신랄한 적조차도 당신이 그렇게 경솔한 행동을 범할 수 있다는 걸 믿지 못할 거요, 바그너 부인."

"유감이지만, 판단을 내리는 데 경솔한 행동을 범하는 사람은 어르신입니다. 제가 우리 집에서 잭을 시험했을 때 다들 저에 대해 이렇게 말했었죠. '이런, 한때 베들럼에 있던 사람을 믿고 열쇠를 맡기는 여자라니!'"

"아! 내 생각에 동의하는 사람들이 또 있었군요?" 켈러 씨가 말했다.

"어르신만큼 이 화제에 대해 모르는 사람들이 또 있었지요, (마땅한 존경심을 담아 하는 말입니다) 나리. 정신 병원의 측은한 환자들에게 가장 확실한 치료법은 그들의 자존심에 호소하는 겁니다. 잭은 줄곧 제가 그에게 부여한 신뢰를 한 번도 저버리지 않았습니다. 내 친구들이 실수를 인정했을까요? 어르신이 인정하는 만큼 했지요! 마음을 편히 가지세요. 잃어버린 물건이 있다면 제가 책임을 지겠습니다. 미친놈에게 열쇠를 맡길 만큼 경솔한 사람은 나니까요."

켈러 씨의 견해는 전혀 흔들리지 않았다. 다만 흥분한 부인을 존중하여 더는 의견을 표명하지 않았다. "당신이 제일 잘 알겠지요." 그가 정중하게 말했다. "내가 여기 온 소소한 이유를 말하리다. 런던에 있는 데이빗은 의심할 여지 없이 무척 바쁘겠지요. 결혼식이 연기되었다는 것을 당장 알아야 할 겁니다. 당신이 편지를 쓸 거요, 아니면 내가 쓸까요?"

바그너 부인은 평정을 되찾고 있었다.

"기꺼이 제가 쓰지요, 켈러 어르신. 우편 마감까지는 아직 30분 정도 있네요. 그 멋진 목걸이가 얼마나 잘 어울리는지 봐주겠다고 미나와 약속했거든요. 잠시 양해해 주시겠지요? 아니면 저랑 같이 위층으로 가실까요? …… 응접실에서 어르신이 얼핏 그렇게 하겠다고 하신 것 같은데."

"그럽시다. 숙녀들이 나를 허락한다면."

그들은 함께 층계를 올라가다 응접실 밖 층계참에서 프리츠와 미나를 만났다. 하나는 울화통을 터트리고, 다른 하나는 눈물을 흘리고 있었다.

"이게 무슨 조화냐?" 켈러 씨가 날카롭게 물었다. "프리츠! 너는 왜 얼굴이 붉으락푸르락한 게야?"

"저는 지독하게 이용당한 것 같아요. 결혼식을 연기하는 문제는, 저에 대한 적절한 배려가 있어야 합니다. 마담 퐁텐도 저랑 같은 생각이고요."

"마담 퐁텐도?" 켈러 씨는 그 이름을 반복하며 미나를 보았다. "그게 정말 사실이냐?"

방금 전에 일어난 일을 떠올리며 미나는 부들거렸다. "오, 저에게 묻지 마세요!" 그녀는 측은하게 사정했다. "어머니에게 무슨 일이 있었는지 모르겠어요. 어머니가 너무 변해서 무서워요. 그리고 프리츠는," 그녀가 정신을 차리며 말했다. "그가 이기적인 폭군이 되려고 한다면, 이렇게 말씀드리죠…… 그와는 아예 결혼하지 않겠어요!"

켈러 씨는 프리츠를 보며 경멸적으로, 손가락으로 계단 아래를 가리켰다.

"가라!" 그가 말했다. 프리츠는 항변하려고 입을 열었다. 켈러 씨는 꾸지람으로 그걸 막아 버렸다. "언젠가는 너도 아들이 있을 게다. 그놈이 네 생각과는 달리 멍청한 짓을 하게 될 거다." 그는 거듭 계단 아래를 가리켰다. 프리츠는 오만상을 찌푸리며 물러났다. 그의 아버지는 눈에 띄게 다정하게 미나에게 말했다. "진정하려무나, 애야. 내가 네 어머니를 만나서 해결하마."

“미나야, 혼자 있지 말고,” 바그너 부인이 상냥하게 덧붙였다. “같이 내 방으로 가자.”

켈러 씨는 응접실로 들어가 조셉에게 전갈을 들려 보냈다. “마담 퐁텐에게 가서 내가 당장 보잔다고 해라.”

8장

미망인 퐁텐은 평소 태도와는 달리 유별나게 집요한 낙담에 빠져 있었다. 눈에는 강퍅함이 어리고, 입술은 굳게 닫혀 있었다. 보통 색이 없는 피부는 묘한 잿빛을 띠며 창백했다. 죽은 남편이 무덤에서 살아나 켈러 씨에게 경고할 수 있다면 이렇게 말했을 것이다. '내 평생 한두 번 이런 그녀를 본 적이 있소. 당신이 하려는 것이 무엇이든지 간에, 조심하시오!'

미망인은 켈러 씨를 당혹스럽게 했고, 그는 시간을 벌려고 했다. 그는 살짝 고개를 숙이고 의자를 가리켰다. 그녀는 말없이 의자에 앉았다. 처진 눈꺼풀이 더욱 무겁게 툭 튀어나온 채 그녀는 강퍅한 눈으로 그 집안의 가장을 똑바로 쳐다보았다. 가느다란 입술은 결코 열리지 않았다. 여자의 전체적인 표현은 또렷이 말했다. '당신이 먼저 말해!'

켈러 씨는 입을 열었다. 그의 타고난 직관은, 그가 어디서 정보를 얻었는지 운을 떼면서 미나를 언급하지 말라고 경고했다. "아들에게서 들었는데," 그가 말했다. "당신은 결혼식을 연기하는 데 찬성하지 않는다고요? 겨우 두 주여도. 근데, 그 상황은 알고 있소?"

"상황을 알고 있습니다."

"내 누님이 아픈 것은 당신 딸이 알려 주었겠죠?"

처음으로 미나가 언급되자, 겉모습은 그대로인 마담 퐁텐의 얼굴이 내적 동요로 어슴푸레 뒤틀렸다.

"네." 그녀가 말했다. "철딱서니 없는 내 딸이 알려 주었습니다."

미나에게 별칭이 붙었다. 그 낱말에는 고의로 강세가 갔고, 짜증이 섞여 있었다. 켈러 씨는 정의감에 그것이 거슬렸다. "내가 보기에 당신 딸은 이 문제에 대해 가장 진솔한 친절을 베풀었을 뿐 아니라 지극히 높은 선한 뜻으로 행동했소. 당시 바그너 부인과 누님의 주치의가 같이 있었는데, 두 분 다 그 애의 행실을 흔쾌히 칭찬할 거요. 당신이 철딱서니 없다고 할 만한 어떤 일을 그 애가 저질렀소?"

"미나는 제 어머니에 대한 의무를 기억해야 했습니다. 스스로 결정할 수 있다고 예단하기 전에 나와 협의했어야죠."

"그렇게 했다면, 마담 퐁텐 당신은 결혼식 날짜를 바꾸는 것에 반대했을 거요?"

"당신 누님이 굉장한 선물을 줘서 내 딸을 존중해 주었다는 것은 잘 알고 있습니다."

켈러 씨의 얼굴이 굳어지고 있었다. "내 질문에 간단명료하게 대답해 줄 수 없겠소?" 그가 말했다. 이처럼 강경한 어투는 처음이었다. "두 주를 연기하는 것에 반대했을 거냔 말이오?"

신부의 어머니로서 그녀가 강하게 의견을 제시하면 지금이라도 원래 결혼식 날짜로 되돌릴 수 있으리라 막연히 기대하며 마담은 대답했다. "나는 확실히 반대했을 겁니다."

"도대체 당신에게는 뭐가 달라지는 거요?" 그가 질문을 던졌다. 그의 태도에는 충격과 더불어 의심이 깃들어 있었다. "무슨 이유로 반대했을 거냔 말이오?"

"쓸데없이 동기를 묻지 않고서는 미나의 모친으로서 제가 반대하는 것은 고려할 가치가 없는 건가요, 나리?"

"내 마음에는 당신 딸이 반대했다면 그건 결정적인 반대가 되었을 거요. 신부니까." 켈러 씨가 대꾸했다. "하지만 당신의 반대는 단순히 이해할 수가 없소. 그래서 동기를 묻는 거요. 내 쪽에는 합당한 이유가 있으니까. 내가 누님에게 실망을 줘야 한다면, 잔인하게 그래야만 한다면, 단순한 변덕보다는 더 나은 이유가 있어야만 하오."

완강하게 말해졌고, 쉽게 대답할 수 없었다. 마담 퐁텐은 끝까지 안간힘을 쓰고 있었다. 그녀가 생각할 수 있는 그럴 만한 동기를 만들어 냈다. "먼저, 내 딸의 인생에서, 그리고 내 인생에서 가장 중요한 행사를 마치 별 볼일 없는 약속처럼 연기하는 것에 반대합니다. 게다가 혹시 다른 불운한 일로 또 연기하게 될지, 어쩌면 아예 결혼식을 못하게 될지 누가 알겠어요?"

켈러 씨가 의자에서 일어났다. 진짜 동기가 무엇이든지 간에 그녀가 그것을 숨기고 있음이 이제 명약관화해졌다. "그보다 더 심각한 이유가 있다면," 그는 조용히, 차갑게 말했다. "내일 우편 마감 시간까지 알려 주시오. 그때까지는, 나는 더 이상 당신을 잡고 있을 이유가 없소."

마담 퐁텐 또한 일어섰다. 아직 패배한 것은 아니었다.

"그렇다면 지금대로," 그녀가 입을 열었다. "결혼식이 다음 1월 13일로 연기된 것으로 알고 있겠습니다, 나리."

"그렇소. 당신 딸이 동의한 대로."

"만약 내 딸이 그 사이에 마음을 바꾼다면?"

"누구의 영향을 받아서요?"

"켈러 씨! 나를 모욕하시는군요."

"나는 당신 딸을 모욕해야 할 거요, 마담 퐁텐. 이 방, 내 앞에서, 다른 증인들 앞에서 말한 게 있는데 당신의 영향도 없이 그 애가 제멋대로 마음을 바꾼다면 말이오."

"잘 계시오, 나리."

"잘 가시오, 마담."

마담 퐁텐은 자기 방으로 돌아갔다.

그녀의 방, 벽의 빈 공간은 판화와 수채화로 가득 채워져 있었다. 이들 중 마지막 것은 유리 액자 속에 있는 켈러 씨의 작은 초상화였다. 그녀는 그 초상화에 가까이 다가가 빤히 보았다. 그러다가 돌연 그것을 벽에서 떼어 내 바닥에 내동댕이쳐 버렸다. 유리가 위로 오게 떨어졌고, 그녀는 미친 듯이 분노에 휩싸여 그것을 밟아 뭉갰다. 유리를 박살내는 것뿐 아니라 액자도 부셔 버렸다. 예술 작품인 초상화는 철저히 파괴되었다. "제기랄! 이제 좀 살 것 같네." 그녀는 투덜댔다. 그러고는 그 파편들을 방구석으로 차 버렸다.

마담은 비로소 난롯가 옆 의자에 앉을 수 있었다. 그러고는 자신에게 가장 안전한 경로를 개척했다.

맨 먼저 마음에 떠오르는 사람은 미나였다. 그녀는 그 어린 애의 의지를 굽히게 해 켈러 씨에게 보낼 수 있었다. 하지만 그는 미나가 어떤 이유로 그렇게 행동하는지 분명 물을 것이다. 그럼 미나는 노골적인 거짓말을 하든지 정직한 대답을 하든지 선택을 해야 할 것이다. 미나는 정직 그 자체였다. 미나는 어렸을 때도 결코 거짓말로 쉬운 피난처를 찾는 짓은 하지 않았다. 보기 드문 아이였다. 어떤 이유로 미나가 프리츠의 아버지를 속이도록 설득할 수 있을까? 그것이 떠오른 순간 미망인은 그 생각을 접었다. 다시 한번, '이세벨의 딸'은 그녀의 순수성과 선함의 빛으로 은연중에 이세벨의 가슴을 건드렸다. 이 어머니는 자기 딸의 품성을 일부러 타락시킨다는 생각에 움츠러들었다.

돈에 대한 지겨운 질문이 이어졌다. 이달 31일이면 지불을 요구하며 그 약정서를 내밀 것이다. 돈은 어디서 구할 수 있을까?

얼마 전 그녀는 12월 30일에 미나가 결혼할 것으로 예상하고, 결혼식 후에 약정서 소지인을 대담히 켈러 씨에게 보낼 작정을 하고 있었다. 미나가 일단 며느리가 되면 그 탐욕스런 늙은 사업가가 무슨 말을 하든, 무슨 생각을 하든, 그녀랑 무슨 상관이 있겠는가? 그녀는 그에게 무덤덤하게 말할 것이다. '채권 조직이 나를 위협해요. 나에게 채권자는 한 사람이면 족해요. 나한테 시간을 주는 데 이의를 제기하지 않는 채권자. 그에게 진 빚은 만기가 되었고, 나는 갚을 돈이 없어요. 그것을 당신이 손수 갚든지, 아니면 당신 아들의 장모가 프랑크푸르트에서 빚 때문에 공개적으로 체포되는 수모를 당하게 하든지, 알아서 하세요.'

딸이 켈러 가문의 일원이 되었다면 그녀는 이런 식으로 말했을 것이다. 하지만 지금 당장, 통한의 눈물로, 설득력 있는 항변으로, 심지어는 자기 파괴의 협박으로, 감히 고백할 수 있을까?

마담 퐁텐은, 빚은 정말 확실히 청산되었다고 켈러 씨에게 참으로 진지하게 단언했던 것을 기억했다. 금전적 약속을 정직하게 지키지 못한 사람들에 대해 그가 퍼붓던 비인간적인 경멸을 기억했다. 만에 하나 그가 속은 것을 용서하더라도—그럴 가능성은 대단히 희박하지만—그는 또 다른 속임수를 의심할 유형의 남자였다. 그는 그녀가 그의 침대를 지키는 것에, 그의 생명을 구하는 것에 진심으로 관심이 있었는지 물을 것이다. 현재 유일한 파트너인 바그너 부인과 은밀히 협의할지도 모른다. 바그너 부인은 응접실에서 나누었던 대화를 기억할 것이다. 잭에 관한 대화도. 그리고 나름대로 뷔르츠부르크에서 잭이 아팠던 사건을 참고할 것이다. 그녀가 이런 위협을 대면하면서 받을 수 있는 불안감은 하찮은 것이었다. 하나 미나는, 이것 때문에 결혼이 깨질 수도 있었다. 퐁텐은 결혼식이 끝나고 더 이상 위장할 필요가 없을 때까지는 무슨 일이 있어도 체면을 지키기로 다짐했다.

그리하여 다시, 어디에서 돈을 구할 것일까라는 질문으로 돌아왔다.

며칠 휴가를 받아서 뷔르츠부르크에 간다면 어느 정도 성공할 가능성이 있을까? 약정서 소지인이 두 주를 연장시켜 줄 수 있을까?

퐁텐은 일어나 거울을 보았다. 그러고는 한숨을 내쉬며 다시 돌아섰다. '내가 10년만 젊었다면!' 그녀는 생각했다.

뷔르츠부르크에서 온 편지에 따르자면 현 약정서 소지인은 '중년 남자'였다. 그가 많이 젊거나 많이 늙었다면, 마담 퐁텐은 성숙기에 접어든 자신의 미모를 믿어 보았을 것이다. 능숙한 위트를 겸비한 미모. 하지만 그녀는 경험을 통해서 배웠다. 중년 여자의 매력이란, 대부분의 경우 중년 남자에게는 폐기된 매력임을. 설사 이 법칙에 예외가 있더라도 이 경우의 중년 남자는 도저히 근접하기 어려운 사람이었다. 그는 이미 그녀 때문에 돈을—그녀를 감시하는 탐정에게 지불했거나 지불해야 하는 돈을—잃었다. 이런 남자가 과연 지불 기한을 연장시켜 줄까?

마담 퐁텐은 화장대 서랍을 열어 진주 목걸이를 꺼냈다. "결국 이것만 남았군." 그녀는 조용히 말했다. "켈러 씨는 약정서를 청산하는 대신 저당 잡힌 이 목걸이를 찾아와야만 할 거야."

겨울 날 이른 저녁 어둠이 깔렸다. 그녀는 외출 채비를 하고 방을 나섰다. 목걸이가 든 케이스는 숄 아래 감추었다.

난감한 미나는 어머니와 대화를 나누려고 복도에서 소심하게 서성대고 있었다. "오, 마마, 잘못했어요! 저는 그게 최선이라고 생각했어요."

미망인은 한 손으로 딸의 허리를 감쌌다. (다른 손은 쓸 수 없었다.) "이 바보 같은 녀석아," 그녀가 말했다. "네 어미가 늙고 과민한 걸 모르겠니? 나는 네가 뮌헨에 사는, 천식 걸린 외부인의 병약함에 희생되는 실수를 범했다고 생각한다. 하지만 너에게 정말 화가 난 것은……, 자, 나에게 키스하려무나, 사랑하는 딸아. 나는 네가 지금 더없이 좋구나. 내 베일을 올려라.

오, 내 딸, 너는 누구에게도 주고 싶지 않구나, 프리츠에게도 말이다."

미나는 화제를 바꾸었다. 그녀가 프리츠와 화해했다는 확실한 힌트였다. "베일이 정말 두껍고 무겁네요!"

"얘야, 오늘 저녁 밖은 춥잖니."

"근데 왜 나가세요?"

"몸이 찌뿌둥하구나. 쌀쌀한 공기 속을 기운차게 걸으면 좋을 것 같다."

"마마, 나도 같이 갈게요!"

"아니다, 얘야. 너는 나처럼 튼실한 늙은 여자가 아니야. 감기 걸리면 안 되지. 방으로 들어가서 불을 지펴 놓으렴. 30분이면 돌아올 게다."

"목걸이는 어디 있어요, 마마?"

"신부 목걸이는 신부 에미가 보관한단다. 그리고 한번 차고 싶으면 밝은 대낮에 어찌 보이는지 보자꾸나."

1분 후, 마담 퐁텐은 거리로 나와 근처 보석상으로 향하고 있었다.

9장

미망인 퐁텐은 차일이라는 유명한 거리의 보석상 진열창 앞에 섰다. 가게에는 순박해 보이는 노인 한 분만이 카운터 뒤에 앉아 신문을 읽고 있었다.

그녀는 들어갔다. “좀 보여 드릴 게 있습니다, 나리.” 감미로우면서도 달콤한 목소리로 그녀가 말했다. 수수한 노인은 먼저 그녀의 두터운 베일을 보았다. 그리고 목걸이를 보았다. 그는 놀람과 경탄 속에 손을 들었다.

“이 찬연한 진주들을 살펴봐도 될까요?” 그가 물었다. 그러고는 돋보기를 들어 그것들을 살피고 손으로 무게를 재 보았다. “당신은 이 같은 목걸이를 들고 혼자 어둠 속을 걷는 게 무섭지 않는가 보오. 내 직공을 불러서 한번 보도록 해도 될까요?”

마담 퐁텐은 요청을 받아들였고, 그는 작업실과 연결된 종을 울렸다. 마담은 가게 주인과 대화를 나누고 있음에 자족하며 첫 질문을 감행했다.

"내 목걸이와 똑같이 생긴 가짜 진주 목걸이가 있나요?" 그녀가 물었다.

노신사는 흠칫하며 둔탁한 베일을 뚫어져라 쳐다보았다. "허허, 없소이다!" 그가 탄식했다. "프랑크푸르트에는 그런 게 없소."

"모조품을 만들 수 있을까요, 나리?"

직공이 가게로 들어왔다. 자기 일에 골몰하는 유형의 찌무룩한 남자였다. "여왕이 하는 거네." 화려한 진주들을 차분히 감상하며 그가 말했다. 주인은 퐁텐의 마지막 질문을 그에게 다시 했다. "파리에서는 만들 수 있을지도 모르겠네요." 그가 간단히 답했다. "시간을 얼마나 줄 수 있나요, 마담?"

"다음 달 13일 전까지는 여기서 찾을 수 있으면 해요."

주인은 부인의 무지를 너그러이, 딱하게 여기며 말없이 미소 지었다. 직공의 결정은 껄껄하고 거침이 없었다. "그 정도 가지고는 턱도 없소. 물어보나 마나네."

마담 퐁텐은 환경에 체념할 수밖에 달리 선택이 없었다. 그녀는 자기가 필요한 돈을 위해 진품은 담보로 잡히고 결혼식에는 가짜 목걸이를 드러낼 요량으로 가게에 들어갔었다. 목걸이를 저당 잡히고 그걸 대체할 물건이 없다면 미나가 뭐라 하겠는가, 또 켈러 씨는 어떻게 생각할까? 이런 질문을 생각해 보는 건 쓸데없는 짓이었다. 어떤 그럴듯한 구실이 있어야만 했다. 어떤 의심이 일든지 간에 결혼식은 그대로 진행될 것이다. 프리츠와 미나를 신랑 신부로 만드는 의식에 꼭 그 목걸이가 필요한 것은 아니었다…… 하나 그 돈은 반드시 있어야만 했다.

"나리는 값진 담보에 융자를 해 주시겠죠, 말하자면 이 목걸이 같은?"

"물론입니다, 마담."

"부인의 이름과 주소를 알려 주신다면." 괴까다로운 직공은 주인을 향하며 넌지시 말했다.

노인은 성심껏 찬동했다. "맞습니다! 맞아요! 그리고 거기다가 추천인이…… 이 도시에 잘 알려진 신용이 있는 누군가 말입니다. 이 같은 진주라면 신용이 중요하거든요."

"추천인이 꼭 있어야 하나요?"

직공은 보이지 않게 카운터 뒤의 주인을 살짝 건드렸다. 순박한 노신사는 그 신호를 알아채고 보석 케이스를 닫아 돌려주었다. "반드시 있어야 합니다." 그가 대답했다.

마담 퐁텐은 다시 거리로 나왔다. '신용 있는 추천인'이라 함은 프랑크푸르트에 얼마간의 부와 지위가 있는 사람을 뜻했다. 이를테면 켈러 씨와 같은 사람. 그런 추천인을 어디서 찾을 수 있을까? 도시에 사는 친척들은 그녀에게서 고의로 등을 돌렸다. 켈러 씨 집을 벗어나서는 그 친척들이 그나마 그녀가 아는 유일한 '신용 있는' 사람들이었다. 이제 남은 선택은 전당포뿐인 듯했다.

두 번째 시도에서 그녀는 날렵한 젊은이를 대면했다. 그는 목걸이를 보자마자 진심의 탄성을 지르고 휘파람을 불었다. 전당포 주인이 나타나 진주들을 보더니, 다시 이 베일 쓴 부인을 보았다. 그리고 앞서 보석상이 했던 것처럼 대답했다. 그것도 약간 덜 정중하게. "나는 곤경에 빠지고 싶지 않아요. 훌륭한 추천인이 있어야만 됩니다."

마담 퐁텐은 쉬이 낙담하는 여자가 아니었다. 그녀는 주뎅가시♦라 불리는 고상한 중세 거리로 발걸음을 돌렸다. 당시에는 거주자가 많았다. 구시대 낡아 빠진 건축물의 광경이 펼쳐지고, 곧이어 새 거리로 이어졌다.

이 마을의 특정 지역에 사는 유대인들은 그들을 찾아온 숙녀에게 한 번에 두 명, 세 명씩 요란하게 서비스를 제안했다. 그녀가 문의한 이스라엘 사람은 그 진주들을 보고는 감각을 잃어버린 듯했다. 그는 소리를 지르며 손바닥을 쳤다. 그러고는 아내와 아이들과 누이들과 하숙인들을 모두 불러 솔로몬 왕이 세바 여왕에게 받은 것 이래로 결코 출현한 적이 없는 듯

♦ 15세기부터 19세기 초까지 존재했던 프랑크푸르트의 유대인 게토 지역

한 이 목걸이를 눈요기시켰다.

첫 흥분은 사르르 가라앉고 원산폭격의 질문들이 이어졌다. 부인의 이름은 무엇인가? 어디에 사는가? 어떻게 이 목걸이를 손에 넣었는가? 받은 것인가? 그렇다면 누가 주었는가? 어디서 만들어진 것인가? 왜 주뎅가시로 가져왔나? 팔려고 하는가? 아니면 담보로 맡기고 돈을 빌리려 하는가? 아하! 돈을 빌리려고 하는군. 아주 좋아, 정말 좋군. 하지만…… 마지막에는 추천인을 대라는 끔찍한 요청이 재차 들렸다.

마담 퐁텐의 대답은 잘 고안되었다. "추천인 대신에 이자를 더 많이 낼게요." 그녀가 말했다. 이 말에 유대인은 다른 모습으로 흥분했다. 이익의 욕망과 그 결과에 따른 공포가 뒤섞이며 그는 바들거렸다. 몇몇은 번민했다. 몇몇은 미친 듯이 손가락으로 머리카락을 뒤틀어 댔다. 몇몇은 그들이 어떻게 고통을 감내하는지 보라며 조상들이 숭배한 신의 이름을 불렀다. 다른 값진 담보물의 경우에는 추천인이 필요 없는데……. 무척 늙고 지저분한 유대인 한 명은 추천인 대신 부인과 목걸이에 매매 조건을 설정하고 시청에 그 정보를 보내자고 넌지시 제안했다. 소심한 여자라면 이 현인의 조언을 정말로 따랐을지도 모른다. 마담 퐁텐은 마음을 다잡고, 주뎅가시에 거리낌 없이 들어왔던 것처럼 거리낌 없이 그곳을 빠져나왔다. "다른 곳에서 돈을 빌리죠." 그녀는 떠나면서 거만하게 말했다. "그러시죠." 일제히 대답의 목소리가 울렸다. "장물아비라면 빌려줄 겁니다."

그건 피할 수 없는 사실이었다! 비범한 진주 목걸이는 그 가치에 걸맞게 각계각층의 대금업자들에게 비범한 주의를 요구했다. 마담 퐁텐은 화장대 서랍에 목걸이를 다시 넣었다. 미나 결혼 선물의 화려함은 낯선 사람들에게 은밀히 돈을 빌리는 수단으로는 쓸모가 없었다.

하나 돈은 반드시 구해야만 한다. 어떤 위험을 감수하더라도, 어떤 상황 속에서도, 그게 얼마나 치욕적이거나 혹은 위험할지라도.

그녀는 잠자리에 들며 이렇게 필사적으로 다짐했다. 한 시간이 지날 때마다 시계 울리는 소리가 들렸다. 날이 새며 흐릿하게, 차가운 빛이 들 때도 그녀는 그대로 깨어서 생각하고 있었다. 약정서가 만기되어 청구되면 어떻게 해결해야 할지 여전히 확실한 계획을 준비하지 못했다. 그녀가 가지고 있는 것으로는, 그녀가 소유한 몇 개 안 되는 보석과 드레스의 가치는, 빚의 절반도 되지 못했다.

사무실에서는 바쁜 하루였다. 저녁 늦게까지 일이 계속되었다.

집안사람들이 저녁 식사에 모였을 때도 방해를 받았다. 한 방문객이 긴급한 서신을 가지고 들렀고, 곧바로 회사의 과거

서한집을 찾아보아야만 했다. 켈러 씨는 테이블에서 일어났다. “이 기록들은 검토하는 데 오래 걸리지 않을 거요.” 그는 바그너 부인에게 말했다. “내 생각엔 그것들이 부인 책상에 있지요?” 그녀는 즉각 잭을 보고 열쇠를 달라고 했다. 잭은 가방에서 열쇠를 꺼냈다. 마담 퐁텐은 테이블 맞은편에서 주의 깊게 그를 지켜보고 있었다. “내가 직접 열었어야 했는데.” 켈러 씨가 방을 나가자 잭이 한마디 했다. “하지만 주인님께 양보해야겠지. 더욱이 켈러 씨는 나를 싫어하니까.”

미망인 퐁텐은 이 강한 주장에 화들짝 놀랐다. “어째서 그렇게 말하는 거야?” 그녀가 한탄했다. “우리는 전부 너를 좋아해. 자, 내 와인을 좀 나눠 줄게.”

잭은 그 제안을 거절했다. “아니, 난 괜찮소. 졸리고 춥네…… 자러 가고 싶다.”

미망인은 너무 친절한 나머지 그의 거절을 받아들이지 않았다. “무척 추워 보이는데,” 그녀는 강권했다. “한 모금만 마셔 봐.”

“당신은 분명 내가 말한 걸 잊어버렸나 보군요?” 바그너 부인이 끼어들었다. “와인은 처음에 그를 흥분하게 만들고 나중에는 멍하게 하지요. 내가 그걸 마지막으로 시도했을 때 그는 아편을 한 것처럼 망연자실했어요. 내가 당신에게 말했던 것 같은데.” 부인은 돌아서 잭을 보았다. “가여운 녀석, 몹시 피곤해 보이는구나. 당장 침대로 가거라.”

"열쇠는 놔두고요?" 잭이 성마르게 크게 말했다. "나는 그렇게 무책임한 놈이 아닙니다."

켈러 씨가 돌아왔다. 그는 찾던 것을 잘 해결하고 만족스러워하는 표정이었다. "내가 이럴 줄 알았지." 그가 말했다. "그 고객이 실수한 거였소. 그래서 그 증거물을 찾아 보냈소."

켈러 씨는 바그너 부인에게 열쇠를 건넸다. 그녀는 바로 그걸 잭에게 전달했다. 켈러 씨는 완강하게 반대하며 머리를 절레절레 흔들었다. "당신이라면 이런 위험을 감수하시겠소?" 그가 마담 퐁텐에게 프랑스어로 물었다. "걱정이 되겠죠." 그녀도 프랑스어로 대답했다. 잭은 열쇠를 가방에 잘 넣고, 마님의 손에 입맞추고, 잠자리에 들려고 문으로 향했다. "나한테는 굿 나이트 인사를 안 할 거야?" 미망인 퐁텐이 정감 있게 말했다. "당신에게는 독일어를 써야 할지 영어를 써야 할지 모르겠어." 잭이 대답했다. "나는 당신이 하는 말을 못하니까."

그는 미친 듯이 머리를 꾸벅 하고는 방을 나갔다. "그가 프랑스어를 이해하나요?" 마담 퐁텐이 물었다. "아닙니다." 바그너 부인이 말했다. "그는 그저 당신과 켈러 씨가 뭔가 숨기려고 한다고 이해했죠."

저녁 테이블의 작은 모임은 적절한 시간이 되어 파하고 각자 방으로 물러났다.

밤의 시작 부분은 보통 때처럼 조용히 지나갔다. 하지만 새

벽 1시와 2시 사이에 바그너 부인은 누군가가 방문을 급하게 두드리는 소리와 잭의 날카로운 비명에 놀랐다. "들어가게 해 주세요! 빛이 필요합니다. 열쇠들을 잃어버렸어요!"

그녀는 드레싱가운을 걸치고 불을 밝히며 그에게 조용하라고 나무랐다. 다행히 그들은 사무실들이 있는 저택의 가장자리에 있었다. 다른 침실들은 멀리 있어서 다른 층계로 가야 했다. 그럼에도 밤의 적막 속에 잭의 반복되는 비명과 문 두드리는 소리는 잠귀가 밝은 사람들의 귓가에 닿을 수 있었다. 그녀는 잭을 방으로 끌어당기고 문을 닫았다. 그 격렬함에 그는 완전히 얼이 빠졌다. "거기 앉아. 그리고 진정해!" 그녀가 근엄하게 말했다. "네가 입을 다물 때까지는 불을 주지 않겠다. 네가 집 안에서 시끄럽게 하면 내가 옹색해진다."

추위와 공포 사이에서 잭은 머리에서 발끝까지 바들거렸다. "조용히 말해도 될까요?" 불쌍하게 순종하는 표정으로 그가 물었다.

바그너 부인은 벽로에 거의 꺼져 가는 깜부기불을 가리켰다. 그에게 무언가 할 일을 주면 차분해진다는 것을 그녀는 경험을 통해 알고 있었다. "저 불을 한데로 모아라. 먼저 몸을 따뜻하게 해."

그는 복종했다. 그러고는 깔개 위에 개 모양으로 앉았다. 최소 15분 정도가 지나고 나서야 그의 마님은 그가 말할 수 있는 상태가 되었다고 판단했다. 딱히 설명해야 할 말은 없었다. 그는 평소처럼 베개 밑에 가방을 놓았고, (한참 잠을 자다가) 열쇠에 무슨 일이 생겼다는 소름 돋는 두려움에 잠에서 깼다. 베개 밑을 뒤졌으나 아무것도 잡히지 않았다. 침대 구석구석을 뒤지고 바닥을 훑었다. "그러고 나서는," 그가 말했다. "저는 공포에 사로잡혔습니다. 한동안 지가 진짜 미친 게 아닐까 걱정했습죠. 지금은 괜찮습니다요. 보세요. 날개 밑에 머리를 처박은 새처럼 조용합니다요."

바그너 부인은 등을 들고 자신의 침실 가까이에 있는 조그만 그의 방으로 길을 이끌었다. 그녀는 베개를 들었다. …… 거기에는 가죽 가방이 놓여 있었다. 그가 잠자리에 들었을 때 놓아두었던 그 자리에 그대로.

이렇게 드러났으니, 잭의 얼굴은 평소 바그너 부인보다 훨씬 덜 관대한 여인에게 자비를 호소해야 했었을 것이다. 부인은 그의 손을 잡았다. "다시 잠자리에 들어라." 그녀는 차분하게 말했다. "다음에 또 꿈을 꾸면 너무 소란 피우지 않도록 하고."

"안 됩니다!" 잭은 자신이 항변할 수 있을 때까지 다시 잠자리에 들기를 거부했다. 그는 마치 기도하는 것처럼 무릎을 꿇고 두 손을 모아 잡았다.

"마님께서 지한테 처음 기도를 가르쳐 주셨을 때 신께서 지 말을 들을 것이라 했지요. 신께서 지 말을 듣는 것처럼, 아, 마님, 지가 베개 밑에 손을 넣었을 때 지는 또렷이 깨어 있었습니다요. 그리고 가방은 거기에 없었습니다. 지를 믿으시지요?"

바그너 부인은 이 단순명료한 선언에 강한 인상을 받았다. 그녀가 그를 믿는다고 대답했고, 그건 결코 형식적으로 하는 말이 아니었다. 그녀의 제안에 따라 가방은 끈을 풀어 살펴보았다. (원래 있던 것에 더한 한 개를 포함해) 중요치 않은 열쇠뿐만 아니라 그녀의 책상을 여는 작은 열쇠도 모두 그 안에 안전하게 있었다. "내일 이야기하도록 하자." 그녀가 말했다. 부인은 굿 나이트 인사를 하고, 문을 열다가 잠깐 멈춰 서서 자물쇠를 살펴보았다. 문의 자물쇠에는 열쇠가 없었다. 하지만 바로 밑에는 걸쇠 모양의 또 다른 잠금 장치가 있었다. "잠자리에 들 때 이 걸쇠를 걸었느냐?"

"아니요."

이 부정적인 대답에 그녀의 마음에는 의심이 짙어졌다.

"이 문의 열쇠는 어떻게 된 거냐?"

잭은 머리를 갸우뚱했다. "가방이 크게 보이게 하려고," 그가 털어놓았다. "다른 열쇠들이랑 놓았습니다요."

혼자 침실로 돌아온 바그너 부인은 타오르는 장작불 옆에 서서 다시 생각에 잠겼다.

밤이 깊어 온 집 안이 조용하고 잭이 자고 있는 사이, 발걸음이 조용하고 손이 날렵한 누군가가 그의 침대로 다가가 가방을 가져갔었는지도 모른다. 그리고 잭이 소란 피우는 것을 들을 수 있었던 그 누군가는 얼마 후에, 잭이 바그너 부인의 방에서 정신을 차리는 동안, 그 가방을 다시 가져다 놓았을 수도 있다. 누가 그 소동 소리를 들을 만큼 가까이에 있었을까? 위층 빈 침실에 있는 누구? 아니면 아래층 외진 사무실에 있는 누군가가? 정말 도둑이 들었었다면 그 목표물은 아마 그녀 책상의 열쇠였을 것이다. 이것은 이 소란이 사무실에 있던 도둑의 귀에 들렸을 가능성을 가리켰다. 위층의 정직한 하인들 중에 도둑으로 의심할 만한 사람이 있을까? 바그너 부인은 침대로 돌아갔다. 그녀는 사소한 일에 주춤하는 여자가 아니었다. 하지만 이번 사건에 관해 이 질문들을 직면했을 때는 힘이 빠졌다.

10장

겨울에는 9시에 업무가 개시되었다. 사무장에서부터 심부름꾼에 이르기까지 어떤 직원도 그 저택에서 숙박하지는 않았다. 저녁 여가 시간에 그들이 하고 싶은 일을 자유롭게 할 수 있도록 해야 한다는 게 켈러 씨의 뜻이었다. "업무를 같이하는 사람이라면 나이가 많든 적든 나는 그들을 믿을 수 있소." 그는 이렇게 말하곤 했다. "그리고 그걸 몸소 보여 주고 싶소."

이 환경에서 바그너 부인은 사무실의 모든 분야를 관장하기 위해 평소보다 더 일찍 일어나야만 했다. 8시에 부인은 잭의 수행을 받으며 그녀의 책상에 앉아, 책상 위에 있는 다른 물건들을 세심히 점검했다.

사라진 건 없었다. 보통 있던 자리에서 옮겨진 것도 없었다. 책상에 보관하는 돈은 없었다. 다만 전날 멈춰 버린 값비싼 시계가 청소를 맡겨야 한다는 사실을 상기시키며 거기에 놓여 있을 뿐이었다. 시계도 다른 물건과 마찬가지로 있던 자리에 있었다. 만약 밤에 누군가가 정말로 책상을 열었다면 흔한 도둑은 아니었을 것이다. 어떤 흔한 물건을 찾는 게 아니었을 것이다.

바그너 부인은 비둘기 집 구멍 같은 작은 칸에서 열쇠를 꺼내 철제 금고의 문을 열었다. 그녀는 이 보관소에 뭐가 있었는지 정확히 기억할 수 없었다. 파트너들은 각각 열쇠를 하나씩 가지고 있었고, 그녀보다는 켈러 씨가 더 자주 이 금고에 오갔다. 더욱이 이른 아침의 연무는 빠르게 진한 하얀 안개로 바뀌고 있어 명확한 검사를 더 어렵게 했다.

그럼에도 바그너 부인이 잘 알고 있는 한 가지는 예비 자금으로 이 금고에 항상 보관하는, 지폐와 유가증권으로 되어 있는 돈의 총액이었다. 부인은 양철 상자를 집었다. 그 안의 지폐를 밝은 곳으로 가져가 액수를 세었다. 그러고는 다시 그것을 금고에 넣고, 연이어 개인 원장을 열어 그 자금과 관련된 기재 내용을 확인하며 비교해 보았다.

그녀는 업무 시간이 시작되기도 전부터 촛불을 가져오라고 해서 의구심을 불러일으키거나 놀라게 하고 싶지 않았다. 그래서 원장을 가지고 창가로 갔다. 그곳은 어렵사리 총액의 숫자를 볼 수 있을 만큼 밝았다. 그녀가 계산했던 결과와 정확하게 일치했다. 그녀는 깊은 안도감을 느꼈다. 모든 것을 다시 적절한 곳에 놓고 마지막에 책상을 잠근 후 잭에게 열쇠를 주었다.

잭은 머리를 흔들며 열쇠를 거절했다. 더욱 뜻밖에 그는 모든 열쇠가 들어 있는 가방을 책상에 올려놓고는 이렇게 말했다.

"지를 대신해 보관해 주십시오. 지가 혼자 지키기가 무섭습니다요."

바그너 부인은 처음에는 걱정의 눈빛으로 그를 보았지만 걱정은 곧 동정으로 바뀌었다. 그의 눈에는 눈물이 고여 있었다. 그의 예민한 허영심은 참혹하게 상처를 입었다. "불쌍한 녀석이라고는," 그녀가 다정하게 말했다. "무엇 때문에 걱정하는 거지?"

잭의 얼굴에 눈물방울이 쪼르륵 흘러내렸다. "저는 몹쓸 놈입니다요. 지난밤에 도둑이 그걸 훔쳐 가게 놔두었는데, 저는 열쇠를 지킬 수가 없습니다. 가져가세요, 마님…… 아, 정말 가슴이 아프구먼요. 런던에 가거들랑 다시 저에게 맡겨 주십시오."

"도둑이라고?" 바그너 부인은 따라 말했다. "내가 모든 것을 확인하는 걸 너도 봤잖아? 그리고, 만약 지난밤 이 집에 부정한 사람이 있었다면 그 도둑이 훔칠 가치가 있는 열쇠라고는 내 책상 열쇠뿐이라는 걸 잊지 마. 난 그걸 분명히 해 두었지. 자, 자, 기운 차리렴. 내가 너한테 절대 거짓말 안 하는 거 알지. 내가 분명히 말하지만 밤에 네 가방이 도둑맞았다고 의심하는 건 잘못된 생각이야."

잭은 자신의 신뢰도가 일생일대의 위기를 맞았기에 엄숙하게 손을 올렸다. "지도 분명히 말하겠습니다요." 그가 되풀이했다. "이 집에는 도둑이 있습니다. 조만간 찾을 겁니다. 우리가 런던에 돌아가면 지가 다시 열쇠 간수장이가 되겠습니다. 근데, 절대, 절대, 절대로, 여기서는 아닙니다요!"

그와 논쟁을 벌이는 것은 의미가 없었다. 그의 변덕이 바뀔 때까지 기다리는 것이 현명한 처사였다. 바그너 부인은 책상에 가방을 넣고 잠근 후 열쇠를 호주머니에 넣었다. 그녀 자신도 그것을 맡고 싶지 않았다. 잭의 격앙된 진지함에 그녀는 약간 흔들렸다.

그날 아침 식사 후 미나는 평소와 달리 어머니를 따라 위층으로 가지 않고 테이블에 조금 더 머물렀다. 켈러 씨 또한 방을 나가자 그녀는 바그너 부인에게 조그만 부탁을 했다.

"제가 쓰기 어려운 편지가 있어요." 미나는 말했다. "프리츠 생각은, 부인께서 도와주실 수 있을 거라고 하네요."

"기꺼이 그렇게 하마, 얘야. 어머니도 이 편지에 대해 아시니?"

"네. 사실 마마가 저에게 이 편지를 쓰라고 하셨거든요. 하지만 마마는 아침에 외출을 하실 거래요. 제가 조언을 해 달라고 말씀드렸더니 고개를 저으셨어요. '그 사람들은 이걸 내가 한 것으로 생각할 거다. 그러면 효력을 완전히 잃게 될 거야.'라고 하셨어요. 바그너 부인, 여기 마마 친척들에게 제 결혼 소식을 알리는 서신이에요. 그분들은 마마를 안 좋게 대했어요. 마마는 내가 혼자 머릿속에서 짜낸 것처럼 글을 쓰면 그분들이 뭔가를 해 줄지도 모른다고 했어요. 내가 설득할 수 있을지 모르겠어요?"

"당연히 할 수 있지, 미나야. 내 집무실로 가서 함께 머리를 맞대고 생각해 보자꾸나."

바그너 부인이 앞장섰다. 그녀가 문을 열고 나가자 마담 퐁텐이 복도에서 그녀를 지나갔다. 퐁텐은 산책 복장을 하고 손에는 종이로 싼 작은 다발을 들고 있었다.

"펜이 여기 있다. 내 옆에 앉아서 내가 말하는 것을 쓰렴."

잉크병은 잉크병 담당자가 채워 놓았는데 그는 그걸 너무 가득 채웠었다. 미나는 서둘러 첫 말을 받아쓰려고 잉크병에 펜을 깊숙이 담갔다가 빼면서 종이에 방울을 떨어뜨렸다. 뿐만 아니라 흥건한 잉크가 바그너 부인의 드레스 소매에 여기저기 조금 묻어 버렸다. "오, 내가 너무 서툴러서!" 미나가 탄식했다. "잠깐 실례하겠습니다. 마마 화장대 서랍에 얼룩을 바로 지울 수 있는 게 있어요."

미나는 위층으로 뛰어 올라가 마담 퐁텐이 파란 유리병 레이블의 앞 문장들을 지우는 데 사용했던 파우더를 가지고 돌아왔다. 바그너 부인은 드레스의 얼룩을 지우고, 의아해하며 작은 종이 상자에 인쇄된 사용법을 보았다. "흑점 척결제," 그녀가 읽었다. "혹은 얼룩 제거제. 한 찻숟갈 정도의 물에 파우더를 약간 풀어서 필요한 곳에 잘 문지르면 옷이 변색되지 않고 얼룩이 사라진다. 이 비범한 특효제는 또한 종이 표면이 약간 빛나는 것 말고는 아무런 손상 없이 글자를 지우는 데 사용할 수 있다."

"이건 프랑크푸르트에서 구한 것인가?" 바그너 부인이 물었다. "나는 옷이나 손가락에 잉크가 묻으면 그저 레몬주스를 제거제로 썼는데."

"그걸 가지세요, 바그너 부인. 차일 거리의 약국에서 산 건데, 마마 거는 금방 한 상자 더 살 수 있어요. 제가 종이에 떨어뜨렸던 얼룩이 얼마나 쉽게 지워지는지 보세요! 자세히 보지 않는다면 반짝거리는 것을 거의 볼 수 없어요. 그리고 얼룩은 깨끗이 사라졌고요."

"고맙다, 얘야. 하지만 내가 없을 때 네 어머니가 사소한 불상사로 이 좋은 파우더가 필요할지도 모르겠다. 우리 편지를 다 쓰면 가져가거라. 하루 이틀 안에 우리가 약국에 함께 가서 하나 사자꾸나."

12월 30일, 저녁 식사 후에 켈러 씨는 건배를 제안했다. "연기된 결혼식의 성공을 위해!" 그는 활기를 불어넣으려고 노력했지만 성공적이지 못했다. 누구도 왜 그런지 알지 못했다. 그러나 아무도 즐겁지 않다는 것은 변함없는 사실이었다.

31일, 사무실은 더없이 바빴다. 결산을 마쳐야만 하는 한 해의 마지막 날이었다.

정오 가까이에 켈러 씨는 바그너 부인의 사무실에 들어와 금고를 열었다.

"예비 자금을 확인해 봅시다." 그가 말했다. "내가 돈을 셀 테니 당신은 원장을 보고 기입된 내용이 맞는지 보시오. 당신 생각은 어떤지 모르겠지만 나는 우리가 이처럼 호황기에 너무 많은 여유 자금을 가지고 있다고 생각하오. 통상적인 자금의 절반을 투자하는 건 어떻게 생각하시오? 그나저나 우리가 여기서 이익을 분배하는 날은, 런던에서 당신이 했던 날과 다르오. 내 부친께서 이 사업을 시작했을 때는 1월 6일을 그날로 잡았다오. 다른 이유도 있지만, 그분 생신을 축하하기 위한 것이기도 했지요. 그분을 기리며 우리는 그 전통을 지켜 왔소. 그리고 당신의 유덕한 부군께서도 우리의 관례를 온전히 인정했다오. 당신도 그와 같이 생각한다고 믿어도 되겠소?"

"물론입니다." 바그너 부인이 말했다. "선한 남편이 생각했던 대로 저도 생각합니다."

켈러 씨는 자금을 세기 시작했다. "15,000플로린♦." 그가 발표했다. "그보다 많다고 생각했는데. 엥걸먼 친구가 있었다

♦ 영국의 2실링짜리 은화

면…… 신경 쓰지 마시오. 그래 원장은 어떻게 되어 있소?"

"15,000플로린요."

"아, 그렇군요. 내 기억이 잘못된 것 같소. 이건 엥걸먼이 하던 일이라. 당신은 엥걸먼만큼이나 꼼꼼하니…… 난 더는 할 말이 없소."

켈러 씨는 돈을 금고 안에 다시 놓고 자기 사무실로 서둘러 돌아갔다.

바그너 부인은 책상에서 원장을 들어 덮으려고 하다가 잠깐 멈춰 생각하더니 그걸 다시 내려놓았다.

켈러 씨의 특출나게 정확한 기억력은 사무실에 명성이 자자했다. 바그너 부인은 엥걸먼 씨의 계승자로서 자신의 책임감에 대한 칭송을 떠올리며 설령 원장에 명백한 증거가 있다 해도 켈러 씨가 실수했다는 것을 아무렇지도 않게 받아들일 수는 없었다. 그녀가 가지고 있는 개인 회계 장부에 복사된 기입 내용을 확인하면 즉각 의심의 그림자를 지울 수 있을 것이었다.

그해 마지막 날은 서리가 내려 청명했다. 부인은 한낮의 선명한 빛에 그녀 앞에 펼쳐진 쪽을 비췄다. 그녀는 기입된 사항을 다시 보고, 숫자를 기록했다. "15,000플로린." 그러고는 앞서 보지 못했던 미세한 상태 하나를 유심히 보았다.

숫자 15를 썼던 획이 다음에 오는 0 세 개나 혹은 그 대신 쪽 그은 선보다 약간, 아주 약간 두꺼웠다. 확실히 그랬다. 이것을 기입하던 사무장의 펜에 머리카락이 끼었을까, 아니면 그 종이의 그 특정한 부분에 소소한 흠이 있었나?

바그너 부인은 거듭 원장의 그 페이지를 들어 빛이 비스듬히 그 기재 내용을 비추도록 했다. 종이에 숫자 15가 쓰인 부분과 나머지 부분에는 분명 차이가 있었다. 그 표면이 살짝 반짝거렸다.

원장이 그녀의 손에서 책상 위로 떨어졌다. 그녀는 사무실을 나가 위층 자신의 침실로 뛰어 올라갔다. 그녀는 최근까지 개인 회계 장부를 볼 필요가 없었고 그래서 그것을 옷장에 넣고 자물쇠로 채워 두었었다. 그녀는 그것을 꺼내 확인해 보았다. 그녀가 복사해 놓은 기입 내용이 있었고, 그것을 원장과 비교해 보았다. "20,000플로린."

"마담 퐁텐!" 그녀는 나직히 중얼거렸다.

11장

새해가 왔다.

1월 2일 아침, 마담 퐁텐은 (통상적인 시각에 사무실로 향하는) 바그너 부인을 아래 층계참에서 멈춰 세웠다. 이유가 있어서 기다리고 있었음이 분명했다.

"실례합니다." 미망인 퐁텐이 말했다. "당신께 드릴 말씀이 있습니다."

"지금은 업무 시간이에요, 마담. 낭비할 시간이 없어요."

미망인은 이 대답에 조금도 개의치 않고—모습이나 어투, 말에서 속마음을 드러내지 않고, 그녀를 사로잡은 망연자실에 빠져—굳건히 서서 완강하게 되풀이했다. "당신께 드릴 말씀이 있습니다."

바그너 부인은 다시 거절했다. "우리 사이에 해야 할 말은 모두 했어요." 그녀가 대답했다. "그 돈은 되돌려 놓았나요?"

"내가 하고 싶은 말이 그거라고 생각하세요?"

"돈은 되돌려 놓았느냐고요?"

"나를 미치게 만들지 마시오, 바그너 부인! 운명의 시간에 당신이 당신 자신을 위해 자비를 구하듯, 당신에게 말을 들어 달라고 간청하는 비참한 여자에게 자비를 보여 주시오! 응접실까지만 나랑 같이 가 주세요. 이 시간이면 아무도 우리를 방해하지 않을 겁니다. 5분만 허락해 주세요."

바그너 부인은 시계를 보았다.

"5분을 주겠어요. 제 말은 진짜 딱 5분입니다. 사소한 것이지만 나는 진실을 말합니다."

그들은 층계를 다시 올라갔다. 바그너 부인이 앞장서 걸었다.

응접실로 드는 입구는 두 곳이 있었다. 층계참에서 들어가는 문이 하나 있고, 복도 끝에 위치한 작은 문이 하나 있었다. 두 번째 입구는 일종의 골방과 연결되어 있는데, 그 방에는 피아노가 있고, 널찍한 방과는 커튼으로만 분리되어 있었다. 바그너 부인은 정문으로 들어가 벽로 옆에 정지해 섰다. 그녀를 따라온 마담 퐁텐은 커튼 쪽으로 가더니 커튼 반대편을 살펴보았다. 퐁텐은 구석진 곳에 아무도 없는 것을 확인하고 벽로 쪽으로 다가와 말문을 열었다.

"당신은 방금 진실만을 이야기한다고 말했죠, 부인. 제가 자백한 것을 의심하시는 건가요?"

"당신은 자백하지 않았어요." 바그너 부인이 말을 막았다. "내가 당신 방에 갔을 때 나는 당신이 저지른 절도에 대한 단정적인 증거가 있었죠. 내 개인 회계 장부를 보여 주었고, 당신이 변명을 둘러대려고 하자 나는 원장의 숫자를 변조할 수 있는 도구를 가리켰죠. 당신의 옷장 안, 내 앞에 놓여 있던 그 도구. 그렇게 된 것인데, 자백이라니, 대체 무슨 말인가요?"

"당신은 나를 오해하고 있습니다, 부인. 나는 내가 그 동기를 실토한 것을 말하고 있는 겁니다. 내가 처한 끔찍한 자리에서 그 돈을 가져갈 수밖에 없었던, 아니면 내 딸의 장래를 희생했어야만 했던 그 동기 말입니다. 나는 당신에게 아무것도 숨기지 않았다고 단언합니다. 당신은 그리스도인이니 나를 너무 심하게 대하지는 마세요!"

바그너 부인은 뒤로 물러나며 경멸의 눈빛으로 그녀를 쳐다보았다.

"당신에게 심하다고?" 바그너 부인이 되풀이했다. "당신은 당신이 무슨 말을 떠드는지나 아는가? 내가 어떻게 내 스스로를 비하했는지 당신은 벌써 잊었어? 나는 켈러 씨에게 우리의 돈이 도난당했다는 것을 알릴 의무가 있지. 그가 도둑을 집 안에 들였고, 존경하며 믿었다는 것을 알릴 의무가 있다고. 이건 명백한 의무이지만 그것을 가벼이 다루겠다고 내가 동의했지. 당신은 품위라고는 송두리째 잃어버린 건가? 나처럼 정직한 여자가 부끄러이 침묵함으로써—적어도 현재로서는—당신의 범죄에 동조하고 있음을 깨달았을 때 어떤 수치를 느꼈는지 알아? 내가 당신을 위해, 당신을 심하게 대하지 않기 위해, 이 용납할 수 없는 희생에 동의했다고 생각하는가? 당신이 한 짓을 발견했을 때 곧장 켈러 씨를 불렀어야 했는데 그 예쁜 아이 때문에 그렇게 하지 않았지. 불행히도 당신의 자식으로 태어난 그 애 말이야. 당신은 한 번이라도 내가 꼭 들어야 하는 말을 한 적이 있는가? 내가 본모습을 되찾기 위해—오, 신이시여, 도와주소서!—동의한 조건을 당신이 따르겠다고 했어, 안 했어?"

목소리가 멈칫거렸다. 바그너 부인은 진정하기 위해 당당히 돌아섰다. 미망인의 눈빛에서 번득거렸던 표정을, 어떻게든 입술을 통해 말로 터져 나오려 하는, 억누른 분노를, 바그너 부인은 보지 못했다. 그것은 장차 일어날 일에 대한 처음이자 마지막 경고였다. 그러나 부인은 그것을 놓쳐 버렸다.

"나는 당신의 조건에 대해 말씀드리고 싶습니다." 마담 퐁텐이 잠시 멈췄다가 다시 입을 열었다. "당신이 내세운 조건은 불가능합니다. 제발 그걸 완화시켜 주시면 감사하겠습니다. 나를 위해서가 아니라, 아, 미나를 위해서요!"

미망인의 입술을 통해서 나오는 말들의 어조는 기괴하리만큼 낮아서 바그너 부인은 흠칫 놀라며 돌아서서 그녀를 보았다.

"불가능하다니, 무슨 말이오? 설명해 봐요."

"당신은 정직한 여인이고, 나는 도둑입니다." 변함없이 소름 돋는 태연함으로 마담 퐁텐이 대답했다. "어떻게 내 설명이 당신과 나 사이로 빠져나갈 수 있나요? 이미 충분히 분명하게 말하지 않았던가요? 다시 말하죠, 지금 내가 처한 상황에서는 당신의 조건을 만족시키는 것이 불가능해요. 특히 첫 번째 것."

대답은 거의 거만하기까지 했다. 이 대답을 하는 방식에는 어딘지 모르게 씁쓸하게 모순된 구석이 있었다. 처음으로 바그너 부인의 얼굴색이 달아올랐다. "정직한 조건이란 정직한 사람들에게는 항상 가능한 조건이죠."

마담 퐁텐은 이 말에 내포된 책망에 전혀 동요하지 않고 계속해서 애원했다. "나는 그저 당신의 조건을 완화시켜 달라고 부탁하는 겁니다." 그녀가 설명했다. "우리가 서로 조금씩 양보해 보죠. 그래도 당신은 이달 6일까지 내가 가져간 것을 돌려놓으라고 고집을 피우실 건가요?"

"나는 그래도 고집을 피우겠소."

"프리츠와 미나가 남편과 아내가 되는 날, 당신은 변함없이 내가 집사의 자리에게 물러나길 기대하시나요?"

"변함없이 기대하죠."

"두 번째 조건은 잠시 미뤄 두고, 만약 내가 5,000플로린을 예비 자금에 돌려놓지 못한다면 어떻게 되죠?"

"그렇다면 나는 이달 6일에 이익을 분배할 때 켈러 씨에 대한 나의 의무를 다할 거요."

"당신이 그런 식으로 폭로하면 결혼식을 할 수 없다는 걸 알면서도, 내 딸은 일생 동안 치욕과 고통에 처박힐 거라는 것을 알면서도 그렇게 할 거요?"

"내가 마지막 순간까지 이 사악한 비밀을 지켜 왔다는 걸 알면서도, 나 자신과 파트너에게 무엇을 빚졌는지 알면서도, 나는 당신을 폭로할 거요. 당신에게는 아직 나흘이 있소. 헛되이 낭비하지 마시오."

"그 시간 동안에 내가 할 수 있는 일은 아무것도 없어요."

"노력해 보았소?"

마담 퐁텐이 억누르고 있던 분노는 인내심을 잃어 가고 있었다.

"당신은 내가 스스로, 당신이 내 위에 쌓아올린 이 모욕에 내 치부를 드러냈어야 했다고 생각하시나요?" 퐁텐이 따졌다. "작년 말일에 약정서 기한이 되었을 때 내가 지불한 뷔르츠부르크의 남자에게서 그 돈을 다시 돌려받을 수 있을까요? 나에게 5,000플로린을 빌려줄 만한 사람을 당신은 아나요? 내 아버지가 빌려줄까요? 그는 20년 동안 나에게 문도 열어 주지 않았어요. 어쩌면 어머니가 중재해 줄 수 있었겠지만, 돌아가셨습니다. 내가 이 도시의 냉혹한 친척들에게 (이미 진즉에 무지막지하게 거절당했는데도) 동정과 연민으로 호소할 수 있을까요? 나는 호소해 봤습니다! 어제 힘겹게 그들을 찾아갔지요…… 내가 갚을 수 있는 것보다 훨씬 더 많은 돈을 빌렸다고 인정합니다. 나는 쓰디 쓴 굴욕의 컵을 찌꺼기까지 다 마셔 버렸어요. 심지어는 딸의 목걸이까지 담보로 맡기려고 했으니까. 내가 어떤 대접을 받았는지 아세요? 가게 주인은 나에게 등을 돌렸어요. 여주인은 내 얼굴에 대고 훔친 목걸이 같다고 했어요. 이런 말을 들은 것으로는 내가 받을 죗값이 충분하지 않은가요? 분명 나는 당신의 동정에 호소했지요, 어쩔 수 없으니까. 나는 단지 시간이 더 달라고 하는 것뿐입니다. 1, 2개월을 주면, 내 가정부 월급과 보잘것없는 귀중품을 판 것 그리고 그림 딜러에게 내 작품을 보내는 것으로 그 돈을 되돌려 놓을 수 있습니다, 되돌려 놓겠습니다. 당신은 부자입니다. 5,000플로린을 빌려주는 게 당신에게는 도대체 무슨 가치가 있나요? 이달 6일을 주장하는 당신이 만든 난관, 이 호된 난관을 통과하게 도와주세요! 미나가 결혼해서 행복한 걸 보게 도와주세요! 아직도 내 말을 의심한다면 그 진주 목걸이를 담보로 가져가요. 그럼 당신은 손해 볼 게 없잖아요."

바그너 부인은 이 뻔뻔한 마지막 제안에 경악하며 할 말을 잃고, 표정으로 대답하고 문 쪽으로 향했다. 마담 퐁텐은 즉각 그녀를 멈춰 세웠다.

"잠깐!" 필사적인 여자는 소리쳤다. "나를 거절하기 전에 한

번만 더 생각해 보세요!"

바그너 부인의 분노는 마침내 언어가 되어 터져 나왔다. "내가 이래도 싸지." 그녀가 말했다. "당신이 말한다고 할 때 그걸 용납했으니. 가게 해 주시오, 괜찮다면."

마담 퐁텐은 최후의 노력을 했다. 그녀는 무릎을 꿇었다. "당신의 험악한 말은 나의 자존심을 일깨웠어요." 그녀가 말했다. "내가 타락한 여자라는 걸 잊었군요. 겸손하게 말하지 않았어요. 자, 보세요! 나는 이제 겸손합니다. 무릎을 꿇고 당신에게 자비를 베풀어 달라고 간청합니다. 이것이 나의 마지막 기회일 뿐 아니라 미나의 마지막 기회입니다. 내 잘못 때문에 불쌍한 소녀의 인생을 망치지는 마세요!"

"두 번째로 요청합니다, 마담 퐁텐. 지나가게 해 주세요."

"내 간청에 대한 대답도 하지 않고요? 저는 대답을 들을 자격도 없는 건가요?"

"당신의 간청은 모욕입니다. 하지만 내가 그 모욕은 용서하죠."

마담 퐁텐은 두 발로 일어섰다. 얼굴과 태도에서 노염은 자취를 감추었다. "그래요." 거북스러운 태도로 그녀가 말했다. 그 태도는 그녀가 서 있는 엉성한 자세와 이상하게 어울리지 않았다. "그래요, 당신의 입장에서 보자면 모욕처럼 보일 수도 있겠죠. 부정하지 않아요. 이미 돈을 훔친 도둑이, 그 절도를 보상하는 방식으로 같은 사람에게 돈을 더 빌려 달라고 요청하는 것에는 (표면적으로) 매우 안하무인적인 면이 있죠. 당신이, 이렇게 무례함의 옷을 입고 있는 나의 절망을 이해하리라 기대하는 건 무리겠죠. 내 사과를 받아 주세요, 부인. 나는 처음에는 당신처럼 생각하지 않았어요. 맞아요. 당신이 자비로운 침묵으로 아직 나를 보호하고 있을 때 내가 할 수 있는 일을 해야겠죠. 이달 6일이 되기 전까지 내가 할 수 있는 것을 해야만 합니다. 당신을 위해 제가 문을 열게요." 그녀는 응접실 문을 열고 기다렸다.

바그너 부인은 갑자기 심장의 박동이 빨라졌다.

어떤 영향을 받은 걸까? 두려움일까? 바그너 부인은 그것이 뭘까 노골적으로 의심하는 자신에게 화가 났다. 부인의 얼굴이 붉게 물들었다. 일시적인 불안으로 뜻하지 않게 외모에 변화가 일었다. 바그너 부인은 열린 문 옆에 서 있는 여자를 지나치며 쳐다볼 자신이 없었다. 그저 억척스럽게 경의를 가장하며, 그녀에게 머리를 숙이고 방을 나갔다.

마담 퐁텐은 응접실에 그대로 있었다.

퐁텐은 손으로 문을 툭 쳐서 꽝 닫고, 비틀거리며 방을 가로질러 가 소파에 풀썩 주저앉았다. 이제 자기는 혼자라는, 울분과 좌절의 목쉰 울부짖음이 그녀에게서 터져 나왔다. 누가 들을까 두려워 그녀는 손수건으로 입을 틀어막고 이빨로 그것을 힘껏 물었다. 이내 발작은 지나갔다. 그녀는 소파에 바르게 앉아 얼굴의 땀을 닦고 혼자 웃었다. '여기서 멈추길 잘했군.' 그녀는 생각했다. '층계에서 누군가를 만났을 수도 있으니까.'

그녀가 응접실을 나서려고 일어났을 때 복도 끝에서 프리츠의 목소리가 들렸다.

"당신은 기운이 하나도 없어, 미나. 들어와, 음악으로 어떻게 할 수 있는지 봅시다."

골방으로 난 문이 열렸다. 이어서 커튼 뒤쪽에서 미나의 음성이 들렸다.

"유감이지만 나는 오늘 노래를 할 수 없어요, 프리츠. 마마 때문에 불안해요. 마마는 무척 근심스럽고 아파 보여요. 내가 무엇 때문에 그러느냐고 여쭤봐도 마마는 핑계를 대며 나를 피해요."

순진한 어린 말투의 선율, 몇 마디 간단한 말이 담고 있는 충직한 사랑과 연민은 그것을 듣는 어머니의 온몸을 참을 수 없는 고통으로 비틀었다. 그녀는 머리 위로 손을 들고 고뇌 속에 꽉 맞잡았다. 그렇게 소리 없이 안정을 찾으려고 애쓸 수밖에 없었다. 마치 딸의 음성을 견딜 수 없는 것처럼 그녀는 성급히 걸어가 문에 닿았다. 평소 같으면 완벽하게 우아하게 움직였을 테지만 지금 그녀의 행동은 그녀를 삼켜 버린 짜증의 불순한 영향을 받았다. 그녀는 한쪽에 있던 테이블을 피해 옆으로 지나가려다 그만 다른 쪽 의자에 부딪혔다.

프리츠는 곧장 커튼을 열고 보았다. “어, 마마가 계시네!” 정이 많은 사내아이처럼 그가 소리쳤다.

미나는 즉시 피아노를 닫고 어머니께로 서둘러 갔다. 마담 퐁텐이 그녀를 보았고, 미나는 근심의 표정을 지으며 멈춰 섰다. “오, 마마, 무시무시하게 창백하고 아파 보여요!” 그녀는 다시 가까이 다가가 두 팔로 어머니를 감싸 안고 키스하려고 했다. 마담 퐁텐은 부드럽게, 아주 부드럽게, 미나에게 뒤로 물러나라고 손짓을 했다.

“마마! 내가 무슨 잘못을 했나요?”

“아니다, 딸아.”

“그럼 왜 내가 다가가는 걸 싫어하세요?”

“지금은 그럴 시간이 아니다. 내가 할 일이 있지. 그걸 끝낼 때까지만 기다려라.”

“살짝 키스하는 것도 안 돼요, 마마?”

마담 퐁텐은 대답하지 않고 바쁘게 방을 나가 뒤도 돌아보지 않고 계단을 뛰어 올라갔다. 미나의 눈에는 눈물이 차올랐다. 프리츠는 열린 문간에 서서 어찌할 줄 몰랐다.

“다른 사람이 나한테 이 얘기를 했다면 믿지 않았을 거야.” 그가 말했다. “당신 어머니는 당신이 만지는 것조차도 두려워하는 것 같아.”

프리츠는 살면서 많은 오판을 했다. 하지만 이번만은 그가 옳았다. 마담 퐁텐은 두려워하고 있었다.

12장

이른 독일식 저녁상을 차릴 때면 마담 퐁텐은 집안 살림을 관장하는 집사로서 항상 제일 먼저 다이닝 룸에 왔다. 칼날에 얼룩이 있는 나이프나 뭔가 묻은 것 같은 접시는 절대 그녀의 감시를 빠져나가지 못했다. 조셉이 아무렇게나 냅킨을 접어 놓을 때면 그 가정부는 야단을 쳤다. 그리고 그는 그녀가 양손을 써서 그 일을 완벽하게 처리하는 것을 지켜보는 수모를 당해야만 했다.

새해 두 번째 날에도 마담 퐁텐은 평소처럼 그녀의 자리를 지켰고, 조셉은 와인을 낭비한다는 잔소리를 들었다.

조셉은 마담 퐁텐이 자리 잡고 있던 곳의 테이블에 올릭스버거를 한 병 놓았다. 그 와인은 이미 전날 점심과 저녁 식사에 제공되었던 것으로 최소 3분의 2는 소진되어 있었다. 조셉은 테이블 건너편에 두 번째 병을 놓고 와인 오프너를 빼 들었다.

마담 퐁텐은 그것을 그의 손에서 낚아챘다.

“그걸 마실지 안 마실지도 모르면서 왜 새 병을 따려고 하는 거야?” 그녀가 날카롭게 물었다. “켈러 씨와 아드님은 맥주를 좋아하는 걸 너도 알잖아.”

“병에 남은 게 별로 없어서요.” 조셉이 푸념했다. “한 잔도 안 됩니다.”

“바그너 부인과 나를 위해서라면 지금처럼 조금만 있어도 돼.” 그렇게 대답하며 그녀는 문을 가리켰다. 조셉은 물러가고 그녀는 방에 저녁 식사를 들여올 때까지 테이블에 혼자 남아 있었다.

5분 후에는 가족들이 식사를 하러 모였다.

조셉은 가정부의 질책을 원망하며 부루퉁해 평소 의무를 실행했다. 잔을 채울 시간이 되었을 때, 그는 결국 새 병을 따서 따르라는 마담 퐁텐의 지시를 들으며 자족해했다.

바그너 부인은 평소처럼 의자 뒤에 서 있는 잭을 돌아보며 와인을 마실 거냐고 물었다. 마담 퐁텐은 옆에 있던 별로 남지 않은 병을 가져다 자기 잔을 반쯤 채우고 그것을 테이블 건너편으로 지극히 정중하게 건넸다. “괜찮으시다면,” 그녀가 말했다. “새 병을 따기 전에 이 병을 끝내지요.”

바그너 부인은 그 적은 양의 와인을 한 모금에 마셔 버렸다. “마개를 연 후로 보관이 잘 안 된 것 같네요.” 그녀가 잔을 내려

놓으며 평했다. "어제 가지고 있던 좋은 풍미는 거의 없군요."

"잘 보관해야 하지요." 테이블의 윗자리에 앉은 켈러 씨가 말했다. "꽤나 오래 묵힌 와인입니다. 좋은 와인이지요. 남은 것은 내가 맛을 봅시다."

조셉은 남은 와인을 주인에게 가져가려고 앞으로 나왔다. 하지만 마담 퐁텐은 그를 앞질렀다. "바로 다른 병을 열어라." 그녀가 말했다. 그러고는 그 와인을 직접 켈러 씨에게 전하려고 덤비며 일어나다 자기 드레스를 발로 밟았고, 안 넘어지려고 하다가 그만 그 병을 놓쳐 버렸다. 병은 두 조각이 났고, 조금 남아 있던 와인은 바닥에 쏟아졌다.

"죄송합니다." 그녀가 어렴풋이 웃으며 말했다. "제가 이 집에 들어온 후로 처음으로 병을 깼군요."

바그너 부인에게 새 병의 와인이 제공되었으나 그녀는 거절했다. 그리고 접시에 음식을 남긴 채 식사를 마쳤다.

"나는 쉽게 식욕을 잃어요. 잔에 내가 알지 못한 뭔가가 있었던 것 같아요. 아니 어쩌면 내 미각에 문제가 있든지."

"그런 것 같군요." 켈러 씨가 말했다. "어제는 와인을 마시고 아무 문제도 없었잖아요. 새로운 와인이 잘못될 리는 전혀 없을 테고." 그는 새 와인을 시음하고 덧붙였다. "마담 퐁텐, 당신은 어떻게 생각하시오?"

그는 가정부의 잔을 채웠다. "저는 와인을 잘 모릅니다." 그녀가 공손하게 대답했다. "저에게는 맛이 좋아 보입니다."

퐁텐은 잔을 내려놓았다. 그녀는 잭의 시선이 신중하고 용의주도하게 자기를 주시하고 있음을 알아차렸다. "나한테 뭔가 눈에 띄는 게 있어?" 그녀가 가볍게 물었다.

"나는 생각하고 있었죠." 잭이 대답했다.

"뭐를 생각하고 있었다는 거지?"

"당신이 넘어질 뻔한 것을 본 게 이번이 처음이지. 내가 본 바로는, 뷔르츠부르크에서 당신은 고양이처럼 정확히 발걸음을 떼었는데……. 그게 다야."

"모든 법칙에는 예외가 있다는 걸 아니?" 마담 퐁텐은 어느 때보다 온후하게 말했다. "너한테서도 예외가 있어 보이는데." 돌연 화제를 바꾸며 그녀가 계속했다. "네 가죽 가방은 어떻게 된 거냐? 바그너 부인, 당신이 열쇠를 모두 가져가셨나요?"

퐁텐은 잭이 '열쇠 간수장이'로서 자부심을 가진다는 것을 알았다. 그의 민감한 부분을 찌른다면 그는 뷔르츠부르크에서 보았던 것으로 말머리를 돌리지는 못할 것이다. 그러면 염려할 필요가 없었다. 결과는 그녀의 기대를 벗어나지 않았다. 잭은 격렬히 흥분하며 마님의 의자 뒷다리에서 펄쩍 뛰었다. 그가 할 수 있는 가장 당당한 자세를 취하며 밤에 있었던 경악스런 사건을 이야기하려고 입술을 열었다. 그가 말을 흩뿌리기 전에 바그너 부인은 여느 때와는 다른 과민한 표정과 태도로 그를 막았다. "질문은 나에게 했지요." 그녀가 말했다. "열쇠는 내가 관리하고 있습니다, 마담 퐁텐, 잭의 요청으로요. 그가 원한다면 언제라도 다시 가져갈 수 있지요."

"그 도둑에 관해서 말하세요." 잭이 속닥거렸다.

"조용히 해라!"

마침내 잭은 입을 다물고 구석으로 물러났다. 그는 바그너 부인을 평소처럼 따라갔다. 그녀가 사무실로 돌아가 업무에 복귀했을 때, 그는 자기가 좋아하는 창가 자리로 곧장 가 주먹을 불끈 쥐었다. "악마가 프랑크푸르트를 차지했어!" 그가 말했다.

"무슨 뜻이냐?"

"프랑크푸르트가 싫어요. 런던에서 마님은 언제나 지에게 친절했어요. 여기서는 지한테 화만 내시잖아요. 너무 가혹해요. 지가 지난밤에 열쇠를 어떻게 잃어버렸었는지 가정부한테 말하면 왜 안 되죠? 지금 생각해 보니 그 여자가 도둑인 것 같아요."

"쉿, 조용! 그렇게 말하면 안 된다. 잭, 이리 와서 나와 악수하자. 그리고 화해해. 아, 몸이 불편한데. 뭐가 문제인지 모르겠다. 켈러 씨는 네가 저녁 식사 대화에 끼어드는 걸 좋아하지 않아. 그걸 잊으면 안 돼. 그는 그걸 방종이라고 생각하거든. 그게 내가 너를 막은 이유 중 하나야. 그리고 네가 마담 퐁텐의 기분을 상하게 하는 말을 했을 수도 있고, 그게 또 다른 이유이고. 오래지 않아 우리가 좋아하는 옛 런던으로 돌아갈 거다.

지금은, 착한 아이야, 내가 일을 해야겠구나."

한동안 잭은 앉아서 바그너 부인이 일하는 것을 지켜보았다. 그의 생각은 열쇠라는 화제로 돌아갔다. 다른 사람들도, 가령 젊은 사무원과 하인들도, 그가 가방이 없는 것을 보며 열쇠를 빼앗겼다고 모욕적으로 추측할지도 모른다. 서서히 그는 자신이 가방을 너무 쉽사리 포기해 버린 거라는 결론에 도달했다. 다시 열쇠 가방을 받고 밤에는 신경 써서 항상 방문을 잠가서 그가 어느 때보다 가방을 지킬 능력이 있는 사람이란 걸 증명하면 어떨까? 잭은 부인이 일을 잠깐 멈추면 말할 기회를 잡을 요량으로 그녀를 보았다.

부인은 일을 하고 있지 않았다. 쉬고 있는 것도 아니었다. 가슴에 머리를 떨구고 팔과 손은 맥없이 책상 위에 놓여 있었다.

잭은 일어나 까치발로 방을 가로질러 가 부인을 보았다.

부인은 자고 있지 않았다.

부인은 말없이 서서히 머리를 돌렸다. 그녀의 눈빛은 끔찍하게 그를 응시했다. 입술은 살짝 틀어져 있었다. 얼굴은 무시무시한 잿빛으로 시퍼렜다.

잭은 사색이 되어 무릎을 꿇고 부인의 드레스를 두 손으로 움켜잡았다. "오, 마님, 마님, 아프시군요! 지가 어떻게 할까요?"

부인은 미소를 지으며 그를 안심시키려고 했지만 그녀의 입술은 더욱 뒤틀렸다. "아프구나." 그녀는 안간힘을 쓰며 낮은 음성으로 천천히 말했다. "침대에 눕도록 도와주렴, 침대."

잭은 손을 내밀었다. 부인은 또다시 애를 쓰며 책상에서 팔을 들어 올리고, 높은 사무실 스툴에서 그를 향해 돌았다.

"나를 잡아라." 그녀가 말했다.

"잡았습니다, 마님! 지가 손으로 마님 손을 잡았습니다. 못 느끼시겠어요?"

"더 세게 쥐어 봐."

잭은 온 힘으로 부인의 손을 꼭 쥐었다. 이제는 느꼈을까?

그렇다. 그녀는 이제 느낄 수 있었다.

부인은 전적으로 그를 의지하며 바닥에 두 발을 놓았으나 바닥 위에 두 발로 섰다는 사실조차도 인식하지 못하는 듯했다. 다음 순간 그녀는 다시 휘청거리며 책상에 기댔다. "어지럽다." 가라앉은 목소리로 들릴 듯 말 듯 그녀가 말했다. "머리가." 그녀가 그를 보았다. 차갑고 동그랗고 집중하는 눈빛이었다. 이정이 많은 불쌍한 녀석은 공포에 미쳐 버릴 지경이었다. 그는 도와 달라고 소리를 질렀다. 목소리에는 지난날 베들럼에서의 예리함이 서려 있었다.

자기 사무실에서 있던 켈러 씨가 그 방으로 뛰어 들어왔다. 그리고 사무원들이 왔다.

"너희 중 하나가 의사를 불러라." 켈러 씨가 소리쳤다. "잠깐."

켈러 씨는 곧바로 정신을 차리고, 그가 아팠을 때 치료했던 두 의사들이 했던 말을 기억했다. “늙은 의사 말고, 도어먼 의사를 불러와. 조셉이 그가 사는 곳을 알려 줄 게다.” 그는 말을 하면서 팔로는 바그너 부인을 부축하며, 또 다른 사무원을 향했다. “복도의 종을 쳐라. 위층 종을 쳐서 마담 퐁텐을 불러!”

13장

마담 퐁텐은 곧장 방을 나섰다. 요란한 종소리에 깜짝 놀란 미나는 어머니를 따라 아래층으로 내려갔다. 사무실 문은 열려 있었다. 그들은 복도에 이르자 무슨 일이 있었는지 바로 알아챘다. 켈러 씨는 마담 퐁텐을 불러오라 보내면서 그녀의 나이와 성품이 주는 여성의 심성과 경험에 자연스런 신뢰를 실었었다. 하나 뜻밖에도 그녀는 딸만큼이나 자신을 통제할 수 없는 듯했다. 그는 어쩔 수 없이 나이 든 하녀들에게 바그너 부인을 방으로 옮기게 도와 달라고 해야만 했다. 잭은 무기력하게 처진 마님의 손을 잡고 그들과 함께 갔다.

잭이 공포에 싸여 처음 일으켰던 발작은 켈러 씨와 사무원들의 등장으로 지나가고, 그의 나약한 정신은 충격을 받아 어리벙벙했다. 그는 멍하니 주변을 둘러보았다. 그들은 위층으로 서서히 올라가면서 그가 혼자 중얼거리는 것을 한두 번 들었다. "마님은 죽지 않을 거여. 아니, 아니, 아니, 마님은 죽지 않을 거여." 그가 받을 수 위안이라고는 오직 믿음의 허무한 고백뿐인 듯했다. 부인을 침대에 눕히자 그는 베개 가까이에 머물렀다. 힘들게 부인의 시선이 그를 향했다. 그녀는 어렵사리 속삭였다. "열쇠!"

잭은 부인을 이해했다. 아래층 책상은 잠기지 않고 열려 있었다.

"지가 열쇠를 관리하겠습니다요, 마님. 지가 전부 보관하겠습니다." 그가 말했다.

그는 방을 나오면서 위안의 말을 계속했다. "마님은 죽지 않을 거여. 아니, 아니, 아니, 마님은 죽지 않을 거여." 그는 책상을 잠그고 다른 열쇠들이 있는 가방에 그 열쇠를 넣었다.

열쇠 가방을 어깨에 둘러메고 사무실을 나가다가 복도 반대편에 있는 다이닝 룸 문에서 멈춰 섰다. 그는 이상하게 머리가 멍했다. 돌연, 그 감정이 얼굴에 드러날지도 모른다는 의심이 들어 마음을 바꾸고 층계를 오르기 전에 멈췄다. 다이닝 룸에는 거울이 있었다. 그는 곧장 거울로 가 그 앞에 서서 두근두근 걱정하며 자신의 얼굴을 관찰했다. "내가 미친 멍청이로 보이는가?" 그는 혼자 물었다. "내가 미친 멍청이로 보이면 마님이랑 같이 못 있게 하고 나를 내쫓을 거여."

잭은 거울에서 돌아서서 가까이에 있는 의자 앞에 무릎을

꿇었다. '내가 기도를 하면,' 그는 생각했다. '어쩌면 신께서 나를 조용하게 만드실지도 몰라.'

이 처량한 인간은 몇 마디 간단한 말들을 반복하자니 선한 마님이 처음으로 기도를 가르쳐 주던 행복한 순간이 머릿속에 아련히 떠올랐다. 그가 느낄 수 있는 최선의 위안은, 눈물의 위안이었다. 켈러 씨는 의사를 기다리다 조바심이 나서 현관으로 내려오다가 뜻밖에 바그너 부인의 미치광이 시종과 마주쳤다.

"지가 위층 마님에게 가도 될까요?" 잭이 공손하게 물었다. "지는 기도를 했습니다요, 어르신. 그리고 한껏 울었습니다. 이제 머리가 개운합니다."

켈러 씨는 보통 때보다 더 다정하게 말했다. "의사가 오기 전까지는 마님을 방해하지 않는 게 좋겠다."

"지가 문 밖에서 기다려도 될까요, 어르신? 조용히 있겠다고 맹세합니다요."

켈러 씨는 허락하는 고갯짓을 했다. 잭은 신발을 벗고 소리 나지 않게 계단을 올라갔다. 그는 첫 번째 층계참에 닿기 전에 돌아서서 현관을 보았다. "명심해라!" 그가 신실하게 공언했다. "마님은 안 돌아가신다, 절대로."

잭은 층계를 계속 올라갔다. 켈러 씨는 여태껏 탐탁지 않았던 이 왜소하고 순박한 녀석에게 처음으로 연민을 느꼈다. "불쌍한 것!" 그는 현관을 오가며 중얼거렸다. "부인이 죽으면 저

녀석은 어떻게 될까나?"

10분이 더 지나고 도어먼 의사가 집에 도착했다.

의사는 바그너 부인을 보자마자 이 상황을 안 좋게 생각한다는 게 얼굴에 드러났다. 그는 그녀를 검사하고, 세부적인 것에 대해 꼼꼼하게 관심을 가지며 필요한 질문들을 모두 했다. 이렇게 하는 것은 그의 전문적 성향의 일부였다. 의사는 환자에 대한 질문에 그저 통상적인 대답을 할 수밖에 없었다. 그는 이 질환이 중풍이라고 진단했지만, 자신의 의료 경험에 비추어 볼 때 일부 증세는 전혀 부합하지 않았다. 때문에 그는 바그너 부인이 전에도 이 병에 걸린 적이 있었는지 물었다. 켈러 씨는 그녀가 결혼했을 때부터 알고 지냈는데, (그녀의 남편과 오랫동안 친밀한 서신을 주고받으면서도) 이런 유의 병고로 고통받았다는 얘기를 결코 들은 적이 없었노라고 대답했다. 도어먼 의사는 환자를 면밀히 보다가 노골적으로 놀라며 켈러 씨를 다시 보았다.

"이분의 나이에," 의사는 말했다. "중풍의 첫 발작이 이처럼 복잡하고 심각한 경우는 처음 봅니다."

"위험한 거요?" 켈러 씨가 조용히 물었다.

"이분은 연로하지 않습니다." 의사가 대답했다. "늘 희망이 있죠. 이런 경우에는 흔히 피를 흘리게 합니다. 부인의 경우는 몸이 차갑습니다. 심장 박동도 약하고요. 하지 않아도 된다면 피를 뽑는 일은 피하고 싶습니다."

의사는 조금 더 고민하다가 한 치료 방법을 지시했다. 어떤 면에서는 더욱 현명해진 후대에나 가능할 법한 실행 방식이었다. 그는 침대를 둘러싸고 있던 여자들을 보며, 특히 마담 퐁텐을 보며, 곧 능력 있는 간병인을 보내고 2시간 후에 처방의 결과를 확인하러 다시 오겠다고 말했다.

의사가 떠난 후 켈러 씨는 마담 퐁텐을 보며 전에 없이 혼란스러웠다. 그녀는 극심히 불안 상태에 있는 여자의 모습이었다.

"당신이 너무 정신이 없는 것 같아 걱정이군요." 그가 말했다.

"얼마 동안 느낌이 좋지 않았습니다, 나리." 퐁텐은 그를 보지 않고 대답했다.

"차분히 쉬는 게 좋겠소." 켈러 씨가 제안했다.

"예, 알겠습니다." 그녀는 이렇게 대답하고 딸의 팔짱을 끼고 나갔다. 뜻 없는 말이라도, 간병인이 올 때까지 바그너 부인을 돌보겠다는 제안 따위는 하지 않았다.

다행히 하녀는 진중한 사람이었다. 간병인이 올 때까지 그녀는 의사의 지시 사항을 기억하고 필요한 의무를 다했다. (의사를 따라 방에 들어와 주의 깊게 관찰했던) 잭은 당분간 내보내졌다. 잭은 문밖 근처를 벗어나지 않을 것이다. 켈러 씨는 매트에 웅크리고 앉아 손톱을 물어뜯고 있는 그를 지나갔다. 잭은 분명 그 의사를 생각하고 있었다. 그는 투덜댔다. "그 신사는 당혹스러워 보였어. 그는 아무것도 몰라."

한편 마담 퐁텐은 자기 방으로 들어갔다.

"프리츠는 어디 있니?" 그녀가 딸의 팔을 놓으며 물었다.

"그는 나갔어요, 마마. 나를 내보내지는 마세요! 마마는 가여운 바그너 부인처럼 아파 보여요. 저는 마마랑 같이 있을래요."

마담 퐁텐은 주저했다. "너는 나를 몸과 영혼으로, 전심으로 사랑하느냐?" 그녀가 난데없이 물었다. "너는 한 어미가 자식을 위해 치르는 희생을 받을 가치가 있는 것 같아?"

소녀가 답을 하기 전에 그녀는 더욱 이상하게 낮은 음성으로 말했다.

"지금도 프리츠가 좋으냐? 그를 잃어버리면 네 가슴이 찢어질까?"

미나는 어머니의 손을 잡아 가슴에 댔다.

"느껴 보세요, 마마." 미나가 조용히 말했다. 마담 퐁텐은 빛을 뒤로 하고 벽로 근처 의자에 앉았다. 딸에게 옆에 앉으라고 손짓을 했다. 잠시 후 미나는 어렵사리 침묵을 깼다.

"바그너 부인은 정말 안됐어요, 마마. 그분은 언제나 나에게 잘해 주셨는데. 돌아가실까요?" 미망인은 무릎에 팔꿈치를 기대고 벽로의 불을 응시하다가 고개를 들어 주변을 둘러보고는 다시 불을 보았다.

"의사에게 물어보렴. 나한테 묻지 말고."

다시 오랫동안 침묵이 흘렀다. 미나의 시선은 초조하게 어머니에게 고정되어 있었다. 마담 퐁텐은 변함없이 불을 바라보며 움직이지 않고 있었다.

미나는 다시 말을 하는 것이 두려웠다. 그래서 관심을 끄는 작은 행동으로 무거운 적막함에서 벗어나 안식을 찾으려고 했다. 그녀는 벽로에서 철망 가리개를 가져와 어머니 손에 부드럽게 놓으려고 했다.

그것이 살짝 닿자 마담 퐁텐은 칼끝에 찔린 것처럼 벌떡 일어났다. 뭔가 소름 돋는 것을 본 걸까? 어떤 무시무시한 소리를 들은 건가? "참을 수가 없다!" 그녀가 소리쳤다. "더 이상 참을 수가 없어!"

"어디가 아파요, 마마? 침대에 누우실래요?" 어머니는 막연히 딸을 보았다. 그녀는 부들부들 떨며 뒤로 물러나 아무 말 하지 않았다.

마담 퐁텐은 방을 가로질러 옷장으로 갔다. 그녀가 다시 입을 열었을 때는 외면적으로 차분해 보였다. "산책을 다녀오마." 그녀가 말했다.

"산책이요, 마마? 이미 밖은 어두운대요."

"어둡던 밝던, 내 신경이 너무 날카롭구나. 바람을 쐬며 움직여야겠어."

"같이 가도 돼요?"

마담은 대답하기 전에 앞뒤로 불안하게 서성거렸다. "이 방은 내가 원하는 것의 절반도 안 돼!" 그녀가 폭발했다. "이 네 벽에 막혀 질식할 것 같아. 공간이 필요해! 공간! 숨 쉴 공간이 필요해! 나랑 같이 나가겠다고 했느냐? 난 동행이 있으면 좋겠다, 미나야. 추워도 괜찮겠니?"

"모피를 입으면 춥지 않아요."

"그럼, 당장 준비해라."

10분 후, 어머니와 딸은 집 밖으로 나갔다.

14장

도어먼 의사는 정확히 약속을 지켰다. 그는 낯선 사람을 데리고 왔는데, 외과 의사라고 소개했다. 잭은 이전처럼 슬그머니 방에 들어와 구석에서 대기하며 신경을 곤추세우고 듣고 보았다.

환자는 치료를 받아 호전되기는커녕 눈에 띄게 악화되었다. 간혹 그녀는 말을 하려고 시도했지만 거의 알아들을 수가 없었다. 감각은 완전히 잃어버린 듯했다. 누군가가 살갑게 잡아도 이 가여운 여인은 더 이상 그것을 느낄 수 없었다. 더욱이 불길한 증상이 새롭게 나타났다. 그녀는 삼키는 것을 확연히 힘들어했다. 도어먼 의사는 체념하며 외과의를 향했다.

"대안이 없군." 그가 말했다. "출혈을 시켜야겠어."

랜싯♦과 붕대가 보이자 잭은 구석에서 튀어나왔다. 그는 이

♦ 의료용 칼

를 앙다물었다. 눈빛은 분노로 번득거렸다. 잭이 외과의에게 다가가기 전에 켈러 씨는 단호하게 그의 팔을 잡고 문을 가리켰다. 그는 그것을 뿌리치고 랜싯의 끝이 그녀의 정맥에 닿는 것을 보았다. 정맥이 칼에 베이자 피가 솟구쳤다. 그는 공포의 비명을 지르며 방 밖으로 뛰쳐나갔다.

"죽일 놈들! 잔인한 것들! 어떻게 감히 마님에게서 피를 뽑아내는가! 아, 나는 어찌 이렇게 왜소한가? 나는 어찌하여 저 짐승 같은 놈들을 창밖으로 던져 버릴 만큼 힘이 세지 못한가? 마님! 마님! 내가 당신을 위해 할 수 있는 일은 없는 건가요?"

그가 미친 듯이 가죽 가방을 사방팔방으로 내려치자 열쇠들을 동여매고 있던 끈이 느슨해졌다. 열쇠들이 짤랑거리는 소리가 귀에 울렸다. 잠깐 그는 가만히 있었다. 그러고는 바닥에 털썩 앉아 차분하게 생각하려고 애썼다. 방에는 초가 없었다. 가장 가까이에 있는 불빛은 아래 층계참에 있는 램프였다. 그는 일어나 조심히 층계를 내려갔다. 혼자 층계참에서 가방을 들어올려 살펴보았다. "마음속의 뭔가가 나에게 말을 하려고 하는데," 그는 중얼거렸다. "어쩌면 여기서 그것을 찾을 수 있을까?"

그는 불빛 아래 무릎을 꿇고 앉아 층계참에서 열쇠들을 흔들었다.

그러고는 한 개를 빼고 나머지는 하나씩 일렬로 정렬했다. 그가 든 첫 번째 열쇠는 공교롭게도 책상 열쇠였다. 그것은 마님의 열쇠였다. 그는 그것에 입 맞추고 다시 가방에 넣었다. 다른 열쇠들을 그 앞에 놓는데, 그 줄의 마지막에는 그 복제 열쇠가 놓였다. 새겨진 글이 눈에 들어왔다. 그는 그것을 들어 빛에 비춰 보며 읽었다. '핑크 룸 벽장.'

잃어버렸던 기억이 그에게 명료한 형태로 되돌아왔다. 마담 퐁텐이 잠가 놓은 그 '치료약', 모든 것을 아는 훌륭한 주인께서 만든 귀중한 '치료약'이 그의 손 안에 있었다. 벽장을 열고 가져오기만 하면 되었다.

잭은 다른 열쇠들을 가방에 던져 넣었다. 그가 계단을 훌쩍 뛰어 내려가니 열쇠들이 짤랑거렸다. 그는 사무실들 맞은편에 멈춰 서서 가방 끈으로 열쇠들을 꽉 조였다. '소리를 내면 안 돼! 가정부님이 놀래면 안 되지!' 그는 저택에 딸린 다른 동 계단으로 올라가다 마담 퐁텐의 침실에 가까워 오자 다시 정지했다. 그는 위험한 흥분의 도가니 속에 빠져 있었다. 베들럼의 관리자들은 아직 그것을 잘 기억했다. 만약 미망인이 방에 있다면? 그가 '치료약'을 가져가는 데 그녀가 거절한다면?

그는 오른손을 쫙 펴고 손가락들을 보았다. "나는 여자의 목을 조를 수 있을 만큼 강하다." 그가 말했다. "그걸 해치울 거다."

그는 문을 두드리지 않고 그냥 문을 열었다. 엿듣기 위해 밖에서 지체하지도 않았다. 방에는 아무도 없었다.

다음 순간, 치명적인 '알렉산더 와인'은 그의 손에 있었다. 그는 순진하게 그것을 유용한 치료약이라 믿었다.

그것을 외투 가슴 호주머니에 넣을 때, 그 나무 상자가 그의 시야에 들어왔다. 그는 손을 뻗어 뚜껑을 열려고 해 보았다. 뚜껑은 열리고 병들이 놓여 있는 칸들이 드러났다. 병 하나는 다른 것들보다 3, 4센티 정도 컸다. 그는 그것을 맨 먼저 꺼내서 보았다. 그 '파란 유리병'이었다.

그 순간, 호주머니 안에 있는 위험한 '치료약'을 바그너 부인에게 시험할 생각은 머릿속에서 사라졌다. 경험을 통해서 익히 알고 있는, 값어치를 따질 수 없는 보물을 그는 확보했기 때문이다. 그가 뷔르츠부르크에서 죽어 가고 있을 때 그의 목구멍을 따라 생명을 흘러 넣어 준 진기한 약이 바로 여기 있었다! 그 무능한 바보들이 침대에 둘러서서 켈러 씨를 잃었다고 포기했을 때, 이것은 그의 생명을 구한 진정한, 유일한 의사였다! 마님, 친애하는 마님은 이미 치료된 거나 다름없었다. 칼을 빼서 그녀에게 상처를 준 그 광신도로 인해 그녀의 소중한 피가 더 이상 한 방울이라도 흘러나가서는 안 된다. 아, 세상의 모든 색깔 중에 파랑색 같은 색깔은 없다! 세상의 모든 친구 중에 이처럼 좋은 친구는 결코 없었다! 마치 그 병이 살아 있는 것처럼 잭은 입을 맞추고 품에 안았다. 거기서 그것을 품에 안고 통통거리며 춤을 췄다. 아! 이 병 속의 액체가 반짝이며 출렁거리는 소리는 얼마나 황홀한 음악인가! 그것은 아직 마님이 쓸 수 있는 양이 남아 있다는 뜻이었다. 황홀경의 절정에 있던 그는 벽로 위의 시계 종소리에 정신을 차렸다. 시간이 흘러가고 있음을 깨달았다. 1분 1분, 죽음이 그녀에게 다가오고 있을 것이다. 그런데 지금 그는 생명의 약을 손에 들고 그녀의 침대에서 멀리 서서 시간을 허비하고 있었다.

잭은 문으로 가다가 멈추었다. 방의 내부를 향해 서서히 시야를 돌렸다. 시선은 열린 벽장에 머물렀다. 그러고는 바닥에 놓인 나무 상자를 보았다.

가정부가 돌아와 벽장에 열쇠를 보고 상자에서 병 하나가 없어진 걸 발견한다면?

이 절체절명의 순간에 그가 유일하게 의지할 것은 약삭빠름이었다. 그 약삭빠름은 그가 사랑하는 은인에 대한 헌신과 타고난 허영심에 원동력을 받아 행동으로 옮겨졌다.

마담 퐁텐에 의해 발견될 가능성은 전혀 계산되지 않았다. 그녀가 발견하든 말든 그는 개의치 않았다. 그는 그 약병을 가졌고, 만약 그녀가 그것을 빼앗으려 한다면 진정 화가 있으리라! 사실 그가 두려워하는 것은, 그녀가 무슨 일이 일어났는지 알고 바그너 부인의 생명을 구한 공덕을 탈취해 갈지도 모른다는 거였다. 그녀가 침대로 그를 따라와 파란 유리병이 자기 것이라고 주장할 수도 있었다. "내가 켈러 씨를 구했고, 지금은 바그너 부인을 구했어요. 이 작은 녀석은 복용량을 준 하인일 뿐이죠. 그가 한 일은 누구라도 할 수 있어요."라고 말할지도 모른다.

책은, 이 장면이 번득이기 전까지는 바그너 부인의 침대 옆에서 그의 경이로운 발견을 공표할 요량이었다. 하나 이제 그 계획은 주저 없이 단념했다. 그는 그의 앞에 더욱 마음을 끄는 비전을 보았다. 아무도 모르게 생명의 약물을 투약하는 기회를 찾는다면, 고통받는 부인이 급속히 호전되는 것에 모든 사람들이 놀랄 때까지 기다린다면, 그러고는 다른 사람들 앞에 서서 부인에게 건강을 회복시킨 사람이 바로 자신이라고 선언한다면, 얼마나 영광스런 자리가 될까!

책은 상자를 제자리에 넣고 벽장을 잠갔다. 열쇠는 그가 챙겼다. 그는 문으로 돌아가서 밖에 아무도 없음을 확인하려고 귀를 쫑긋 세웠다. 파란 유리병은 외투 안에 숨기고 마침내 방을 빠져나왔다. 저택의 다른 동으로 와서는 어떤 방해도 없이 두 번째 층계들을 올라갔다. 무사히 자기 방에 들어오고 반쯤 열린 문으로 다시 밖을 살폈다.

오래지 않아 도어먼 의사와 외과의가 나타나고, 켈러 씨가 뒤따라왔다. 셋은 함께 아래층으로 내려갔다. 도중에 도어먼은 오늘 밤 간병인을 구했다고 말했다.

책은 여전히 그 병을 감추고, 방문을 조신하게 두드린 후 바그너 부인 침실로 들어갔다.

그는 먼저 침대를 보았다. 부인은 아무것도 모른 채 무기력하게 움직임 없이 누워 있었다. 모든 면에서 생명을 잃어 가는 여인, 가련한 영혼. 하녀는 불에서 뭔가를 데우고 있었다. 잭이 자기가 없던 사이에 차도가 있었는지 묻자, 하녀는 음울하게 머리를 흔들었다. 잭은 앉아서 자신이 엿보고자 했던 기회를 어떻게 안전하게 잡을 수 있을까 궁리했지만 소득이 없었다.

1분, 1분이 엎치락뒤치락 흘러갔다. 시간이 약간 지나고 하녀는 시계를 보았다. "바그너 부인이 약을 먹을 시간이군." 여전히 불 옆에서 무슨 일을 하며 그녀가 말했다. 잭은 이 말에서 기회를 보았다. "약은 내가 드리겠소." 그가 말했다.

"이리로 가져와요." 그녀가 대답했다. "복용량을 재는 데 누구도 믿어서는 안 되니까."

"내가 확실히 드릴 수 있소. 이제 준비되었소?" 잭이 고집을 피웠다.

하녀는 그에게 컵을 건네주었다. "내가 지금 하는 일을 그만둘 수 없네요." 그녀가 말했다. "흘리지 않도록 조심해요. 부인은 양처럼 잘 견디시죠, 가여운 분. 부인이 그것을 삼킬 수만 있다면 문제가 없을 거예요."

잭은 컵을 받아서 침대의 먼 쪽으로 갔다. 벽난로와 잭 사이에는 커튼이 있어 가림막이 되었다. 그는 조용히 카펫에 컵의 내용물을 쏟아 버리고 외투 안에 숨겨온 약으로 다시 컵을 채웠다. 그러고는 잠깐 지체하면서 문 쪽을 보았다. 만약 가정부가 들어와서 파란 병을 본다면 어떻게 될까? 그는 이제 비어 있는 그 병을 움켜쥐고 외투 안쪽에 넣었다. 호주머니가 깊지 않아 그것을 충분히 숨길 수 없었고 그래서 그것을 손수건으로 가렸다. '자!' 그는 내심 생각했다. '이제, 한번 해 보자!' 그는 바그너 부인을 팔로 안아 부드럽게 베개에서 들어 올렸다.

"마님, 약입니다." 잭이 조용히 말했다. "이 부족한 잭이 먹여 드릴게요, 괜찮으시죠?"

그녀의 청각은 아직 살아 있었다. 부인은 공허한 눈동자를 천천히 그를 향해 돌렸다. 그녀는 생각을 밖으로 표현하지 못했다. 그저 괜찮다는 것만 보여 줄 수 있었다. 그 이상은 아니었다.

잭은 시야를 가리는 눈물을 훔쳤다. 그는 자신이 부인의 생명을 구한다고 굳건히 믿으며 침대 옆 테이블에서 컵을 들어 그녀의 입술로 가져갔다.

부인은 고통스럽게 안간힘을 썼다. 몇 번에 걸쳐 숨을 헐떡이며, 한 번에 몇 방울씩 컵의 내용물을 마셨다. 잭은 컵을 들어서 등불에 비춰 보았다. 그것은 비어 있었다.

잭은 부인의 머리를 다시 베개에 누이고 감히 그녀의 차가운 볼에 입술을 댔다. "다 드셨어요?" 여자가 물었다. 그는 겨우 "예."라고 대답할 수 있었다. 베개 위의 사랑스런 얼굴을 다시 한번 볼 수 있을 뿐이었다. 지금껏 억눌러 왔던 얽히고설킨 감정은 폭동을 일으키며 그의 극한 절제력을 무력케 했다. 그는 발작적인 울분을 숨기려고 뛰쳐나갔다. 그리고 밖의 층계참에서 목 놓아 울고 흐느끼며 위안을 찾았다.

조금 진정이 되자 잭은 마담 퐁텐이 약상자에서 빈 칸을 발견하면 잃어버린 병을 찾아 온 방을 수색하고 결국 빈 병을 보게 되지 않을까 하는 두려움에 사로잡혔다. 그 병을 부서서 파편들을 쓰레기 구덩이에 버려도 두드러진 영롱한 파란 빛깔 때문에 발견될 수도 있었다. 이걸 어디에 숨길 수 있을까?

잭이 아직 질문에 대한 답을 궁리하고 있을 때, 아래 사무실에서는 업무 시간이 끝나 직원들이 떠나고 있었다. 잭은 그들이 나가면서 혹한 서리에 관해 얘기하는 것을 들었다. 이미 하천에는 얼음덩이가 떠다닌다고 그중 하나가 말했다. 하천이라! 하천은 집에서 몇 분만 걸어가면 있었다. 병을 하천에 버리면 어떨까?

잭은 아래층이 완전히 조용해질 때까지 기다렸다가 아무도 모르게 내려갔다. 문을 열자, 낯선 사람이 손에 작은 여행용 가방을 들고 현관 계단을 올라오고 있었다.

"여기가 켈러 씨 댁인가?" 방문객이 물었다.

그는 검은 눈동자와 큰 붉은 코가 빛나는 쾌활해 보이는 늙은이였다. 내쉬는 숨결에서는 포도주 냄새가 강하게 났다. 잭을 보면서 싱글거리니 그의 입술이 옆으로 늘어났다.

"나는 슈왈츠네." 그가 말했다. "이 가방 안에 있는 것은 오늘 밤에 내 누이가 필요한 것들이지."

"당신 누이는 누구신가요?" 잭이 물었다.

슈왈츠는 웃었다. "그렇지, 작은 친구, 자네가 내 누이가 누군지 알 리가 없지? 간병인이 내 누일세. 도어먼 의사가 고용했네. 그녀는 한 시간이면 도착할 거야. 오! 자네가 외투 안에 숨기고 있는 병이 참 예쁘구먼. 그 안에 포도주라도 있는가?"

잭은 떨기 시작했다. 그 병이 방문객에게 발각되었다. 어쩌면 하천도 비밀을 숨기기에는 충분히 깊지 않을지도 모른다!

"아이쿠, 춥구먼." 쾌활한 노인이 계속했다. "착한 일하는 셈 치고 한 모금 주소!"

"병에는 포도주가 없소." 잭이 대답했다.

슈왈츠는 신기하게 커다란 붉은 콧방울에 집게손가락을 댔다. "알겠네." 그가 말했다. "포도주를 사러 가는 길이구먼." 그는 누이 가방을 현관에 있는 의자들 중 하나에 놓고, 친구처럼 잭의 팔짱을 꼈다. "나랑 같이 가면 어떤가?" 그가 제안했다. "내가 프랑크푸르트에서 최고의 와인을 살 수 있도록 도와줌세. 자네는 운이 좋구먼! 나랑 같이 간다고 창피해할 건 없네. 내 누이는 대단히 존경스런 여인이지. 자네는 나를 어떻게 생각하나? 이래 봬도 난 시청 공무원이라네. 하! 하! 믿을 수 있겠나! 내가 웃자고 하는 말이 아니야, 알겠어! 데드하우스에서 정규직으로 일하는 야간 묘지기가 아파서 지금 침상에 있지. 그가 나을 때까지 누군가 대신할 사람이 필요했거든. 그게 바로 나야. 다른 두 사람에게 물었는데, 다들 데드하우스라는 말에 벌벌 떨었지. 존경하는 내 누이께서 나를 대신해 말을 잘 해줬어. '정규 묘지기가 나으려면 일주일은 걸릴 거예요. 한 주간 그에게 맡게 보세요.'라고 누이가 말했지. 그리고 내가 맡았지. 내가 시청 공무원이지만, 그리 자랑스러운 건 아니라네. 자, 가세, 내가 그 병을 들지."

또 "그 병"이라니! 이 안하무인의 인간이 이렇게 말하는데 아래서 조셉의 목소리가 들렸다. 조셉의 발소리를 듣자 하니 그는 부엌 계단을 올라오고 있었다. 잭은 현관에서 발각될지도 모를 섬뜩한 가능성은 피해야 한다는 생각에 순간 너무나 당황해 밖으로 뛰쳐나갔다. 뒤로 문이 닫히는 소리가 들리고, 연이어 묵직한 부츠가 빠른 발걸음으로 인도를 쿵쿵 내달리는 소리가 났다. 집에서 20미터도 멀어지기 전에 슈왈츠의 시큼한 숨내가 잭의 어깨 너머로 뿜어져 나왔고, 그 대리 야간 묘지기는 팔로 다시 잭을 잡았다.

"너무 빨리 가지 말게나. 내가 나이치고는 다리가 빠르지. 그래도 너무 빨리는 아니야." 새 친구가 말했다. "자네는 내가 좋아하는 조그마한 타입이야. 내 누이는 내가 자네 피부색과 같은 피부색을 가진 사람들에 대해 충동적인 환상이 있다고 말할 걸세. 누이는 대단히 존경스런 여인이지. 자네 이름이 뭐지? 잭이라고? 근사한 이름이군! 이름이 짧군. 회초리가 짝 하고 소리 나게 때리는 것 같아. 자, 어서 그 병을 나에게 주게!"

잭이 건네주기 전에 그는 이번에는 병을 빼앗아 갔다. "자자, 떨어뜨릴 수도 있잖아. 푸근한 내 손 안에 있는 게 안전하지. 자네는 어디로 가나? 설마 그런 식으로 술집에서 거래하는 건 아니겠지. 자네 귀에 한마디 하지. 지옥에 떨어질 불한당 놈들은 포도주에 물을 탄다네. 자 여기가 바로 정직한 술꾼이 사는 모퉁이일세. 난 그 사람에게 신실한 애정을 갖고 있지. 자네에게도 신실한 애정을 주고. 참, 언제 데드하우스를 보고 싶은가? 이건 규정 위반인데, 허나 문제될 거는 없네. 묘지 관리인은 이렇게 추운 밤이면 침대 속을 너무 좋아해서 묘지기를 관리할 수 없거든. 나한테는 딱 맞는 곳이야. 술이 있으면 그걸 마시는 일 말고는 할 일이 없을 테니까. 술이 없으면 자면 되고. 작은 친구, 우리가 관리하는 죽은 사람들에게는 커다란 혜택이 하나 있다네. 그들이, 묻히기 전에 살아나 버릴 정도로 고집불통이라면 우리는 도와야 하지. 손가락에 비상벨 줄로 연결된 끈을 매고 저기 우리 집에 누워들 있거든. 헌데 아직까지는 아무도 종을 치지 않았어. 데드하우스가 지어진 이후로 한 번도 울리지 않았네! 불쌍하기도 하지. 주중에 나를 보러 오게나. 조용한 이웃들의 건강을 위해 한잔하자구."

그들은 술집 앞에 도착했다.

"자네는 돈이 좀 있겠다?" 슈왈츠가 물었다.

마담 퐁텐이 장갑을 사라고 돈을 주었을 때 넉넉하게 준 덕분에 잭의 호주머니에는 약간의 돈이 남아 있었다. 잭은 대리 묘지기로부터 벗어나려고 마지막 안간힘을 썼다. "여기 돈이 있소." 잭이 말했다. "병은 돌려주시오. 그리고 혼자 가서 마셔요."

슈왈츠는 잭의 어깨를 움켜잡고 술집 앞 등불에 그를 머리부터 발끝까지 훑어보았다. "혼자 마시라고?" 그가 따라 말했다. "내가 멋들어진 사낸가, 아닌가? 그래, 안 그래?"

"그렇소." 벗어나려고 애쓰며 잭이 말했다.

슈왈츠는 꽉 조였다. "술집 문 앞에다 친구를 놓고 갔다는 멋들어진 사내에 대해 들어 본 적이 있는가?" 그가 물었다.

"나리, 제발, 난 술을 안 마셔요." 잭이 사정했다.

슈왈츠는 호탕한 웃음을 터트리고 술집 문을 발로 박차 열었다. "평생 들어 본 농담 중에 제일 재밌군. 나는 병을 채울 만한 돈이 있다네. 게다가 한 잔 정도 더해서. 어서 오게나!"

그는 잭을 끌고 술집으로 들어갔다. 병이 채워지고 잔들이 채워졌다. "내 누이의 건강을 위하여! 존경하는 누이가 오래 잘 살기를 바라며! 건배하고 잔을 안 비우면 안 되지." 이 말을 하면서 슈왈츠는 그 치명적인 잔을 동행의 손에 쥐어 주었다.

잭은 포도주를 맛보았다. 시원하고 맛이 좋았다. 어쩌면 켈러 씨의 와인보다 약할 수도? 그는 다시 한 모금 했다. 그리고 잔을 비웠다.

한 시간 뒤, 켈러 씨 댁 문에서는 종이 울렸다.

조셉이 문을 열었다. 코가 빨간 늙은 남자가 한 남자를 떠받들고 있었다. 남자는 몸뚱이가 뻗어 버려 도움 없이는 혼자 서 있을 수도 없었다. 현관 램프의 불빛이 이 술에 전 남자의 얼굴을 비췄다. 잭이었다.

"침대에 눕히시오." 코가 빨간 방문객이 말했다. "그리고, 여기, 이 병을 좀 가지고 있으시오. 이 사람이 깨 버릴 것 같으니까. 하여간, 포도주는 다 흘려버렸네. 내 누이 가방은 어디 있소?"

"간병인 말이요?"

"그렇수다! 세상에 내가 간병인이랑 한 배에서 나왔다니. 그녀는 왔소?"

조셉은 진중하게 꾸짖는 듯한 몸짓으로 손을 올렸다.

"조용히 하시오." 그가 말했다. "간병인이 너무 늦게 왔소."

"부인은 회복되셨소?"

"돌아가셨소."

15장

도어먼 의사는 매우 이상하게 처신했다.

참혹한 죽음을 처음 발견한 사람은 바로 그였다. 그가 저녁에 환자를 방문하러 집에 왔을 때 켈러 씨는 방에 있었다. 30분 전에 바그너 부인은 의사에게 말을 했었다. 그는 그녀의 입술이 달싹거리는 것을 보고, 몸을 숙여 그녀가 하는 마지막 몇 마디 말을 겨우 알아들었다. "책을 잘 대해 주세요." 그녀는 힘겹게 말을 하고 지친 듯이 눈을 감았다. 옆에 있던 켈러 씨와 하인은 그녀가 잠이 든 것으로 생각했다. 의사는 이런 경우에 대처하는 평균 시간보다 더 오래―(은연중에 드러난 그의 표정을 보건대) 자신의 경험을 믿고 싶지 않은 듯이―검사를 했다. 그가 명확히 의견을 표명하기 전에 새 간병인이 왔다. 그는 하인에게 그녀를 아래층에서 기다리게 하라고 지시했다. 의사의 진단을 기대하며 켈러 씨는 침실에 머물러 있었다. 도어면 의사는 이 상황을 알아채지 못했을지도 모른다. 아니면 마음에 드는 생각을 숨기고 싶지 않았을 수도 있다. 어찌 되었든 그가 비로소 입을 열었을 때는 의외의 말이 터져 나왔다.

"이 집에서 두 번째로 의심스러운 질병이군요. 두 번째로 이해할 수 없는 결말입니다!"

켈러 씨는 바로 앞으로 나아가 자신을 드러냈다.

의사는 침통하고 서글프게 그를 보았다. "따로 말씀을 나눠야겠습니다, 켈러 어르신. 우리가 방을 나가기 전에 간병인을 먼저 부르도록 하지요. 그녀에게 마지막 슬픈 의무를 염려 없이 맡겨도 될 겁니다."

켈러 씨는 어리둥절해했다. "아이고!" 그가 탄식했다. "바그너 부인이 죽었소?"

"그렇습니다. 저도 놀랐습니다." 의사는 뒷부분을 강조하며 말했다.

간병인은 지시를 받았고, 켈러 씨는 조용한 방으로 안내되었다. "나는 책임이 있는 자리에 있으니," 그가 말했다. "선생이 하나도 남김없이 설명해 주리라 기대해도 되겠지요."

"이처럼 심각한 문제는," 도어먼 의사가 대답했다. "하나도 남김없이 말하는 것이 제 의무입니다. 어르신이 장례 안내를 위해 고용한 사람은 관례적인 확인서를 요구할 겁니다. 그렇지만 저는 그것을 해 줄 수 없습니다."

완고한 성격의 켈러 씨는 이 뜻밖의 선언을 듣고 불안보다는 분노의 감정이 솟구쳤다. "무엇 때문에 거절하는 거요?" 그가 심각하게 물었다.

"어르신, 저는 바그너 부인이 자연사했다고 단정할 수 없습니다. 제 경험으로는, 부인처럼 신체가 건강한 환자가 비교적 이른 나이에 어떻게, 이렇게 갑자기 치명적인 결말을 맞았는지 도무지 설명할 수가 없습니다."

"도어먼 의사, 이 집에 독살자가 있다고 의심하는 거요?"

"단순명료하게 말하자면, 그렇습니다."

"나도 단순명료하게 묻지요. 왜 그렇게 생각하시오?"

"이미 그 이유는 말씀드렸습니다."

"당신의 경험은 틀린 적이 없소? 절대 실수한 적이 없느냐 말이오?"

"켈러 어르신, 어르신 질병은 (당시에 그래 보였듯이) 제가 실수를 했습니다."

"뭐라고요! 내 경우에도 음험한 짓이 있었다는 거요?"

"그렇습니다. 이유를 또 하나 말씀드리자면, 저는 아직 그 의심이 마음에 남아 있다고 봅니다. 오늘 저녁에 목격한 것도 그렇고, 확실히 이번 일을 겪고 보니 어르신이 회복한 여건이 그 자체로 의심스럽습니다. 그러니까 저나 제 동료가 어르신께 무슨 일이 생긴 것인지 이해하지 못했다는 것을 생각해 보세요.

그리고 어르신은 우리가 처방한 치료약으로 나은 게 아니었습니다. 어르신은 빠르게 기운을 잃고 있었지요. 주치의는 떠나버리고, 저는 어르신의 자명한 죽음과 제가 (최선을 다해서 분석하기는 했지만) 성분을 모르는 치료약을 시도하는 위험 중 하나를 선택해야만 했습니다. 저는 위험을 감수했고, 제 결정이 옳은 것으로 판명이 났지만 그래도 오늘까지 혼자 불안에 떨어야 했습니다. 이제 바그너 부인의 죽음으로 그 불안이 되살아났고요. 그래서 말씀드리는 겁니다."

켈러 씨의 태도에 변화가 일었다. 목소리가 현저하게 낮아졌다. 그는 마침내 의사의 동기가 무엇인지 이해했다.

"내 병의 증세가 부인의 증세와 비슷한 거요?" 그가 물었다.

"전혀 다릅니다. 신경 착란을 제외하고는 두 경우의 증세는 전혀 다릅니다. 상황이 그렇다 하더라도 내 마음의 결론은 바뀌지 않습니다. 이것은 그저 한 개 이상의 독약이 사용되었다고 추론하게 합니다. 저는 이 미스터리를 풀려고 하는 게 아닙니다. 어떻게 해서 어르신은 회복되었고 바그너 부인은 희생되었는지 전혀 모르겠습니다. 어둠 속에서 어떤 목적이 작용했는지, 의심의 방향이 가리키는 게 무엇인지, 저보다는 본인에게 물어보셔야 할 겁니다. 저는 사망 확인서에 서명할 수 없습니다. 이유는 제가 설명 드린 대롭니다."

"잠깐 생각할 시간을 주시오." 켈러 씨가 말했다. "내가 책임을 회피하려는 게 아니오. 단지 진정할 시간이 필요하오."

켈러 씨는 누구에게도 도움을 청하지 않는 것에 자부심을 느끼며 살아 왔다. 그러나 지금은 영혼까지 뒤흔드는 당혹스러움이 은연중에 밖으로 드러나는 것을 숨기며 창가로 걸어갔다. 그가 의자로 돌아왔을 때는 도어먼 의사에게 조언을 요청하는 모양새가 되지 않도록 의도적으로 조심했다.

"내가 가야 할 방향은 간단하외다." 그가 차분히 말했다. "나는 당신의 결정을 관청에 알려야만 하오. 이어질 조사에 내가 할 수 있는 한 협조해야 하고. 내일 아침에 치안 판사들이 서로 만나면 끝이 날 거요."

"시청에 우리가 함께 가지요, 켈러 씨. 이 경우에는 법규가 정하는 특별한 보호 장치가 필요하다는 사실을 시장에게 알리는 것은 저의 의무니까요. 저는 또한 이 저택에서 시신을 옮겨서 공중위생에 해가 되지 않도록 확실히 해 두어야만 합니다."

"지금 바로 옮긴단 말이요?"

"아닙니다! 사망 후 24시간 안에 하면 됩니다."

"어디로 가는 거요?"

"데드하우스입니다."

16장

의사의 통보에 따라 시장은 명령서를 발부했다. 1월 3일 저녁 8시에 바그너 부인의 시신은 프랑크푸르트의 프리드버그 게이트 밖에 있는 묘지 건물로 옮겨져야만 했다.

이 세기 오래 전부터 독일 사람들 사이에서는 시신을 일찍 매장하는 것에 대한 두려움이 널리 퍼져 있었다. 산 사람을 우발적으로 매장했다는 전설에 기인한 것이었다. 프랑크푸르트가 아닌 다른 도시의 관청에서는 그런 끔찍한 재앙이 발생하지 않도록 법을 만들었다. 이 세기 초에 프랑크푸르트 시청은 이 법규들을 다시 제정했고 수정했다. 데드하우스는 두 가지 목적으로 공동묘지에 붙어 있었다. 하나는, 빈민층이 밀집되어 있는 곳에서 사망자가 나왔을 때 그 시신에게 품위 있는 안식처를 제공하는 것이고, 둘째는, 조기 매장을 하지 않도록 가능한 한 완전한 보관처를 제공하는 것이었다. 치안 판사가 의사의 확인서를 받아 최종 결정을 공표할 때를 제외하고는 (그리스도인 거주민에게만 제한된) 데드하우스의 이용은 유족이나 대리인의 선택에 달려 있었다. 설사 무덤으로 가는 마지막 안식처인 데드하우스에 가지 않아도 되는 합당한 이유가 있을지라도, 사망자를 담당하는 의사는 관련 증명서를 발부하는 데 특정한 제약을 받았다. 의사는 장례 절차를 준비할 목적이라면 비공식적으로 사망을 공인할 수 있었다. 하지만 사망 후 사흘이 지나기 전에 매장하도록 허가 문서를 써 주는 것은 전적으로 금지되어 있었다. 더욱이 실지로 부패 조짐이 보이기 시작했음을 공인해야만 했다. 독일의 많은 도시에 지속적으로 적용되는 여러 겹의 예방책에도 불구하고, 여러 해를 지내오면서 죽음이 그것의 미스터리한 임무를 완수하지 못한 경우가 있었던가? 그 답은 죽은 자들의 방에 있으리라. 애도자들과 함께 철장 게이트를 지나가—잘 듣고, 보아라!

3일 저녁, 영구차가 도착할 즈음 되어 아래층의 하인들은 집 안의 음울한 적막을 깼다. 그들은 한 방에 모여서 낮은 목소리로 은밀하게 속닥거렸다. 비통한 순간에 집 안의 정적에서 오는 본능적인 공포는 모든 문명국가에서 볼 수 있는, 그들 계층의 뚜렷한 특징 중 하나이다.

"10분 안에," 조셉이 말했다. "묘지에서 사람들이 와서 부인을 데려갈 거요. 그녀를 소파에 눕혀서 아래층으로 내리는 것은 쉬운 일이 아니죠."

"왜 다른 사람처럼 관에 넣지 않는 거여?" 식모가 물었다.

"부인이 런던에서 데려온 미친놈이 이 집에서 지 맘대로 하고 있어서 그렇죠." 조셉은 짜증스럽게 대답했다. "어젯밤에 내가 술에 취해 돌아왔다면 오늘 아침에는 짤렸을 거요. 내가 만약 '부인이 안 죽었다. 누구도 그녀를 관에 넣지 못해!'라고 소리를 빽빽 질렀으면, 동네 정신 병원에 가야 했겠죠. 응분의 대가를 받았을 테니까. 잭 나리한테는 그런 일이 생길 수가 없지요. 켈러 어르신은 그저 진정하라고만 말할 뿐, 지쳐 보였어요. 의사는 말을 하려고 어르신을 다른 방으로 데려갔는데, 헉, 잭의 의견에 동조해서 돌아오더라고요!"

"설마 부인이 죽지 않았다고 의사가 말했다는 건 아니지?" 요리사가 소리쳤다.

"당연히 아니죠. 부인이 죽은 걸 처음 발견한 사람이 바로 그 의사예요. 내 말은, 의사가 잭의 뜻을 받아 주었다는 거죠. 의사는 나한테 자를 달라고 해서 침실의 작은 소파를 쟀어요. '이게 관보다 길지 않군.' (그가 말했어요.) '매장 때까지는 여기에 시신을 눕히는 것에 반대할 이유가 없겠어.'라고 말했죠. 그때 간병인이 반대하는 말을 했어요. 그가 뭐라 했는지 알아요? '말 조심해요! 관 속보다는 소파가 훨씬 나으니까.'"

"불경하다!" 요리사가 말했다. "불경하다는 말은 이럴 때 쓰는

겨."

"아, 그러니까 말이어요!" 하녀가 한마디 했다. "소파나 관이나, 검은 벨벳 예복을 입은 부인은 아름다워 보여요. 불쌍한 영혼 같으니. 하얀 예쁜 손에는 겨울 꽃이 있었어요. 누가 꽃을 갖다 놓았을까? 마담 퐁텐일까요?"

"마담 퐁텐, 흥, 어련히 그러것다! 작은 미치광이 놈이 (내가 맛있게 해 준 저녁은 먹지도 않고) 나가서 꽃을 가져왔지. 자기 말고는 누구도 부인의 손에 꽃을 놓을 수는 없다나. 어쨌든 그게 간병인이 하는 말이여. 가정부 마담 본 사람 있어? 오늘 저녁에 아래층에 있던가, 조셉?"

"아니! 내 말 들어 봐요," 조셉이 말했다. "아픈 척하면서 자기 방에 있는 것이, 뭔가 심각한 일이 있어요."

"자네는 그게 뭔지 알겠나?"

"자, 직접 판단해 보세요." 조셉이 대답했다. "어제 저녁에 간병인 오라비가 잭을 집에 데려오기 전에 무슨 일이 있었는지 내가 말했는가요? 초인종 소리에 내가 나갔는데, 프리츠 씨가 의기양양해서 있더라고요. 미나 양은 지쳐 쓰러질 모양으로 그의 팔을 잡고 있고. 와인을 달라고 나를 불렀는데, 프리츠 씨가 아버지에게 하는 말을 내가 들었지요. 마담 퐁텐이 (딸이랑 같이) 춥고 어두운데 별일도 없이 산책을 나갔었나 봐요. 프리츠 씨가 그들을 만났고 미나 양을 집으로 데려가겠다고 고집을 피웠대요. 근데 마담은 그가 뭔 말을 하든, 뭔 일을 하든 신경도 안 썼다네요. 그러고는 땅을 쿵쿵 밟으며 혼자 뚜벅뚜벅 걸어갔다는 거예요. 마담이 뭐라 핑계를 댔을까요? 신경이 고장 났다나! 프리츠 씨 생각은 그녀의 마음을 짓누르는 뭔가가 있다는 거지요. 한 시간 뒤에 그녀가 돌아왔을 때 나는 프리츠 씨 생각이 맞는다는 걸 알겠더라고요."

"그녀가 무슨 짓을 했는데? 얘기해 봐, 조셉!"

"잘 들어 봐요. 나는 그 미친 잭이 탈 없이 잠자리에 든 걸 보고 손에 어떤 병을 들고 아래층으로 내려가고 있었는데, 초인종이 울렸어요. 간병인 오라비가 나한테 준 것을 당신들도 봤을 거예요. 어떻게 그와 미치광이가 그 병을 손에 넣었는지는, 그러니까, 나는 알 수가 없죠."

"켈러 씨를 치료했던 큰 약병 같아 보이던디." 요리사가 말했다.

"그 병이었어요. 근데 말이에요, 병은 비어 있고, 약 대신 포도주 냄새가 나더라고요. 아무튼 손에 병을 들고 마담 퐁텐에게 문을 열어 줬어요. 그녀는 그 병을 보자마자 내 손에서 낚아챘더니, 나를 보는데, 내 하늘에 맹세하지만, 와, 마치 나를 잡아먹을 듯이 보더라고요. '야 이 거지 같은 놈아!' 존경스런 하인한테 하는 훌륭한 말씀 좀 보쇼, 허? '이 거지 같은 놈아,' (마담이 말했어요.) '이거 어디서 났느냐?' 나는 그녀에게 살짝 머리를 숙이고 말했죠. '정중히 말하는 데는 돈이 들지 않습니다,

마담. 때론 대단한 이득을 보기도 하고요.’ (내가 심했는가요?) 그러고는 무슨 일이 있었는지 정확하게 말했어요. 슈왈츠가 말한 것도 그대로 했죠. 그리고 또 한 방 세게 먹였죠. ‘다음에 또 당신 것이 내 손에 들어오면 그대로 두겠소.’ 마담이 내 말을 들었는지 안 들었는지 모르겠어요. 그녀는 그 병을 들어 불빛에 비춰 보더라고요. 그녀가 병이 빈 것을 보았을 때, 흠, 물론 그때 내 마음에 무슨 생각이 스쳐 갔는지 말로 할 수는 없지만, 그래도 이것만은 확실히 말할 수 있어요. 마치 염병에라도 걸린 것처럼 발발발 떨더라고요. 마담은 얼굴이 허해져서 집으로 들어왔었는데, 분명히 말하지만, 점점 더 허해졌어요. 그래서 그녀를 위층으로 데려가야 한다고 생각했어요. 오, 맙소사. 그녀는 쇠처럼 굳어 있었어요! 위층으로 가는데, 나는 첫 번째 층계참까지 따라가다가 켈러 씨가 기다리는 것을 보았어요. 아마 바그너 부인이 죽었다는 소식을 전하려고 기다렸나 봐요. 그들이 무슨 말을 주고받았는지 모르지만, 프리츠 씨 말은 그 후로 마담이 방에서 나오지 않았다더군요. 켈러 씨는 그녀가 어떤지 묻는 쪽지조차 보내지 않았고요. 자, 어떻게들 생각하시는가요?”

“마담이 방을 떠난 적이 없었다고 프리츠 씨가 말했다면, 그가 잘못 알고 있는 것 같아요.” 하녀가 말했다. “오늘 아침 일찍 마담이 미친 책과 속닥거리는 것을 내가 들은 것 같은디. 거의 확실해요. 마담이 켈러 씨하고 의사랑 같이 영구차를 따라 데드하우스까지 갈까요?"

"쉿!" 조셉이 말했다. 그가 말하는데 영구차의 무거운 바퀴 소리가 거리에서 들렸다. 그는 부엌 층계 꼭대기로 올라갔다. "내가 문을 여는 동안," 그가 조용히 말했다. "여기서 기다려요……. 잘 봐 봐요."

위층 응접실에는 프리츠와 미나만 있었다. 마담 퐁텐의 방문은 누구에게나, 심지어 딸에게도 닫혀 있었다.

프리츠는 미나가 두 번째로 방에 들어가게 해 달라고 사정하는 것을 막아섰다. "당신을 돌보고 위로하는 것은 당신 남편의 특권이겠지, 달링." 그가 말했다. "이 어려운 시간에 당신은 나와 떨어져서는 안 돼."

프리츠는 팔로 그녀를 감쌌다. 그녀는 그의 어깨에 머리를 기대고 겁에 질린 듯 그를 올려다보았다.

"당신은 그분들과 함께 묘지에 안 갈 거예요?"

"난 당신과 여기 있을 거야, 미나."

"어제 어머니와 나를 만났을 때는 화를 냈었잖아요, 프리츠. 어머니가 아프고 심란해한다고 해서 더 나쁘게 생각지는 말아요. 내가 어머니를 이해하듯, 당신도 이해해 주세요, 그럴 거죠?"

"어여쁜 아가씨, 당신을 기분 나쁘게 하는 일은 절대 하지 않아. 키스해 줘, 미나. 또! 또 한 번!"

위층에서는 켈러 씨와 의사가 임종의 침실에서 대기하고 있었다.

잭은 자신에게 다정했던 유일한 분이 지상의 마지막 휴식을 취하고 있는 소파 옆에서 침묵하며 경계했다. 여전히 그는 간간이 말도 안 되는 서글픈 말을 중얼거렸다. "아니, 아니, 아니야…… 마님은 죽지 않아! 아직은 아니야!"

문에서 조심히 두드리는 소리가 났다. 의사가 문을 열었다. 그 앞에는 마담 퐁텐이 서 있었다. 그녀는 들어오라는 초대를 받았을 때 손짓으로 거절의 의사를 표명하고 문간에 서서 무기력한 단조로운 어투로 말했다.

"영구차가 현관에 왔습니다." 그녀가 말했다. "남자들이 들어와도 되느냐고 묻네요."

이런 소식을 전하는 것은 보통 조셉의 임무였다. 그를 앞질러 온 그녀의 동기가 어렴풋이 눈빛에 드러났다. 그녀의 시선은 켈러 씨를 향하지 않았다. 의사도 아니고, 소파도 아니었다. 그녀를 위해 문이 열린 순간부터 그녀는 잭에게 흔들림 없이 시선을 고정시키고 있었다. 영구꾼들이 들어와 시선을 가로막을 때까지 그녀는 움직이지 않았다.

절차는 끝났다. 잭은 켈러 씨의 지시를 받아 맨 나중에 따라갔다. 문간에서, 뒤에 서 있던 마담 퐁텐은 나가는 그의 팔을 잡았다.

"너는 오늘 아침에 반쯤 잠들어 있었지." 그녀가 작게 말했다. "한데 지금은 반쯤 잠든 게 아니야. 어떻게 이 파란 유리병을 갖게 됐어? 난 꼭 알아야겠다."

"당신한테 말하지 않을 거요!"

마담 퐁텐은 말투를 바꾸었다.

"그럼 누가 병을 비웠는지 말해 주렴? 내가 항상 너에게 친절했잖아. 어려운 질문도 아닐 테고. 이걸 누가 비웠지?"

그의 성질이 변덕을 부렸다. 그는 당당하게 머리를 들었다. 마님의 회복을 절대적으로 확신하며 이제 그는 그 공덕이 자기 때문이라고 선언했다.

"내가 비웠지!"

"어떻게 비운 거야?" 그녀가 희미하게 물었다. "안에 있던 것을 버린 거야? 아니면 누구에게 준 거야?"

이번에는 그가 그녀를 잡아서 복도 난간으로 끌었다. "저기 보시오!" 잭은 소파를 지고 천천히 계단을 내려가는 영구꾼들을 가리키며 소리 질렀다. "마님이 회복될 때까지 작은 소파에서 쉬고 있는 게 안 보이요? 마님에게 드렸소!"

잭은 그녀를 떠나 계단을 내려갔다. 마담 퐁텐은 비틀거리며 복도 벽에 등을 기댔다. 시야가 어떻게 되어 버린 듯했다. 그녀는 허둥대는 손으로 계단 난간을 찾아 잡았다. 거리로 열린 문을 통해 바람이 흘러 들어왔고, 바람은 그녀가 기운을 차리는

데 도움이 되었다. 그녀는 천천히, 한 걸음씩 첫 층계참까지 내려갔다. 거기서 멈추었다가 다시 내려갔다. 현관에 다다라서는 켈러 씨에게 다가가 말을 했다.

"시신이 데드하우스에 안치되는 것을 보실 건가요?"

"그렇소."

"저도 봐도 될까요?"

"관청에서는 고인의 친구들이 입장하는 것은 금하지 않소." 켈러 씨가 대답했다. 그리고 날카롭게 그녀를 보며 덧붙였다. "친구로서 가는 거요?"

무례하게 한 말이었다. 그도 그것을 알았다. 치안 판사는 첫 번째 조사가 매우 은밀하게 진행되어야 한다고 결정했다. 적어도 그날은 (비공식 감독 아래) 집안사람들이 평소처럼 자유롭게 생활해야 했다. 그래야 죄인의 마음에 의심이 일지 않을 것이었다. 켈러 씨는 입조심을 해야 할 중대한 필연성을 가벼이 다룬 것을 의식하며 마담 퐁텐의 대답을 초조하게 기다렸다.

그녀의 입술에서는 한 마디 말도 나오지 않았다. 그녀의 얼굴이 얼핏 굳어졌지만 그게 전부였다. 불길한 침묵 속에 그녀는 돌아서서 층계를 다시 올라갔다.

17장

예상치 못한 이유로 출발은 지연되었다.

잭은 죽어도 바그너 부인 옆에 있어야 한다고 억지를 썼다. 그래서 도어먼 의사, 켈러 씨와 함께 영구차 뒤를 따라 걸어가지 않겠다고 한 것이다. "마님을 절대 놓칠 수 없습니다!" 그가 소리 질렀다. "안 됩니다! 1초도 안 돼요! 마님이 깨어났을 때 세상 누구보다도 먼저 나를 보아야 합니다."

켈러 씨는 의사를 향해 물었다. "그가 무슨 말을 하는 거요?"

저택의 그림자 안쪽에 서 있던 의사는 몸짓으로만 대답했다. 그는 달리 대답하지 않는 이유가 있어 보였다. 그는 진중하게 이마를 만졌다. 그리고 길로 나와 잭을 손으로 잡았다. 양면을 닫는 영구차의 덮개는 끝 부분이 모두 열려 있어 운전석에서는 소파 전체가 쉽게 보였다. 의사는 한없이 인내심으로 발휘하여 잭 안에서 솟구쳐 오르는 흥분을 가라앉히고, 그로부터 운전석 옆에 앉겠다는 허락을 받아 냈다. 항상 친절에 고마워하는 잭은 뺨에 눈물을 줄줄 흘리며 도어먼 의사에게 감사 인사를 했다. "지는 마님 때문에 우는 게 아닙니다." 불쌍한 왜소한 남자는 말했다. "마님은 금방 다시 정신을 차리실 겁니다. 하지만 이런 마차에 마님과 함께 타고 가야 하는 것이 너무 끔찍합니다요, 나리!"

영구차는 움직였다.

켈러 씨와 함께 걸어가던 도어먼 의사는 누군가가 팔을 만지는 것을 느끼고 뒤를 돌아보았다. 멀리 아련히 여자의 형체가 그에게 손짓을 했다. 의사는 계속 영구차를 따라가는 동행에게 양해를 구하고 뒤로 물러나 가운데 지점에서 그녀를 만났다. 마담 퐁텐이었다.

"당신은 박식한 사람이지요." 그녀가 불현듯 말문을 열었다. "암호로 쓴 것을 이해하시나요?"

"때로는요."

"오늘 저녁에 30분 정도 시간이 있다면 이걸 한번 보세요. 그리고 무슨 뜻인지 알려 주세요."

그녀가 무언가를 주었다. 어두침침한 빛에 그것은 한낱 종잇조각으로 보였다. 그는 받지 않으려고 멈칫거렸지만 그녀는 강하게 권했다.

"남편이 쓴 문서 중에서 찾았어요. 당신도 알겠지만, 남편은 대단한 화학자였어요. 당신이 보기에도 흥미로울 겁니다."

의사는 여전히 주저했다.

"부인은 화학에 대해서 잘 아시나요?"

"저는 화학이라면 생무지랍니다."

"그렇다면 이 암호를 해독하는 데 무엇 때문에 관심이 있는 거지요?"

"매우 중대한 관심이 있습니다. 만약 이게 부도덕한 손에 떨어지면 위험스런 일이 생길지도 모르죠. 그래서 이것을 없애 버려야 할지 알고 싶은 겁니다."

그는 엉겁결에 종이를 건네받았다. 약포지처럼 딱딱했다.

"연락하겠습니다. 필요하다면 내가 직접 없애 버리죠. 다른 할 말이 있나요?"

"한 가지 더. 잭이 당신들을 따라 묘지에 가나요?"

"네."

의사는 켈러 씨를 따라잡으려고 빠르게 멀어져 가며 한두 번 뒤를 돌아다보았다. 그 거리는 기름 램프 몇 개가 침침하게 밝히고 있었다. 의사가 잘못 생각한 것일 수도 있지만, 마담 퐁텐이 계속 따라오는 것 같았다.

도시를 벗어나자, 묘지로 가는 길을 따라 랜턴에 불이 켜지면서 영구차를 인도했다. 관리인이 게이트에서 영구꾼들을 맞았다.

그들은 도리스식 주랑 현관을 지나 중앙 홀로 갔다. 오른편 끝에는 문이 열려 있어 애도인들을 위한 방이 보였다. 이 방을 지나니 뜰이 나오고, 더 가니 묘지 관리인이 거주하는 아파트가 나타났다. 영구꾼들은 건물의 오른편 구역에서 돌아서서 홀의 반대편 끝으로 움직였다. 애도인들을 위한 두 번째 방을 지나고, 두 번째 뜰을 건너고 좁은 통로로 접어들어 닫혀 있는 문을 두드렸다.

묘지기가 문을 열었다. 그들은 길쭉한 방으로 들어갔다. 그 방의 한쪽 끝에는 뜰이 있고, 다른 쪽에는 묘지가 있었다. 그리고 접근 가능한 열 개의 벽감이 있었다. 기다란 방은 묘지기실이었고, 벽감은 시신을 놓는 작은 방이었다.

소파는 묘지기실에 놓여졌다. 데드하우스에서 이렇게 하는 것은 흔치 않은 일이었다. 관리인은 설명을 요구했고, 도어먼 의사는 유족을 위해 변경된 사항이 있고, 자신이 그것을 허락했으며, 매장을 승인하는 확인서를 발부하기 전에 관이 제공될 것이라고 알렸다.

사람들이 모두 의사와 관리인 주변에 모여 있을 때 마담 퐁텐은 뜰로 난 문을 부드럽게 밀어 열었다. 그녀는 검은 커튼이 쳐진 벽감들을 보았다. 벽감은 긴 방의 양면에 다섯 개씩 있었다. 그녀는 왼편 가장 가까이에 있는 벽감의 커튼을 열고 아무도 눈치채지 못하게 그곳으로 들어갔다.

"관청에서 문제를 제기하면 의사 선생께서 소파에 대한 책임을 지시겠습니까?" 관리인이 물었다.

의사가 이 조건에 동의하자, 관리인은 묘지기를 향해 말했다. "오늘 밤에는 벽감이 다 비었지, 던처?"

"예, 나리."

"자네 근무는 저녁 일찍 끝나나, 아니면 늦게 끝나나?"

"30분 후에 끝납니다, 나리."

관리인은 소파를 가리켰다. "이것을 관리하게. 자네 가까이에 있는 벽감을 이용하지. 거기에는 묘지기 의자가 있어. 5번 벽감."

방의 위쪽 끝 오른편, 뜰로 난 문에서부터 세었을 때 다섯 번째인 벽감을 뜻했다. 영구꾼들이 소파를 벽감에 안치할 때 묘지기는 검은 커튼들을 말아 올렸다. 이 일이 끝나자 영구꾼들은 떠났다.

도어먼 의사는 열린 커튼 사이로, 높이 있는 벽감을 가리켰다. 천장을 통해 환기가 되고 (묘지기실처럼) 바닥 밑에 깔린 장치로 난방이 되었다. 벽감 중앙에는 관을 올려놓는 단이 있었다. 단 위로는 도르래가 달려 있는 막대기가 가로로 튀어나와 있고, 그 막대기는 문간 위에 고정되어 있었다. 도르래에는 가느다란 줄이 걸려 있는데, 한쪽 끝은 단 위로 느슨하게 내려와 있고, 다른 쪽 끝은 문 바깥쪽에, 즉 묘지기실 쪽에 있는 작은 경종에 연결되어 있었다.

"벽감실 크기는 모두 같습니다." 의사가 켈러 씨에게 말했다. "하나같이 깨끗하고 따뜻합니다. 다른 방에는 온욕을 할 수 있게 되어 있고요, 강장제들로 가득 찬 캐비닛은 가까이에 있습니다. 자, 묘지기를 보세요, 강경증으로 몸이 굳거나 그에 따른 소생술이 필요한 경우 그가 어떻게 하는지 잘 보세요."

던처는 벽감실로 안내했다. 그는 위에서 내려온 줄의 느슨한 끝을 잡고 두 개의 짧고 가벼운 줄에 연결했다. 각 줄은 끝이 느슨하게 다섯 갈기로 나뉘어져 있었다.

이 열 개의 끝에는 놋쇠로 만든 작은 골무 모양의 물건이 하나씩 달려 있었다.

던처는 먼저 단 위 소파의 위치를 살짝 바꾸고, 시신의 손을 들어 놋쇠 골무를 열 손가락에 끼웠다. 그러고는 조심히 그 손을 다시 가슴 위에 놓았다. 던처는 그 손이 밖의 경종과 이어진 줄에 확실히 연결된 것에 흡족해하며 고개를 들었다. 그의 임무는 완수되었다. 그는 벽감에서 나가 그의 의자에 앉았다. 그리고 그와 교체할 야간 묘지기가 도착하길 기다렸다.

켈러 씨는 묘지기실로 나와 관리인에게 말했다.

"이제 모든 게 다 된 거요?"

"다 되었습니다."

"내가 여기 있는 김에 묘에 대해 이야기하고 싶소."

관리인이 고개를 숙였다. “건물 다른 편에 제 사무실이 있는데, 거기서 묘지 도면을 보여 드릴 수 있습니다.” 그가 말했다.

켈러 씨는 벽감을 다시 보았다. 소파를 안치했을 때 잭도 그곳에 자리를 잡았다. 도어먼 의사는 조용히 그를 지켜보았다. 켈러 씨는 잭에게 손짓을 하며 말했다. “너를 기다리고 있다. 자, 가자!”

“마님을 놔두고요? 절대 못합니다!”

켈러 씨가 벽감에 들어서려던 차에 도어먼 의사가 그의 팔을 잡고 들리지 않는 곳으로 이끌었다.

“여쭤볼 게 하나 있습니다.” 의사가 말했다. “바그너 부인이 저 비천한 사람을 런던 정신 병원에서 끄집어냈을 때 폭력적인 광기가 있었나요?”

“그녀가 그렇게 말하는 걸 들었소.”

“그를 조심하세요. 그의 약한 두뇌는 바그너 부인의 죽음으로 심각한 스트레스를 받았으니까요. 폭력적인 광기가 재발할까 걱정입니다. 나한테 맡겨 두시죠.”

켈러 씨는 관리인과 함께 방을 떠났다. 도어먼 의사는 벽감으로 돌아왔다.

“잭, 잘 들어 봐.” 그가 말했다. “(자네가 생각하는 것처럼) 마님이 다시 정신을 차리시면, 마님이 어떠신가 직접 보고 묘를 지키는 남자에게 말하게.” 그는 돌아서서 던처에게 말했다. “경종이 설치돼 있죠?"

"네, 나리."

의사는 거듭 잭에게 이야기했다.

"자, 여길 잘 봐, 그리고 들어 봐!" 그가 말했다.

의사는 조심히 시신의 손가락에 끼워 놓은 놋쇠 골무 하나를 만졌다. 즉시 묘지기실의 종이 울렸다.

"묘지기가 이걸 들으면, 마님이 소생할 수 있도록 당장 관리인과 간병인들에게 신호를 보낼 거야. 동시에 켈러 씩 댁으로 심부름꾼이 와서 무슨 일이 있었는지 자네에게 말할 거고. 마님이 얼마나 잘 돌봐지는지 알겠지. 그리고 자네는 분별 있게 행동할 것이고, 그렇지? 이제 나는 갈 거야. 나랑 같이 갈까?"

잭은 켈러 씨에게 한 것과 똑같이 대답했다.

"절대 못합니다!"

잭은 바닥에 풀썩 주저앉아 소파가 놓여 있는 단의 기둥 하나를 움켜잡았다. "내 팔을 뽑아내지 않고서는," 그가 소리를 질렀다. "절대로 나를 끌어내지 못합니다요!"

의사가 대답을 하기 전에 묘지기실에 발소리가 들렸다. 명랑한 목소리가 물었다. "오늘 밤에 주의 사항이 있나, 던처?"

잭이 들어 본 목소리였다. 그는 미친 듯이 두리번거렸다.

"5번에 시신이 있네." 던처가 대꾸했다. "그리고 그 벽감에 방문객이 있고. 야간 규정 위반이지. 그 사람들에게 말을 했는데, 내보내는 건 자네 책임이야. 수고하게."

빨간 코의 늙은이는 그 벽감의 문간을 들여다보았다. 잭이 벌떡 일어섰다. "슈왈츠. 당신이군요!" 그가 외쳤다. "나는 슈왈츠랑 있겠습니다요!"

18장

슈왈츠도 책을 보고 놀라며 어리둥절해했다.

(그가 추론하기에) 이 작은 친구는 데드하우스에 초대한 걸 기억했음이 틀림없었다. 그리고 그와 함께 있는 낯선 신사가 도와서 입장 허가를 받았을 것이다. 근데 저 신사는 누군가? 이 대리 야간 묘지기는 (비록 친척을 위해 누이에게 메시지를 전달했을지언정) 누이의 프랑크푸르트 의료 후원자를 개인적으로 알지 못했다. 그는 심히 의아한 표정으로 의사를 보았다.

"실례지만, 나리," 그는 어렵사리 말했다. "시청 직원은 아니시지요, 그렇죠?"

"나는 시청과 연관이 없는 사람이오."

"그럼 데드하우스 관리 쪽과 연관 있으신가요?"

"아니요. 나는 도어먼 의사요."

슈왈츠는 둔탁한 손가락으로 탁 소리를 냈다. 안도감을 적절히 표현한 것이었다. "알겠습니다, 나리. 저 작은 사람은 나에게 맡겨 두시오. 제가 잘 돌보겠습니다."

"이 사람을 아는가?" 의사가 잭을 돌아보며 물었다.

"그럼요, 알다마다요. 저 사람한테 나를 맡겨 두쇼." 잭이 홍이 나서 대답했다. "잘 가시오, 나리. 굿 나이트!"

도어먼 의사는 다시 잭의 친구를 보았다.

"방문객은 밤에 여기 있으면 안 된다고 아는데." 그가 말했다.

"규칙 위반이죠." 슈왈츠가 인정했다. "하지만, 존경하는 나리, 이곳의 적막함을 생각해 보십시오! 게다가 저는 그저 대리입죠. 사흘 밤이 지나고는 다시 정규 묘지기가 근무를 설 겁니다. 여길 밤새 혼자 지키는 것은 끔찍한 일입죠, 의사 나리. 묘지기 하나는 진짜로 미쳐서 목을 맸답니다. 분명 그는 나름 시인이었습죠. 그래서 막 놀랄 일은 아니지만. 저는 시인은 아닙니다. 저는 그저 사회성이 좋은 사람입니다. 작은 잭을 나한테 맡겨 두십쇼! 나중에 안전하고 건강하게 돌려보내 드리겠습니다. 그가 자식 같아서요."

의사는 망설였다. 어떻게 해야 할까? 잭은 이미 그의 마님이 누워 있는 벽감으로 돌아갔다. 켈러 씨에게 경고했던 광기를 터트릴 수 있는 위험은 말할 것도 없이, 잭을 강압적으로 끌고 나가는 것은 섬세한 감정을 지닌 도어먼 의사로서는 당연히 달갑지 않은 조처였다. 이미 설득을 시도해 보았지만 소용없었다. 잭을 통제하는 권한은 그에게 주어지지 않았다. 용인하는 것 말고는 다른 방도가 없어 보였다.

"자네는 고집이 센 사람이니," 그가 잭에게 말했다. "나는 혼자 돌아가겠네. 켈러 씨에게는 여기 자네 친구에게 맡겨 두었다고 하지."

잭은 이미 자기만의 생각에 푹 빠져 있었다. 그는 멍하니 다시 말했다. "굿 나이트."

도어먼 의사는 방을 나갔다. 슈왈츠는 그의 손님을 얼핏 보며 말했다. "잠깐 거기서 기다려. 문지기가 곧 올 거야. 그가 자네를 안 보는 게 좋으니까."

잠시 후 문지기가 들어왔다. "별 이상 없소?" 그가 물었다.

"이상 무." 슈왈츠가 대꾸했다.

문지기는 말없이 물러갔다. 야간 묘지기의 확답을 들었으니 그는 이제 다음 날 아침까지 데드하우스 게이트를 잠가 놓을 것이다.

슈왈츠는 잭에게 돌아왔다. 잭은 그대로 소파 옆을 잠잠히 지키고 있었다. "자네랑 어떤 관곈가?" 그가 물었다.

"나에게는 세상의 모든 관계요!" 잭은 큰소리로 힘주어 말했다. "아버지이자 어머니이고, 오라비이자 누님이고 아내요."

"허, 허? 한 번에 다섯 관계네. 경제적인 가족이라 불러야겠군." 슈왈츠가 말했다. "이리 테이블로 오게. 지난번에는 자네가 대접했으니 이번에는 내 차례네. 가까운 곳에 포도주를 두었지. 그래, 그래. 감히 말하지만, 부인은 생전에 훌륭한 여인이셨어. 근데 왜 다른 사람처럼 관에 넣지 않은 건가?"

"왜냐고?" 잭이 분개하며 따라했다. "마님을 이곳으로 모시고 오는 것을 막을 수는 없었소. 행여 그 양반들이 감히 마님을 관에 넣는다면, 나는 집에 불을 질러서 그들 머리 위로 무너지게 했을 거요! 당신은 마님이 죽었다고 생각할 만큼 멍청하시오? 마님이 깨어날 때까지 내가 여기 지켜 서서 기다리고 있는 걸 모르시오? 참, 실례했소. 당신이 알 리가 없지. 다른 양반들은 마님이 죽게 내버려 두었을 거요. 나는 마님의 생명을 구했지. 이리 와 봐요, 왜 그런지 알려 줄 테니."

잭은 벽감실로 슈왈츠를 끌고 들어갔다. 묘지기가 사라지자 마담 퐁텐의 홍분된 하얀 얼굴이 은신처 커튼 사이로 나타났다. 그녀는 잭이 벽장을 열고 발견한 것에 대한 얘기를 들었다.

슈왈츠는 정중하게 조용히 말을 들으면서 (그는 이 작은 친구가 미친 게 분명하다는 결론을 내렸다) 친구의 기분을 좋게 해 주었다. 마지막에 어떤 소견을 내는 대신 그는 포도주가 옆에 있다고 다시 한번 언급했다. "자!" 그가 다시 말했다. "테이블로 가세나!"

마담 퐁텐은 도로 커튼 뒤로 물러났다. 잭은 끈질기게 벽감실에 남아 있었다. "마님이 움직이면, 바로 그 순간을 나는 놓치지 않을 거요."

"자네가 보면 알 수 있을 것 같은가?" 슈왈츠가 반론을 제기했다. "벌써 완전히 지쳐 보이는데. 눈이 피곤해질 걸세. 여기 문 위에 있는 종을 믿게나. 놋쇠와 철은 피곤해지지 않으니. 놋쇠와 철은 잠을 자지도 않지. 이것들이 울려서 자네를 부를 걸세. 쉬면서 한잔하세나."

이 말에 잭은 의사가 경종을 시험해 보이던 것이 떠올랐다. 그는 머리와 손발에 점점 피곤이 몰려오는 것을 숨길 수 없었다. "영감님 말이 맞는 것 같소." 그가 서글프게 말했다. "내가 더 튼튼했으면 좋으련만." 잭은 묘지기의 의자에 풀썩 주저앉으며 테이블에 합류했다.

잭은 고개를 푹 숙였다. 눈이 감겼다가 다시 벌떡 깼다. "마님이 일어나면 도움이 필요할 거야!" 그는 겁먹은 표정으로 소리를 질렀다. "우리가 뭐를 해야만 되지? 우리가 집으로 모시고 갈 수 있을까? 오, 영감님, 아까 전에는 자신 있었는데…… 지금은 아무것도 할 수 없을 것 같소!"

"피곤에 절은 그 쬐그만 머리로는 아무것도 걱정하지 말게나." 거칠지만 선한 마음씨를 가진 슈왈츠가 대답했다. "나를 따라오게. 도움이 필요하면 어디서 얻을 수 있는지 보여 주지. 아니지, 아니지! 자네는 종이 들리지 않는 곳으로 가면 안 되지, 만에 하나라도 종이 울릴 수도 있으니까. 방문을 열어 놓자고. 단지 여기 이 통로 반대편이니까."

슈왈츠는 랜턴을 켜고 잭을 밖으로 안내했다.

그들 왼편에 있는 뜰과 대기실을 벗어나, 통로의 오른편을 따라 나아가 침실의 문을 열었다. 항상 사용할 수 있게 준비가 된 방이었다. 침실의 두 번째 문은 욕실로 통했다. 여기에는 관리인의 감독 아래 강장제를 보관하는 캐비닛이 욕실을 마주보고 서 있었다.

두 남자가 나가자 마담 퐁텐은 위험을 무릅쓰고 묘지기실로 들어섰다. 그녀는 일렬로 늘어선 검은 커튼의 맨 마지막에 있는 그 끔찍한 벽감실로 시선을 돌렸다. 그리고 그쪽으로 발걸음을 옮겼다. 퐁텐은 손을 머리로 올리며 진정하려고 안간힘을 썼다.

잭이 파란 유리병의 내용물을 사용했다고 인정한 후로 그녀는 곧 발견하게 될 것에 대한 공포로부터 한시도 자유롭지 못했다.

그 모든 것을 압도하는 두려움에 떨며 그녀는 약상자에 있던 모든 독극물을 버리고 병들을 산산이 부숴 버렸다. 그리고 도어먼 의사를 따라 집을 나올 때 그 조각들을 가지고 나와 묘지로 오는 길에 그것들과 찢어 버린 종이 조각들을 성문 밖의 어두침침한 길에 뿌렸다. 텅 빈 약상자와 암호문 외에는 아무것도 남아 있지 않았다. 암호문은 한때 '거울 물방울'이라는 독약을 싸고 있던 거였다.

이렇게 변한 상황에서 퐁텐은 위험을 감수하고 도어먼 의사에게 알 수 없는 문자로 쓴 것을 해석해 달라고 요청했었다. 잭의 무지한 참견이 가져올지도 모를 결과에 대해 당장은 알 수 없지만, 어쩌면 암호문에 포함된 경고 내용을 알면 혜택을 볼 수도 있었다.

퐁텐은 잭이 굳건히 희망을 가지고 기대하는, 일어날지도 모를 회생에 대한 막연한 공포감 때문에 그를 따라 데드하우스로 왔었다. 그리고 벽감실 안에 숨어서 기다리다, 잭이 의사나 켈러 씨에게 털어놓을 법한 위험한 비밀을 듣게 되고, 엉겁결에 그들의 마음에 움틀 수 있는 의심과 바로 그 자리에서 싸워야만 했다. 여전히 그녀는 의심의 고뇌 속에 서서 벽감실을 응시하며 마음을 정하려고 하고 있었다. 쓸쓸한 방이 기회를 줄 때 죽은 여자를 한번 볼까? 한 번 보면, 흙빛 창백한 죽음을 굳게 믿을지도 모른다. 아니, 생명이 깨어날 무서운 가능성을 보게 될지도. 그녀는 앞뒤 가리지 않고 재빨리 움직여 갈라진 틈으로 안을 들여다보았다.

거기, 그녀의 살인 작품이 움직이지 않고 기품 있게 누워 있었다! 거기, 검은 예복을 배경으로 유령처럼 하얀 손은 굳어 있고, 그 위로는 그것을 부정하려는 가증스런 장치가 놓여 있었다. 마치 생명의 불가사의한 회귀에 바들거리는 것을 숨기려는 듯!

그것을 보자마자 마담 퐁텐은 온몸에 소름이 돋았다. 그녀는 미친 듯이 돌아서서 열린 문으로 내달렸다. 겨울 밤 어둠 속을 칼새처럼 기어드는 짙은 그녀의 그림자는 뜰을 가로질렀다. 아무도 없는 대기실 문간에 와서야 녹초가 된 본성은 휴식할 수 있었다. 그녀는 허우적대며—손으로 공허한 대기를 더듬었다—정신 줄을 놓고 바닥에 털썩 주저앉았다.

한편, 슈왈츠는 욕실로 온 목적을 드러냈다.

캐비닛의 윗부분에는 안전 유리문이 있었고, 잠겨 있었다. 열쇠는 관리인에게 있었다. 아랫부분 선반에는 수건과 플란넬 가운들이 잠금장치 없이 놓여 있었다. 묘지기는 문을 열고 욕실 리넨 뒤에 숨겨 놓았던 병와 낡은 여행용 플라스크를 꺼냈다. "여기가 내 저장실이지." 그가 설명했다. "힘내라고, 재키, 우리는 신나게 밤을 보낼 거니까."

"나는 당신 저장소를 보고 싶은 게 아니오!" 잭이 성마르게 말했다. "나는 마님께 필요한 사람이 되고 싶소. 도움을 요청할 수 있는 곳이 어딘지 보여 주시오."

"요청?" 슈왈츠가 박장대소를 터트리며 되풀이했다. "관리실에서 우리 소리를 들을 수 있을 것 같아? 뜰을 지나고, 대기실을 지나고, 널찍한 현관을 지나고, 또 뜰을 지나고, 또 대기실을 지나서? 스무 명이 목이 쉴 때까지 한목소리로 짖어대지 않는 이상은 어림도 없지! 우리 나리께서 어떻게 우리 소리를 들을 수 있는지 보여 주지…… 자네 말대로 정말 기적적인 부활이 일어난다면 말이야." 마지막 말은 그 자신만 들리게 익살스럽게 덧붙였다.

슈왈츠는 돌아가는 길을 이끌며 벽 위부분의 돌출부가 보이도록 랜턴을 올려 들었다. 책들 옆에는 소화 양동이들이 일렬로 내려와 있었다. 그것들 사이에는 천장에 난, 금속으로 된 구멍에서 튼튼한 밧줄이 매달려 있었다.

"저거 보이지?" 슈왈츠가 말했다. "저걸 땡기기만 하면 되지. 저 위로 종각의 쇠 불알이 달려 있거든. 성문까지 들릴 정도로 시끄럽게 울려 댈 거여. 마치 악마가 발뒤꿈치에 쫓아오는 것처럼 관리인이 열쇠 뭉치를 차고 뒹굴다시피 뛰어 오겠지. 그리고 두 하녀가 뒤쫓아 올 거고. 늙고 못생긴 것들, 잭! 그러니까 여자가 목욕을 할 때 시중을 드는 사람들 말이여. 잠깐! 침실로 랜턴을 가져가고, 자네가 앉게 의자를 하나 가져오지. 저녁 방문객을 맞이할 일은 없을 테니까. 알겠지? 그렇지. 어이, 미친 묘지기가 목을 맨 곳을 한번 보고 싶나? 저기 이 줄 끝에 있는 마지막 갈고리여. 그 양반이 데드하우스에 관해 만든 노래가 있다네. 그게 테이블 서랍 어딘가에 있을 텐데. 한 신사 양반이 미망인과 애들을 도우려고 그걸 프린트를 해서 팔았지. 술로 몸이 달궈질 때까지는 가만히 있세나. 그러고는 내가 뭘

할지 말해 주지…… 미친 묘지기의 노래를 불러 주겠네. 재키, 나의 친구, 자네는 후렴구를 부르게! 투-로우-러-버-덥-붐. 이게 선율이야. 멋있지 않나? 자, 이제 우리의 아지트로 돌아가세나." 그는 묘지기실로 가는 길을 앞서갔다.

19장

잭은 신중하게 다시 벽감실을 들여다보았다. 바뀐 것은 없었다. 그가 굳건히 믿고 있는 행복한 깨어남의 기미는 없었다.

슈왈츠는 테이블의 서랍을 열었다. 담배와 파이프들, 두세 개의 작은 잔, 지저분한 카드 한 묶음, 자살의 목판화와 어우러진 미친 묘지기의 노래, 이 모든 것들이 뒤죽박죽 섞여 있었다. 그는 서랍에서 노래와 두 개의 잔을 꺼내고, 왜소한 손님을 벽감실에서 나오라고 불렀다.

"자," 잔을 채우며 그가 말했다. "평생 이런 포도주는 맛 본 적이 없을 거여. 원 샷!"

잭은 넌더리가 나는 표정으로 돌아섰다. "지난번에 나랑 술을 마셨을 때 포도주에 대해 뭐라 말했는지 아시오?" 그가 책망하듯 물었다. "내 심장을 따뜻하게 하고 나를 남자로 만들어 줄 거라고 했소. 그래서 어떻게 됐죠? 나는 내 발로 설 수도 없었소. 머리를 주체할 수도 없고. 너무 잠이 오고 멍청해져서 조셉이 나를 위층 침대로 데려가야만 했소. 나는 영감님의 포도주가 싫소! 당신 포도주는 약속을 하고도 지키지 않는 거짓말쟁이요! 나는 지금 이대로도 이미 많이 지쳤고, 마음이 죽을 맛이외다. 포도주는 절대 안 마실 거요!"

"틀렸어!" 잔을 비우고 입맛을 다시며 슈왈츠가 지적했다.

"자네는 저번 날 엄청난 실수를 했어. 절반도 못 마셨잖아. 훌륭한 술에게 제대로 기회를 한번 줘 봐, 젊은이. 아니, 아니라고? 자네가 의자로 돌아오려면 나긋나긋한 설득이 필요한가?" 말을 행동으로 옮기며 그는 팔로 잭을 감쌌다. "어, 내 손에 느껴지는 게 뭐지?" 그가 물었다. "병?" 그는 잭의 가슴 호주머니에서 그것을 꺼냈다. "오, 맙소사!" 그가 탄식했다. "의약품 같군!"

잭은 기쁨의 비명을 지르며 그것을 낚아챘다. "이게 바로 내가 필요한 거로군. 까마득하게 잊고 있었어!"

그것은 잭이 '핑크 룸 벽장'을 처음 열었을 때 발견했던 것으로 마담 퐁텐이 일부러 '알렉산더 와인'의 치명적인 분량을 채우고 후회하며 가지고 있던 약병이었다. 잭은 그 파란 병을 발견하고 놀라며 즐거워하다가 그 이후로 완전히 잊고 있었다. 슈왈츠가 우연히 더듬기 전에는 그것이 호주머니에 있었다는 사실을 까마득히 잊고 있었다.

"이건 당신이 피곤하거나 마음이 심란할 때 먹는 약이지." 잭은 마담 퐁텐이 했던 말을 되풀이하며 위엄 있는 태도로 단언했다. "여기 물이 있소?"

"한 방울도 없어. 정말 다행이지!" 슈왈츠가 경건하게 말했다.

"그럼, 내 잔을 주시오. 일찍이 내가 직접 이 치료약을 먹었는데, 내려가면서 따끔거렸죠. 이 안의 근사한 것과 함께라면 포도주도 나쁘지 않겠지. 포도주에 마시자."

"누가 그걸 먹으라고 했어?" 슈왈츠는 잔을 저지하며 물었다.

"가정부님이 그랬는데요."

"여자가!" 상당히 경멸하는 어조로 슈왈츠가 으르렁거렸다. "자네는 나 같은 의사를 놔두고 어떻게 여자한테 약을 받아먹을 수 있나? 잭! 창피한 줄 알아, 이 사람아."

잭은 자신의 남성성을 변호했다. "오, 그녀가 뭐라 했건 상관없어요. 나는 그녀를 경멸하니까. 그녀는 미쳤죠. 설마 그녀가 이것을 만들었다고 생각하는 건 아니겠죠? 그랬다면 만지지도 않았을 거요. 절대 안 만지죠. 이건 그녀의 남편이 만들었어요. 훌륭한 신사분이셨죠! 독일에서 가장 위대한 분!"

잭은 테이블을 가로질러 손을 뻗어 포도주가 든 머그잔을 잡았다. 방해받기 전에 그 잔에 약병의 내용물을 따르고 그것을 입술로 올렸다. 그 순간 슈왈츠의 제지하는 손이 가까스로 그의 손목을 잡았다. 대리 묘지기는 훌륭한 포도주를 너무 성심껏 경외하는지라, 자신의 테이블에서 그것을 약과 함께 그렇게 마셔 버리는 것을 허락할 수 없었다.

"내려놔!" 그가 퉁명스럽게 말했다. "자네는 내 손님이야, 그렇지 않나? 내 테이블에서 자네가 그 가정부의 희멀건 음료를 마시게 할 거라 생각하나? 여길 보라구!"

그는 유리를 통해 술이 보이도록 여행용 플라스크를 높이 잡고, 금속 술잔을 들어 올렸다. 잭은 진한 황갈색 빛에 마음을 빼앗끼고는 자기 포도주 잔을 다시 테이블에 내려놓았다. "그게 뭐요?" 잭이 흥분하며 물었다.

"황금주지, 잭! 나의 약물. 브랜디!"

슈왈츠는 금속 잔에 1드램을 따랐다. "마셔 봐." 그가 말했다. "그리고 가정부의 약물 같은 소리는 더 이상 하지도 말라고."

잭은 맛을 보았다. 눈에 눈물이 왈칵 올라왔다. 목에 손을 댔다. "불이야!" 그는 쓰러질 듯 헐떡거렸다.

"잠깐만!" 슈왈츠가 말했다.

잭은 기다렸다. 브랜디의 타는 듯한 고통이 지나가고 기분 좋은 온화함이 머리부터 발끝까지 설득력 있게 퍼졌다. 눈이 반짝거리기 시작했다. "이것은 어떤 신통한 것으로 만든 거요?" 잭은 대답을 듣기도 전에 다시 맛을 보았고 잔을 비웠다. "더 주시오!" 그가 소리를 질렀다. "아, 내 자신이 지금처럼 이렇게 크게 느껴진 적이 없소. 이렇게 강하게 느껴진 적도 없고, 이렇게 영리하게 느껴진 적도 없었소!"

병째 들고 마시는 슈왈츠는 주신酒神의 유머를 되찾았다. 아니 그 이상이었다. 그는 잭의 어깨를 도닥거렸다. "자, 이제 누가 진짜 의사인가?" 그가 흥에 겨워 물었다. "한낱 가정부가 준 새 발의 피? 아니면 슈왈츠 어르신 거? 자네 건강을 위하여, 나의 젊은 친구를 위하여! 병이 비면 내가 자네를 도와서 플라스크를 끝내지. 어서 마시게! 뒤진 자는 귀신이 잡아가네!"

브랜디의 다음 잔은 잭의 흥분한 두뇌에 새로운 아이디어로 불을 붙였다. 그는 테이블에서 무릎을 꿇고 돌연 헌신의 열정으로 두 손을 맞잡았다. "조용!" 잭이 근엄하게 명령했다. "당신의 포도주는 그저 천박한 악마다. 당신의 황금주는 신이다. 모자를 벗으시오, 슈왈츠. 나는 황금주를 숭배합니다!"

한껏 기분이 달아오른 슈왈츠는 모자를 천장으로 던졌다. "황금주이시여, 우리를 위해 기도하소서!" 잭의 실없는 말을 불경스럽게 거들며 그는 소리쳤다. "자네는 교황이네, 젊은 친구. 나는 교황의 집사가 되지. 거룩한 폐하께서 의자로 돌아가는 것을 내가 돕겠나이다."

잭의 대답은 자기 안의 또 다른 변화를 드러냈다. 어투는 고상했고, 태도는 황홀했다. "나는 바닥이 좋소. 내 머그잔이나 건네주시오." 그가 그것을 잡으려고 손을 뻗을 때 문 위의 경종이 시야에 들어왔다. 마님을 향한 뿌리 깊은 사랑은 술의 얼얼

한 힘에 젖어 품위는 떨어졌으나 아직 그에게 숭고한 영향력을 끼쳤고, 두뇌에까지 올라오는 거친 독기를 통해 그것을 느꼈다. "그만!" 그가 외쳤다. "난 종을 볼 수 있는 곳에 있어야 해. 종이 울리는 순간, 나는 준비가 되어 있어야 해."

잭은 바닥을 가로질러 기어가 방의 왼편에 있는 빈 벽감실의 벽에 등을 기대며 앉았다. 슈왈츠는 뚱뚱한 옆구리가 흔들리게 박장대소를 터트리며 손님에게 잔을 건넸다. 잭은 그것을 쳐다보지도 않았다. 브랜디로 빨개진 눈은 맞은편에 있는 경종에 고정되어 있었다. "저기 놋쇠 덮개 아래 있는 쇳덩이가 뭐요?" 그가 말했다. "궁금하네."

"뭣 땜에 물어보는가?" 슈왈츠는 다시 병에 입을 대며 대꾸했다.

"알고 싶소!"

"진정하게나, 잭, 진정해. 내 집게손가락을 따라가 보게. 손이 약간 부들거리는데, 그래도 늘 그렇듯 정직한 손이네. 저 쇳덩이는 종의 망치지, 알겠어? 아이고 저런, 망치가 전부야. 얼마나 비싼지는 하느님도 알지. 자, 젊은이, 한잔하세. 종에 행운이 있기를!"

잭은 다시 태도를 바꾸고 소리를 지르기 시작했다. "마님은 저기 소파에서 너무 오래 주무시는데." 그가 서글프게 말했다. "마님이 나에게 말을 하면 좋겠소. 이 끔찍한 곳에서 술을 마셨다고 야단을 치셨으면 좋겠어. 내 심장이 다시 차가워지네, 내 머그잔은 어딨소?" 그는 말을 하면서 잔을 찾았다. 브랜디의 불덩이는 한 번 더 목을 타고 내려가며 그를 광적인 흥분으로 몰아갔다. "나는 구름 위에 있다!" 그가 소리쳤다. "나는 회오리바람을 타고 있어. 노래하쇼, 슈왈츠! 하! 채광창을 통해 별들이 반짝이네! 별들에게 하늘에서 내려오라고 노래하쇼!"

슈왈츠는 잔을 사용하는 의식을 거치지 않고 병을 비웠다. "이제 미친 묘지기의 노래를 위하여!" 그는 말했다. "자, 준비됐어!" 그는 테이블에서 종이를 낚아채 첫 소절을 목이 쉬어라 불러 댔다.

달이 빛났네, 차갑고 밝게
새해 첫날 밤에 프랑크푸르트의 데드하우스에서
그리고 나는 묘지기, 혼자 남아 있었지
다른 사람들은 잔치하고 춤추러 갔는데
그들의 운명이 부럽구나, 내 운명은 지랄 같아—
거지 같은 내 팔자야!

"후렴구, 잭! '그들의 운명이 부럽구나, 내 운명은 지랄 같아…….'"

가사의 마지막 부분은 술 취한 공포의 고함에 묻혀 들리지 않았다. 슈왈츠는 의자에서 벌떡 일어났다. 패닉 상태에서 그는 방의 아래 끝을 가리켰다. "아악, 유령이다!" 그가 비명을 질렀다. "검은 옷을 입은 유령이야, 저기 문에!"

잭은 돌아보고 웃음을 터트렸다. "다시 앉으슈, 늙은 멍청이라고는." 그가 말했다. "우리 가정부님이요. …… 노래를 하고 있었소, 가정부님! 내 목소리를 아직 못 들었죠. 나야말로 독일에서 제일 잘나가는 가수요."

마담 퐁텐은 낮은 자세로 다가왔다. "잭, 너는 마음씨가 착하지. 나를 도와주리라 믿는다." 그녀가 말했다. "어떻게 이 무시무시한 곳을 나갈 수 있는지 알려 주렴."

"악마가 당신을 데려갈 거요!" 슈왈츠가 으르렁거렸다. "빗자루에 올라타고 열쇠 구멍을 통과해 기어 나가지. 불덩이는 어디 있느냐? 저 여자를 아래층으로 데려가 태워 버려라!"

슈왈츠는 플라스크의 브랜디를 마시고는 다시 웃기 시작했다. "잭보다 더 좋은 친구는 없지." 그가 기름진 목소리로 말했다. "당신은 오늘 밤에 나갈 수 없어, 마녀 부인. 게이트는 잠겼거든. 그 사람들은 나한테 열쇠를 맡기지 않아. 들어오시오, 부인. 잭이 앉아 있는 방 쪽에는 당신을 위한 자리가 많소이다. 오늘 밤에 무덤을 찾아온 손님을 우리가 홀대하는구먼. 들어오시오."

마담은 거듭 사정했다. "내가 가진 돈을 전부 줄게! 누가 열쇠 좀 가지고 올 수 있어? 잭! 잭! 말 좀 해 보렴!"

"노래를 계속 부르슈!" 잭이 소리쳤다.

절망에 빠진 마담은 슈왈츠에게 다시 호소했다. "오, 나리, 자비를 베푸세요! 저기 밖에서 나는 쓰러져 있었습니다. 정신을 차리고 게이트를 열려고 했죠. 사람을 부르고 또 불렀어요. 하지만 아무도 대답하지 않았어요."

이에 슈왈츠는 유머 감각이 근질근질했다. "당신이 황소처럼 울부짖는다 해도," 그가 말했다. "아무도 듣지 못할 거요. 앉으시오, 부인."

"노래를 계속해!" 잭이 다시 말했다. "기다리다 지쳐 죽겄어."

마담 퐁텐은 혼란스러워하며 이 사람에서 저 사람으로 눈길을 돌렸다. '아이고, 맙소사, 나는 바보 천치와 술고래랑 같이 갇혔구나!' 이런 생각이 마음에 스쳐 가자 그녀는 미칠 것만 같았다. 다시 그녀는 방에서 나갔다. 다시, 그리고 다시, 밖의 어둠 속에서 도와 달라고 새된 소리로 질러 댔다.

슈왈츠는, 조금 전에 잭이 앉아 있었던 의자를 손에 들고 비틀비틀 문을 향해 나아갔다. "돌아와서 여기에 앉는다면 아마 소리를 더 높게 빽빽 지를 수 있지 않을까요, 부인? 잭, 이제 노래해 볼까!"

그가 다음 소절을 목청껏 질렀다.

발걸음이 소리 없이, 앞으로, 뒤로
죽은 자의 문들 옆, 나는 시계를 보며 걸었네
그러고는 말했지, 새해 첫날에 고생이 많구나
다른 사람들은 춤을 추는데 나만 홀로 여기에
죽음과 추위와 두려움과 홀로 함께—
거지 같은 내 팔자야!

"후렴구, 잭! 후렴구, 가정부님! 오호! 저 여인 좀 보소! 음악을 싫어할 수가 없나 보네 그려. 벌써 우리한테 돌아오네. 우리가 어떻게 해 드릴까요, 부인? 플라스크가 아직 바닥인 것은 아니요. 자, 와서 한잔하시오."

마담 퐁텐은 밖의 어둠과 정적으로부터 뒷걸음질 쳐서 돌아왔다. 무기력함의 느글거리는 감각이 다시 스며들어 그녀는 어지러웠다. 슈왈츠가 말할 때 그녀는 비틀거리며 나아왔다. "물!" 그녀가 숨을 헐떡거리며 외쳤다. "쓰러질 것 같아, 물 좀 줘! 물!"

"여기에는 물이 한 방울도 없소, 부인! 괜찮다면, 브랜디가 있는데?"

"그렇게 할 수는 없지." 단호하게 손짓을 하며 잭이 소리쳤다. "황금주는 우리를 위한 거지, 저 여자를 위한 게 아니오!"

잭은 자기가 마시려고 했는데 슈왈츠가 막았던 머그잔이 시야에 들어왔다. 마담 퐁텐에게 그녀의 방에서 훔친, 그녀의 '치료약'을 주는 것은 그저 일종의 장난이었다. 잭은 지금 떠들썩한 기분에 그게 재밌겠다고 생각했다. 잭은 잔을 가리키며 묘지기에게 윙크했다. 얼핏 주저하다가 슈왈츠의 흐리멍덩한 두뇌는 그 새로운 아이디어를 이해했다. "여기 포도주 한 모금이 남아 있소, 부인." 그가 말했다. "마셔 보실 거유?"

마담은 몸을 가누려고 한 손으로 테이블을 짚었다. 그녀의 심장은 점점 아래로 내려앉았다. 얼굴에는 식은땀이 송골송골 맺혔다. "어서 주시오, 어서!" 그녀는 들릴 듯 말 듯 중얼거리더니 잔을 잡고 마지막 방울까지 환장하며 비웠다.

슈왈츠와 잭은 심술궂은 호기심에 그녀를 빤히 바라보았다. 그녀는 여전히 탈출할 생각을 하고 있었다. "이제 걸을 수가 있을 것 같아." 그녀가 말했다. "제발, 나 좀 내보내 줘요!"

"내가 진즉 말하지 않았던가요? 나도 나갈 수가 없소이다."

그 냉혹한 대답에 그녀는 다시 움츠러들었다. 그러고는 힘겹게 겨우 의자로 돌아가 풀썩 주저앉았다.

"기운 내시오, 부인!" 슈왈츠가 말했다. "당신에게 도움이 되게 음악을 더 합시다. 이 미친 묘지기가 어떻게 제정신을 잃었는지 들어 보슈. 잭, 황금주 한 모금 더. 자네 한 모금, 나 한 모금, 자, 마시세!" 그는 노래의 나머지 소절을 힘차게 불러 젖혔다.

동행은 누구라도 없는 것보다 낫지, 내가 말했어
산 사람이 아니라면 죽은 자라도 괜찮아
소름 돋는 시간이라면 더욱이
벽감실 문마다 시신의 종이 울리고
달빛은 바닥에서 바들거렸네—
거지 같은 내 팔자야!

커튼이 입을 크게 벌리니 거기 유령이 서 있었네
문간마다 서리처럼 하얗게
네가 우리를 불렀다, 유령들이 날카롭게 말했지
　　그래서 우리는 바로 모였어
새해 달빛에 손님들과 춤을 추어라!
죽을 듯이 까무러칠 때까지 나는 춤을 추었네—
거지 같은 내 팔자야!

그날 밤 이후로 나는 제정신을 잃었네
끝도 없는 학질로 나는 떨고 떨었지
유령들은 나를 돌처럼 차갑게 만들었어
새해 첫날 밤에 하얀 달이 비추는데
나는 시계를 보며 걸었네, 혼자, 혼자 혼자서—
거지 같은 내 팔자야!

오, 내가 무덤의 침상에 누우면
머리 위로 두텁게 흙을 쌓아라!
그렇지 않으면 다시 돌아와 춤을 추리라
데드하우스 바닥에서 광란의 발로
문마다 유령을 파트너 삼아—
거지 같은 내 팔자야!

밤이 뚜렷해졌다. 슈왈츠가 노래를 부르는 동안 하늘에서는 달이 빛났다. 마지막 소절에서는 차가운 누런빛 한 줄기가 잭의 얼굴을 가로질러 흘렀다. 브랜디의 불덩이는 화염 속으로 뛰어들었다. 그의 안에서는 과거의 분노가 폭발하면서 광기가 터졌다. 그는 벌떡 일어나 소리를 질렀다.

"달이다!" 그가 외쳤다. "미친 묘지기의 달이다! 미친 묘지기가 돌아오고 있어. 저기, 경사진 달빛을 타고 미끄러져 내려오는구나! 그에게서 떨어지는 무덤의 거무스름한 흙이 보이는가? 그의 목에 감긴 줄도? 하! 그가 어떻게 폴짝거리고, 뒤틀리고, 빙빙 도는지! 그는 죽은 자들과 함께 다시 춤을 춘다. 저기로 가자! 나도 그들과 함께 춤을 추련다. 자, 미친 묘지기여, 어서 가자! 나도 당신처럼 미쳐 버렸도다!"

잭은 환상 속의 유령을 파트너 삼아 춤을 추며 돌고 돌았다. 이 끔찍한 광경에 슈왈츠는 다시 경박한 웃음이 터트렸다. 술

취한 자신감에 젖어 그는 마담 퐁텐을 불렀다. "재키를 보시오, 부인. 당신을 위한 춤꾼이 여기 있구려! 지루한 겨울밤에 훌륭한 친구가 있소!"

마담 퐁텐은 보지도 움직이지도 않았다. 그녀는 공포에 넋을 잃은 듯 의자에 웅크리고 앉아 있었다. 잭은 팔을 들척이며 어지럽게 한두 바퀴 돌다가 지쳐서 바닥에 털썩 주저앉았다. "그의 냉기가 내 손을 타고 오른다." 묘지기가 쳐다보는 것에 여전히 취해서 잭이 말했다. "그는 내 눈을 차갑게 하고, 심장을 진정시키고, 머리를 멍하게 한다. 나는 죽어 간다, 죽어 간다, 죽어 간다. 그와 함께 무덤으로 돌아간다. 거지 같은 내 팔자야! 거지 같은 내 팔자야!"

잭은 이상하게 평정을 찾으며 가만히 누워 있었다. 눈을 크게 뜨고 달을 빤히 올려다보고 있었다. 슈왈츠는 플라스크에 남아 있던 브랜디의 마지막 방울을 없앴다. "잭의 이름이 솔로몬임에 틀림없어." 그가 졸린 듯한 근엄함으로 선포했다. "솔로몬은 지혜롭지. 잭도 지혜로워. 술이 바닥나니 잭은 잠이 드는군. 관리인이 오기 전에 이 병을 가져가게. 내가 술에 취하지 않았다고 하면, 그 사람은 거짓말을 하는 거여. 라인 포도주는 머리가 윙윙거리게 만들지. 그것 뿐이여, 관리인님, 그것뿐이여요. 저기 하늘에 태양이 떠오르는 게 보이나? 잘 자시게나, 친구. 잘-자-시-게."

슈왈츠는 무거운 팔을 테이블 위에 놓았다. 그 위로 머리를 떨어뜨렸다. 그리고 잠이 들었다.

시간은 흘렀다. 슈왈츠의 드르렁거리는 소리 말고는 어떤 소리도 그 적막을 깨지 않았다. 잭도 움직임 없이 그대로였다. 그는 달을 올려다보며 누워 있었다.

건물 어딘가에서는 (지금껏 야단법석에 들리지 않았던) 시계가 아침의 첫 번째 시를 알렸다.

마담 퐁텐은 깜짝 놀랐다. 시계 소리에 그녀는 새로운 공포로 부들거렸다. 그 공포는 죽은 여자가 누워 있는 벽감실을 슬쩍 쳐다보는 시선에 그대로 드러났다. 시신의 종이 울리면 시계 종소리가 한 번 울리는 것처럼 울릴까?

"잭!" 그녀가 소곤거렸다. "시계 소리 들었어? 오, 잭, 가만히 있으니까 무섭잖아. 말을 해 봐."

잭은 서서히 일어났다. 어쩌면 시계 종소리에—어쩌면 어떤 내부의 자극에—그는 일어났을 것이다. 그는 마담 퐁텐에게 대꾸하지 않았다. 그녀를 쳐다보지도 않았다. 팔로 무릎을 감싸 안고 야만인 같은 자세를 취하며 바닥에 앉아 있었다. 달을 응시하던 그의 시선은 변함없이 완강하고 투명하게 이제 벽감실 문의 경종에 쏠렸다.

시간은 흘렀다. 마담 퐁텐은 자신을 다시 억누르는 적막감을 참을 수 없었다. 다시 그녀는 잭에게 말을 시켜 보았다.

"뭘 보고 있는 거냐?" 그녀가 물었다. "뭘 기다리고 있는 거야? 그게……?" 문장의 마지막 부분은 그녀의 입술에서 시들었다. 말로 표현하기에는 너무나 끔찍한 말이었다.

그녀의 목소리는 잭에게 눈에 보이는 어떤 반향도 만들지 못했다. 어쩌면 눈에 보이지 않는 어떤 방식으로 영향을 끼쳤을까? 분명 그를 휘잡고 있는 이상한 무감각을 방해하는 무언가가 있었다. 그가 말했다. 느리고 기계적인 어투였다. 고통과 난관 속에서 기억을 뒤지고 있는 남자의 어투였다. 그는 기억을 하나씩 돌이켜 보며 그것들을 재생시켰다.

"마님이 움직이면," 그가 중얼거렸다. "손이 줄을 당기지. 손으로 메시지를 올려 보내. 위로, 위로, 경종까지." 그는 정지하고 벽감실 문을 가리켰다.

그 행동은, 그를 보고 있는 비참한 죄인에게는 모골이 송연한 암시를 주었다.

"그렇게 하지 마!" 마담이 울부짖었다. "거기를 가리키지 마!"

잭의 손은 꼼짝하지 않았다. 그는 의사가 그에게 보여 준 것에 대한 새로운 기억을 좇았다.

"위로, 위로, 경종까지." 그가 다시 말했다. "종이 그걸 느끼지. 쇳덩이가 움직이고, 종이 말을 하지. 착한 종이구나! 충성스런 종이다!"

시계는 1시하고 30분이 지났음을 알렸다. 마담은 그 소리에 비명을 질렀다. 그녀의 감각은 시계 소리와 경종 소리의 차이를 느끼지 못했다.

그녀는 잭의 가리키던 손이 내려와 그의 무릎을 감싸며 다른 손과 맞잡는 것을 보았다. 그는 이제 천천히 부드럽게 말했다. 죽은 이에게 말하고 있었다. "마님, 일어나세요, 일어나요! 사랑하는 영혼, 시간이 너무 길어요. 가여운 잭은 마님을 기다리고 있어요!"

마담 퐁텐은 닫힌 커튼이 움직였다고 생각했다. 그녀에게 망상은 현실이 되었다. 그녀는 슈왈츠를 깨우려고 했다.

"묘지기! 묘지기! 일어나요!"

그는 어느 때보다도 깊이 잠들어 있었다.

퐁텐은 반쯤 의자에서 일어났다. 거의 두 발로 섰다가 다시 풀썩 주저앉았다. 잭이 움직였다. 그는 일어나 무릎을 꿇었다. "마님, 지 소리가 들리죠!" 그가 말했다. 생생한 표현의 빛이 그의 눈에 어렸다. 흐리멍덩함은 사라졌다. 그는 벽감실의 문을 간절히 바라보고 있었다. 그는 일어서서 가슴 위로 양손을 꼭 잡았다. "어서요!" 그가 말했다. "오, 마님, 어서요!"

소리가 났다. 희미한 전조의 부스럭거리는 소리가 문 위에서 났다.

쇠망치가 움직였다. 쇠망치는 일어나 쇠로 된 종의 벽을 쳤다. 경종이 울렸다.

잭은 병적으로 흐느끼며 바닥에 박힌 듯 서 있었다. 그는 강철 같은 긴장감에 사로잡혔다.

마담 퐁텐에게서는 어떤 흐느낌도, 어떤 움직임도 터져 나오지 못했다. 그녀의 몸에서는 종소리와 함께 생명이 튀어 나가 버린 듯했다. 슈왈츠는 종소리에 눈을 떴다. 올려다보는 것 말고는 그 역시 전혀 미동이 없었다. 그 역시 돌로 변한 생명체 같았다.

1분이 흘렀다.

커튼이 부드럽게 흔들렸다. 가냘픈 손가락이 커튼을 가르고 기어 나왔다. 틈이 넓어지면서, 천천히, 커튼의 검은 표면 위로 하얀 맨살의 팔이 드러났다.

관을 덮는 벨벳 보를 쓴 형체가 나타났다. 그 창백한 얼굴에는 안식의 고요함이 아직 거의 흐트러지지 않았다. 눈동자만이 돌아온 생명을 의식했다. 눈들이 다소 놀라고 혼란스러운 듯 방을 들여다보았다. 그것뿐이었다. 그리고 아래를 보았다. 그녀의 입술이 다정하게 바들거리며 미소를 지었다. 그녀는 자기 발 앞에 황홀감에 젖어 무릎을 꿇고 있는 잭을 보았다.

그리고 또다시 방에는 정적이 흘렀다. 말로 표현할 수 없는 행복이 기뻐했고, 말로 할 수 없는 두려움이 괴로워했다. 같은 정적 속에서.

첫 번째 소리는 불현듯 호젓한 밖의 현관에서 들렸다. 서둘러 오는 발걸음들이 뜰을 휩쓸었고, 번득거리는 불빛들이 어두운 통로를 따라 날아 다녔다. 남자와 여자 들의 목소리는 왁자지껄 뒤섞여 묘지기실로 들이닥쳤다.

뒷이야기

데이빗 글레니 씨는 프랑크푸르트로 돌아온다
그리고 이야기를 맺는다

1.

12월 12일에 나는 바그너 부인으로부터 서신을 한 통 받았다. 프리츠와 미나의 결혼식이 1월 13일로 연기되었다는 소식이었다. 그리고 얼마 되지 않아 나는 런던을 떠나 프랑크푸르트로 향했다.

먼저 북부 독일과 프랑스에 있는 거래처 사람들과의 업무를 처리할 요량으로 나는 서둘러 출발했다. (바그너 부인의 부재 시 런던 사무실을 감독하는) 사무장 하트리 씨는 어떤 일도 서둘러서 하지 않는다는 옛날식 사고가 있었다. 그는 거래처 사람들을 만날 때면 필요한 것보다 더 여유 있게 시간을 가지라고 역설했다. 이 선량한 남자는 내가 어떤 이유로 그의 조언에 쉽게 따랐는지 의심하지 않았다. 나는 고모와 매혹적인 미나를 어서 빨리 보고 싶었다. 내 책무를 소홀히 하지 않고 (때론 밤에 이동하는 희생을 감수하면서) 그들이 기대하는 것보다 한 주 일찍 프랑크푸르트에 도착하려고 애를 썼다—그러니까 1월 4일 오전 중에.

2.

조셉이 문을 열었을 때 그의 얼굴을 보고 나는 집 안에 어떤 비범한 일이 일어나고 있음을 직감할 수 있었다.

"무슨 일인가?" 내가 물었다.

조셉은 어찌할 줄 몰라 하며 나를 보았다. "의사 선생님과 말씀하시는 게 좋겠습니다."

"의사와! 누가 아픈가? 고모? 켈러 씨? 누군가?" 나는 조급한 성질을 이기지 못하고 그의 목덜미를 잡고 흔들었다. 흔들어 봐야 상투적인 대답 말고는 아무것도 얻을 수 없었다. 그것도 축약된 것으로.

"의사와 말씀하십시오."

사무실은 바로 옆에 위치해 있었다. 나는 한 직원에게 켈러 씨가 방에 있는지 물었다. 켈러 씨는 위층에 의사와 함께 있다고 그가 답했다. 무척 긴장한 나는 고모가 아픈지 다시 물었다. 그는 눈을 둥그렇게 떴다. "못 들으셨습니까?"

"고모가 살아 계신가, 돌아가셨는가?" 나는 인내심을 잃고 버럭 소리를 질렀다.

"둘 다요." 직원이 대답했다.

내가 켈러 씨 댁에 있는 건지 아니면 백치들을 위한 정신 병원에 있는 건지 의아해지기 시작했다. 내가 이렇게 생각하는 것이 전연 터무니없는 짓은 아니었을 것이다. 나는 현관으로 돌아가 다시 조셉의 목덜미를 잡았다. "의사한테로 당장 안내해라."

조셉은 위층으로 안내했다. 저택에서 고모가 있는 쪽이 아니라 나는 심히 안도했다. 첫 번째 층계참에서 그는 불가사의한 말을 했다. "데이빗 씨, 저는 그만두겠다고 말씀드렸습니다. 어떤 하인이라도 참을 수 없는 일들이 일어나고 있습니다. 사람이 사는 동안에는 그가 살아 있으리라 예상합니다. 사람이 죽으면 그가 죽은 것으로 예상하고요. 삶과 죽음처럼 심각한 문제에 혼선이 있어서는 안 됩니다. 저는 누구도 비난하지 않습니다. 아무것도 이해하지 못합니다. 저는 그냥 떠납니다. 괜찮으시다면 저를 따라오세요, 나리."

이 사람이 술에 취했나? 조셉은 다음 층까지 천천히, 조용히 길을 인도했다. 그러고는 마담 퐁텐의 방 문을 신중하게 두드렸다. "데이빗 씨가," 그가 알렸다. "도어먼 의사를 뵈러 왔습니다."

켈러 씨가 밖으로 나오며 뒤로 문을 닫았다. 그는 진심 어린 애정을 담아 나를 껴안았다. 여느 때와는 전혀 다른 성품이었다. 얼굴은 불안해 보였고, 그가 입을 열었을 때 목소리는 멈칫거렸다.

"어서 오게, 데이빗. 어느 때보다 반갑구먼!"

"고모는 안녕하시지요?"

그는 손을 간절히 맞잡았다. "신은 자비로우시네! 신께 감사하지!"

"마담 퐁텐이 아픈가요?"

그가 대답을 하기 전에 문이 다시 열리더니 도어먼 의사가 나왔다.

"내가 꼭 보고 싶었던 사람이 왔군요!" 의사가 크게 말했다. "이보다 더 좋은 시간에 도착할 수는 없겠어요." 의사는 켈러 씨를 향했다. "내가 글을 쓸 만한 것을 어디에서 구할 수 있습니까? 응접실에 있을까요? 내려갑시다, 데이빗 씨. 내려가시죠, 켈러 어르신."

응접실에서 그는 몇 줄을 급하게 썼다. "우리가 서명하는 것을 보세요." 의사가 말했다. 그는 먼저 서명을 하고 켈러 씨에게 펜을 건네주었다. 그러고는 나에게 읽으라고 그 종이를 주었다.

나는 어안이 벙벙해졌고, 그 서류는 이렇게 증명했다. '바그너 부인의 정지되었던 생명력은 프랑크푸르트의 데드하우스에서 1월 4일 오전 1시 30분에 회복되었다. 본 의사는 전문가 입장에서 바그너 부인의 생명이 회생되었음을 확인했다. 이 사건의 원인은 더 이상 존재하지 않으며, 따라서 이 사사로운 건에 대해 치안 판사가 조사를 진행할 필요가 없음을 알린다.' 이 진술문에는 켈러 씨가 치안 판사에게 제출했던 요구서는 철회한다는 내용이 한 줄로 추가되어 있었다—켈러 씨의 서명으로 인증함.

나는 그 서류를 손에 들고 서서 이 사람에서 저 사람으로 시선을 옮기며 그들을 보았다. 나는 조셉만큼이나 완전히 혼란에 빠져 있었다.

"저는 마담 퐁텐을 혼자 둘 수 없습니다." 의사가 말했다. "의료 전문인으로서 이 케이스를 관찰하는 데 관심이 있습니다. 그렇지 않았다면 제가 이 진술을 직접 했겠지요. 켈러 어르신은 혹독한 충격을 받아서 휴식과 안정이 절실히 필요합니다. 당신이 이 문서를 시청에 가져다준다면 우리에게는 대단히 감사한 일이 될 겁니다. 당신은 우리 둘을 개인적으로 잘 알고 있고 서명하는 것을 보았다고 치안 판사에게 공언하면 됩니다. 돌아오면 제가 할 수 있는 한 세세히 설명하죠. 고모의 문제라면 전혀 걱정할 필요가 없다는 걸 친히 보게 될 겁니다."

나는 시청에 도착해서 의사가 위임한 직접 진술을 했다. 내가 받은 질문들 중에, 이 문제에 연관된 바그너 부인이나 다른 사람과 내가 직접적인 연관성이 있는가도 있었다. 내가 바그너 부인의 조카라고 하자, (바그너 부인의 대리인으로서) 의사의 진술과 켈러 씨의 요구서 철회를 승인한다는 확인서를 쓰라고 했다.

이것으로 형식적인 절차는 끝났다. 나는 집으로 돌아갈 수 있었다.

3.

이번에는 조셉이 지시를 받들었다. 그는 분별 있는 사람처럼 말했다. 의사가 마담 퐁텐의 방에서 나를 기다리고 있다고 했다. 그 장소는 나에게 다소 뜻밖이었다.

의사가 문을 열었다. 나를 안으로 들이기 전에 그는 잠깐 주저했다.

"켈러 어르신이 아팠던 아침에," 그가 말했다. "어르신을 처음 본 사람이 당신 맞지요?"

"돌아가신 엥겔먼 씨를 빼면," 내가 답했다. "내가 처음 보았습니다."

"그럼, 들어오세요. 마담 퐁텐을 한번 봐 주세요."

그는 나를 침대가로 안내했다. 나는 그녀를 보자마자 켈러 씨의 병이 다시 도졌음을 직감했다. 모든 증세가 똑같았다. 그녀는 켈러 씨와 똑같이 무감각하게 거기에 누워 있었다. 얼굴이 똑같이 창백했고, 손은 똑같이 간간히 떨렸다. 대면의 첫 충격에서 벗어나자, 침대 반대편에 무릎을 꿇고 애절하게 흐느끼고 있는 미나가 보였다. "오, 사랑하는 어머니!" 그녀가 비통해하며 울부짖었다. "저를 보세요! 말씀을 해 보세요!"

마담 퐁텐은 잠깐 눈을 떠 미나를 보았다. 그리고 다시 힘없이 감았다. "나를 가만히 내버려 둬." 성마르게 애원하는 듯 그녀가 말했다. 미나는 일어나 마담 퐁텐의 머리 쪽으로 성심껏 몸을 숙였다. "어머니 입술이 바싹 말랐어요. 레모네이드 좀 드릴까요?" 마담 퐁텐은 같은 말을 되풀이했다. "나를 가만히 내버려 둬." 그녀의 무거운 눈꺼풀은 켈러 씨와 똑같이 마지못해 올라갔고, 내버려 두라고 똑같이 애원했다. 이 장면에서 나는 켈러 씨 방에 들어갔던, 잊지 못할 아침이 떠올라 오싹했다!

도어먼 의사는 나에게 따라오라고 손짓을 했다. 그가 문을 열자, 간병인이 추가로 지시할 사항이 있는지 그에게 물었다. "어떤 변화가 있으면 나를 불러요." 그가 대답했다. "데이빗 씨랑 응접실에 있을 거요." 나는 나오기 전에 가여운 미나의 손을 말없이 꼭 잡았다. 이 상황에서 어느 누가 안타까운 마음을 말로 표현할 수 있겠는가?

나는 의사와 함께 층계를 내려갔다. "마담의 병을 보고 생각나는 거 없습니까?" 그가 물었다.

"켈러 씨의 병이요." 내가 대답했다. "내가 기억하는 한 똑같아요."

의사는 더 이상 말하지 않았다. 우리는 응접실로 들어갔고, 나는 고모를 볼 수 있는지 물었다.

"잠깐 기다려야 합니다." 의사가 말했다. "바그너 부인은 수면 중이십니다. 수면을 오래 취할수록 회복이 빠르죠. 사실 큰 걱정은 잭입니다. 잭은 부인의 방문 앞에서 경계를 서고 있는데, 지금은 차분합니다. 하지만 약간 문제를 일으켜 왔어요. 그의 과거에 대해 좀 더 알면 좋겠습니다. 내가 아는 바로는, 그가 런던 정신 병원에 입원되었을 때, 소위 말해 '약간 부족한' 사람이었다는군요. 거기서 잔혹한 압박 치료를 받으면서 그의 우둔함은 폭력적인 광기로 악화되었고요. 그런 광기는 재발하는 경향이 있습니다. 바그너 부인의 영향력이—이미 많은 일을 했지만—장차 그나마 내가 의지할 수 있는 희망입니다. 앉아요. 우리가 당면한 기묘한 처지에 대해 가능한 한 자세히 설명할게요."

4.

"켈러 씨가 어떻게 치료되었는지 기억하나요?" 의사가 말문을 열었다.

이 말에 나는, 켈러 씨가 아팠을 때 도어먼 의사가 가졌던 미심쩍은 의심뿐 아니라 내가 프랑크푸르트를 떠나던 날 아침에 잭이 물었던 범상치 않던 질문이 곧바로 떠올랐다. 의사는 내가 약간 당혹스러워하며 답하는 것을 보았다.

"우리 서로 거리낌 없이 마음을 열기로 합시다." 의사가 말했다. "내 말이 당신에게 뭔가를 생각하게 만든 것 같은데, 그게 뭔가요?"

나는 숨김없이 대답했다. 도어먼 의사도 자신의 측면에서 대등하게 솔직했다. 그는 이 글의 제2부에서 그가 켈러 씨에게 말했다고 기록된 대로 그대로 말했다.

"켈러 씨가 뜻밖에 회복되었을 때 내가 무슨 생각을 했는지," 의사가 계속했다. "바그너 부인이 죽었을 때 (당시에는 그랬다고 확고히 믿었으니까요) 내가 무엇을 두려워했었는지 이제 알겠죠. 마담 퐁텐이 자기가 가지고 있던 신비한 치료약으로 켈러 씨를 경이롭게 치유했을 때 나는 그녀를 의심하게 되었죠. 그래서 나는 법적 조사를 이끌어 내기 위해 매장 승인서를 발부하지 않았습니다. 켈러 씨도 의심 가는 구석이 있어서 조사를 요구했을 테고요. 나는 당신의 고모가 자연사했는지 확인하고 싶었어요. 당시에는 실지로 일어난 사건에 대해 전혀 실마리를 찾지 못했었답니다. 그런데 시신을 데드하우스로 옮기기 전에 깜짝 놀랄 일이 있었어요. 당신도 놀랄 겁니다. 잭이 나에게 따로 개인적으로 말을 했어요."

의사는 잭의 이야기를 되풀이했다. 잭이 핑크 룸 벽장을 열었고, 해독제를 바그너 부인에게 투여했다는 이야기였다.

"이해하시겠죠," 그가 연이어 말했다. "저는 켈러 씨와 바그너 부인의 병세에서 또렷한 차이를 보았기 때문에 두 분께 동일한 독약이 쓰였다는 것을 헤아리지 못했어요. 그래서 잭이 파란 유리병 약을 바그너 부인에게 주고 그 효능에 대해 맹신하는 것을 이해하지 못했죠. 솔직히 나는 그것 때문에 마음이 심란했었거든요. 저녁이 되면서 미묘하게도 내 머릿속에 다시 그 생각이 떠올랐어요. 나는 켈러 씨와 함께 영구차를 따라 데드하우스로 갔어요. 거리를 따라 걷는데, 나를 따라온 마담 퐁텐이 잡더군요. 그러고는 나에게 뭔가를 주었죠. 여기 있네요."

그는 두툼한 종이 한 장을 테이블 위에 놓았다. 종이에는 암호가 빽빽이 쓰여 있었다.

5.

"누가 쓴 거죠?" 내가 물었다.

"마담 퐁텐의 작고한 남편이 쓴 겁니다."

"그것을 그녀가 당신 손에 준 거고요!"

"그렇습니다. 자기를 위해 암호를 해독해 달라고 했지요."

"저는 무슨 내용인지 전혀 모르겠는데요."

"한 자도 모르겠죠! 그녀는 잭이 사용한 해독제를 알고 있었습니다. 그리고 (화학에는 무지했던 탓에) 그에 따른 결과에 대비하고 싶어 했죠. 내가 암호를 해독해 보겠다고 동의했을 때, 그것이 어느 정도나 가능하리라고 내가 가늠했는지 아세요?"

"그녀가 바그너 부인에게 무슨 독약을 주었는지 알 수 있을 정도인가요?"

"훌륭한 추측입니다, 데이빗 씨!"

"그리고 당신은 이 상형 문자의 뜻을 실지로 알아냈고요?"

의사는 두 번째 종이를 테이블에 놓았다.

"해독이 불가능한 암호가 하나 있습니다." 의사가 말했다. "만약 당신이나 거래처 사람들이 책을 하나 정해 그 책을 근거로 암호를 만들고, 암호문에서 그 책의 특정 페이지 몇 째 줄을 가리킨다면, 먼저 그 책을 찾지 않고서는 어떤 재주로도 그 뜻을 알 수 없을 겁니다. 다른 암호들은, 내가 아는 바로는, 숙련과 인내심에 달려 있죠. 이 경우에 나는 (시간과 고생을 줄이려고) 모든 암호들에 적용되는 가장 단순하고 가장 기초적인 해독법을 먼저 시도했어요. 그러니까, 평범한 의사소통 언어 속에 숨겨진 임의의 기호들 말입니다. 이런 기호를 읽는 올바른 방법은 두 낱말로 묘사할 수 있어요. 시간과 인내. 암호문을 면밀히 조사하면 종종 어떤 기호는 다른 것들보다 더 자주 반복되는 것을 발견하게 됩니다. 각각의 기호들을 세어 보고, 그수를 계산해서 어떤 특정 기호가 가장 자주 나타나는지 혹은 숫자 다음에 오는지 등을 확인합니다. 글 속에 암호가 숨어 있다고 가정하고 이것들을 비교하면서, 어떤 모음이 가장 자주 보이고 어떤 자음이 가장 자주 보이는지 확인하죠. 그 결과물을 도출하는 것은 단순히 시간과 인내심에 달려 있습니다."

"그럼 이게 그 결과물인가요?" 내가 두 번째 종이를 가리키며 물었다.

"읽어 보고," 그가 대꾸했다. "스스로 판단해 보세요."

암호 해독문의 시작 문장은 퐁텐 박사가 메모할 요량으로 쓴 것 같았다. 그것은 '알렉산더 와인'이라는 독약과 그것의 해독제 레이블에 붙은 설명을 비밀리에 반복하고 있었다.

이어진 문단은 가히 흥미로웠다. 그것은 '거울 물방울'이라 부르는 두 번째 독약을 언급했다. 퐁텐 교수는 놀랄 만한 실험들 중 하나의 결과를 다음과 같이 설명했다.

6.

"거울 물방울. 치명적인 약, 동물 실험에서 판명되었듯이, 알렉산더 와인의 경우와 동일. 하지만 사망에 이르게 하는 효력은 더 빠르고, 사후 검시에서 흔적을 찾기는 더욱 어려움.

다수의 환자 시험을 했지만 이 치명적인 독약에 믿을 만한 해독제를 발견하지 못했다. 이 여건에서 이 독약을 감히 의료 목적으로 전용할 시도는 하지 못한다. 버릴 것이다, 하지만 지고 싶지 않다. 내가 조금 더 산다면, 다른 학문으로 정신을 가다듬고 한 번 더 시도해 보리라.

이 글(사고가 우려되어 병에다 평범한 글로 옮겨 놓았음)을 쓰고 한 달이 지나 다시 시도했다. 그리고 또 실패했다. 이 일에 실망한 나머지 너무 괴로워 과학자로서 해서는 안 되는 일을 해 버렸다.

나는 처음 동물에게 거울 물방울을 투여한 후 알렉산더 와인의 해독제가 들어 있는 파란 병의 약을 투약했다. 이 두 독약의 차이를 분명히 잘 알고 있었다. 과학적으로 의미 있는 일이 생길 거라고는 기대하지 않았지만, 어쩌다 도움이 되는 일이 생길지도 모른다고 막연하게 믿었다.

결과는 더할 나위 없이 놀라웠다. 그 동물에게서 하루 동안 (우리가 알 수 있는) 모든 생명의 기색이 완전히 사라졌다. 그리고 그 상태는 그날 밤과 다음 날 어느 정도까지 지속되었다. 둘째 날 아침에 관찰해 보니 그 동물이 진짜 죽은 것은 아니라는 것을 알 수 있었다. 여름철이고 실험실의 환기가 잘 되지 않았음에도 부패의 조짐이 없었다.

회생의 첫 번째 징후를 보고 나는 경악했고, 한 시간이 지난 뒤 그 생물은 보통 때처럼 다시 활기를 되찾았고 식욕을 되찾아 잘 먹었다. 10일이 지난 후에도 전혀 문제없이 건강했다. 독 성분과 해독제 성분이 서로 작용과 반작용을 일으킨 의외의 사례와 생명의 근원에 대한 면밀한 연구가 필요하다. 이건 가치 있는 일이다. 내가 오래 살아서 이 연구를 진행하고 효과적인 사용법을 찾아 다른 종이에 기록하게 하소서!"

다른 종이는 없었다. 다른 기록도 없었다. 퐁텐 교수의 마지막 과학적 열망은 완성되지 못했다.

7.

"이제는 당신도 알겠지만, 내가 이것을 처음 발견했을 때는," 의사가 말했다. "자정이 지난 시각이었어요. 나는 당장 켈러 씨에게로 갔습니다. 다행히 아직 잠자리에 들지 않았더군요. 그래서 함께 데드하우스로 갔어요. 건물 측면에 관리인 전용 문이 있다는 것을 알고 있었기 때문에 별 지체 없이 관리인을 깨울 수 있었어요. 나는 너무 흥분한 나머지 하인들이 들을 수 있는 데서 회생이 있을 수 있다고 말했고, 집 안의 모든 사람들이 건물 반대편 끝에 있는 데드하우스로 우리와 함께 갔답니다. 거기서 우리가 봤던 것은, 어떻게 말로 묘사할 수 있을까요? 우리는 바그너 부인을 진정시키는 적절한 조처를 취하고 무리 없이 켈리 씨 댁으로 옮길 수 있는 시간에 알맞게 당도한 겁니다.

이 일을 성공적으로 마치고 나는 걱정이 끝났다고 예상했습니다. 그런데 완전 오판이었죠."

"마담 퐁텐을 말하는 거죠, 그렇죠?"

"아니, 잭입니다. 불쌍한 녀석의 무지한 믿음이 부인의 생명을 구한 것은 두말할 것 없죠. 나 같으면 (퐁텐 교수의 실험 결과를 일찌감치 알고 있었다 해도) 잭처럼 한 치의 망설임도 없이 그렇게 절망적인 위험을 감내하지는 못했을 겁니다. 그날 밤 사건들로 그의 박약한 두뇌는 (슈왈츠가 준 브랜디로 악화되어) 균형이 완전히 깨져 버렸어요. 한동안 베들럼에서 미쳤던 것처럼 정말 심하게 미쳐 있었죠. 나는 힘들게 그에게 진정제를 먹였어요. 잭은 성마르게 나를 믿지 않았습니다. 진정제를 먹고 차분해지기 시작할 때조차도 내가 한 일에 대해 전혀 감사하지 않고 막무가내로 모욕을 주었죠. '나는 너보다 더 뛰어난 치료제가 있다.' 그가 말했어요. '너보다는 백배 훌륭한 분이 만드신 거지. 슈왈츠와 나는 어리석게 어젯밤에 그걸 가정부에게 줘 버렸어.' 나는 이 말을 듣고 별생각 하지 않았어요. 그의 상태를 고려하자면 전혀 예상하지 못한 기행은 아니었으니까요. 그가 잠이 들게 내버려 두었죠. 나는 집에 가서 쉬려고 막 나서려는 차에 복도에서 켈러 씨 아들을 만났습니다. '마담 퐁텐을 봐 주세요.' 그가 말했지요. '미나는 어머니 때문에 걱정입니다.' 나는 다시 곧장 위층으로 갔습니다."

"프리츠랑 이야기하기 전에," 내가 물었다. "마담 퐁텐에게서 평소와 다른 점을 보았나요?"

"데드하우스에서 그녀는 정신을 못 차릴 만큼 놀라 보였어요. 내가 그녀에게 받았던 인상을 고려해 볼 때 그녀가 그렇게까지 신경과민이 된다는 것이 약간 황당했으니까요. 집으로 돌아오는 길에는 켈러 씨가 그녀를 돌봤습니다. 나중에 프리츠의 요청으로 그녀의 방에 갔을 때 그런 모습을 보리라고는 생각지도 못했죠."

"켈러 씨의 병환과 닮은 증세를 보였나요?"

"아니, 한동안은 보이지 않았어요. 마담은 딸을 밖으로 내보냈어요. 우리 둘만 남았을 때 그녀가 나를 이상하게 쳐다본다고 생각했죠. '어젯밤에 당신에게 주었던 종이를 주세요.' 그녀가 말했어요. 나는 왜 그러느냐고 물었죠. 그녀는 어떻게 대답해야 할지 모르더군요. 열을 내기도 하고 혼란스러워했어요. '확실히 없애 버려야지!' 그녀는 갑자기 소리를 질렀어요. '남편이 남긴 모든 병은 깨서 게이트에서 데드하우스로 가는 길에 여기저기에 뿌려 버렸어. 오, 당신이 나를 어떻게 생각하는지 알아. 나를 경멸하지!' 그녀는 말을 하자마자 잊어버리는 듯했어요. 그녀는 돌아서서 서랍을 열고 철제 걸쇠로 잠겨 있는 책을 하나 꺼냈어요. 내가 방에 있다는 사실조차 잊어버린 듯했죠. 책의 걸쇠는 어떤 스프링을 만지니까 열리더군요. 제가 이해하기로는 그랬어요. 스프링을 찾는데 그녀의 손이 바들거리는 것을 보았죠. 나는 그녀가 그날 밤에 느꼈던 공포 때문에 떤다고 생각하고 도와주겠다고 했습니다. '내 비밀을 건들지 마.' 책을 베개 밑으로 밀어 넣으며 그녀가 말했어요. 할 수 있으면 돕는 게 의사의 책무이죠. 나는 처방을 내리기 전에 그녀가 무슨 약을 먹었는지 알아야 했어요. 내가 잭에게서 들었던 것을 말하자, 그녀는 위협을 받은 것처럼 휘청거리며 뒤로 물러났어요. '무슨 치료약을 말하는 거요? 나는 포도주 한 잔 말고는 마신 게 없어. 당장 잭을 불러요. 꼭 그와 얘기를 해야겠어!' 나는 그건 불가능하다고 말했어요. 그를 잠에게 깨울 수 없다고 했죠. '묘지기!' 그녀가 소리를 질렀어요. '술 취한 야만인! 그를 불러.' 이쯤 되어 나는 뭔가 잘못되었다는 결론을 내렸어요. 딸을 불러서 내가 나가 있는 동안 어머니를 잘 보살피라고 하고, 프리츠와 상의하려고 방을 나갔습니다. 슈왈츠를 찾는 유일한 방법은 (그 시각에는 데드하우스에서의 야간 경비가 끝났기 때문에) 간병인인 그의 누이에게 묻는 거였죠. 나는 간병인이 사는 곳을 알고 있었어요. 친절하게도 프리츠가 그녀에게 가 보겠다고 했습니다. 슈왈츠를 찾아 집으로 데려왔을 때 마담 퐁텐은 어렵사리 그의 말을 이해했고, 그게 끝이었죠. 근데 그녀에게서 켈러 씨의 증세가 보이기 시작했어요. 당신이 기억하는 무감각 증세가 이미 나타나고 있었죠. '나를 죽게 내버려 둬.' 그녀가 힘없이 말했어요. '그래도 싸지.' 이후 곧바로 그녀는 꺼지는 몸을 잠깐 들어 올리면서 산란한 정신을 붙잡으려는 최후의 시도를 했어요. 그녀는 베개에서 머리를 들고 내 팔을 잡았죠. '정신 차려! 미나는 13일에 결혼한다고!' 그녀는 나를 뚫어지게 보면서 말을 했어요. 그렇게 마지막 말을 하고는 풀썩 쓰러지더니 당신이 이미 보았던 상태에 빠졌습니다."

"그녀를 위해 아무것도 할 수 없나요?"

"네. 우리의 현대 과학으로는 퐁텐 교수가 치명적인 정교함으로 재생해 낸 독극물에 대해 전혀 알 수 없습니다. 소량을 계속적으로 복용해서 천천히 중독되는 것은 이해하지요. 하지만 한 번 복용으로 천천히 중독되는 것은 우리가 경험한 바가 없어서 의료계에서는 일반적으로 믿으려 하지 않습니다."

"그녀가 중독된 게 분명하나요?" 내가 물었다.

"오늘 아침에 잭이 일어나서 한 말을 들으니, '알렉산더 와인'에 중독된 게 확실합니다. 그녀가 잭을 속이면서 치료약이라며 준 것 같아요. 마지막까지 그에게 주는 것을 망설이면서. 어리석게도 그것을 치료약이라고 믿은 잭은 슈왈츠의 손을 거쳐 그것을 그녀에게 주었죠. 더 자세한 얘기는 차후 시간이 있을 때 해 줄게요. 그때까지는 그저 인과응보가 마무리되었다고 할 수 있겠죠. 잭이 바그너 부인에게 해독제 남은 것을 전부 주지 않았다면 지금이라도 마담 퐁텐은 치유받을 수 있을 겁니다."

"제가 잭에게 자세한 내용을 물어봐도 될까요?"

"아니, 절대 안 됩니다. 앞으로는 그 화제로부터 멀어지는 게 대단히 중요합니다. 그는 이미 자기가 바그너 부인의 생명을 구했다고 말했습니다. 게다가 당신이 들어오기 조금 전에 그가 미나를 위로하고 있는 걸 보았는데, '당신 마마는 좋은 약을 먹었어, 아가씨. 곧 나을 거요.'라고 말하더군요. 젠장, 나는 잭이 광기 어린 망상으로 빠졌다고 바그너 부인과 미나에게 말을 해야만 했습니다. 그가 말한 것은 한 마디도 믿어서는 안 된다고요."

"선생님이 그렇게 하는 데에는 분명 나름 합당한 이유가 있겠지요?" 내가 말했다. 당시 나는 그의 이유를 꿰뚫어 보지 못했다.

"내 생각을 잘 들어 보세요." 그가 대답했다. "어떤 상황에서도 당신이 명예로운 사람이라는 걸 믿어요. 이 상황에서 왜 내가 당신에게 비밀을 털어놓는지 아십니까? 매우 심각한 이유때문이죠, 데이빗 씨. 장차 당신은 바그너 부인과 미나와 가깝게 엮일 겁니다. 그래서 내가 시작한 선한 일에 당신도 도움을 주었으면 합니다. 바그너 부인의 미래가 끔찍한 기억으로 암울해져서 안 됩니다. 그리고 어여쁜 소녀는 그녀를 위해 예비된 행복한 나날들을 즐겨야 하고, 어머니의 죄에 대해 앎으로써 고통받는 일은 없어야 합니다. 내가 왜 불쌍한 잭에 대해 부정적으로 말해야만 하는지 이제 알겠지요?"

이해했다는 증표로서 나는 전적으로 비밀을 엄수하겠다고 약속했다.

간병인이 들어오자 우리는 논의를 마쳤다. 그녀는 마담 퐁텐의 질병이 이미 악화되고 있음을 알렸다.

의사는 상태를 살폈다. 나도 간간히 마담을 지켜보았다.

비록 오래전 일이지만, 생명력을 약화시키는 사악한 보르지아 독약이 유유히 진행되는 과정을 내가 왜 잊지 못하는지 모르겠다. 절정에 이른 몸서리는 올라왔던 것처럼 다시 서서히 내려갔다. 이후 오랜 시간 동안 그녀는 완전히 탈진한 상태로 누워 있었다. 어떤 최후의 말도, 최후의 표정도 침대 옆에서 충직하게 살피는 그 헌신적인 소녀를 보상하지는 못했다. 이제 그만! 다음 날 늦은 오후, 도어먼 의사는 점잖게, 아주 점잖게 미나를 방에서 내보냈다. 켈러 씨와 나는 말없이 서로를 보았다. 마담 퐁텐이 죽은 것을 우리는 알았다.

8.

나는 도어먼 의사가 있을 때 마담 퐁텐이 헛되이 열려고 했던 걸쇠 달린 책을 잊지 않았다. 나는 손수 그것을 베개 밑에서 꺼내, 열어 보지 않고 미나에게 주어야 할지 켈러 씨와 의사에게 상의했다.

"절대 안 됩니다!" 의사가 말했다.

"왜 안 되죠?"

"그녀가 알아서는 안 되는 걸 알려 줄 테니까요. 그건 일기장일 겁니다. 열어서 봅시다."

나는 스프링을 찾아 걸쇠를 열었다. 일기장이었다.

"당신은 책의 생김새를 보고 알았겠죠?" 내가 물었다.

"아닙니다. 나는 여기 감옥에서 의료관으로 있었는데, 그때의 경험을 살려 판단한 겁니다. 교양 있는 범죄자는 거의 대부분 지독한 이기주의자입니다. 우리는 모두 우리 자신에게 흥미로운 존재이죠. 사악하면 사악할수록 더 강렬하게 우리 자신에게 몰입되곤 합니다. 범죄를 숨기는 데에 극도의 흥미를 가진 사람들은 바로, 논리적으로 말하자면, 하나같이 일기장에서 자신의 모습을 보고 싶은 유혹에 빠진 사람들입니다."

"당신의 경험을 의심하는 건 아니지만 그래도 그 결론은 모호하군요."

"잠깐 생각해 봐요, 데이빗 씨. 그러면 이 퍼즐을 읽기가 그리 어렵지 않을 거요. 우리는 선량할수록 다른 사람에게 더 이타적인 관심을 가지죠. 악할수록 우리는 고질적으로 우리 자신에게 관심을 집중합니다. 당신의 고모를 사례로 들어 봅시다. 오늘 아침에 그녀에게 편지가 몇 통 왔어요. 정신 이상자 치료 방법을 혁신하는 것에 대한 내용이었죠. 당신 고모는 영국뿐 아니라 이 나라에서도 그것을 진척시키는 일에 어느 때보다 헌신적이지요. 나는 아직 편지들을 회신하지 말라고 그녀를 설득하느라 애를 먹었습니다. 그러니까, 호된 시련을 이제 막 통과했으니 두뇌와 신경 조직을 너무 흥분시키지 말라는 거였죠. 만약 사악한 여자라면 내가 굳이 간섭할 필요가 있었을까요? 그저 다른 사람들의 이익을 위해 편지를 쓰는 일인데 말입니다. 아니겠지요! 사악한 여자는 자신만을 생각했을 테니까요. 어서 회복하고 싶어서 재발할 수 있는 위험을 감수하지 않겠죠. 마담 퐁텐 책의 뒷부분을 아무 데나 열어 보세요. 페이지 페이지마다 이율배반적인 비참한 여자를 보게 될 겁니다."

맞는 말이었다! 일기장에서는 이 글이 묘사한 마담 퐁텐의 가장 은밀한 순간들의 기록이 하나하나 발견되었다.

예를 하나 들자면, 일기장은 그녀가 켈러 씨로부터 생명의 구원자라는 타이틀을 얻기 위해 세운 책략을 악마의 정교함으로 극히 세밀하게 기록했다. "그에게 알렉산더 와인을 주어야만 한다." 그녀는 적었다. "그래서 내가 일으킨 질병을 해독제로 치유해야 한다. 그 후로 미나의 어머니는 켈러 씨의 수호천사가 되고, 미나의 결혼은 당연지사가 된다."

뒷부분에서 마담 퐁텐은 바그너 부인과 연관해 자신이 정확히 상반된 동기를 가지고 거울 물방울을 선택한 것으로 묘사했다. "빨리 죽음으로 몰아갈 뿐 아니라 결코 흔적을 찾을 수도 없지.” 그녀는 계속했다. “하지만 레이블에 보면, 남편이 해독제를 찾으려고 했으나 허사였다고 했어. 내가 이 일을 저지른 뒤에 마음이 약해져도 이 여자를 구할 수는 없다. 그녀의 입술은 영원히 닫혀야만 하지. 그렇지 않으면 내가 모든 것을 희생해도 내 자식의 장래는 몰락할 테니까.”

퐁텐은 켈러 씨 댁으로 돌아와서는 이 명예를 실추시키는 페이지들을 없애 버리려고 했던 것 같다. 아마 그렇게 했을 것이다. 하나 정신이 혼란스럽고 대책 없이 손이 떨리는 독극물의 첫 징후가 나타나 버렸다.

일기장의 끝부분은 그 자체로 흥미로워 이곳에 제시하면 좋겠다고 생각한다. 사악한 성품 속에 모성 본능의 순화력이 마지막까지 살아 있음을 보여 준다. 여기 마담 퐁텐의 성품에는 보다 나약한 면이 있었다. 그녀는 복도에서 켈러 씨를 만났던 일을 기억했다. 그녀는 세상에서 제일 한심한 여자처럼 경솔하게 행동하며 미나의 결혼식을 결정하는 남자에게 미나의 순수한 동기를 애타게 호소했었다. 또 자신을 보호하기 위해 악의 없는 잭에게 독약을 먹이는 것을 주저했다. 그녀는 미나와 자신이 처한 절체절명의 순간에 설령 거짓말이 도움이 되더라도 미나에게는 절대 거짓말을 시키지 않았을 것이다.

이게 아니라면 사악하기만 한 여자에게 이런 회개의 속성은 부자연스러운 것일까? 당신 자신의 ‘변덕’을 생각해 보라. 죄인의 이 최후 기록을 읽으며 당신이 그녀처럼 유혹받지 않았음에 감사하라.

"…… 미나를 방에서 내보냈다. 감수성이 예민한 소녀에게 못할 짓을 했다. 나는 미나가 두렵다! 이 마지막 죄악으로 인해 나는 저 순수한 아이로부터 떨어져 나와 버린 듯하다. 더욱이 이것은 그 애를 돕고 싶은 간절한 마음에서, 어여쁜 그 애를 위해 저지른 일이기 때문이다. 미나가 나를 볼 때면, 그 애가 자기를 위해 내가 한 일을 내 얼굴에서 보게 될까 두렵다. 오, 딸을 품에 안고 키스를 퍼부을 수 있을 때까지는 얼마나 기다려야 할까! 감히 그렇게 못하겠지. 감히 그렇게는 못할 거다."

주여, 이 여자에게 자비를 베푸소서, 이 가련한 죄인에게!

9.

밤이 깊어지고 있다. 내가 옆에서 글을 쓰고 있는 램프는 점점 침침해진다.

마음은 프랑크푸르트로부터, 일찍이 그곳에서 일어났던 모든 일로부터 멀어져 방황한다. 지금 기억 속의 그림은 영국 장면을 보여 준다.

나는 런던 사업장에 있다. 두 친구가 나를 기다리고 있다. 하나는 프리츠이고, 다른 이는 이웃에서 가장 인기 있는 사람이다. 누구나, 품위 없는 별명 잭 스트로라는 이름으로 알고 있는 순진한, 행복한 친구. 고모의 영향력 덕분에, 그리고 환경의 변화로, 프랑크푸르트에서의 발작은 재발되지 않았다. 우리 작은 친구의 미래에 대해 우리는 낙관적이다.

잭의 과거에 대해 우리는 어떤 극적인 발견도 하지 못했다. 부모가 누구인지, 그들이 죽었는지, 잭을 버렸는지, 뷔르츠부르크의 화학 교수의 조수로 들어가기 전에 어떤 경험을 했는지—이것들과 비슷한 질문들은 대답을 찾지 못했다. 잭은 우리의 조사에 관심을 보이지 않았다. 우리를 돕기 위해 희미한 기억을 되살리려고 하지 않거나 되살릴 수 없었다. "지금 그게 무슨 상관이야?" 그는 말한다. "마님이 나를 처음 보러 왔을 때, 나는 그때부터 살기 시작했어. 그전 일은 기억나지도 않고 기억하지도 않을 거야."

결과적으로 잭의 회고록은 자료 부족으로 집필되지 못했다—현실 속의 버려진 많은 사람들의 회고록처럼.

내가 잭에 관해 얘기하는 동안 두 친구는 접객실에서 나를 기다리고 있다. 나는 최고급 옷을 차려 입고 그들을 만난다. 프리츠는 말없이 긴장해 있다. 그는 현관에 마차가 도착하기를 터무니없이 허둥대며 기다린다. 잭은 방을 거닌다. 멋들어진 파란 외투의 단추 구멍에는 환상적인 꽃이 꽂혀 있다. 그는 시계가 있고, 지팡이를 들고 다닌다. 하얀 장갑을 끼고 타이트한 담

황색 홀태바지를 입고 있다. 마침내 마차가 오니 그는 우리보다 앞서 거들먹거리며 걸어 나간다. "프리츠가 이 축제의 주인공이라는 건 부정하지 않아." 마차가 움직이기 시작하자 그가 말한다. "하지만 내가 없이는 이게 완벽해질 수 없다고 단언하지. 이 입장에서 내 복장에 흠이 있다면, 젠장 우리가 양복점 문을 지나가기 전에 말을 하는 게 좋을걸." 나는 잭에게 모든 면에서 완벽하다고 대답한다. 그러자 잭이 말한다. "데이빗, 너는 결점이 있어. 하지만 네 취향은 언제나 옳지. 나한테 자리 좀 더 내 줘. 외투 깃을 구긴 채로 마님을 볼 수는 없잖아."

우리는 런던 근교에 있는 작은 마을에 다다라 오래된 교회 게이트 앞에 선다.

우리는 예배당 제단 앞 난간까지 걸어가 거기에서 기다린다. 그곳의 모든 여성들도 기다리고 있다. 그들은 프리츠를 대충 흘긋 보고, 나를 본다. 그들의 관심은 모두 잭에게 쏠려 있다. 그가 신랑이라 생각한다. 잭은 그것을 감지하고 그 어느 때보다 자못 흐뭇해한다.

오르간 연주자가 웨딩마치를 시작한다. 심플하고 꾸밈없이 차려 입은 신부가 날갯짓을 한다. 그녀의 눈동자는 한없이 매력적이다. 외관은 더없이 사랑스럽다. 신부는 켈러 씨의 팔에 의지하여 예배당으로 들어온다.

우리의 인자한 파트너는 평소보다 젊어 보인다. 그가 간절히 요청하는 바람에 프랑크푸르트 사업장은 팔렸다. 능력 있는 여성 직원을 일정 수만큼 고용한다는 것을 처음으로 명문화한 대표 파트너. 그에게 불쾌감을 주는 요인을 제거한 켈러 씨는 바그너 부인의 멋진 별장 근처, 마을 위 언덕에 집을 짓고 있다. 거기서 그는 결혼한 두 자식과 함께 여생을 평화롭게 지내려고 한다.

제단으로 나아가는 길, (올해 영국에서 안식년을 가지는) 도어먼 의사는 켈러 씨와 미나의 뒤를 따른다. 의사는 잭이 숭배하고 사랑하는 모든 여성들 중 최고의 여성에게 팔을 내준다. 친절하고 다정한 고모, 밝고 매혹적인 성숙한 얼굴. 모든 친구 없는 사람들의 든든한 친구. 왜 그런지 모르겠지만, 나는 고모의 조그만 초상화를 그리려고 할 때면 늘 차분함을 잃어버린다. 일생 최고의 날에 미나 옆에 선 미나의 두 번째 어머니?

나는 이 지면이 잘 보이지 않는다. 결혼식이 있고 거반 반세기가 지났다. 오, 나처럼, 절친한 친구들보다 오래 산 동년배들이여, 자네는 내 눈이 뭐가 문제인지 알겠지! 나는 손수건을 꺼내야만 한다. 그리고 펜을 내려놓는다. 이 결혼 이야기는 젊은 친구들이 알아서 잘 마무리하도록 하고.

끝.

해설

악녀를 위한 변명

이세벨은 악녀를 대표하는 인물이다. 성경 열왕기상 16~21장에 따르자면, 이세벨은 시돈 엘바알 왕의 딸로서 태생이 공주였다. 이스라엘의 왕 아합은 그녀를 아내로 맞는다. 하나님을 우습게 알던 아합은 이방 여자와 혼인을 한 것이었다. 더욱이 이세벨은 이스라엘 사람들이 이방신이라 부르는 바알을 숭배했고, 사마리아 땅에 바알의 신전을 건축하고 아세라 목상을 만들어 제사를 지냈다. 동시에 이세벨은 하나님의 선지자들을 죽였다. 남편 아합이 이스라엘 사람 나봇의 포도원을 탐냈을 때는 핑계를 만들어 나봇을 돌로 쳐 죽이고 그 포도원을 갈취했다. (나라의 왕이 개인의 소유를 탐하는 것이 치졸하기 짝이 없고, 게다가 살인을 마다하지 않으며 그 '소원'을 들어주는 헌신적인 왕비라니, 참 찰떡궁합이다.) 이세벨은 또한, 3년 가뭄을 멈추게 했던 엘리야 선지자를 살해하려고도 했다. 자기가 믿는 종교의 선지자들은 해내지 못한 것을 엘리야가 단숨에 해치웠으니 되게 얄미웠을 것이다. 이세벨은 "엘리야 씨, 당신은 내일 이 시간이 되기 전에 반드시 죽을 거야."(19:2)라고 위협한다. 얼마나 살벌했던지 그 용감무쌍하던 하나님의 선지자도 몸서리를 치며 광야로 도망갈 정도였다. 그렇지만 이세벨의 최후는 자못 비극적이었다. 다음에 정권을 잡은 이스라엘 왕 예후가 내시들을 시켜 이세벨을 창문으로 내던지게 하고, 그는 그 시체를 밟고 지나간다. 악녀 이세벨이 참담한 종말을 맞는 순간이었다.

하지만 만약 이세벨 자신과 바알 종교의 관점에서 그녀의 삶을 평가한다면, 아마 성경의 묘사와는 다른 모습일지도 모른다. 어쩌면 그녀는 바알 신을 위해 헌신한, 잔 다르크 같은 용맹스런 숭배자였을 수도 있을 것이다. 그렇다고 나봇의 살인을 옹호하기는 어렵겠지만, 여하튼 이세벨을 단순히 악녀로 취급하기에는 어쩌면 너무 단순화시켜 버린 평가가 아닐까 싶다.

이 소설에서 이세벨은 마담 퐁텐이다. 마담 퐁텐이 정말 이세벨처럼 사악한 여자일까? 일단 마담 퐁텐은 자신의 목적을 위해서 독살을 마다하지 않는 사람이었다. 켈러 씨에게 관심을 끌고 딸 미나의 결혼을 성공시키기 위해 그녀는 독극물을 사용한다. 하지만 이때는 켈러 씨를 살해할 의도는 아니었다. 단순히 그와 연을 맺을 수 있는 용도로 사용한 것뿐이었다. 하지만 그녀가 바그너 부인에게 독약을 사용할 때는 달랐다. 그녀에게는 분명 살인 의도가 있었다. 자신의 절도를 감추기 위한 해결책으로 바그너 부인을 제거하려고 했다. 사람의 목숨을 해하는 것은 어지간히 사악하지 않고는 힘든 일일 것이다.

그렇다면 이세벨은 어떻게, 왜 사악해졌을까?

바그너 부인과 마담 퐁텐은 둘 다 미망인이지만, 소설에서는 유독 마담 퐁텐을 지칭할 때 미망인이라는 표현을 많이 썼다. 유추컨대 마담 퐁텐은 애도 중임을 나타내는 "검은" 드레스(206, 448쪽)를 입었을 것 같다. 그래서 그녀를 그리 지칭했을 것이다. 반면 바그너 부인에게는 미망인이라는 표현이 초반에 잠깐 등장하고, 소설이 진행되면서는 그렇게 지칭하지 않는다. 바그너 부인의 독립성을 암시하는 듯하다. 즉 바그너 부인은 남편과 분리되어 하나의 독립체로서의 정체성을 확립한 것이다. 경제적으로나 사회적 위치에서 보더라도 그녀는 남편의 그늘에서 벗어나 회사의 대표 파트너로서 그리고 잭 스트로의 후견인으로서 독자적인 권위를 행사한다. 또한 회사에 여성 직원을 고용하여 여성의 사회적 지위를 향상시키는 데 일조한다.

하지만 미망인 퐁텐은 남편의 그늘에서 벗어나지 못한다. 갑자기 죽어 버린 남편 때문에 그녀는 빚더미에 눌린 현실과 마주하게 된다. 19세기 영국의 여느 여자처럼 경제적으로 남편에게 의지해 왔던 마담 퐁텐은 작고한 남편의 유산인 빚을 갚지 못하고 허우적거린다. 혹자는 그 빚이 남편의 유산이라는 주장에 동의하지 않을지도 모른다. 빚은 남편 때문에 생긴 것이 아니라 마담 퐁텐의 사치의 결과라고 주장할 수도 있을 것이다. 하지만 그럼에도 남성 중심의 19세기 영국 사회에서 가정의 빚은 궁극적으로 남편이 책임을 져야 했다. 어찌 되었든 퐁텐 박사는 죽기 전에 그 책임을 다하지 못했고, 경제 능력이 없는 미망인에게 그것을 남겼다.

마담 퐁텐의 '사치'라는 것도 재고의 가치가 있다. 마담은 퐁텐 박사의 장래성을 보고 가족의 반대에도 불구하고 결혼을 감행했다. 마담은 이렇게 고백한다. "아버지는 반대하시지만 그래도 신랑은 그 직종에서 전도유망한 사람이야. 그 사람 나라에서는—지난 편지에 그가 프랑스인이라고 말했던 것 같은데—국가에서 주는 작위를 받은 저명한 의사야. 남편이 계속 출세하도록 내가 백방으로 손을 쓸 거야. 그가 남작이 되면 아버지가 뭐라 하실지 두고 보자"(140쪽). 마담에게는 꿈이 있었다. 그녀는 남편의 성공에 확신을 가지고 있었고, 그것을 위해 희생할 준비가 되어 있었다. 마담은 "화려한 파티를 열어 남편이 여러 부류의 사람들과 엮이게 할 수 있는 여자"였다(141쪽). 자본주의 사회에서 사회적으로 혹은 경제적으로 성공하려고 노력하는 것을, 즉 상대적, 비교적 우위를 차지하려고 노력하는 것을 '사치'라고 비난할 수 있을까? 마담의 사치는 본질적으로 남편의 성공을 위한 노력의 부산물이었다. 빚도 마찬가지였다.

남편은 없고 빚만 남은 상황에서 마담 퐁텐이 무엇을 할 수 있을까? 앞서 언급했듯이 19세기 영국 사회에서 여성이 경제 활동을 할 수 있는 범위는 극히 제한적이었다. 바그너 부인처럼 부유한 남편의 유산을 물려받은 것도 아니고, 더욱 불운하게도 남편이 죽으면서 빚이 생겼다면, 여자는 암흑 같은 곤궁에 처할 수밖에 없다. 유추컨대 마담 퐁텐에게는 두 가지 선택이 있었을 것이다. 부유한 남자를 만나 재혼을 하든지, 아니면 혼인 적기에 이른 딸을 부유한 남자에게 결혼시키든지.

사실 마담은 이 두 선택을 모두 고려했다. 엥걸먼 씨가 청혼을 했을 때 일차적으로 거칠게 거절했지만, 바그너 부인이 다시 설득했을 때 그녀는 엥걸먼 씨의 청혼을 재고하겠다고 말한다. 바그너 부인이 어떻게 설득했는지 자세히 서술되지는 않았지만, 미나가 마담과 엥걸먼의 나이 차를 언급했을 때 그녀가 그건 남녀(부부) 사이에 대수롭지 않은 문제라고 묵과해 버리는 것을 보면, 엥걸먼이 비록 외모로는 매력이 없을지라도 그의 재력이나 성품은 남편으로서 나쁘지 않을 것이라고 설득했을 듯싶다.

엥걸먼 씨는 "키가 작고 똥똥했다"(80쪽). 마담 퐁텐보다는 스무 살이나 더 많은 칠순 노인이었다. 매력 없는 남자에게 결혼을 하는 것은 결국 재정적 안정을 위해 자신의 몸을 파는, 일종의 매춘 행위라고 봐야 할 것이다. 마담 퐁텐이 엥걸먼 씨와의 결혼을 애초에 고려하지 않았던 이유는 바로 이것 때문이 아니었을까. 돈 때문에 몸을 팔고 싶지는 않았으리라. 그렇게 자존감을 짓밟아 버리고 싶지는 않았을 것이다.

딸 미나의 경우는 달랐다. 미나는 청순하고 싱그럽고 사랑에 빠진 숙녀였다. 프리츠를 전심으로 원했고, 프리츠도 간절히 그녀를 원했다. 이들의 관계는 상호적인 애정 관계로서, 결혼은 그들의 꿈과 행복을 이루는 의식이었다. 아울러 마담에게는 빚을 청산할 수 있는 기회를 줄 수도 있었다. 그런데 문제는 프리츠의 아버지 켈러 씨였다. 그는 선입견과 편견에 사로 잡혀 마담 퐁텐의 말을 들으려고 하지 않았다. 결혼에 반대했고, 결과적으로 마담의 탈출구를 봉쇄해 버렸다.

마담 퐁텐은 켈러 씨를 살해할 의도가 없었다. 단지 그의 관심을 끌기 위해, 그리고 사랑하는 딸의 결혼을 성사시키기 위해 잠시 독약을 활용했을 뿐이었다. 그리고 곧바로 해독제를 이용해 그를 구해 냈다. 어쩌면 이 방법은, 사회에서 그리고 친족에게서 소외된 그녀가 취할 수 있는 최선이었을 것이다. 이 행위를 단순히 사악한 행위였다고 단정할 수 있을까?

마담 퐁텐이 바그너 부인을 독살하려 한 것은 궁여지책의 행위였다. 마담 퐁텐의 절도 사실이 공개되면 그녀 자신과 딸이 재기할 수 있는 기회는 영원히 사라진다. 자신과 딸 모두 사회적으로 매장된다. 특히 아직 스물이 되지 않은 미나에게는 죽음과도 같은 선고일 것이다. 프리츠와의 파혼은 물론이고, 그들의 미래는 암울해질 것이다. 이런 상황에서 마담 퐁텐이 할 수 있는 일은 무엇이 있을까? 윤리적 양심을 지켜 자신의 범죄를 자백하고, 재건이 불가능한 나락의 현실로 추락하는 것을 선택해야 할까?

그럼에도 불구하고, 바그너 부인은 마담 퐁텐에게 빚을 갚기 위해 노력해 보았느냐고 잔인하게 묻는다. 마담은 절박하게 대답한다. "나에게 5,000플로린을 빌려줄 만한 사람을 당신은 아나요? 내 아버지가 빌려줄까요? 그는 20년 동안 나에게 문도 열어 주지 않았어요. 어쩌면 어머니가 중재해 줄 수 있었겠지만, 돌아가셨습니다. 내가 이 도시의 냉혹한 친척들에게 (이미 진즉에 무지막지하게 거절당했는데도) 동정과 연민으로 호소할 수 있을까요? 나는 호소해 봤습니다! 어제 힘겹게 그들을 찾아갔지요…… 내가 갚을 수 있는 것보다 훨씬 더 많은 돈을 빌렸다고 인정합니다. 나는 쓰디 쓴 굴욕의 컵을 찌꺼기까지 다 마셔 버렸어요"(370~1쪽). 달리 말해, 마담 퐁텐에게는 바그너 부인이 가진 사치스런 선택이 없었다.

바그너 부인에게 버림받은 마담 퐁텐은 "손으로 문을 툭 쳐서 쾅 닫고, 비틀거리며 방을 가로질러 가 소파에 풀썩 주저앉았다. 이제 자기는 혼자라는, 울분과 좌절의 목쉰 울부짖음이 그녀에게서 터져 나왔다. 누가 들을까 두려워 그녀는 손수건으로 입을 틀어막고 이빨로 그것을 힘껏 물었다"(373쪽). 마담 퐁텐의 괴로움을 조금이나마 이해할 수 있는 대목이다.

어느 정도, 도덕은 부유한 사람들의 산물이다. 배를 곯는 사람이 어떻게 도덕심을 발휘하겠는가, 허기짐의 본능 앞에 사회적 윤리가 무슨 소용일까! 우리가 장 발장을 도둑놈이라고 딱 잘라 말할 수 있을까? 바그너 부인이 도덕적일 수 있었던 것은 경제적으로 안정된 생활을 유지할 수 있고, 사회적으로도 인정받는 지위에 있었기 때문이다. 특히 당시 남성 중심의 영국 사회에서 그녀의 견해가 존중되었던 이유는, 단적으로 말해, 바로 돈에 있었기 때문이다. 자본주의 사회에서 돈은 곧 권력이자 능력이자 목소리이니까.

반면 마담 퐁텐은 바로 그 돈 때문에 파멸을 눈앞에 두었다. 사람 나고 돈 났지, 돈 나고 사람 난 게 아니라고 했던가? 이론상으로는 그럴지 몰라도, 자본주의 현실에서 우리는 돈의 지배를 받는다. 개인의 의지와 관계없이 누구도 그 영향력에서 자유로울 수 없는 운명인 셈이다.

절체절명의 마담 퐁텐에게 미나, 즉 '이세벨의 딸'은 앞을 볼 수 없는 암흑 속에 등대와 같은 존재였다. 마담이 "자신의 사악함을 넘어서게 하는 힘은 늘 미나에게 있었다"(122쪽). 마담은 유언장과 같은 자신의 일기장에 이렇게 적었다. "나는 미나가 두렵다! 이 마지막 죄악[바그너 부인을 독살한 것]으로 인해 나는 저 순수한 아이로부터 떨어져 나와 버린 듯하다. 더욱이 이것은 그 애를 돕고 싶은 간절한 마음에서, 어여쁜 그 애를 위해 저지른 일이기 때문이다. 미나가 나를 볼 때면, 그 애가 자기를 위해 내가 한 일을 내 얼굴에서 보게 될까 두렵다. 오, 딸을 품에 안고 키스를 퍼부을 수 있을 때까지는 얼마나 기다려야 할까! 감히 그렇게 못하겠지. 감히 그렇게는 못할 거다"(483쪽). 마담의 일기는 19세기 수많은 빈곤한 여성들의 고백과도 같다. 곤궁한 현실에 처한 사람일지라도 도덕적인 삶에 대한 열망은 있다. 그러나 그 열망을 현실에 적용하기에는, 현실이 너무 절망적이다.

마담 퐁텐이 미나를 두려워하는 까닭은 미나가 가진 윤리 의식과 순수성 때문일 것이다. 그녀가 살면서 잃어버린 것을 딸은 가지고 있고, 그녀는 그것을 언제나 갈망하기 때문이다. 이 소설의 제목이 '이세벨의 딸'일 수밖에 없는 이유는, 바로 마담 퐁텐이 가진 열망의 대상이 바로 미나이기 때문이다.

윌리엄 윌키 콜린스William Wilkie Collins(1824~1889)는 자신의

소설에서 사회적 약자들에게 기회를 주었다. 대표작인 『흰옷을 입은 여인*The Woman in White*』(1859)에서 콜린스는 강압적인 남자들에게 희생당한 여자들이 권리를 찾기 위해 안간힘을 쓰는 과정을 미스터리하게 그렸다. 『이세벨의 딸』에서도 비슷하다. 바그너 부인을 통해서 진취적이고 진보적인 여성상을 제시하면서 동시에 마담 퐁텐을 통해서 19세기 영국 사회의 약자가 처한 곤경을 적나라하게 보여 주었다. 작품에서도 엿볼 수 있듯이 콜린스는 대단히 진보적인 작가였다.

콜린스는 런던에서 태어나고 이탈리아와 프랑스에서 청소년 시절을 보냈다. 이때 이탈리아어와 프랑스어를 배우고 유창한 실력을 갖추게 된다. 스무 살이 되기 전에 차茶를 만드는 회사에서 일을 시작하고, 그리 즐거운 일은 아니었지만 5년도 넘게 계속했다. 그는 1843년부터 창작 활동을 시작했다. 하지만 실력이 부족했던지 그의 소설이 바로 출간되지는 않았다. 아버지는 콜린스가 성직자가 되길 원했지만, 정작 본인은 원하지 않았다. 그래서 한때 법 공부를 시켜도 보았지만, 역시 콜린스는 관심이 별로 없었다.

1850년에 첫 소설인 『안토니나*Antonina*』가 출간된 후, 콜린스는 찰스 디킨스를 알게 되고 평생 우정을 나눈 절친한 친구이자 동료가 되었다. 그들은 함께 드라마를 쓰기도 하고 연극에 배우로 참여하기도 했다. 콜린스의 몇몇 초기 작품들은 디킨스가 만드는 잡지에 실렸다. 콜린스는 또한 여행에도 관심이 많아 여행 수기도 집필했다. 1860년대에 들어서며 그는 왕성하게 창작 활동을 했으며, 이 시기의 작품들은 베스트셀러가 되었다. 대표작으로 알려진 『흰옷을 입은 여인』, 『이름 없는*No Name*』, 『아머대일*Armadale*』, 『문스톤*The Moonstone*』 등은 모두 이 시기의 작품들이다.

콜린스는 결혼이라는 사회적 제도를 달가워하지 않았다. 그는 1858년에 젊은 미망인인 캐롤라인 그레이브스와 함께 살림을 차렸다. 캐롤라인에게는 해리엇이라는 딸이 있었는데, 콜린스는 그 아이를 친자식처럼 대했다. 캐롤라인은 결혼하기를 원했지만 콜린스는 그렇게 하지 않았다. 그리고 10년 후에는 이웃에 살던 마싸 러드라는 이름의 19세 여자와 연을 맺고, 세 명의 자녀를 나았다. 콜린스는 그 후 평생 이 두 집을 오가며 생활했다.

1870년대, 80년대에도 창작 활동을 멈추지 않았지만 시간이 지나면서 건강 문제로 많이 힘들어했다. 콜린스는 통풍이 심해서 그 고통을 줄이기 위해 아편을 취했는데, 결국 중독이 되었다. 말년에는 이로 인해 힘든 나날을 보내야만 했다. 콜린스는 65세에 파란만장했던 일기를 마치고, 런던의 캔설 그린 묘지에 안장되었다.

이 소설의 제목에 포함된 Jezebel의 영어 소리는 '이세벨'보다는 '제저벨'에 가깝다. 하지만 이세벨이라는 이름은 성경을 통해 이미 국내 독자에게 친숙하다. 표준국어대사전에서도 '이세벨'을 표제어로 잡고 있다. 달리 말해, 이세벨이라는 이름은 이미 문화적 의미를 내포한 외래어가 되어 있는 셈이다. 그런 연유로 이 책에서는 제목을 '이세벨의 딸'이라 옮겼다.

덧붙여, 바그너로 옮긴 이름인 Wagner는 두 가지 발음이 가능하다. 영어식으로 하자면 '왜그너'에 가깝고, 독일어식으로는 '바그너'이다. 이 번역에서는 바그너로 옮겼는데, 그것은 그 집안의 독일 연계성을 고려한 것이었다. 바그너 가족이 독일에 사업체를 둔 것으로 미루어 짐작건대, 그들은 독일에서 영국으로 이주했을 가능성이 높다. 그래서 그 뉘앙스를 살렸다.

퐁텐 Foutaine 또한 두 가지 읽기가 가능하다. 영어식이나 독일어식으로 옮기자면 '폰테인'이고, 프랑스어식으로는 '퐁텐'에 가깝다. 사실 마담 퐁텐은 영어, 독일어, 프랑스어에 능통하지만, 그녀의 작고한 남편은 프랑스인이었다. 역시 프랑스와의 연관성을 살려 두고자 하는 의미에서 이 책에서는 '퐁텐'으로 옮겼다.

실지로 바그너 부인은 영국 여성이고 마담 퐁텐은 남독일 가문 출신이었다(13쪽). 하지만 그들은 결혼 후 남편의 성을 따라 바그너와 퐁텐이 된 것이었다.

이름을 이렇게 옮기는 데에는, 혹여 작가가 등장인물을 작명할 때, '독일인은 우직하고, 프랑스인은 간교하다'라는 근거 없는 (서양인의) 선입견이 암암리에 작용하지 않았을까 하는 막연한 추측도 한몫했다.

콜린스는 엄청난 다작가였다. 스무 편이 넘는 소설과 백여 편의 단편을 썼고, 그중 많은 작품들이 연극과 영화로 재탄생되었다. 그럼에도 국내에는 고작 소설 두 편과 최근에 나온 단편 선집 한 권만이 번역 출간된 상태이다. 미약하나마 『이세벨의 딸』을 통해 더 많은 독자들이 콜린스를 접하길 기대한다.

2021년 여름

박재영

윌키 콜린스 연보

1824년: 1월 8일 런던에서 출생. 아버지 윌리엄 콜린스는 저명한 화가였음. 어린 시절 어머니 해리엇 게디스로부터 홈스쿨링을 받음.

1835년: 메이다 배일 아카데미에서 수학.

1836~38년: 부모와 함께 이탈리아와 프랑스에 거주함. 이탈리아어와 프랑스어를 배움.

1838~40년: 하이버리에 있는 기숙학교에 재학. 따돌림을 당함.

1840년: 가족과 함께 옥스퍼드로 이주. 학교를 떠나 차茶를 취급하는 회사에 점원으로 취직함. 이 일을 별로 좋아하지 않았지만 5년 넘게 일함.

1843년: 첫 단편 "The Last Stage Coachman"(마지막 마부)을 매거진에 발표함.

1844년: 프랑스 파리를 여행함. 첫 소설 *Iolani*(이올라니)를 완성해서 출판사에 출간 의뢰함.

1845년: *Iolani*(이올라니)가 거절됨. 이 소설은 그의 생애에 출간되지 않음.

1846년: 아버지의 권고를 받아 법 공부를 시작함. 하지만 콜린스는 그 공부에 별로 관심이 없었고 두 번째 소설 *Antonina*(안토니나) 집필을 시작함.

1847년: 아버지가 작고함.

1848년: 아버지의 회고록을 출간함. 처음으로 콜린스가 출간한 서적임.

1850년: *Antonina*(안토니나)가 출간됨.

1851년: 3월에 찰스 디킨스를 만나 일생을 통해 절친한 우정을 나눔. 5월에는 디킨스와 함께 연극 공연에 참여함. 가까스로 법 공부를 마침. 그러나 법조계에서 일하지 않음.

1852년: 4월에 디킨스의 매거진에 단편 "A Terrible Strange Bed"(해괴망측한 침대)를 발표함. 5월에는 디킨스의 아마추어 극단에 합류하여 공연을 다님. 11월에는 소설 *Basil*(바질)을 출간함.

1853년: 통풍에 걸림. 평생 이 질환으로 고생함. 7월부터 9월까지 디킨스와 함께 기거함. 10월에서 12월까지는 디킨스와 함께 스위스와 이탈리아를 여행함.

1854년: *Hide and Seek*(숨바꼭질)을 출간함. 이즈음에 여러 에세

이와 단편, 비평 등을 출간함.

1855년: 디킨스의 극단이 콜린스의 첫 연극 *The Lighthouse*(등대)를 상연함.

1856년: 첫 단편집 *After Dark*(해가 진 후에)를 출간함. 소설 *A Rogue's Life* (부랑자의 삶)를 출간함. 통풍을 치료하기 위해 아편이 혼합된 약제를 사용하기 시작. 나중에 중독되어 여생 동안 고생함.

1858년: 미망인 캐롤라인 그레이브스와 동거 시작. 캐롤라인은 딸(해리엇)이 있었음. 캐롤라인은 결혼하기를 원했지만 콜린스는 결혼 제도를 좋아하지 않음.

1859~60년: 소설 『흰옷을 입은 여인*The Woman in White*』을 매거진에 연재하여 대 성공을 거둠. 1860년 11월에 단행본으로 출간되어 8쇄를 찍음.

1863년: 소설 *No Name*(이름 없는) 출간. 통풍의 영향으로 시력이 안 좋아짐. 건강 회복을 위해 캐롤라인과 함께 독일과 이탈리아를 여행함.

1864~66년: 소설 *Armadale*(아머대일)을 매거진에 연재함.

1867년: 디킨스와 함께 집필한 연극 *No Thoroughfare*(통행금지)가 출간됨. 12월 아델피 극장에서 상연됨. 200회 넘게 상연됨.

1868년: 소설 『문스톤*The Moonstone*』을 매거진에 연재함. 어머니가 작고함. 캐롤라인은 콜린스를 떠나 조셉 클로라는 청년과 결혼함. 콜린스는 19살 마싸 러드를 만나 관계를 시작함.

1869년: 마싸가 첫 딸 매리언을 출산함. 마싸와 있는 동안 콜린스는 윌리엄 도슨이라는 이름을 사용했고, 따라서 자녀들은 모두 도슨 성을 따름.

1870년: 소설 *Man and Wife*(부부) 출간. 찰스 디킨스 사망. 콜린스는 깊은 슬픔에 빠짐. 캐롤라인이 돌아와서 그와 재결합함. 이후 콜린스는 캐롤라인과 마싸를 오가며 생활함.

1871년: 『흰옷을 입은 여인』이 올림픽 극장에서 연극으로 상연됨. 10월에 소설 *Poor Miss Finch*(가여운 미스 핀치)를 매거진에 연재 시작. 마싸가 둘째 해리엇 컨스턴스를 출산함.

1872년: 3월에 *Poor Miss Finch*(가여운 미스 핀치) 연재 종료. 10월에 소설 *The New Magdalen*(뉴 맥덜린)을 매거진에 연재 시작.

1873년: 7월에 *The New Magdalen*(뉴 맥덜린) 연재 종료. 미국과 캐나다를 여행하며 작품을 홍보함.

1874년: 마싸가 셋째 윌리엄 찰스를 출산함.

1875년: 소설 *The Law and the Lady*(법과 숙녀)를 매거진에 연재함.

1878년: 소설 *The Haunted Hotel*(유령이 사는 호텔)을 매거진에 연재함.

1880년: 소설 『이세벨의 딸*Jezebel's Daughter*』 출간.

1881년: 소설 *The Black Robe*(검은 의복) 출간.

1883년: 소설 *Heart and Science*(심장과 과학) 출간.

1884년: 작가 협회(The Society of Authors)의 부회장으로 선출됨.

1886년: 소설 *The Evil Genius*(사악한 천재) 출간.

1889년: 65세를 일기로 세상을 떠남. 서런던 묘지에 묻힘. 1895년 사망한 캐롤라인은 콜린스와 함께 묻힘. 마싸는 1919년에 사망.

* 아직 우리글로 번역되지 않은 작품은 원제(영문명)를 우선 표기함.

윌키 콜린스(1824-1889)

가장 뛰어난 19세기 영국 소설가 중 한 명이다. 그는 런던에서 태어나고 이탈리아와 프랑스에서 청소년 시절을 보냈다. 1850년에 첫 소설인『안토니아』가 출간된 후, 찰스 디킨스를 만나고 그와 함께 작품 활동을 하며 평생 우정을 나누었다. 1860년대에 그는 왕성하게 창작 활동을 하며 대표작으로 알려진『흰옷을 입은 여인』,『이름 없는』,『아머대일』,『문스톤』등을 출간했다. 1870, 80년대에도 꾸준히 글을 썼지만 통풍에 걸려 힘들어했고, 말년에는 이로 인해 힘든 나날을 보내야 했다. 콜린스는 소설을 통해서 사회적 약자들을 대변했는데,『이세벨의 딸』에서도 마찬가지였다. 바그너 부인을 통해서 진취적이고 진보적인 여성상을 제시하면서 동시에 마담 퐁텐을 통해 19세기 영국 여성이 직면한 사회문화적 제약을 적나라하게 보여 주었다. 본명은 윌리엄 윌키 콜린스(William Wilkie Collins)이지만 윌키 콜린스로 더 잘 알려져 있다.

옮긴이 박재영

미국 애리조나주립대학교에서 학부와 석·박사 통합과정을 공부하고 영문학 박사 학위를 받았다. 현재는 전북대학교 영어교육과 교수로 재직하고 있다. 문학과 영화에 관한 30여 편의 논문을 썼고, 초등 영어 교과서와 고등 영어 교과서 집필에 참여했으며, 마빈 피셔 도서상, 윌프레드 페렐 기금상, 전북대 평생지도교수상, 온라인 Best Teacher상을 수상했다. 옮긴 책으로는 샬럿 대커의『조플로야』, 제시 포셋의『플럼번』, 엘런 글래스고의『끌림 1, 2』가 있다.

이세벨의 딸

지은이 윌키 콜린스
옮긴이 박재영
펴낸이 김동원
펴낸곳 전북대학교출판문화원

초판 1쇄 인쇄 2021. 07. 30
초판 1쇄 발행 2021. 08. 20

전북대학교출판문화원 전라북도 전주시 완산구 어진길 32 (풍남동2가)
전화 (063) 219-5319~5322
FAX (063) 219-5323
출판등록 2012년 8월 20일 제465-2012-000021호

저자 및 출판사의 허락 없이 이 책의 일부 또는 전부를 무단 복제·전재·발췌할 수 없습니다.
잘못된 책은 바꿔 드립니다.

값 18,000원

ISBN 979-11-6372-070-6 03840